沙海疑雲
唐隱
著

第一章 陰謀

春天來了。彷彿只是一夜之間，整個洛陽城就從嚴冬的蕭瑟中驚醒，草長鶯飛、春暖花開，轉眼就到了踏青的好時節。中原大地雖然還沒有處處鶯歌燕舞，姹紫嫣紅，但嚴寒的確已收束了威嚴，曾經如刀似劍的風霜完全消失了蹤跡，陽光的力道正在一天天加強，這暖陽直照得人身體暖融，思緒飄蕩。有多少早已耐不住寂寞的癡男怨女，急急忙忙地邁開探春的腳步，要去尋找屬於自己的那片春意了。

不過，鴻臚寺卿周梁昆大人，似乎仍然沉浸在去年歲末那樁案件所帶來的陰影之中。他每天照常上朝理事，處理公務，但每每總顯得有些心不在焉。好在周梁昆執掌鴻臚寺經年，對鴻臚寺一概事務可謂是瞭如指掌，又有尉遲劍這個新任的得力少卿，倒也將一切料理得井井有條，並未出過任何差池。自前一次和狄仁傑談話之後，周梁昆便再也沒有見到過他。據稱，狄仁傑年老體衰，精神日漸頹唐，聖上已恩准其不遇軍國大事便可不朝，故狄仁傑似乎已慢慢淡出了大周的政治核心。對於大周的朝臣來說，這個現象似乎又有些特別的意義。因為自聖曆二年年末以來，武皇本人也病體日沉，對朝政的把持均透過張易之、張昌宗兄弟二人。而太子和梁王各領一派，代表李、武兩方的勢力，將整個朝局搞得亂哄哄，頗有些你方唱罷我登場的味道。在此微妙時刻，狄仁傑以中流砥柱的身分卻避開漩渦的中心，基本處於半隱退的狀態，使其他朝臣們思慮種種，難以揣度這位股肱老臣的真實用心。

朝局在紛亂中維持著均勢，表面上微微漣漪，波瀾不興，底下卻暗流湧動，醞釀著極大的危機。作為大周三品重臣的周梁昆，不可能感受不到這些，但是他似乎無暇顧及。狄仁傑已經勘破了他的罪行，卻又放了他一條生路，對此周梁昆在慶幸之餘倍感惶恐，他不敢也無法猜測狄仁傑這樣做的真正目的。他只知道，留給自己的時間並不太多了，周梁昆下決心要利用好這段時間。他的手裡還有個足夠重的砝碼，為了這砝碼他幾乎已經豁出了自己的性命和仕途，這些天周梁昆一直都在想，自己已經五十多歲了，前途黯淡，即便死了也沒什麼可遺憾的，但是他唯一的女兒，像早春的花朵一般才綻開嬌嫩的花蕾，她的人生還剛剛開始。作為一名老父親，周梁昆願意付出一切去為女兒靖媛換取一個美好的未來，否則他定然是要死不瞑目的。

但是周梁昆也發現，自己那聰慧美麗的女兒自去年年底以來變了許多，每每與她交談，她都是一副若有所思的樣子，問她有什麼心事，又不肯說。周靖媛幼年喪母，與周梁昆的續弦素來並不和睦，這也是一個原因，讓周梁昆對女兒始終心存歉疚。如今面對這個已長大成人的女兒，周梁昆更是覺得很為難，他這個做父親的，如何才能讓女兒袒露心扉呢？

這天下朝，一回到府中，周梁昆便讓人喚來了周靖媛。他今天的興致頗高，看到女兒一身蔥綠色的春裝打扮走進書房，婀娜的身姿宛如一棵亭亭玉立的柳樹，鵝蛋臉上那雙明亮的眼睛像漆黑的寶石般純淨，周梁昆情不自禁地從心中湧起一陣自豪，周靖媛輕搖蓮步，上前來向父親盈盈一拜。

周梁昆讓女兒在身旁的榻上坐下，他為今天的談話準備了不少時間，此刻便從後日的花朝佳節開始聊起。周梁昆輕捋鬍鬚，笑咪咪地開口了：「靖媛啊，後日便是二月十五日的花朝節，你有什麼打算嗎？」

周靖媛垂下眼簾，長長的睫毛遮住她的眼睛，輕聲道：「靖媛想去天覺寺。」

「天覺寺？」周梁昆驚呼一聲，他萬萬沒料到女兒竟會提出這個地方。

稍稍鎮定了一下心神，周梁昆問：「靖媛啊，為什麼要去天覺寺？那裡年前剛剛發生過命案，何必去那種不吉利的地方。」

周靖媛依舊低著頭，低聲嘟囔：「天覺寺花朝節有大道場，還有百戲盛會，女兒想去玩玩嘛。」

周梁昆不由微微皺起眉頭：「花朝節洛陽各大寺院都會大做法事和道場，百戲表演也不是天覺寺最負盛名，像興善寺、羅漢寺、會昌寺還有天宮寺，這些寺院的花朝盛會才是洛陽最出色的。靖媛，你喜歡哪裡，父親便親自陪你去哪裡。」

周靖媛聽父親這麼說，驚喜地抬起頭來，剛要說話，臉上突然又罩上一層不易察覺的陰雲。她咬了咬嘴唇，輕聲道：「爹爹，靖媛就是想去天覺寺。」

「你！」周梁昆緊鎖雙眉，胸中不覺升起股無名怒火，他竭力克制著，冷笑一聲道：「靖媛，你怎麼越來越不聽話了。你若一定要去天覺寺，為父便不能陪你去了。」

周靖媛低下頭一聲不吭。

周梁昆等了等，轉緩語氣道：「靖媛啊，花朝節的安排我們稍後再談。我此刻要問你，你母親前幾日和你商量的事情，你考慮得怎麼樣了？」看周靖媛依然一言不發，周梁昆無奈地長歎一聲，道：「靖媛，按理這種事情不該由我這個當爹的來問，可王氏說你對她什麼都不肯說，我也知道你心中對她不以為然。也罷，為了我女兒的終身幸福，我問問也是無妨的。靖媛，可否對爹爹說說真心話，你對和裘侍郎公子的這樁婚事怎麼看？」

周靖媛的眼睛盯著面前的方磚地，纖細的手指不停地絞動著手裡捏著的一塊絲帕。周梁昆清了清嗓子，有些尷尬地開口道：「今天在朝上，裘侍郎還向我問起這件事，看得出他們心意懇切。他的這位公子我也曾見過，相貌堂堂，去年剛中的進士，如今在吏部候缺，是朝廷要重用的人才。靖媛啊，父親、父親老了……如今最大的心願不是別的，就是希望能夠看到你有個好的歸宿，我的女兒絕不能嫁錯人，要嫁便要嫁最好的男兒。靖媛你也知道，歷來求親的也有十多家，我這一關就通不過。這一次，父親是真的覺得挺不錯，但還是要聽聽靖媛你的心思，才能定下。」

一通話說完，周梁昆的內心不禁有些波瀾起伏，他直直地注視著女兒，心中在無聲地問著，孩子啊，你能明白爹爹的一番苦心嗎？

似乎是聽到了他的心聲，周靖媛終於抬起了頭，漆黑的雙眸中閃著奪目的光彩，白皙的雙頰微微泛紅，她朝父親溫柔地笑了笑，道：「好爹爹，您別著急，咱大周朝的女子自聖上以降，到公主、貴戚，俱不是扭捏造作之人，靖媛志氣高遠，也不願意讓別人比下去。上回狄大人不是還說女兒是巾幗不讓鬚眉嗎？」

周梁昆被她說得有些摸不著頭腦，隨口應了一聲。

周靖媛嬌媚地眨了眨眼睛，繼續道：「爹爹，靖媛還記得您曾經對我說過，太平公主是如何提醒先帝和聖上為她選婿的……」

周梁昆有些不解，道：「嗯，這件事在朝野傳為佳話，人盡皆知啊。那日先帝在宮中設宴，宴請親族。太平公主身穿紫袍，腰圍玉帶，頭戴黑巾，手持弓箭，來到筵席上，給先帝和聖上跳舞助興。舞罷奏請說，請二聖將身上這套武官袍帶賜給她的駙馬……」說到這裡，周梁昆突然停住了，他仔細端詳著女兒臉上頃刻間染上的紅暈，微微有些發愣。

周靖媛終於被父親盯得不好意思了，低低叫了聲：「爹爹！」又將頭深深地低了下去。

「武官，武官……」周梁昆囁嚅幾遍，才鼓起勇氣來問女兒，「靖媛，難道……你心中已有了人？而且是個武官？」

「爹爹！」周靖媛抬高聲音又叫了一遍，這回連脖子都紅透了。

周梁昆思忖著道：「靖媛，能不能告訴爹爹，你——」

「爹爹，」周靖媛打斷父親的話，撒嬌道，「你若真的不陪女兒去天覺寺，靖媛就去邀狄大人同遊！」

「狄大人？」周梁昆愣了愣，「靖媛，你是說狄仁傑狄大人？」

周靖媛一噘嘴：「咱朝裡還有哪個狄大人啊？」

「這……」周梁昆徹底呆住了。他真的弄不明白了，自己的女兒究竟想幹什麼？

周靖媛倒有些得意，輕聲道：「爹爹，女兒都打聽過了，就是因為過年時發生的那樁命案，天覺寺為了消除影響，正想方設法將這回的法事辦成少有的盛會。連天覺寺譯經院的掌院大師了塵法師都會登壇講經，他可是從未講過經的啊——」

周梁昆打斷女兒的話：「靖媛，你在胡鬧什麼？狄大人是什麼身分的人，怎麼會與你一起去天覺寺賞遊？」

周靖媛輕輕「哼」了一聲：「為什麼不會？狄大人如今已經是在朝致仕，歲數都這麼大了，還不應該多清閒清閒？」

周梁昆啼笑皆非：「狄大人再要清閒，也輪不到你一個小丫頭去請他花朝節共遊吧？」

周靖媛自信地笑了：「爹爹，您就等著瞧吧，女兒一定能請到狄大人的。」隨後，她又飛紅著臉道：「爹爹，女兒不是有意要跟您作對，只是上回與狄大人在天覺寺的天音塔下偶遇，才有這個由頭。」

周梁昆已經完全聽得呆住了。周靖媛等了片刻，見父親不理自己，便起身向父親拜了一拜，往門外走去。快走到門口，突聽周梁昆在她身後顫抖著聲音道：「靖媛，你知道自己在做什麼嗎？」

周靖媛渾身一顫，止住腳步回過身來，向父親深情一笑，輕聲道：「爹爹，您是靖媛在這世上最親的人，靖媛所想所做的一切都是要為爹爹分憂，還請爹爹放寬心便是。」

周靖媛離開了很久，周梁昆兀自在屋中呆坐著，腦海中混沌一片。突然，他喃喃自語起來：「武官？武官？狄仁傑大人……難道是那個人？」

當天傍晚，沈槐照例來到狄仁傑書房。周梁昆那裡已經派人監視了一個多月，沒有發現什麼異常。因而沈槐這兩天比較空閒，只是處理些日常雜務。

沈槐進門時，狄仁傑正坐在書案前，拿著張書箇反覆觀看。沈槐不敢打攪，便站在門旁默默等待著。狄仁傑一抬頭看見他，笑著招手，讓他進前來，指著手裡的書簡道：「這個周靖媛小姐真是有意思，居然想到要在二月十五日花朝節，邀請老夫與她共遊天覺寺。」

沈槐只是笑了笑，並未說話，對於這個周靖媛小姐，他可不想發表任何意見。狄仁傑也不在意，擱下書簡，問了沈槐幾句，就讓他回去休息。自從沈珺來洛陽以後，如無特殊情況，沈槐每天都會回沈珺棲身的小跨院與她共用晚飯，隨後才返回狄府，晚上仍住在袁從英原先的屋子裡，也算是恪盡職守。

此刻沈槐看沒什麼事，便向狄仁傑告辭，狄仁傑吩咐道：「你出去時，順便將我的這封回書帶給狄忠，讓他盡快送到周梁昆大人府上。嗯，也讓狄忠準備準備，後日一早我們一起去天覺寺過花朝節。」

沈槐點頭，狄仁傑又不經意地道：「對了，你那堂妹來洛陽也已月餘了吧，乾脆也請上她共遊天覺寺。有她與那周靖媛小姐做個伴，都是青春少女嘛，總比與我這老頭子共遊有趣得多。另外，讓狄忠再去請過宋乾大人，如果他得空，也一起去。」

「是。」沈槐領命而去，不知為什麼，對兩天後的花朝節，他的心中竟產生了些許莫名的期待，但也有些隱約的擔憂，讓他感到陣陣忐忑。

花朝盛會，是春天裡的第一個節日，和煦的春風和溫潤的暖陽，催開了早春最爭先的花朵。雖然滿心期待，當狄仁傑一行眾人來到天覺寺前時，寺院內外遍開的桃花、梨花和玉蘭，還是帶給他們莫大的驚喜，不知不覺中，春天真的已經來到眼前了。夾雜在粉紅的桃花、雪白的梨花和嫩黃的玉蘭之間的，是青年男女身上五顏六色的華服，映襯著那一張張青春洋溢的俊美面容，越發顯得嬌豔動人。

寺院之外的開闊地上，精采紛呈的百戲開演了，只見各色伎人忙著吞刀吐火、吹竹按絲、走園跳索，真是不亦樂乎。密密匝匝的人群把天覺寺的門前擠了個水洩不通，時不時爆發出鼓掌和喝采之聲。狄仁傑和宋乾走在最前，周靖媛與沈珺緊跟，沈槐和狄忠則落在最後，仍然時刻留意著周邊的動靜和穿梭來往的人群，不過似乎並沒有人注意到他們，畢竟面前的百戲和身邊的鮮花，已經把絕大多數人的心都吸引住了。

沈珺常年離群索居在窮鄉僻壤間，這還是頭一次來到洛陽，不禁有些目不暇接。喪父的哀傷尚未消逝，在洛陽居住這月餘來，她深居簡出，幾乎就沒有離開過棲身的小院。沈槐始終心事重重，態度不冷不熱，令沈珺的心中很是不安。她本來沒有多少遊興，但因是狄仁傑大人的邀請，沈珺能看出來堂哥沈槐對此相當重視，因此她今天還是鄭重地穿上了自己最好的素色衣裙。服喪期間不能濃妝豔抹，沈珺本也不擅長塗脂抹粉，更連一件像樣的首飾都沒有，還是何大娘幫忙，從自己隨身所帶的包袱裡取出一支金鑲玉的鳳頭步搖和一枚銀花簪，替沈珺插在髮髻上，就算是她全部的裝飾了。

在狄府門前，沈珺頭一次見到了聞名已久的狄仁傑，心中原存的畏懼被他慈祥和善的笑容沖淡了不少。沈珺少經世事，沒有多少見識，但並不愚蠢，她從狄仁傑的神情中很明白地看到，這位老邁的宰相大人很喜歡自己。沈槐顯然也意識到了這一點，神態隨之輕鬆了不少。不過兄妹倆人的好心情，在周靖媛出現以後，又漸漸低落下去。

狄忠應狄仁傑之命，特意去周府將周靖媛接到天覺寺，與狄仁傑一行會合。與沈珺的素樸裝扮截然不同，周靖媛今天真是盛裝而來。鵝黃的錦緞長裙上滿是巧奪天工的刺繡，百褶裙襬隨著她靈動的腳步變幻出彩虹般的絢爛色澤，臉上顯然是花費了一番心思的妝容，柳眉淡掃，朱唇濃點，黑寶石般的雙眸不停朝沈槐瞥去，竟令得他心中慌亂，不由自主地要調轉目光，避免與那對大膽而銳利的視線觸碰。

此刻，他們一行人已經在天覺寺門外流連了不少時間。了塵大師的講經尚未開始，百戲表演又很有趣，他們便一處一處地看過來。周靖媛起初一直緊隨在狄仁傑的身邊，小心地陪著狄仁傑說笑，這會兒慢慢落到後頭，與沈珺走在了一起，親熱地和沈珺交談著。沈槐在後面冷眼觀察，發現和周靖媛一比肩，沈珺的那身裝扮便顯得說不出的寒酸氣，姿色也比周靖媛平庸不少。沈槐知道，其實堂妹的五官容貌並不遜色，但卻是塊未經雕琢的璞玉，美好的潛質處處被小家窮戶的拘謹所包裹，與周靖媛那通身上下的大家閨秀氣派實在不可同日而語。想到這裡，沈槐心中隱約的不快變得越來越明顯，只覺一股鬱積的晦氣瀰漫整個身心，又無處發洩。

正胡思亂想著，來到了前面繩戲的圈地。越過鱗次櫛比的人頭，可以看見相距幾丈遠立著兩根木柱，柱頭上連接一根粗大的繩索，繩索之上兩名豔服女子相對而立，且舞且蹈，做出各種驚險的動作，時而前行，時而後退，時而錯身相交，看得人心驚膽戰，呼喊連連，那兩個繩伎卻動靜自在，如履平地一般。狄仁傑一行人駐足在此，細細欣賞著，沈珺因是頭一次見到這個，緊張得連氣都透不過來，當那繩伎在空中側翻時，她不覺低低一聲驚呼，連忙伸手掩口。

身邊的周靖媛全看在眼裡，輕輕嬌笑一聲，湊過來道：「沈珺姐姐，你別害怕，這些人以此為生，成天就練這個，不會有事的。」

沈珺有些不好意思，微紅著臉道：「是我沒見過，倒真替她們擔驚受怕。只是……我總覺得以此為生，太辛苦，也太危險了。」

周靖媛眼波閃動，滿不在乎地道：「以何為生不辛苦不危險？在家務農倒是安閒，可又有什麼意思？在我看來，只要能得到自己想要的，辛苦些危險些又算得了什麼？」她抬起手悄悄指指狄仁傑的背影，「你看咱們這位狄宰相大人，他的辛苦危險還少嗎？可這才成就了一位當世的豪傑呀。」

沈珺輕聲道：「嗯，可這是男人的——」

周靖媛柳眉一豎，不屑一顧地道：「沈珺姐姐，難道你忘記了如今的聖上也是女人？」

沈珺遭此搶白，一下子無言以對，紅著臉低下頭。周靖媛瞧著她的樣子，突然促狹地低聲道：「沈珺姐姐，靖媛相信願賭服輸這句話，你覺得呢？」

沈珺聞言臉色驟然大變，求救般地回頭去找沈槐，他卻茫然不知地正與狄忠說笑。

周靖媛倒沒發覺沈珺的異樣，低頭去扯沈珺的手，一邊驚訝地問：「咦？沈珺姐姐，你的手上怎麼還生著凍瘡？天氣已經暖了好些日子了……」

沈珺忙不迭把手往衣袖裡縮，她至今仍每日自己洗衣做飯，她支吾著又瞥了眼沈槐，那人卻乾脆把臉掉向另一側。

周靖媛繼續親熱地和沈珺攀談：「沈珺姐姐，我是屬蛇的，今年二十了，你呢？」

沈珺答：「我比你大五歲，屬鼠。」

周靖媛頭一歪，狡黠地問：「沈珺姐姐，你二十五了怎麼還未出閣？」

沈珺的臉由白轉紅，咬著嘴唇低下頭，半晌才淒然地笑了笑，輕聲回答：「爹爹常年患病，只有我一人照料他，所以……」

周靖媛表示理解地直點頭，調笑道：「沈珺姐姐真是孝女，我最佩服這樣的人。既然令尊已安然辭世，沈珺姐姐大可安心找戶人家嫁了。」

沈珺把頭低得更深，聲音輕到幾乎聽不見：「我、我還要居喪一年……」

狄仁傑走在兩位姑娘的前面，雖然四周嘈雜，這番談話仍然斷斷續續地鑽入耳蝸。對於周靖媛，他突然有了一種新鮮的認識，這種感覺令他很不舒服。而沈珺，從見到這姑娘的第一眼起，狄仁傑就心生愛憐，總覺得與她有種說不清道不明的親近，回想這一生中所見過的無數的人，每次初見，狄仁傑都會從心中尋找最直接的感覺，他相信這種由智慧、天賦和經驗累積起來的直覺，幾乎從來沒有出過差錯。迄今為止，能讓他一見如故、倍感親切和信任的人，少之又少，沈珺算是其中之一，除了她還有誰呢？狄仁傑突然不願再想下去，他回過頭去，笑容可掬地招呼尾隨的眾人：「時辰快到了，咱們去聽了塵大師講經吧。」

步入天覺寺，人潮都向後院湧去，今天的講經壇就設在天音塔前。自臘月二十六日夜的慘劇之後，天音塔前還是頭一次聚集起了這麼多人。了塵大師在譯經院掌院多年，對佛學的造詣聞名於世，但這位高僧淡泊俗世，幾乎不與外人交往，開壇講經更是頭一遭，因此吸引了洛陽城大批善男信女。大家一邊來爭睹了塵大師的風采，一邊還在紛紛議論著，是什麼令這位遁入空門已久的大師突然決定登壇開講呢？許多人推測，年前發生在天音塔上的慘禍可能是一個重要的緣由，畢竟，佛門弟子如此慘死，天覺寺的大師應該出面超度的，開壇講經也是一種方式。

講壇搭在天音塔前，了塵大師身披袈裟升坐，唸偈焚香，徧稱諸佛菩薩之名。因雙目失明，他的眼睛始終低垂，面容愈顯平靜而空寥，開始宣講《法華經》。自他一開口，喧鬧的人群立刻變得寂靜無聲，只有了塵那並不高亢的淡然嗓音回響，隨著他的講述，人們漸漸平復了起伏不定的心緒，隨之進入到澄明寧靜的精神世界之中。

狄仁傑被讓到了第一排，他看著了塵滄桑的容顏，卻不同尋常地思緒萬千，心潮澎湃。因為只有他才真正地知道，多年來從不公開講經的了塵，為什麼會突然打破自己立下的規矩，反而以衰老而病弱的軀體，面對塵俗中的眾人，宣講佛陀的覺悟。狄仁傑聽著聽著，竟止不住地眼含熱淚，他在心中默唸：了塵啊了塵，佛說要頓悟，可你潛心禮佛二十餘年，卻依然在三界中受著煎熬，這麼多年過去了，你終還是無法求得解脫。看來就是佛祖也幫不上你的忙，你塵世中的業難了啊。我，又何嘗不是呢？

了塵講了大約一個時辰，講經結束以後，狄仁傑讓沈槐、狄忠分頭送周靖媛和沈珺回家，自己則帶著宋乾再度來到了天覺寺旁的譯經院，與了塵在他的禪房中見面。禪房中的經案上焚著香，小沙彌奉上清茶，了塵盤膝坐在經床上，雙目微瞑，許久都不說一個字。

狄仁傑也默然而坐，宋乾自不敢言，只管低頭飲茶。過了很久，了塵才悠悠長歎一聲，道：「懷英兄，今日我升坐講經時，竟有了種幻覺，彷彿我的女兒就坐在下面，望著我，聽我說話。」

狄仁傑喟然歎息著，無言以對，只是搖頭苦笑。

了塵等了片刻，又道：「懷英兄，就是這個『癡』字，這份執著，當初害了郁蓉，害了汝成，害了……他們的孩子，還有敬芝和我的女兒……」說到這裡，宋乾驚詫地發現，了塵灰白的眼眶中竟緩緩落下兩行清淚，他接著道：「我遁入空門多年，為的是要躲避這個癡和這份執著。自以為已經心如止水，漸入悟境，卻不想這三界輪迴之苦，遠不是那麼容易擺脫。」

狄仁傑淒然接口：「大師，該來的總還是要來，躲是躲不掉的，這就是孽吧。你我二人，這麼多年來時時刻刻想求心安，但又何嘗得到過片刻寧靜。我在想，這本身就是一種執著吧。以此執著去逃避彼執著，想來只能算是蠢行罷了。」

突然，了塵語氣急促地問：「懷英兄，你說，我還能找到女兒嗎？」

狄仁傑苦笑：「你也不是不知道，我找汝成和郁蓉的兒子，找了整整二十五年了，至今音訊皆無。」

了塵嚅動著嘴唇，半晌才道：「那難道真的就沒希望了？難道、難道他們真的不在世上了？」

狄仁傑搖著頭，沉聲道：「不，我總覺得那孩子還活著，他沒有死，他不會死的。還有你的女孩兒，也許他們倆一直都在一起，生活得好好的，正如敬芝所期望的那樣，不離不棄，生死相隨。」

了塵重複著：「不離不棄，生死相隨……假如真是那樣，那我們也可以告慰汝成他們的在天之靈了。」他猛然伸出枯乾的雙手，在空中揮舞著。

狄仁傑立即將他的雙手緊緊握住，了塵混濁的雙眼圓睜，死死地盯住前方，聲音嘶啞地道：「找到他們，懷英兄，一定要找到他們！在我們離開塵世之前，我、我一定要見到這兩個孩子，我要見到我的女兒！」

狄仁傑顫動著雙唇，費力地擠出一句話來：「好，我答應你，在我狄仁傑的有生之年，一定會找到他們的。」

是夜，狄仁傑的書房中，萬籟俱靜，深沉的夜色彷彿有千鈞之重，壓得人喘不過氣來。宋乾端坐在狄仁傑的對面，全神貫注地傾聽著狄仁傑的講述。與這位恩師相交多年，他還是頭一次看見狄仁傑如此毫無保留地在自己面前追憶往事，回顧過往，只是那許多年前的過去，怎會令人如此黯然神傷？

這是一個關於誣陷與背叛、友情與拯救的故事。

今夜的談話從一個問題開始。狄仁傑首先問宋乾，是否還記得唐高宗上元元年所發生的蔣王李惲被誣謀反案？宋乾當然是記得的，這可是樁震驚朝野、牽扯甚廣的大案，其引發的樁樁血腥事件，哪怕今日回首，仍叫人唏嘘不已。而且，狄仁傑在上元二年被調入京師，從一名地方官吏直接升任大理寺丞，就是為了處理這樁大案。狄仁傑果然不辱使命，很快就審理得水落石出，憑著這個案子而一戰成名。對此，大理寺的那些老人們至今還在津津樂道。

宋乾接任大理寺卿以後，也曾特意花了好幾天的時間，調閱狄仁傑任大理寺丞時所處理的案卷來細細研讀。狄仁傑當初一年之內審理一萬七千餘人，無一人申訴稱冤的政績，確實讓宋乾為之深深折服。但他也奇怪地發現，狄仁傑成功審理的第一樁，也是最重要的案件——李惲謀反案，在卷宗中卻記載寥寥，只是簡單敘述了事情的經過，而沒有任何對其中細節和內情的進一步闡述。此刻宋乾聽狄仁傑開門見山提到這個案子，不由將自己的疑問提了出來。

狄仁傑聽了宋乾的問題，沉默了許久，才苦澀地答道：「你跟隨我多年，應該知道，越是重要的案件，越是內情複雜的案件，越是影響深遠的案件，最後所能記錄下來見諸筆端的，往往越是表象。不是不能對其尋根究底，只因這樣的挖掘所帶來的創痛至為刻骨，為了安慰逝者，更為了保護生者，最後才不得不選擇無言。有多少真相就這樣永遠地湮沒在如煙的往事中，不過今天，宋乾，我要告訴你的，恰恰是那些印刻在我腦海深處的故事，它們埋在我心底整整二十五年，卻仍然像發生在昨天一般地清晰。」

見諸史冊的李惲謀反案是這樣的：李惲，唐太宗李世民第七子，貞觀五年，始封為郯王，貞觀十年，改封蔣王。先後拜安州都督、梁州刺史。其人縱情享樂，尤愛搜刮民間各種寶藏，令所轄州縣不堪其勞，民憤沸反，怨聲以道。上元元年，唐高宗李治遷李惲至箕州任刺史，箕州錄事參軍張君徹誣陷李惲謀反，高宗盛怒，將李惲全家押至長安受審，彼時武后已掌權，李氏宗嗣頻頻受到打擊，朝野上下，竟無一人敢為李惲喊冤。李惲家族廣受牽連，或被賜死或流放千里，李惲萬般惶懼之下，竟在牢中上吊自殺。

唐高宗李治聽聞兄長慘死獄中，因遭背叛而充斥於心的憤怒才稍稍平息，等靜下心來反覆琢磨，他才隱隱覺得其中有什麼不對。李惲畢竟是他的兄長，憑其對這位兄長的了解，說他荒淫濫權尚可信，謀反逆天卻實在不像是他的作為，難道這真的是樁冤案？李治越想越覺得寢食難安，可遍視朝堂，竟沒有一個自己信得過又敢於出頭說真話的人，能幫助他理清事情的真相。就在百般為難之際，時任并州法曹，政績卓著，備受尚書閣立本推崇的狄仁傑進入了李治的視線。

於是狄仁傑就在上元元年末，被破格提拔為大理寺丞，並由高宗親自任命徹查此案。狄仁傑果然不負聖望，只花了短短兩個多月的時間，就把案情的始末原委查了個水落石出，張君徹承認誣陷，被處以極刑，相關作過偽證，以及落井下石的各色人等也都一一遭到了處罰。上元二年，李治為李惲平反，追贈司空荊州大都督，李惲所有因此案無辜受到牽連的家人，也終得昭雪。狄仁傑更是因此聞名天下，坐穩了大理寺丞的位置，並得到了李治和武則天的特別賞識。

狄仁傑聽完宋乾重述的這段往事，靜靜地思忖著，半晌才道：「宋乾啊，你所說的這些都是事實，但我要告訴你的卻是其中隱含的另一段不為人知的往事。」

李惲有三個兒子，在謀反冤案中無一倖免，全部慘遭殺害。狄仁傑一直耿耿於懷的，是他雖然為李惲一家申了冤，卻沒有替他們避開災禍。其實就連皇帝也不知道，當時狄仁傑使盡渾身解數為李惲平反，並不僅僅是出於正義感和責任心，他還在竭盡所能地力圖幫助自己最好的朋友——李惲的小兒子，汝南郡王李煒一家，然而，他的幫助到得太遲了。

狄仁傑還在任汴州判佐時，偶然與李煒相識，遂成莫逆之交。但由於李煒的特殊身分，和狄仁傑自己的謹慎，這段交往幾乎沒有外人知道。狄仁傑在與李煒相識後不久就遷任并州法曹，自此雙方再無往來。直到李惲案發，狄仁傑才聽說李煒亦牽連在內，並在狄仁傑接受此案的前幾天，剛剛被處極刑。當時，李煒的妻子許敬芝正在汴州娘家待產，李惲案發後，她躲避到李煒的好友謝汝成家中，卻不知怎麼走漏風聲，官府闖入謝家，不問青紅皂白地亂打亂抓，竟將剛產下一名女嬰、行動不便的許敬芝活活打死，謝家亦遭牽連，整個宅第被燒成一片焦土。謝宅裡當時還有謝汝成年僅八歲的兒子謝嵐，和李煒那剛落地還未滿月的女嬰，據說都葬身於火海之中。唯一逃出謝宅的是謝汝成的妻子郁蓉，這女人很久以來就有些瘋癲，經此變故更是徹底瘋狂，就在狄仁傑趕到汴州查案的當天，郁蓉喊著謝汝成的名字投入汴州城西的龍庭湖，追隨她的夫君而去。

宋乾聽完狄仁傑的這段敘述，大為震驚，好半天才歎息道：「這、這豈不是慘絕人寰的橫禍？」

狄仁傑淒苦一笑：「誰說不是呢。老夫一生所經歷的慘劇也不算少了，但像這樣令人傷痛欲絕，又發生在與老夫休戚相關的友人身上的，唯有這一樁。」

宋乾聽得心驚膽戰，低頭不語。良久，他才聽到狄仁傑彷彿在自言自語地說：「其實，李煒並沒有死。」

「啊？」宋乾張大了嘴瞪著狄仁傑，說不出話來。

狄仁傑拍了拍他的手臂，輕輕歎息道：「你已經和他見了幾次面了。」

宋乾囁嚅著：「見過面……啊？難道，難道是了……」

狄仁傑點點頭：「是的，你猜得沒錯，了塵大師就是李煒，當初的汝南郡王，李惲案中唯一的倖存者。」

「可是李煒不是已經被處死了嗎？」

狄仁傑深深地歎息著，道：「被處死的不是李煒，而是有人冒他之名，代他去死。」

宋乾越發驚得雙目圓睜：「這、這怎麼可能？有誰會代人去死？」

狄仁傑苦笑著搖頭：「有啊，這世上就是有這樣的傻子。那代替李煒去死的傻子，正是他的好友謝汝成。」

原來這謝汝成和李煒年齡相仿，長相也有些相似，李惲案發後，李煒當即帶著許敬芝逃到汴州，就是在那裡由謝汝成李代桃僵，冒充李煒入獄，當時的主審官員為了搶功獻媚於高宗，連審都未曾仔細審過，就將冒充李煒的謝汝成押解法場殺了頭。

宋乾百思不得其解地問：「可是這謝汝成為什麼要代人去死？還有，如果他代替李煒被殺了頭，留在謝家的又是誰呢？」

狄仁傑歎道：「留在謝家的是李煒本人，他在官兵闖入之前就逃走了。你可知魏晉名士之風，重情義輕生死，謝汝成乃陳郡謝氏之後，渾身都是名士的風骨。他與李煒是生死之交，也知李煒遭陷蒙冤，故而才願以命相救。當然……謝汝成這樣做，還有別的原因。」說到這裡，狄仁傑突然停了口，又一次陷入沉思。

宋乾看著狄仁傑，連大氣都不敢出，只靜靜地等候著。

許久，狄仁傑從回憶中猛醒過來，朝宋乾淡然一笑道：「李煒一時貪生，哪想到卻連累了謝汝成一家人，還有自己的妻兒。他雖然活了下來，卻落得個家破人亡。在外逃亡整整一年後，他回到京城投案，那時候李惲案已告結，先帝看到李惲三子李煒竟然還活著，喜出望外，當即赦免了他的欺君之罪，還打算要授以高官厚祿，怎奈李煒已萬念俱灰，看破紅塵，只求一處僻靜之所靜修，贖其罪孽，度其殘生。因此，先帝才准他剃度在天覺寺，法名了塵。他的真實身分，整個大周朝，除了當今聖上，也就只有我才知道。」

宋乾恍然大悟：「原來如此。那麼恩師，您現在想要學生做的……」

狄仁傑抬起頭來，死死地盯住宋乾：「宋乾啊，為師可曾為了私事相求於你？」

宋乾連連搖頭：「不曾，不曾。恩師您……」

狄仁傑一字一句地道：「那好，今天為師就求你替我去辦一件私事。」

「恩師您說，學生定當效勞！」

狄仁傑點頭，鄭重地道：「好，宋乾，你去幫我找兩個人。謝宅被焚之後，在現場並未發現謝汝成的兒子謝嵐和李煒初生的女嬰，後來有人說在附近看到過謝嵐和那女嬰的蹤跡。因此，我和了塵始終抱著希望，覺得那兩個孩子說不定真的逃出了生天。宋乾，我要你找的就是一個男子，名叫謝嵐，還有一個女子……我也不知道姓名。他們二人很有可能在一起生活，或以兄妹相稱，也或已結成夫妻。」

宋乾為難地看著狄仁傑：「這……」

狄仁傑再次淒然一笑：「我知道很難，甚至徒勞。但這是我和了塵此生最大的遺憾，這兩個孩子，只要他們沒有死，我就一定要找到他們。」

此刻，在與狄府一箭之遙的獨門小院內，沈槐兄妹剛用過晚餐，沈珺習慣性地起身收拾碗筷，被沈槐悶聲喝住：「你坐著別動！」

沈珺茫然無措地坐回椅子，沈槐朝門外喊道：「何大娘，你來收拾一下桌子。」

何大娘答應著從西廂房中跑出來，忙忙擦拭桌子，把碗筷捧了出去。

沈槐看著她的背影，低聲道：「阿珺，我和你說過多少遍了，以後這類事情就讓何大娘去做。你是有身分的小姐，不是下等僕役！」

沈珺臉上白一陣紅一陣，期期艾艾地道：「大娘五十多歲了，也上了年紀。我不好意思讓她多疲累。」

沈槐冷笑：「那她就好意思在咱們這裡白吃白住？」他看了看沈珺侷促的表情，放緩語氣道：「阿珺，我知道你心地善良，但對人情世故卻懂得太少。何大娘與我們非親非故，我們好心收留她，她為我們做點家務盡點心，她自己住著也更踏實些不是？」

正說著，何大娘端著個茶盤走進來，奉上香茶，嘴裡道：「沈將軍，阿珺姑娘，你們喝茶。」

「嗯。」沈槐點了點頭，捧起茶杯在嘴邊吹了吹氣，隨口道：「何大娘，你在我家住了這麼些日子，生活也習慣了吧？平時的家務，還請何大娘你多多操心，尤其是出外拋頭露面的事情，盡量不要讓阿珺去做。」

何大娘點著頭，小心翼翼地道：「沈將軍說的是，老身明白。阿珺姑娘是千金小姐，不該做那些粗鄙的活計。只是她的心太好，看我忙碌就要來幫忙，老身攔都攔不住。」

沈槐不耐煩地皺眉道：「總之以後還請何大娘多多操心。」

何大娘很有眼色，拿起茶盤就要退下，沈槐又招呼道：「大娘，明日你陪小姐去集市買些新鮮的綢緞吧。我聽阿珺說你的女紅乃金城關一絕，可否幫阿珺裁製幾套新衣？」

何大娘忙應道：「好啊，我也說過好幾次，要給阿珺姑娘做幾套新衣服，老身我的手藝還是不差的。可阿珺姑娘老說她尚在孝中——」

沈槐打斷她的話：「只要顏色素淨些就行了，好過那幾身舊衣服，實在太土氣太寒酸。」何大娘瞥了眼沈珺，只見她面紅耳赤的，一副可憐相，不由深深歎了口氣，應承著便退出了門。

沈槐回過頭來端詳著沈珺的臉，輕輕握住她的手，真切地道：「阿珺，你知不知道你有多麼美麗？雖然素樸無華，可在我的眼裡，遠比洛陽城裡那些搔首弄姿的女人們要可愛得多。」

沈珺掉開視線，雙眸閃著瑩潤的光，輕聲道：「那位靖媛小姐才真是位美人兒。」

沈槐聽得一愣，意味深長地看了沈珺半天，突然笑起來：「周靖媛，倒確實是個美貌的女子。你知道今天我送她回府時，她對我說了什麼？」

沈珺沒有搭話，只是愣愣地瞧著沈槐。沈槐臉色陰鬱地沉默著，半晌才道：「就在她家的府門口，她對我說，她覺得你我不像是一家人。」

沈珺的手輕輕一顫，沈槐一把將那雙手攥得更緊：「哼，這位周小姐真是冰雪聰明啊。說實話，我還挺欣賞她的。可惜，她講話太過直白，行事也有些操之過急了。」

沈珺眼神茫然，輕聲道：「也許，也許她只是想更多地接近你……」

沈槐冷笑：「接近我？為什麼？難道這位三品大員的千金小姐對我有意？」

沈珺猛地抬頭看他，沈槐朝她微笑著搖搖頭，歎息著道：「阿珺，你放心，咱們倆就是一家人，這是事實，任誰都改變不了。」

和煦的春風徐徐拍打著窗紙，一輪新月高高掛在黛藍色的澄空中，沈珺緋紅著雙頰，輕輕坐到沈槐的雙膝之上，年輕男子有力的臂彎將她柔軟的身軀緊緊裹住，彷彿一個堅實的牢籠，令她被關押得心甘情願，今生今世都不再指望逃離。這就是她的宿命，從一出生起就伴隨她至今，並會將她纏繞到死。當火熱的雙唇相互觸碰，舌尖上品味出他的甜美時，沈珺迷迷糊糊地想著：要是真的能夠這樣死去，死在他的懷中，會是件多麼美好的事情。沈槐說得對，他和她，他們是一家人，他們注定要同生共死，任誰都改變不了。

當沈槐離開沈珺的屋子時，已經過了三更天。站在夜闌人靜的小院中，沈槐深深地呼吸著早春清新的空氣，感到神清氣爽，這麼多天來壓在他心頭的重負似乎被暫時移開了，整個身心都有種難得的輕鬆之感，沈槐知道，這是沈珺極盡溫柔的愛撫所帶給他的放鬆。此刻，當他回味著方才她承歡時癡迷的面容和沉醉的呻吟，心中不禁充滿了憐愛之情。不會有人明白，沈珺對於沈槐究竟意味著什麼，有時候沈槐覺得，即使沈珺自己也並不清楚她在他心中的位置，那是獨一無二不可取代的位置，只因這世上唯有她才了解最真實的沈槐。不過話又說回來，她真的了解嗎？

沈槐輕輕地穿過小院，剛要開啟前門，門邊的陰影處閃出一個人來。沈槐嚇了一跳，本能地以手觸劍，月亮的光輝正巧照亮那人的面孔，原來是何大娘。沈槐鬆了口氣，壓低聲音抱怨道：「何大娘，你怎麼鬼鬼祟祟的？這麼晚了還不睡覺，在此作甚？」

何大娘訕訕地耷拉著雙手，一邊搓弄著衣襟，一邊支吾道：「沈、沈將軍。老身一直在此等候，只是想抽空問您一句，可曾有我兒的消息？」

沈槐冷冷地瞧著她，不耐煩地答道：「哦，你兒子的事情我一直留意著呢，可哪裡有那麼快？洛陽不是金城關，也不是蘭州，人口眾多，要找個人並不是那麼容易的。再說，你兒子到底有沒有來洛陽，也不好說啊。」

何大娘的手依然緊緊揪著裙襬，臉上滿是苦澀的神情，哀求地道：「沈將軍，我知道麻煩您了，可我、我從家鄉跑出來，就是為了找他，我實在沒有其他辦法啊……」

沈槐冷淡地道：「行了，我會盡力幫忙的，你就放寬心吧。你只要照顧好沈珺，我不會虧待你的。」

「是，多謝沈將軍，多謝沈將軍。」

沈槐揚長而去了。何大娘關上院門，回頭望向沈珺房間黑魆魆的窗戶，長長地歎了口氣。

沈槐沿著空無一人的小巷走了百來步，前面就是狄府的邊門了。他想了想，沒有繼續前行，而是朝右側拐了個彎，又走過三個街口，面前出現了一座破敗的道觀，觀門上的匾額半懸著，門旁雜草叢生，門上還掛著粗粗的鐵鏈和一柄大鎖。沈槐從腰間掏出鑰匙打開觀門，「吱吱呀呀」的聲音在寂靜的夜中特別刺耳，好在這裡周邊都是荒草和枯木，並沒有什麼住戶。

踏著滿地的碎磚亂石和雜草，沈槐悄悄走近觀內唯一的一座房屋，那屋子的門上也掛著粗鐵鏈和大鎖，窗戶上橫七豎八地釘滿木條，一絲光線也露不出來。沈槐卸下鐵鎖開門，昏黃的燭光從屋中射出，走進房門，桌邊坐著的人抬起頭來，瘦削蒼白得像死人般的臉上，瞪著雙無神的眼睛。

沈槐走到桌前，看著滿桌的書籍，冷笑道：「不錯，看樣子你還很用功嘛。」

楊霖低下頭，輕聲道：「被你鎖在這裡，哪兒都不能去，只好看書。」

沈槐隨手撿起一本書，翻了兩頁又扔下，譏諷地道：「我這樣做可都是為了你好。要是放你出去，難說你會不會又找到什麼好玩的去處。哼，你還是乖乖地待在這裡溫習吧，制科開考在即了，到時候我一切都會替你安排好，當然，你自己也要有些拿得出手的貨色。」

楊霖沉默著，呆滯的臉上沒有絲毫表情。

第二章　沙獄

據蒙丹說，從河床邊的土屋到伊柏泰，順利的話還要走上整整一天。順利的意思是說，雖然一路之上不可避免地會遇上多次沙暴，但次數和強度都還不至於使人陷入沙土堆中動彈不得，或者被風暴吹得暈頭轉向徹底迷失，抑或整座沙丘的移動沒有將去路完全堵死……總之，假如所有這些可怕的情形都沒有發生，那麼他們應該可以在夜幕降臨之前到達伊柏泰——蒙丹口中那令人聞風喪膽、望而卻步的沙漠絕地。

好在已是初春時間，大漠中差不多到了最好的時光。夜晚的溫度雖然還很低，但白天的氣溫卻滿適宜，到了正午的時候，陽光毫無遮擋地傾瀉而下，甚至能令人初嘗暖意。當然了，春天也是風暴最盛的時節，狂風將大漠中本來就很稀少的水分吹散得更為徹底。大漠永遠在考驗著敢於踏入其領地的人，對於人類，它從來都不會是真正友好的。

旭日初升之時，蒙丹便帶著袁從英一行啟程了。武遜留下的裝水木桶，重新灌滿了從水井中打出的清水，由駱駝馱在背上。這頭本已奄奄一息的老駱駝飲了新鮮的水以後，又煥發出全新的生機，不由叫人讚歎這吃苦耐勞的牲口那驚人的生命力。蒙丹帶來的幾個羊皮囊，羊奶喝光以後也灌滿了水，再加上武遜留給他們的食物和蒙丹的雞蛋、牛羊肉等，現在他們這個小隊的食水已經準備得很充分了。蒙丹和袁從英各自騎馬，狄景暉騎著駱駝尾隨。韓斌則被袁從英擱在自己身前，倒也安全而愜意。

一路上他們奮力趕路，正午時候遇上了一次較大的沙塵暴，大家只好下地，蹲下身子圍成一圈。狂暴的風沙吹了足足有小半個時辰，等一切好不容易停歇下來時，人和牲口都幾乎被半埋在沙土堆中了，一個羊皮水囊沒有紮緊，清水流進沙地，很快就如同一縷輕煙般消失無蹤，不過大家也沒工夫心疼，又趕緊上路了。

幸運的是午後沒有再刮大風，他們幾乎是一路順利前行，太陽剛開始偏西時，走在最前面的蒙丹回頭叫道：「再走大約半個時辰就到了！」

袁從英和狄景暉聽到這聲招呼，心中頓時感到既興奮又緊張。畢竟走了好幾個月，總算要到達目的地了，不由讓人感到如釋重負的喜悅。但從庭州到沙陀磧這數日來的磨難，以及蒙丹的描述，又讓他們對伊柏泰產生了某種帶著恐懼的好奇感。就算不去考慮其他，單單今天這一路上的光景，也足夠讓人對伊柏泰生出畏懼之心。

他們在沙陀磧裡已經待了整整七天，眼睛也多少習慣了滿天遍野的黃沙和荒蕪。那些蔓延不絕的沙丘，可憐得像斑禿一樣點綴其中的胡楊樹和檉柳林，還有越來越稀少的小片綠洲，對這些景物他們已見怪不怪。但從來沒有像今天這樣，整整一天的旅途中，看不見一星半點的綠意，前後左右只有不盡的黃沙，腳下的沙地綿軟細密得彷彿麵粉一般。這意味著黃沙在大地之上厚厚地覆蓋了一層又一層，假如他們在土屋裡還有機會掘井取水，在這裡則幾乎不可能。即使地下有水，掘地三尺也是絕對不夠的，恐怕要掘地三丈、三十丈吧。可笑的是，沒有人真的會這樣做，因為還沒等掘出水來，人就早已累死渴死了。

一路行來，還有一個重大的變化就是：沙丘變得更加高大而密集。翻越沙丘是最耗費體力和時間的，因為駱駝和馬到了沙丘面前就徹底喪失了能力，一步一陷，根本就走不動。蒙丹是個非常有經驗的嚮導，總是盡可能地繞著沙丘走，但這樣也會浪費不少時間，特別容易迷失方向，所以要非常小心謹慎。過每座沙丘，都是極其危險又勞累的過程，除了最必要的交談，大家都一言不發。蒙丹畢竟是在大漠中成長起來的，走得相對要輕鬆自如些，一路上她頻頻回首，觀察著緊隨身後的人，心中暗自佩服：看來這兩個漢人男子真不是無用之輩，反而比她想像的還要堅強、忍耐和勇敢，頭一次經歷如此艱險的環境，卻神色如常態度堅定。現在雖然是她在帶領著他們，但卻能時時感受到源自他們的勇氣和力量，這讓蒙丹從心裡覺得踏實和安全。她不覺想，假如能一直這樣和他們在一起，那該多好啊……

這樣想著，蒙丹的臉竟不由自主地紅起來，自己都不知道為什麼，心兒開始突突亂跳，幸好她是獨自一人在前，四顧茫茫，否則大概真的要羞臊萬分了。恰在此時，剛剛被大片烏雲遮住的太陽，重新露出火紅的光芒，蒙丹迎向西方望去，遠遠的沙丘縫隙間，成排的方形土屋初露端倪，她激動地大聲叫起來：「伊柏泰！快看，我們就要到了！」

一行人本能地催促起胯下的牲口，駱駝和馬好像也知道勝利在望，腳步輕捷了許多。眼前的沙丘彷彿重重疊疊的屏障，徐徐向旁退去，很快，前方出現大片平坦的沙原，在四周高聳的沙丘包圍之下，彷彿是個黃沙匯集而成的盆地。金色的夕陽垂掛在西方的盡頭，餘暉如血，將這個沙漠谷地染得暈紅片片，顯得既瑰麗又淒涼，既詭異又蒼茫。

蒙丹停住馬匹，等著袁從英和狄景暉趕到身邊，她輕輕舉起手裡的馬鞭，往前一指：「你們看，這整個平坦的地區就是伊柏泰，方圓大概有三四里。」她看袁從英和狄景暉好奇地朝伊柏泰不停張望著，便繼續解釋，「這個地方是整個沙陀磧的最中心，從此地往任何一個方向，要徒步走出沙陀磧都是不可能的。因此，伊柏泰其實什麼都不是，就是一個關押重犯的大監獄。駐守伊柏泰並負責看押犯人的，是瀚海軍編外隊，隊正就是我昨日向你們提到過的呂嘉。」

袁從英和狄景暉相互看了一眼，發覺對方的臉色都很凝重，但此刻不是猶豫和徬徨的時候，袁從英率先發問：「蒙丹公主，我們今天一路行來，沒有發現任何水源。從這裡看伊柏泰，也見不到半點綠洲，囚犯和獄卒在此如何生存？難道所有的飲水都要運進來嗎？」

蒙丹搖頭：「伊柏泰裡面的情況我也不清楚，外人是絕不允許入內的。但我聽說，瀚海軍選擇在此駐紮，修建這個監獄，不僅因為它的位置獨一無二，犯人幾乎不可能逃跑；還有一個很重要的原因，就是這裡的地下深處有暗河流淌。因此在伊柏泰裡面，挖掘了多口深達數丈的深井，靠這些來自地底深處的水，伊柏泰才能維持下來。」

狄景暉皺起眉頭，喃喃道：「又是暗河、水井，倒是與那茅屋裡的水井相似，不知道是不是同一條暗河？」

蒙丹眨了眨眼睛：「這我就不知道了。伊柏泰裡面是什麼樣子，我還從沒見過。我也曾聽到過，沙陀磧周邊的牧民中世代相傳著一個沙陀神龍的故事，好像就是說在沙陀磧的地下有暗河流淌……」她抬起頭，抱歉地微笑著，「我不是這裡長大的，來沙陀磧才半年不到，再多的情況我也不清楚了。」

狄景暉忙道：「沒關係。蒙丹公主，你已經幫了我們太大的忙，別的事情我們自己可以慢慢搞明白的。」

這時候，他們已經來到了伊柏泰的正前方，眼前豁然開朗的大片黃沙之上，佇立著一座座沙土堆砌而成的長方形屋子，彼此相隔不遠，鱗次櫛比地排成行，正好在伊柏泰的最外圍圍了一圈。

袁從英輕聲自語：「這些房屋應該就是瀚海軍在此地的軍營了。」

蒙丹點頭：「嗯，可以這麼說。不過坦白講，這裡所謂的瀚海軍編外隊，除了幾個當官的是瀚海軍的正式軍官之外，其餘的士兵就是些從沙陀磧周邊招募來的鄉民，都是生活困苦得過不下去了，才來此從軍當獄卒的。剩下的兵卒就是從罪責稍輕些的罪犯中挑的。」

狄景暉低聲感歎道：「也是啊，但凡能活得下去，誰會來這種地方？來此地的，恐怕都像我們，是別無選擇的。」

袁從英眯起雙眼，仔細觀察著殘陽之下一片死寂的伊柏泰，又問：「蒙丹，你知道囚犯都關押在什麼地方嗎？」

蒙丹想了想，指著左邊一處稍高的沙地道：「跟我來，咱們到那上面去，看得清楚。」

他們來到高地之上，蒙丹讓袁從英和狄景暉越過最外圍的土屋向內眺望，果然可以看見一座高高的木質長牆，在土屋的包圍中，又圍出一個內圈。在此高牆之內，隱隱綽綽的似乎還有三四個巨大的圓形堡壘，但離得太遠，無法看清楚。

蒙丹解釋：「這木牆之內的磚石堡壘才是真正的監獄，據稱關押的都是罪大惡極的重囚。外人是不允許踏入木牆一步的，裡面的情形只有編外隊的人才知道。」

狄景暉疑惑地問：「木牆能關住犯人嗎？似乎不夠結實吧？」

蒙丹道：「嗯，這個不好說。也許正因為這樣，瀚海軍的獄卒才要守住最外層？」她歪著頭想了想，又道：「我剛才說了，從這裡要逃出沙陀磧，如果單人獨行，根本不可能活著走出沙漠。所以，犯人要逃跑的話，除非一起暴動，否則就是自尋死路。」

天邊的落日又下沉了一點，灰黃一片的伊柏泰上空，突然閃爍出光芒。狄景暉指著這些星星點點的光輝，詫異地問：「這是怎麼回事？」

蒙丹皺起小巧的鼻尖，一時回答不出來。

袁從英卻用平靜的口吻道：「這應該是木牆上的刀尖，在日光映照下的反光吧。」

狄景暉恍然大悟：「對呀！有道理，所以這些木牆的頂上應該插滿了利刃，防止裡面的囚犯越牆而逃。」一邊說著，他的臉色變得越發陰沉起來。

袁從英看了他一眼：「你只是服流刑，並非來此坐牢。我會替你在瀚海軍營內找個差使，放心吧。」

狄景暉沉默著點了點頭。

大家又觀察了一小會兒，蒙丹舉頭望望天空：「馬上就要天黑了。一旦天黑，就很難靠近伊柏泰了，崗哨發現任何可疑的人畜，一律立即射殺，根本不問青紅皂白。莫如我們現在就過去吧？」

袁從英制止道：「稍等，似乎有些問題。」

蒙丹和狄景暉連忙展目細看，果然發現剛才沉寂一片，沒有絲毫動靜的伊柏泰營盤內，隱約有些人影在晃動，還有人馬的聲音，在空曠的大漠上飄起，絲絲縷縷地傳到耳畔。

只頃刻間，從木牆內和最外圍的土屋中湧出不少人來，有些在沙地上徒步奔跑，也有些騎在馬上，都朝著他們所站的這個高地方向而來。

蒙丹輕聲驚呼：「啊？他們怎麼往這裡來了？難道是發現我們了？」

狄景暉也緊張得臉色發白，卻聽袁從英沉聲道：「別慌。你們仔細看，他們是在追人。」

狄景暉和蒙丹定睛一瞧，果然，在大群人馬的前方十來步處，還有兩個人影在拚命地奔跑著。蒙丹輕呼：「真的有犯人逃跑？」

狄景暉冷笑：「這兩個犯人也太過愚蠢了吧，光天化日之下的，如此怎麼可能跑得掉？」正困惑著，卻見那一大幫子人馬紛紛停了下來，在營盤前面四散開來，其中不少人爬上營盤前一個土堆成的高台，嘴裡發出哄鬧的聲音，聽著頗為群情激憤。

此時，那兩個居前狂奔的人已經湊在了一處，不停地翻滾跳躍，好像是在互相搏鬥。其餘眾人或散開在他們的周圍，或高居於土台之上，哄叫陣陣，彷彿是在助威吶喊。

蒙丹吁了口氣：「哦，大概他們在玩角抵吧。」

袁從英目不轉睛地盯著那翻滾中的兩人，冷冷地道：「我看不像是玩，倒像是在拚命。」

狄景暉也邊看邊點頭：「嗯，搏鬥得很激烈啊。」

正說著，那兩人已漸漸分出勝負，其中之一將另一個壓倒在沙地上，騎在身上奮力擊打，觀戰的人群發出此起彼伏的哄叫之聲，倒真有些像在觀摩一場遊戲。那被打的人漸漸停止掙扎，很快就躺在地上一動不動了。另一個人卻不住手，繼續沒完沒了地擊打，後來乾脆站起身，對著地上之人又踢又踩，看得韓斌把腦袋縮到袁從英的懷裡，蒙丹的嘴唇都發白了，輕聲嘟囔：「這樣會把人活活打死的……」

狄景暉朝袁從英看了一眼，緊張地問：「怎麼辦？我們就看著？」

袁從英的聲音冷硬如冰：「那你還想怎麼樣，去行俠仗義？再等等看吧……」

這時，那打人的好像也疲了，終於停了下來，呆呆地站在沙地上，躺臥之人的身旁，黃沙上已然是大片殷紅，好似盛開在沙漠上的血色之花。周圍的哄喊聲停下來，伊柏泰蒼涼的營地前方，驟然陷入新的寂靜。太陽落到沙丘背後去了，灰色的陰影覆蓋在整個伊柏泰的上方，土屋、木牆、高台，還有或站或坐的人群，都好像成了黃昏之中凝固的剪影，在袁從英他們的眼睛裡失去了真實感，變成了沙地上無聲無息的雕塑。

空中一聲尖厲的呼哨劃破短暫的寂靜，好像聽到了號令，呆站在營地前方的那人跳起來，再次朝袁從英他們所站的高地狂奔而來。這回，旁觀的人們卻沒有發出哄鬧，只是靜靜地看著此人奔逃，他跑了大約十來步，一支支帶著哨音的利箭從高台上射出，直直地插入他面前的沙地。那人嚇得愣了愣，又往左側跑去，可緊接著另一支箭射來，再次封住他的去路。那人再次變換方向奔逃，可不論他轉向何方，身後總有利箭如影隨形，拖著長長的哨音堵在他的前方。昏黃的暮色之下，此人好似個瘋子，在沙地上團團亂轉，前後左右瞬間已經插滿了箭簇，竟如個亂七八糟的鐵籬笆，把那人圍困其中。

這邊高地之上，袁從英幾人看得心驚肉跳，但還是弄不明白到底發生了什麼事情。狄景暉急切地問：「這、這些箭都是打哪裡來的？」

袁從英指著土堆高台：「是從那上面射出的，而且是一個人射的，這裡太遠看不清楚，但我覺得應該是個軍官。」

他話音未落，又有兩支箭一前一後從高台上飛出，疾如閃電般飛入鐵籬笆叢，緊接著便聽到一聲痛苦的嘶喊，那方才還在鐵籬笆叢中團團亂轉，企圖突破的人狂呼著摔倒在地。

蒙丹小聲驚呼：「啊，他死了？」

那人倒在地上翻動著叫喊著，發出陣陣更為淒慘的呼號。奇怪的是，一直在旁觀的人群此時卻好像一齣戲終於看到了結尾，全然不顧沙地上那具血泊中的屍體和那個在箭叢中垂死掙扎的人，都姍姍然散開，漸漸朝營地內退去。

暮色更深，半空中傳來羽翼猛烈搧動的聲響，原來是幾隻禿鷲在盤旋降落，看起來只等人群散盡，便要向沙地上那兩個人發起進攻了。

袁從英朝身邊的蒙丹點點頭：「把你的弓箭給我。」

蒙丹愣了愣，忙摘下身上揹的弓箭遞過去。

袁從英輕輕拉了拉弓，招呼道：「我們過去。」他將懷裡的韓斌抱到狄景暉的駱駝上，「你在後面跟隨，小心點。」

「放心吧！」

袁從英和蒙丹策馬揚鞭，率先跑下高地，朝伊柏泰的營盤直奔而來。還未跑到箭叢邊，已有兩隻等不及的禿鷲旋轉著猛撲下來，眼看著就要啄上人身，袁從英在馬上彎弓搭箭，連發連中，兩隻禿鷲哀鳴著跌落在地，另外幾隻受此驚嚇，俱騰身而起，直直地飛入雲霄深處。

蒙丹跑到箭叢邊，翻身下馬撥開亂箭，扶著那個滿身是血的人坐了起來，那人已經神智昏亂，雙手亂舞，嘴裡還不住地哀號。

袁從英也驅馬過來，大聲問：「他怎麼樣？」

蒙丹從腰間解下水囊，往那人嘴裡灌水，頭也不回地答道：「不好，他快不行了！」她看著那人吞下幾口水，沒聽到袁從英的回答，抬頭一看，才發現眼前不遠處已站好了一排人馬，大約有十來個人，全是一身瀚海軍的打扮，居中一人皂巾裹頭，黝黑瘦削的臉上，泛白的傷痕從額頭劈過左眼、鼻翼，貫穿到下顎，使整張臉顯得無比猙獰。蒙丹認識此人，他正是瀚海軍駐守伊柏泰的編外隊隊正呂嘉。

此刻，呂嘉正上下打量著袁從英和騎著駱駝剛趕過來的狄景暉。見這二人均沉默不語，呂嘉舉起手中的馬鞭，厲聲喝問：「什麼人？」

蒙丹站起身來，看到袁從英向自己掃了一眼，她會意，便輕輕點了點頭。

袁從英催馬朝呂嘉又走了兩步，才雙手抱拳，朗聲道：「在下袁從英，瀚海軍戍邊校尉，你是伊柏泰的呂隊正吧？」

呂嘉皺起眉頭，冷冷地打量著袁從英，過了一會兒才微微點頭道：「戍邊校尉？沒聽說過。把公文拿來我看看！」

袁從英翻身下馬，從懷裡取出公文，雙手遞向前方。呂嘉身邊的一個矮胖軍官跑過來接過公文，呈給呂嘉。

呂嘉仔細地看了一遍公文，命人將公文送還袁從英後，才隨意地抱了抱拳，神情倨傲地問：「袁，校，尉。不知道袁校尉來伊柏泰有何見教？」

袁從英從容作答：「在下受瀚海軍軍使錢歸南大人指派，輔助武遜校尉來伊柏泰組建剿匪團，清剿為患沙陀磧的土匪。」

呂嘉雙眉一聳：「武遜？那他自己怎麼不來？」

袁從英微蹙起眉尖，目光銳利地盯著呂嘉，慢條斯理地道：「武校尉是與我們在七天前一起進入沙陀磧的，四天前他將我等留在阿蘇古爾河邊的土屋中，說他先行到伊柏泰，然後再去接我們。我等在土屋中等了三天有餘，不見武校尉來，幸而有蒙丹公主領路，便自行找來了。」他仔細觀察著呂嘉的神情，一字一句地問：「怎麼，武校尉沒有來過嗎？」

呂嘉毫不猶豫地回答：「沒有，我已經幾個月沒有見過他了。」

呂嘉的話音剛落，袁從英緊接著逼問一句：「此話當真？」

呂嘉眼神閃爍，本能地辯白：「當然是真的，我騙你作甚？」

袁從英微微一笑：「那就好，得罪了。」

呂嘉的臉色越發難看起來，想了想，他抬起馬鞭指著狄景暉和韓斌：「這兩個人又是怎麼回事？」

袁從英朝後退了半步，抱拳道：「那人是我的隨從，這小孩是我的兄弟。」

「隨從，兄弟？」呂嘉滿臉疑問。

袁從英也不管他，繼續道：「呂隊正，看來武校尉是有事耽擱了。既然我等已到了此地，能否請呂隊正容留我等在此等候，等武校尉到了以後，呂隊正核實了我的說法，再作計較？」

「這……」呂嘉沉吟起來，眼珠頻頻轉動，袁從英索性調轉目光不再看他。等了片刻，呂嘉才跳下馬來到袁從英面前，漫不經心地一抱拳：「袁校尉既然來了伊柏泰，本隊正自當做好安排。至於剿匪的事情，我沒有聽說過，還須等武校尉現身以後再做定奪。袁校尉意下如何？」

袁從英也微笑還禮：「呂隊正客氣了，如此甚好。這位蒙丹公主給我們領路，如今天色已晚，能否也請呂隊正安排她在此休息一晚？」

呂嘉朗聲大笑：「蒙丹公主是熟人，沒問題。」他朝蒙丹諂媚地一伸手，「公主，請。」

蒙丹嫣然一笑：「呂隊正不必客套，此前我已放出信號，突騎施的弟兄們連夜從營地出發，明早就能到達伊柏泰接我，蒙丹只麻煩呂隊正一個晚上。」

呂嘉皮笑肉不笑地道：「公主考慮得很周到。」

這邊呂嘉領頭就要往營盤去，袁從英舉手輕輕一攔，指著地上那奄奄一息的人道：「呂隊正，此人還活著，是否應該救入營中？如此放在野地，他必死無疑。」

呂嘉頗為不屑：「袁校尉有所不知，這人本就是個死囚，沒必要搭救。」

袁從英皺眉問：「那就讓他這樣死？」

呂嘉「哼」了一聲，冷然道：「袁校尉，你不知道伊柏泰的規矩，這些亦與你無關，就請你視而不見吧。雖然同為瀚海軍，你的職責在武校尉到來之前，本隊正無從確認，因此還請袁校尉不要多管閒事。」

袁從英停住腳步，逼視著呂嘉：「呂隊正，大周有大周的刑律，伊柏泰既然是朝廷的監獄，就該執行大周的獄律。如果此人確是死囚，也應按律處置。」

呂嘉愣了愣，臉上紅白交錯，突然爆發出一陣大笑：「袁校尉，你果然是從京城來的軍官，開口閉口大周朝廷，讓我們這些邊塞軍兵聽起來，陌生得很啊。」說著，他朝旁邊的兵卒一使眼色，那兵卒立即奔到死囚身邊，手起刀落，死囚身首異處。

呂嘉得意洋洋地斜睨著袁從英：「如此處置，袁校尉滿意否？」

袁從英緊抿著雙唇不說話。

呂嘉滿意地點點頭，揚聲高喝：「回營！」

是夜，在伊柏泰外圍營盤中的一座方形小土屋內，袁從英、狄景暉和蒙丹圍坐在桌邊，桌上小小的油燈裡冒出一縷細煙，輕柔黯淡。

狄景暉感慨萬千地對蒙丹道：「沒想到呂嘉還讓你和我們在一起，我剛才還擔心他要讓你單獨過夜。」

蒙丹避開他關切的目光，微紅著臉回答：「我才不用你擔心，剛才我已經暗示過呂嘉，我的弟兄們就在這附近，他知道突騎施隊伍的厲害，沒必要惹出事端。我來沙陀磧幾個月，一直和瀚海軍相安無事，他們還算懂得分寸。」

狄景暉冷笑：「哼，自打來到庭州和沙陀磧，我才算明白什麼叫步步殺機，這地方真可怕。」

袁從英低聲道：「不是地方可怕，是人可怕吧。」

土牆邊，韓斌扒著一個當作窗口兼換氣孔的小方洞朝外看著，突然叫起來：「哥哥，你快來看呀，好多火！」

袁從英湊過去一瞧，果然見到伊柏泰營盤外燃起了數堆沖天的大篝火，將半個夜空染到赤紅，他自言自語：「用這麼多篝火防狼，看來此地野獸出沒很凶猛。」他坐回桌邊，對蒙丹和狄景暉道：「假如今天下午的那一幕在伊柏泰是尋常發生的，此地周圍就應該有很多野狼、禿鷲出沒，隨時等待食物。」

蒙丹聽得倒吸一口涼氣：「天哪，這也太可怕了。他們、他們難道是在殺人取樂？」

袁從英冷冷地道：「以虐殺犯人為樂，在關押死囚的監獄裡時有發生。伊柏泰地處荒僻，根本無人監管，這種現象倒不算太意外。」

狄景暉打了個冷顫，忍不住自嘲一句：「我的老天爺，虧得你來戍邊與我同行，假如是我一人來伊柏泰的話，大概要不了一年半載就給虐死了。」

袁從英點點頭：「嗯，這個呂嘉，是個極其凶殘之人，今天下午的那些箭，都是他射的。」

狄景暉氣恨恨地咬牙：「哼，你這校尉，比他那隊正的官要大不少吧，他居然坐在馬上和你講了半天話，還真是強龍難壓地頭蛇啊。不過話又說回來，要管住伊柏泰這個大監獄，不凶殘大概還真不行。」

三人正交談著，突然韓斌「啊呀」一聲，從小氣窗前朝後翻倒。

袁從英一個箭步躥過去，正好把孩子抱在懷裡，焦急地問：「斌兒，怎麼了？」

韓斌揉著額頭，暈頭暈腦地嘟囔：「有個東西砸到我腦袋上了。」

袁從英看他的額頭小小地紅了一塊，心疼地埋怨：「你就不會小心點！」

韓斌委屈萬分：「那東西從外面突然飛進來，我怎麼小心啊！」

袁從英朝氣窗外張望了下，看不見人影，他蹲下身，在地上細細摸索，掌心果然觸到顆石子，撿起來看時，石子外面還包著紙。袁從英心中已有預料，拿到油燈下將紙攤平，狄景暉和蒙丹一齊湊過來看，見紙上歪歪扭扭地寫著：武遜遇險，速去救援。

深夜的伊柏泰內死一般沉寂，但是它的周圍卻不安靜。一聲連一聲的野狼哀號響徹雲霄，悲戚慘絕宛如喪歌，不絕於耳。狼群似乎就近在咫尺，也許就是這個原因，伊柏泰的周圍才要點起那麼多處巨大的篝火。

袁從英和狄景暉現在才真正體會到，伊柏泰是個多麼孤絕淒涼而又危機四伏的地方，難怪武遜、蒙丹對伊柏泰都是一副談虎色變的模樣，看來要在這裡生存下去，光靠勇氣和堅韌還是遠遠不夠的。

在多股沖天的篝火圍繞下，整個伊柏泰的營地在黑夜裡依然亮如白晝。木牆圍繞中那幾座巨大的磚石建築，從外面看去影影綽綽，每棟都像是個全封閉的堡壘，只不過比普通的堡壘矮一些並且寬闊很多罷了。木牆之外，瀚海軍大大小小的沙土營房內，現在基本都已看不見亮光了。但有一點卻是可以肯定的，這些靜謐漆黑的營房裡，仍有警覺的目光時刻注意著營盤內外的動靜，哪怕就是一隻在早春季節剛剛鑽出洞穴的沙鼠，也難逃崗哨的視線。

最靠近木牆外的一側，有座沙土營房比其他營房大好幾倍，方形的窗洞裡燭火閃動，斷斷續續地傳出低低的交談聲。呂嘉盤腿坐在寬大的土炕上面，一個略顯肥胖的下級軍官垂手站在他的面前。

「這麼說，袁從英他們沒有絲毫動靜？」呂嘉手中把玩著一柄鋒利的匕首，漫不經心地發問。

那軍官點頭哈腰地回答：「沒有，紙條扔進去一個多時辰了。我親眼看著袁從英他們湊在一起看了紙條，又商量了一會兒，就熄了燈。現在應該都睡著了。」

呂嘉冷冷地扯動了一下嘴角，眼中卻沒有絲毫笑意：「老潘啊，看來這位從京中來的前三品大將軍，也只是徒有虛名而已。」

老潘諂媚地附和：「誰說不是呢，有道是虎落平陽被犬欺嘛。」他話音剛落，呂嘉朝他猛盯一眼，老潘這才意識到自己失言了，頓時嚇得面紅耳赤，「呂隊正，小、小的不是那個意思……」

「那你是什麼意思？」呂嘉高聲斥喝，自己也忍不住笑出了聲，低聲罵了句，「蠢貨！」

老潘訕笑幾聲，搔了搔腦袋，又鼓起勇氣道：「呂隊正，我想那袁從英選擇按兵不動也在情理之中。」

「哦，你說說看。」

「首先，袁從英一行人初來乍到，對伊柏泰及其周邊環境一無所知，在此情況下，肯定要加倍小心謹慎，不會輕舉妄動；其次，他們與武遜也只是一面之交，武遜把他們甩在大漠中不顧死活，袁從英定然懷恨在心，斷不肯為了救武遜再冒風險。」

呂嘉讚許地點了點頭：「你這蠢貨有時候還是能講出些像樣的話來嘛。」老潘不禁露出得意之色，呂嘉厭惡地瞪了他一眼，思忖著道：「你方才說的這兩條都很有道理，但袁從英的聲名實在讓人敬畏，故而我才讓你拋進紙團去再做試探，以防萬一。目前看來，袁從英著意自保，不會無畏地冒險。」

老潘忙不迭地點頭，呂嘉接著道：「他們這一夥，除了袁從英之外，都是不堪一擊。他一個人要保護好這麼一堆，已經夠費勁的了，確實不太可能再為個非親非故的武遜去冒險。何況伊柏泰的情勢他也看到了，要從這裡跑出去，比登天還難。而留在這裡，我們暫時還不會拿他們怎麼樣，我想這些袁從英都盤算過了。」

老潘縮了縮脖子，有些不屑地道：「呂隊正，我覺得您把袁從英也太當回事了吧。他過去的那些名聲，誰知道是真是假，如果真的很有本事，又怎麼會淪落到今天這個地步？」

呂嘉冷笑：「你懂個屁！強極則辱，有本事的人才更容易被人嫉恨遭人陷害，今天下午你也看見了，袁從英的騎射功夫了得，談吐處事異常犀利，是見過大場面的人。不過身邊那幾個人顯然凝住了他的手腳，能看得出來他很在意他們的安全。」

老潘道：「這樣才好嘛，所以只要有這幾個人在，袁從英就會縮手縮腳，我們也更能掌握主動。還有，還有……」

呂嘉不耐煩地問：「還有什麼？你想說什麼就直說。」

老潘清清嗓子，煞有介事地道：「呂隊正，我怎麼看那個袁從英憔悴得很，似乎身體不太好？」

呂嘉點點頭：「嗯，我也這麼覺得。練武之人按理不該這個樣子，我估計他身上有很重的傷病不曾痊癒。」

老潘嘿嘿一樂：「這就更好了。」

呂嘉沒好氣地道：「好個鳥！今夜你還要嚴加看管，別讓人矇騙了才是！等明天突騎施來人把蒙丹接走，我們再仔細盤算如何處置袁從英他們。」他目露凶光，又陰森森地添了一句：「武遜這廝，應該也熬不過今晚了。」

夜更深了，袁從英幾人暫住的土屋門前，兩個全副武裝的兵卒一左一右把守著。前方的夜幕中走來一個人，兩名守兵互相望了一眼，朝來人迎過去，正要打招呼，來人背在身後的雙手突現兩把短刀，左右開弓，流星閃電般劃向守兵的脖頸。那兩名守兵猝不及防，連哼都沒哼一聲，便雙雙倒在地上。

來人惕然四顧，見周圍沒有絲毫動靜，便迅速地來到土屋前，將耳朵貼在木門上聽了聽，一片肅靜中隱約傳來低低的鼾聲，屋中的人似均已酣眠。那人將雙刀插回背後，擰開門上的鐵鎖，悄無聲息地推門而入。

屋裡的燭火早就熄滅了，但戶外熊熊的篝火光芒從窗洞映入，故而使屋中並不太黑暗。窗洞下的土炕上蜷縮著一大一小兩個身影，是蒙丹和韓斌。另有兩人趴在屋中間的桌子上，也睡得正酣，卻是袁從英和狄景暉。來人在身後輕輕合上屋門，躡手躡腳地挪到桌前，他猶豫了一下剛要伸手出去，趴在桌上這頭的人突然挺身，來人根本沒來得及去背後抓刀，咽喉已經被袁從英牢牢地扣住。

狄景暉從夢中驚醒，一睜眼看見對面這兩個人，蒙頭蒙腦地問：「他是誰？」

袁從英連忙搖頭，狄景暉會意，壓低聲音又問了一遍：「這人哪兒來的？」

此刻袁從英已飛快地搜過了那人全身，將一對短刀取下擱在桌上，又扯下此人的腰帶，幾下就將他捆了個結結實實。炕上的蒙丹和韓斌也都起身了，袁從英只丟了一個眼神過去，韓斌就機靈地跳到窗洞口邊望風去了。

袁從英將捆好的人推坐到椅子上，才悠悠然說了一句：「我見過你，今天下午就是你把我的文書交給呂嘉的。」

被捆之人因咽喉被扣，額頭青筋根根跳起，兩隻眼睛暴突出來，死死地盯住袁從英。

蒙丹聞聲過來瞧了瞧，輕呼一聲：「呀，是老潘火長。」

狄景暉打了個哈哈：「哦，還是個小隊長嘛。」

這潘大忠已急得滿頭大汗，怎奈一聲都發不出來，只好拚命朝袁從英、蒙丹眨眼。

蒙丹輕聲對袁從英道：「要不先放開他，問問是怎麼回事？」

袁從英點點頭，緩緩鬆開指尖。潘大忠剛剛鬆了口氣，一眨眼袁從英已將短刀的刀尖頂到了他的脖子上。

潘大忠咽了口唾沫，嘶啞著嗓子說：「袁校尉，你就放心吧，我不會叫的。」

袁從英面無表情：「要想活命，你最好識相些。」

潘大忠苦笑：「我的命無關緊要，可武遜校尉的命還在袁校尉的一念之間啊。」

袁從英冷冷地道：「你的話我聽不懂。」

狄景暉往椅子上一坐，也鼻子裡出氣：「哎，剛才那沒頭沒腦的紙條就是你扔的？看咱們不理你，怎麼，你還找上門來了？」

潘大忠連連搖頭，挺了挺胸，道：「袁校尉，我懷裡有張紙，你取出來看過就明白了。」

袁從英左手探入老潘衣襟，果然捻出個紙團來，扔到桌上。狄景暉和蒙丹攤開一看，只見上面寫著：半個時辰後，營外高台下。

突然狄景暉指著那片紙輕呼：「啊，這張紙是撕下來的。」

袁從英從袖中取出那張從窗外扔進來的紙，狄景暉接過來將兩張紙一拼，嚴絲合縫。

「這……」狄景暉和蒙丹一時摸不著頭腦了。

這頭，袁從英卻鬆開了一直抵住潘大忠脖子的短刀，抱拳道：「潘火長，得罪了。」

潘大忠無奈地搖搖頭：「唉，也難怪袁校尉。在伊柏泰，怎麼小心都是不過分的。」

袁從英利索地解開綁在潘大忠手上腳上的腰帶，雙手遞還給他，又誠懇地說了一遍：「得罪了。」

狄景暉疑惑地看著這兩人，問：「你們倆在說什麼？什麼意思？」

潘大忠繫好腰帶，揉著痠痛的手腕，含笑道：「看來袁校尉已經猜出事情的始末了。」

袁從英指指桌上的兩張紙片，低聲問：「潘火長，假如我沒有猜錯，這紙條是呂嘉遣你扔進我們的屋子，用來試探我們的。」

潘大忠讚許地連連點頭：「說得不錯。呂嘉讓我把這張紙條扔進來，就是想試試袁校尉你們的膽量和對武校尉生死的關切。假如袁校尉中計，半個時辰後去營外高台，必然會中埋伏，那時呂嘉無論如何處置你們，就都有了說辭。假如袁校尉按兵不動，像現在這樣，呂嘉也就知道你們只求自保，無意多管閒事，便可以暫時對你們放心，待武遜完蛋以後再轉回來對付你們。」

蒙丹拿起那兩張紙片，借著窗洞中映入的火光又看了一遍，眼睛一亮：「我知道了！潘火長，原來呂嘉準備的紙上寫的是：武遜遇險，速去救援。半個時辰後，營外高台下，可你把後半部分扯掉了。」

狄景暉打斷她的話：「對呀，沒有了後面那半句話，前面那半句沒頭沒腦的，我們肯定不會輕舉妄動啊。」

袁從英也附和道：「是，所以我們剛才接到那前半張紙時，就認為上面這半句話十分費解，叫人難以置信，才決定不予理睬的。要是還有後面那半句……」說到這裡，袁從英第三次朝潘大忠抱拳致意，「潘火長，多謝了！」

潘大忠擺了擺手：「咳，呂嘉為人心狠手辣，又狡詐多疑。你們一出現在伊柏泰，他就懷疑你們是來搭救武遜的，心中十分顧忌。今夜當他讓我拋紙條試探你們的時候，我便決定將計就計。而且呂嘉對任何人都不信任，他派我來投紙團，多半還另外遣人隱在一旁監視我，因此我只能在包裹石塊時悄悄撕去半張紙，而不敢再有其他動作，以免讓呂嘉窺出破綻。剛才我去向他匯報時還添油加醋了一番說辭，總算讓他確信你們今夜不會有所行動，所以才未特別加強戒備，我也才敢來找你們。」

袁從英聽他說完，才淺笑著問：「那麼潘火長，你現在前來又是為何？」

潘大忠汗津津的圓臉驟然變得十分嚴肅，雙手抱拳齊胸，鄭重其事地道：「袁校尉，各位，我知道你們與武遜校尉只不過萍水相逢，但潘大忠敢以性命擔保，武校尉是真正的英雄好漢。如今他身陷險境，除了你們，再無人能去搭救。袁校尉，潘大忠求你，救救武校尉。過了今夜，恐怕就真的來不及了！」

狄景暉皺著眉頭剛要開口，被袁從英一把按住。袁從英沉聲發問：「潘火長，武遜校尉現在何處？如何遇險？」

「咳，你們聽啊！」潘大忠跺了跺腳，抬手往窗外一指，一張圓臉在窗洞中射入的紅光之下忽明忽暗，眼中流露出莫大的恐懼和憎恨。大家有些發愣，努力傾聽時，空中只有聲聲不絕於耳的狼嚎，似乎比先前更加淒厲更加密集。

潘大忠的臉色慘白，嘴唇哆嗦著低聲道：「聽聲音，武校尉應該還在堅持，可他已經被困整整三個晝夜了，缺水沒食，恐怕很難撐過今夜。」

袁從英緊鎖雙眉，一字一頓地問：「武遜被狼群困住了？」

潘大忠默默地點了點頭，蒙丹不禁發出一聲驚呼：「天哪！」身為大漠中成長起來的人，她懂得被困狼群之中意味著什麼。

潘大忠簡短地告訴袁從英他們，武遜是四天前的凌晨來到伊柏泰的。呂嘉在自己的營房裡熱情地接待了來重組編外隊的武校尉，表現得有理有節十分配合。但像老潘這些真正了解呂嘉的人都知道，呂嘉在伊柏泰這個與世隔絕的大漠沙獄中苦心經營將近十年，早已把此地當成了他的私人王國，平日裡說一不二為所欲為，儼然是伊柏泰的土皇帝。這次武遜過來，擺明了要奪去呂嘉對伊柏泰的控制權，並取而代之，以呂嘉的為人，他怎麼可能拱手相讓？因此錢歸南派武遜來伊柏泰整編部隊剿匪，實際上就是讓武遜來自尋死路，可這武校尉偏偏是個坦蕩蕩的君子，有勇無謀，把事情想得太簡單了。

當日白天，呂嘉恭謹地陪著武遜視察了伊柏泰外圍的營區，晚上又在營地內設下歡迎宴，雙方相談甚洽。呂嘉與手下言語熱絡，頻頻勸酒，武遜很快就被灌了個酩酊大醉。正如袁從英他們到達伊柏泰時所看到的，呂嘉平日裡最大的娛樂，就是挑選幾個囚犯出來互毆，欺騙他們說只要贏過他人就可以被選拔成編外隊的獄卒，待這些囚犯相互殘殺之後，再將屍體和奄奄一息的活人一起拋棄在伊柏泰外的空地之上，任憑其肉體被禿鷲和野狼咬啄而盡，並美其名曰「野葬」。長此以往，整個沙陀磧的野狼群就以伊柏泰為中心，常年不懈地圍著伊柏泰轉悠，所以伊柏泰夜間才要燃起那麼多堆高大的篝火防範狼群。

這天夜裡，呂嘉率人將爛醉的武遜送到了伊柏泰外的一個沙丘旁，又隨便殺了幾名囚犯，將屍體扔在沙丘周邊，便回了伊柏泰。呂嘉素來愛好將人一點點折磨至死，所以他還特地給武遜留下了防身的弓箭、柴堆和幾個羊皮囊的水，估計武遜能夠憑這些東西在狼群中存活幾天幾夜。

果然，從那晚起，呂嘉夜夜傾聽野狼群的號叫，想像著武遜垂死掙扎的慘狀，真是享受到了無法用言語形容的快感。當然，呂嘉給武遜準備的水最多也只夠武遜支撐幾天，因此即使武遜能夠在野狼群中掙扎著求生，要不了幾天也會因饑渴而死。

狄景暉聽到這裡，憤恨難當地斥道：「這個呂嘉，也太凶殘了，他這麼做，還幾乎害死了我們！」

袁從英冷冷地接口：「而且還追究不到他的任何責任。」

潘大忠焦急萬分地打斷他們：「袁校尉，時間再也耽擱不得了。假如今夜不能突入狼群，救出武校尉，他必死無疑啊！」

袁從英尚未開口，狄景暉瞪著潘大忠道：「你自己為什麼不去救人，老盯著我們幹什麼？你憑什麼說他袁從英就是武遜的救星？他還不及你熟悉伊柏泰，更沒在大漠裡面待過，也沒殺過狼，他能幫你什麼？」

潘大忠遭此搶白，一時說不出話來，還在愣神，袁從英已站起身來，神色堅定地道：「武遜要是死了，我們就更加危險。潘火長，你能帶我離開營地，找到狼群？」

潘大忠兩眼放光，連忙答應：「能！紙團的事情已讓呂嘉放鬆了警覺，現在營地裡還是平常的崗哨，我都很清楚，咱們可以繞出去。狼群離此地並不遠，今夜月光很亮，咱們徒步過去，只需半個多時辰就能到。」

狄景暉還想說什麼，卻被袁從英用眼神制止。袁從英示意潘大忠先行，潘大忠趕緊朝門口走，突然眼前一黑，就什麼都不知道了。

不知道過了多久，潘大忠覺得腦門上被人猛地一擊，腦海中的黑霧驟然散去，他激靈靈打了個冷顫，睜開雙眼，正對上袁從英冷靜犀利的目光。潘大忠趕緊扭頭四顧，卻發現自己已經離開了土屋，被人弄到了營盤外圍高台之下的僻靜角落。

「袁校尉，你這是……」潘大忠撐起身子，喘著粗氣問。

袁從英蹲在潘大忠面前，緊盯著他冷冷地問：「潘火長，能告訴我你為什麼要救武校尉嗎？」

「你……」潘大忠咬牙道，「袁校尉，你還是不相信我啊！」

袁從英絲毫不動聲色：「要是想救人，你就立即回答我的問題。」

潘大忠憤憤地道：「好，袁校尉，你這樣小心是應該的，我潘大忠不計較。至於為什麼要救武校尉，說來話長，我只能告訴你，潘大忠與呂嘉有不共戴天之仇，每日每夜都恨不能食其肉寢其皮，可惜以我一己之力，實難報仇雪恨。袁校尉，我看得出你是非常有本事的人，武校尉也是個大英雄，只要你們倆聯合起來，一定能置呂嘉於死地。我言盡於此，信不信就由你了！」

袁從英微微一笑：「我信。潘火長，請你頭前領路。」他伸手將潘大忠從地上拽起，抬頭看了看營地方向。潘大忠也隨著他的視線望過去，發現在黑魆魆的營地上空有個微弱的亮光在一閃一閃的。

潘大忠奇道：「咦，這是什麼，我怎麼從來沒見過？」

袁從英掉過頭去：「沒什麼，已經下半夜了，要去就快！」

「嗯！」潘大忠答應一聲，領頭貓腰前行。

他們沿著篝火堆下的陰影悄無聲息地快速奔跑，正應合了燈下黑的道理，居然絲毫不為人所查，很快就跑離了伊柏泰的平坦沙原，進入到高低起伏的沙丘林中。

此時已到了夜間最黑暗的時候，伊柏泰周圍的熊熊火光被高大的沙丘遮蔽掉，一直高掛在空中的圓月躲入濃黑的烏雲之中，潘大忠和袁從英的面前陡然黑暗得伸手不見五指。好在狼群的號叫聲越來越清晰響亮，只要循聲而去就不會錯失方向，他們彼此也靠著傾聽對方的呼吸和腳步聲而保持緊密同行。

狼嚎聲已經十分迫近了，月亮探出烏雲的遮蔽，再次放出光輝，潘大忠咽了口唾沫：「繞過前面的這座小沙丘，就應該是狼群了。千萬小心！」

袁從英點點頭，握牢手裡的弓，這仍然是蒙丹的那副小弓，袁從英用得很不順手，但眼下沒有其他的選擇了。

兩人小心翼翼地轉到沙丘的背側，此起彼伏的狼嚎聲就在耳邊了，他們屏氣凝神，半蹲著前行，緩緩從沙丘後探出頭去，霎時，兩人的呼吸都停滯了。

淒冷的月光下，大大小小至少幾十頭狼的背影，散開在前面的一小片開闊地上，所有的狼頭都對著同一個方向，那裡是一座不算很高的沙丘，中間的火堆尚在冒著紅焰，只是煙氣多，火光弱，已然是有氣無力的模樣。就著這點火光，袁從英和潘大忠清晰地看見一個人影，蹲伏在篝火之旁，執弓在手，與這一大群狼對峙著。毋庸置疑，此人就是窮途末路的武遜。

此時此刻的武遜，正用最後的力量瞪大雙眼，黑暗中那一對對綠色的熒光，他已經看了整整四個晚上。武遜覺得自己的視線一定是模糊了，否則這些綠色的熒光怎麼會越看越多呢？大概數一數，野狼的數量彷彿是第一個晚上的數倍，但他告訴自己，這是不真實的，因為從第一個晚上起，他已經殺死了三十多隻野狼，差不多每個晚上十隻。

從頭一天晚上在爛醉中猛然驚醒開始，武遜就幾乎沒有睡過覺，也沒有吃過任何東西，到今天更是連水都喝光了。現在，雖然他的身體巋然不動，但他的意識已經飄忽不定，他的雙臂還頑強地拉著弓，可弓上其實空無一物，因為所有的箭都放光了。這時候，武遜只是牢牢地盯著狼群最前面那頭乾瘦的老狼，這就是所謂的頭狼，是牠帶領著整個狼群，與武遜鬥了整整三個白晝四個夜晚，武遜殺死了那麼多隻狼，可就是無法擊斃牠，狼群也因頭狼的召喚而越聚越多。到了現在，在武遜空洞如塵的腦海中，剩下唯一的念頭就是，殺了頭狼，最不濟，也要與牠同歸於盡！

狼是最聰明狡猾的野獸，和武遜白天黑夜不停不歇地鬥了這麼久，牠們知道，最後的時刻就要到了。頭狼帶領著狼群緩緩地朝武遜靠近，小心卻又堅決，死亡的弓弦始終不曾響起，牠們的膽子越來越大了，腳步也越來越快。突然，篝火旁蹲伏的人一躍而起，嘶啞地呼喊著，舉弓直直地砸向頭狼。

頭狼伏地挺身，猛撲向前。等待了這麼久，這畜生終於嗅到了對手的絕望，幽深的綠色熒光肆無忌憚地閃耀著，尖利的牙齒伸向對手的咽喉，只要一口，就大功告成了！武遜的弓重重砸向狼背，可那富有戰鬥經驗的老狼輕輕一側身，就躲過了武遜這垂死掙扎的一擊，武遜卻穩不住虛弱已極的身體，搖晃著倒向沙地。頭狼的利爪牢牢嵌入武遜的肩膀，銳痛使得他的頭腦剎那間變得異常清醒。武遜笑起來，眼淚沾濕了沙土，他張大嘴咬了一大口沙子，舌尖感受著久違的濕潤。眼前黑幕降下，武遜失去了知覺。

恍惚中，火燒様的喉嚨中體驗到甘甜，那就是生命的泉水吧……武遜大口大口地喝水，凝滯不通的血脈緩緩舒順，他悠悠睜開雙眼，發現自己躺在一個人的懷裡，那人正用羊皮水囊給他餵著水。

「老潘……」武遜認出了潘大忠。

潘大忠喜悅地叫起來：「武校尉，你緩過來了，太好了！」

武遜又接連喝了好幾口水，覺得體力恢復了許多，掙扎著撐起身來，四下一看，頭狼的屍體就倒伏在不遠處，脖子被一支利箭穿過，雙眼還不情不願地瞪得滾圓，只是綠光已然黯淡。再往前面看，地上橫七豎八地還倒著十來具野狼的屍體，都是被利箭穿喉。其餘的野狼則消失得無影無蹤了。

「老潘，是你救了我？」武遜的嗓音仍然十分暗啞虛弱。

潘大忠笑著搖頭，由衷地道：「我哪有這個本事。是袁校尉一箭射死了頭狼，才救了你。狼群沒有頭狼，殺的殺逃的逃，就好辦多了。」

「袁校尉？」武遜一時沒有反應過來，袁從英已經來到他的面前，蹲下身衝他微微笑了笑：「武校尉，還認得我吧？」

「怎麼是你？」武遜驚詫地猛撐起身子，現在他可全想起來了，「你？你怎麼到了這裡？我不是把你們留在阿蘇古……咳，糟糕！你們沒事吧？」

袁從英再次淡淡一笑：「勞您費心，我們都很好。不過武校尉，現在不便細談，咱們必須立即返回伊柏泰，蒙丹他們還在營地裡，天一亮呂嘉就有可能發現異常，時間不多了！」

沒有狼嚎的大漠越發寂靜，倒比平常還要可怕。東方晨曦微露，前路已清晰可辨。一開始，武遜還想在潘大忠的攙扶下自己走，可他畢竟太虛弱了，跌跌撞撞地走不快。袁從英雖然沒有吱聲，越發凝重的臉色卻暴露出他內心的焦慮。走了大概百來步，袁從英搶到武遜面前，直接就把他揹了起來，其後大家埋頭趕路，再不說一句話，曠野中，只能聽到彼此急促的心跳和踏在沙土上的腳步聲。

凌晨時分，呂嘉從噩夢中驚醒。從炕上坐起，他覺得心神不寧，有種死到臨頭的窒息感。到底是什麼令自己如此煩躁不安呢？呂嘉翻身下地，在營房內來回踱步，試圖理出個頭緒來。呂嘉注意到，鬧騰了四個夜晚的狼嚎此刻終於安靜下來，看來武遜總算是完蛋了。可仍然有什麼不對勁的地方。是，確實有問題！終於取得勝利的狼群照例要呼朋喚友大快朵頤，牠們不應該如此安靜，難道、難道是武遜把狼群制伏了？呂嘉連連搖頭，自言自語著：「不可能，絕對不可能！」

呂嘉叫來衛兵，讓他們去關押袁從英一行的營房察看一下，同時去叫潘火長。沒等多久，雜沓的腳步聲響成一片，衛兵驚慌失措地跑來報告，營房前的守衛已被殺死，營房內袁從英等人不知去向。至於潘火長，也不見了。

「我操他姥姥！」呂嘉破口大罵，暴跳如雷，他最擔心的事情還是發生了，而且那膽大妄為的背叛者居然是平日裡一直謹小慎微、因智計不足而常常被人看不起的老潘！呂嘉氣急敗壞地領人趕過去，發現那兩個守衛的屍體已經冰冷，顯然老潘在離開呂嘉後不久就來此解救袁從英一行，從時間上推測，他們應該走出去很遠了。呂嘉跳上馬，率領眾人順著足跡剛要狂追，突然又喝令大家停下。

繞著營房轉了幾圈，呂嘉鐵青的臉上隱現一絲獰笑，逃跑之人雖然盡可能地偽裝了現場，但畢竟時間不夠，做得不甚完美。足跡到營盤外端就由多人變得只剩下兩人，而更大的紕漏則是，沙地上沒有發現馬蹄印。按說他們當時並未被發現，還有老潘領路，完全可以去悄悄帶出幾匹馬當坐騎，又是女人又是孩子，袁從英不可能想不到這點。

東方既白，旭日初露光輝，呂嘉命令手下散開，在整個營盤內細細搜索。他現在已經可以斷定，袁從英和老潘一定去救了武遜。但與此同時，他們難以兩頭兼顧，又不能在半夜裡把蒙丹等人放入危機四伏的曠野，所以最有可能的情況是，蒙丹他們仍然躲在營盤內的某處！呂嘉心下暗暗佩服：這個計策極其大膽，但確實是眼下唯一的選擇。果然，只過了一小會兒，兵士就從距離原來關押蒙丹他們營房不遠處的另一棟小營房內，拖出了蒙丹、狄景暉和韓斌。這個小營房內本來住著六名兵卒，都被人打暈五花大綁在角落裡。

呂嘉仰天大笑：「哈哈哈哈，袁從英、老潘，你們聰明反被聰明誤，這回斷然不會再讓你們逃出我呂嘉的手掌心！」

呂嘉率人登上營盤外的高台，把蒙丹、狄景暉和韓斌也押在上面。同時，他命令其他人馬一字排開在伊柏泰前，面對著武遜被困的方向耐心等候。只要有這三人在手中，就不怕等不到袁從英等人來自投羅網。呂嘉今天的興致奇高，體會到了長久以來都不曾有過的激動和興奮，這就是所謂戰鬥的激情吧。伊柏泰的生活太枯燥乏味，殺人都殺得沒有勁頭了，今天他要好好體驗一把鬥智鬥勇的樂趣，並且要痛痛快快地折磨這些膽敢挑戰他權威的人，讓他們知道什麼叫作自不量力，怎樣才是生不如死。

呂嘉還沒有等到袁從英，伊柏泰前卻來了另外一隊人馬，原來是蒙丹的手下接到她用火箭發出的信號，連夜從營地趕來接他們的公主。這支小隊也有幾十號人，都是精幹的突騎施騎兵，為首的哈斯勒爾將軍一看到公主被押在高台上，立即就要衝上來強攻，卻被呂嘉的弓箭手射退。伊柏泰易守難攻，驃悍異常的突騎施騎兵雖不把呂嘉放在眼裡，只是公主在別人的手上，哈斯勒爾將軍一時倒也不敢妄動，他催馬向前來和呂嘉要人，只要蒙丹，對別人他哈斯勒爾不感興趣。

呂嘉不想與突騎施為敵，也不打算為難蒙丹。他考慮了一下，決定要利用救主心切的哈斯勒爾將軍。於是站在高台之上，呂嘉瀟灑地向哈斯勒爾將軍提出，他可以釋放蒙丹公主，只要將軍交出袁從英、潘大忠和武遜。

哈斯勒爾丈二和尚摸不著頭腦，這三個人他都不認識，怎麼交得出來？

呂嘉洋洋得意地道：「哈斯勒爾將軍，請少安毋躁，只要再略等片刻，這三個人就一定會出現。假如他們不出現，那還要麻煩哈斯勒爾將軍領人把他們搜出來！」

此時，袁從英揹著武遜，已經和老潘悄悄迂迴到了最靠近伊柏泰的沙丘背後。天光大亮，燦爛的朝霞為伊柏泰繪出一幅綺麗輝煌的背景，火紅的陽光把高台上的人臉照得清清楚楚。袁從英放下武遜，直勾勾地盯著高台，雖然他盡了一切努力，可還是無法避免這一幕的發生。日頭亮得讓他有些眩暈，他扶住沙丘，閉了閉眼睛。待他再睜開雙眼，臉上依然是波瀾不驚、冷酷如冰的模樣。看了看武遜和潘大忠，袁從英沉穩地說：「我現在就過去。」

那兩人齊聲道：「我們和你一起去！」

袁從英打頭，老潘攙扶著武遜，三人慢慢轉過沙丘。蒙丹眼尖，第一個看見他們，頓時驚呼起來。呂嘉興奮得臉色都變紅潤了，他朝哈斯勒爾將軍揮揮手：「將軍，我要的人就是他們！」

哈斯勒爾連忙撥轉馬頭，看到三人，他也不管認不認識，催馬過去就要綁人。

蒙丹在高台上尖叫起來：「哈斯勒爾，不許動他們！」

哈斯勒爾不知所措，扭頭朝蒙丹喊：「可是公主，呂嘉要用他們換你啊！」

蒙丹急得直跺腳，眼淚都迸出來了。

袁從英衝著高台喊：「呂嘉，你放了台上的三人，我們自己會過來！」說著，三人徑直走到哈斯勒爾跟前束手就擒，任哈斯勒爾取走武器，將他們捆了個結結實實。

哈斯勒爾將三人推往陣前，叫道：「呂嘉，你要的人在這裡！」

呂嘉美滋滋地端起胳膊，吩咐左右：「把蒙丹公主送下去。」

蒙丹不肯挪步，倔強地瞪著呂嘉：「要走一起走，否則我就留在這裡！」

「哦？」呂嘉偏著腦袋，興致勃勃地端詳著蒙丹，又瞧瞧狄景暉和韓斌，滿臉奸笑。

蒙丹咬了咬嘴唇，盡量用平靜的聲調道：「那裡是三個人，我們這也是三個人，一個換一個。」

呂嘉想了想，長吁口氣，歎道：「唉，看在蒙丹公主的面子上。罷了，我今天就做一次好人吧。來人，把他們三個一起送下去！」

兵卒推搡著蒙丹、狄景暉和韓斌下了高台，便放開他們慢慢朝哈斯勒爾的人馬方向走來。這邊，袁從英等三人則與他們相對而行，兩行人越走越近，周圍眾人都不由自主地屏住呼吸。

呂嘉居於高台之上，死死地盯著這兩行人，嘴角擠出猙獰的形狀，他體內所有的惡意像燒開了的水一般沸騰著，怎麼能眼睜睜地看著這次人質交換平安無事地完成？就在蒙丹三人快要走到兩陣中間，走出呂嘉的弓箭射程之外時，呂嘉猛地舉弓，射出兩支連環箭，直朝狄景暉和韓斌的後背而去！

此時袁從英離蒙丹他們還有十多步之遙，一路走來他始終目不轉睛地盯著呂嘉，就在呂嘉抬臂的剎那，袁從英縱聲高呼：「小心！」朝蒙丹三人的方向飛身躍去，但他再快也快不過空中飛行的箭弩，只能眼睜睜看著狄景暉側身倒下，將韓斌護住，兩箭一支射空，另一支插入狄景暉的肩頭。

呂嘉隨之高呼：「袁從英！你再往前，我就把他們全都射死！」

袁從英站住了，呆呆地看著倒在沙地上的狄景暉和韓斌，他自己的雙臂還被牢牢地綁縛在背後，瘦削的身影顯現出從未有過的無力。

蒙丹撲過去看時，狄景暉已扶著韓斌半蹲起身，朝她勉強笑了笑：「我沒事。」

蒙丹的眼淚奪眶而出。

十幾步外，武遜和潘大忠跺著腳大罵：「呂嘉，你如此不守信義，就不怕遭報應嗎！」

哈斯勒爾看到情勢危急，一邊催馬上前，一邊也著急地大叫：「公主，公主！別管其他了，快過來吧！」

蒙丹昂起頭：「不，我絕不獨自逃生，我只和他們一起走！」

這時，狄景暉在沙地上半坐起來，對她低語：「蒙丹，你帶著斌兒走，快！不要再耽擱了！」

蒙丹驚詫地看他，卻見狄景暉在朝自己微微點頭，她再回頭看袁從英，見他蒼白的臉上毫無表情，眼睛裡卻似有光芒閃耀。蒙丹心念一動，拉過韓斌：「來，斌兒，咱們走。」

韓斌早就淚流滿面，但並沒有哭出一聲，點了點頭，蒙丹將他拉到身前，用自己的身體護著他，頭也不回地朝哈斯勒爾的方向走去。

呂嘉沒有再放箭，他也不打算截下蒙丹和韓斌，這兩人對他毫無價值。至於狄景暉，雖然袁從英聲稱只是個隨從，但其實呂嘉早就接到庭州來的飛鴿暗報，知道狄景暉的真實身分，這樣的寶貝，他怎麼捨得放過。剛才放狄景暉和蒙丹一起走，只不過是呂嘉喜好捉弄獵物的慣性罷了。

現在，遊戲結束了，呂嘉決定收網。

蒙丹帶著韓斌終於走出了呂嘉的射程。袁從英朝狄景暉點了點頭，便邁步向他走去，呂嘉張開弓輪流指向他倆，獰笑著又把弓放下了。這時袁從英已走到狄景暉的身邊，讓他扶著自己站起，隨後二人一齊朝高地慢慢走去。武遜和潘大忠緊跟其後，呂嘉的編外隊騎兵呈扇面散開，徐將這幾個人圍攏在中間。突騎施部隊接到了蒙丹和韓斌，便守信朝後退去。

幾人終於來到了高台之下，呂嘉居高臨下地俯瞰著他們，心中是從未有過的驕傲和滿足。同時他也感到可笑，想來想去這幾個人豁出命來，只不過換走一個女人和一個小孩子罷了，如此賠本買賣，他們做得似乎還挺樂意，真真是蠢材啊！呂嘉一個個掃視過來，武遜是手下敗將，不值一提。潘大忠是奸佞小人，不會讓他好死！至於這個袁從英，幾乎佔了先機，可惜最後還是功虧一簣。此刻，呂嘉倒很想和袁從英談一談。

呂嘉走到高台邊，倨傲地開口了：「袁從英，袁校尉。啊，不，你曾經還是袁將軍啊！今日做了我呂嘉的階下囚，感覺如何啊？」

袁從英抬起頭，微微瞇起眼睛，一言不發。呂嘉心情很好，沒等到回答就接著說下去：「袁從英，呂嘉還是很佩服你的。能在狼群之中救出武遜，還敢把蒙丹三人留在伊柏泰營盤之內，幾乎就把我給騙過去了，算得上有勇有謀。可惜啊，最終還是顧此失彼，袁從英，你知道你敗在哪裡嗎？」

袁從英仍然一聲不吭，呂嘉也不管他，洋洋得意地作了結論：「你敗就敗在太自信了，你袁從英縱然有天大的本領，終歸還是一個人兩只拳頭罷了。偏偏身邊的這幾人又都是無能的蠢材，成事不足敗事有餘。以你一人之力想和我呂嘉的整個伊柏泰作對，你也忒狂妄了！」

袁從英突然開口了：「我狂妄？我看真正狂妄的人是你吧！」

呂嘉一愣，還沒回過味來，袁從英振臂一抖，綁在身上的繩索盡數落地，電光石火間，他已經飛身躍上高台，直取呂嘉的咽喉而來。呂嘉下意識地去拔腰間的佩刀，怎奈袁從英的速度實在太快，旁邊的兵卒們只見他揮起右手，眾人眼前明晃晃地劃過一道銳光，呂嘉的脖頸中央登時噴出翻滾著泡沫的鮮血。

呂嘉搖晃著向後倒去，雙眼還瞪得老大，似乎在質疑這突如其來的變化到底是怎麼回事。袁從英撤回鮮血淋漓的右手，一把奪過呂嘉的佩刀，連番揮舞，一眨眼就把衝在最前面的幾名兵卒送上了西天。這一切發生得太突然了，呂嘉的手下們只顧瞠目結舌，再看袁從英，煞白的臉上一雙冒火的眼睛，似乎凝聚了無窮的力量和滿心的憎恨，出手之間刀刀斃命，真如凶神惡煞一般。呂嘉死了，兵卒們無人號令，全都不敢再踏近袁從英的身邊。袁從英就趁著他們尚在猶豫，隨手撿起兩把刀，突出缺口，又從高台上一躍而下。

高台之下，武遜和潘大忠眼看著風雲驟變，也還沒弄清楚究竟，袁從英已回到他們身邊，手起刀落，將二人身上的繩索斬斷，再給他們一人塞了把鋼刀，大聲喝道：「武校尉，潘火長！呂嘉已死，請二位立即接管伊柏泰！」

兩人恍然大悟，頓時精神百倍，一起縱身躍上高台。高台下，袁從英橫握鋼刀凜然而立，守在負傷的狄景暉身前。

武遜站上高台，抖擻起精神，大聲喊話：「瀚海軍的弟兄們！我武遜受軍使之命前來重組編外隊。呂嘉不服管制、擅用私刑，已被我就地正法！你們從此起聽我的號令，再有不服者，斬無赦！」

遠處，蒙丹看得清楚，真是喜出望外。

哈斯勒爾將軍方才也是憋了一肚子的氣，此刻立即跟隨蒙丹，帶領著突騎施的騎兵隊包圍過來，高喊著「武校尉、武校尉」，來給武遜等人助威。

武遜是瀚海軍老資格的校尉，軍中幾乎無人不識，而呂嘉平日驕橫兇殘，手下兵卒們大多也是敢怒不敢言，並無人死忠於他。現在呂嘉已死，內有潘火長投附武遜，外有蒙丹的突騎施騎兵隊助陣，編外隊其餘三名火長趕緊審時度勢，紛紛列隊歸服。伊柏泰的上空，「武校尉、武校尉」的呼喊很快就響徹雲霄。不可一世的呂嘉至死也沒弄明白，他的權威怎麼會在頃刻間便土崩瓦解了。

第三章　初春

東風激蕩，沙塵翻捲，轉眼間伊柏泰就被覆蓋在漫天遍野的風沙之下。剛才還在營盤前殺氣騰騰兩相對峙的人馬，俱在這大自然的暴戾之下失卻顏色，或匍匐或四散，狼狽不堪地漸次退入營盤之中。伊柏泰平整的方形土屋，就是為了防禦沙暴才設計成這個樣子，眼下，人畜只有躲入土屋，才能保得安全，得到暫時的喘息。

武遜的身體尚且虛弱，卻也只能勉力支撐著，命令潘大忠等四個火長各自率部暫避沙暴。蒙丹帶著突騎施部隊也退入伊柏泰，武遜讓人將他們送入偏營暫歇，自己則和潘大忠引著袁從英等人躲入營盤內最大的土屋，也就是曾經的編外隊隊正呂嘉的營房。

狂風呼嘯中，撲面的黃沙細密迅疾，竟打得人露在外面的肌膚痛楚難當，更兼呼吸困難，眼睛不敢大睜，大家幾乎是一步步地掙扎著才摸進了屋子。剛一進屋，袁從英便扶著狄景暉坐到椅子上，察看他的箭傷。只見左肩上插著一支鵰翎，鮮血染紅了整片衣衫。狄景暉蹙著眉頭一個勁兒吸氣，倒也忍著沒有呼痛出聲。

武遜倒在椅上，潘大忠端過熱奶來，武遜接過來喝了幾口，擺手：「去、去看看怎麼樣，把咱們最好的金創藥也拿過去。」

潘大忠答應著湊到袁從英身邊，問：「袁校尉，這傷……」

袁從英已把傷處周圍的衣服撕下，平靜地回答：「看著還好，因為距離遠，這箭到時已力道不足，所以入肉不深。也沒傷到骨頭。」他看看臉色蒼白的狄景暉，笑了笑，低聲道：「我把箭拔出來，你忍一忍。」

狄景暉這輩子哪受過此等罪，好在他體魄強健，頗有膽氣，神情倒還鎮定，點點頭道：「你這傢伙，利索著點就行。」

袁從英伸出右手握緊箭身，左手輕輕拍了拍狄景暉的後背，趁他一分神，猛地將箭拔出。

狄景暉只覺左肩一陣劇痛，痛徹心腑，猝不及防間眼前金星亂迸，他大喊一聲，身子晃了晃，被袁從英輕輕扶住靠在椅背上。順了好幾口氣，狄景暉才抬手抹了把滿臉的痛汗，齜牙咧嘴地抱怨：「怎麼這麼痛，痛死人了！」

袁從英拿著那支拔下的箭，反覆看著：「呂嘉太惡毒，用的是有倒鉤的箭。雖然傷口不深，也帶下一整塊肉來。」他把箭往狄景暉面前一送，笑道：「要不要看看？」

狄景暉把頭一歪：「哪天帶出你的肉來，我再看！」

潘大忠拿過個紙包：「袁校尉，上金創藥吧。」

袁從英謝了一聲，卻從自己懷裡掏出個小小的銀盒，自盒中倒出些白色的粉末，撒在狄景暉的傷口上。潘大忠好奇地問：「這是？」

袁從英答：「這是最好的外傷藥了。」

正在上藥，突然營房門大開，灰黃的沙塵伴著呼嘯的狂風，跟隨一個輕捷的紅影一齊湧入營房。武遜吃驚地叫了聲：「蒙丹公主，你怎麼過來了？外面那麼大的風沙。」

「風沙小點兒了，沒事，我過來看看。」蒙丹邊說邊急急地趕到狄景暉的身邊，看見血肉模糊的傷口，咬了咬嘴唇，打開手裡提著的包袱，從裡面抽出雪白的布衫，分明是女子潔淨的衣裙，「刺啦」兩聲，便被她撕成長長的布條。

袁從英已收拾清楚了傷口，見蒙丹捧著布條過來，便問：「你會包紮？」

「會。」

「剛好，你來吧。」袁從英讓出位置給蒙丹，她便細細地包紮起來。狄景暉的肩頭自上過傷藥，痛感漸漸緩解，身心都舒坦了許多，本想和蒙丹聊上幾句，可她專心致志地低頭包紮傷口，面頰就靠在他的耳側，垂下的一縷髮絲在他的眼前輕輕顫動，狄景暉突然間覺得心神激蕩，竟自無語。

蒙丹忙完，嬌小的鼻尖上已泛出細細的薄汗，她抬起頭來，與狄景暉恰恰四目相對，兩人都有些尷尬，趕緊各自調轉眼神。蒙丹看到狄景暉的臉色十分蒼白，形容頗為困頓，便關切地道：「你……流了這麼多血，最好躺一會兒。」

桌案邊，潘大忠剛剛將袁從英等人昨日到達伊柏泰的情況，以及自己拋紙團矇騙呂嘉的經過說給武遜聽。

聽到蒙丹說話，潘大忠左右看了看，建議道：「武校尉、袁校尉，剛經過場生死搏殺，諸位都很疲乏了。不如大家先休息半日，待回過神來，晚飯時咱們再聚。」武遜皺起眉來似要反駁，潘大忠忙道：「武校尉，不說別人，你自己在狼群中困了整整三天四夜，怎麼說也得先用些食水，緩一緩吧？還有袁校尉，剛到伊柏泰就夤夜救人，至今都沒有合過眼，一定也很累了。」

武遜想了想，覺得有理，便對袁從英一抱拳：「袁校尉，如今呂嘉已除，重整編外隊組建剿匪團的事情來日方長，不急在一時。潘火長說得有道理，今天下午咱們先各自好好休息，養精蓄銳之後，再作他謀。」

袁從英尚未作答，營房門被猛地推開，兩名兵卒入內稟報：「武校尉，呂……隊正的屍首現放置在營房外，請武校尉示下，該如何處置？」

武遜聽到呂嘉的名字，一時間百感交集，雖然此人殘忍狡詐，欲以極其卑鄙的手段置自己於死地，但畢竟是多年瀚海軍的同僚，想到今日居然同袍相殘，心中淒冷的悲愴之情遠遠超過了刻骨的仇恨。武遜揮了揮手：「先找個空營房擱下，把屍首整理乾淨……再說吧。」

「是！」兩兵卒得令欲退，袁從英站起身來：「呂隊正身上還有樣東西，我去取來。」說著，便隨二人出去。

潘大忠和武遜面面相覷，眨眼間袁從英又回來了，把手裡捏著的東西往桌上一擱，「噹啷」一聲，只見一塊宛如琉璃碎片樣的東西裹在猩紅的血色之中。

「這是什麼？」武遜和潘大忠同時伸出腦袋，瞪著這東西發愣。

「就是這東西要了呂嘉的命，也救了我們大家。」袁從英坐下來，撿起那塊東西來仔細擦拭，血色除盡，武遜和潘大忠才看出它通體透明無色，不大，有稜有角，看著邊緣十分銳利。袁從英朝韓斌招招手：「來，還給你。小心收好。」

韓斌跑來接過那東西，潘大忠百思不得其解：「袁校尉，你說是這東西要了呂嘉的命？」

袁從英點點頭：「剛才我是從呂嘉的咽喉上把它取下來的。」

「啊？原來你方才奇襲呂嘉，用的就是這個……暗器？」

袁從英笑了笑：「割破綁縛我的繩索，靠的也是它。不過它不是什麼暗器，只是斌兒的一件玩意兒。他平常沒事就拿著玩，我也不知道他是從哪裡得來的。」

武遜長吁口氣道：「用件小孩的玩意兒都能殺敵，袁校尉，武遜可算是見識到你的本領了。不過你那會兒佯作無奈，束手就縛時，是不是也該先給我和老潘通個氣，害得我們兩個都以為真沒轍了呢！」

老潘附和：「是啊，袁校尉，你可把我們也騙壞了。」

袁從英搖了搖頭，正色道：「二位在那麼危急的情勢之下，仍然捨身相助，從英感佩。不過我並沒有騙你們，當時我自己也以為沒有希望了。」

「可是……」

袁從英指了指韓斌，輕聲道：「這東西一直都在他的身上，我並沒有拿。如果不是呂嘉突然放的那兩箭，我就沒有機會與狄景暉會合，而這東西是狄景暉中箭倒地時才從斌兒那裡悄悄取來，然後又趁我去攙扶他之際，轉到我的手裡。所以說，最終害死呂嘉的其實還是他自己。」

「原來如此。」武遜和潘大忠此時方才恍然大悟。原來那千鈞一髮的轉機，雖看似偶然，卻仍暗合了惡有惡報的因果，呂嘉終於還是死在了他自己的惡念之下。

那邊蒙丹攙扶著狄景暉躺到榻上，又端了熱水給他喝。狄景暉被她溫柔細心地照顧著，心裡千頭萬緒的，再看到蒙丹那雙關注的碧眼，更覺悲喜交加，簡直不知如何是好，便乾脆閉上眼睛裝睡。蒙丹只當他負傷不適，也不敢打攪他休息，在榻邊坐了坐，就打算離開。她走過桌邊，看武遜三人還聊得起勁，便淺笑盈盈道：「那邊傷者都睡了。剛才我好像聽到有人說要休息的，怎麼還說個不停啊？」

「啊！」武遜和潘大忠相視一笑，忙道：「是啊，是啊，一說起來又忘了。」

潘大忠道：「武校尉，您的營房我已經讓人準備出來了。就在近旁，這間營房最大，要不然就先讓袁校尉和狄公子，還有小孩兒在此安歇，你看可好？」

武遜點頭：「嗯，這樣很好。我也睏得不行了，必須要睡一睡。咳，幾個晚上沒合眼，直到現在眼前還是一對一對的綠光，晃來晃去……噢，潘火長，等風暴停了，讓人去清理那些狼屍，把狼皮剝了，狼肉取回來醃上，今晚我請伊柏泰的弟兄們，還有蒙丹公主的騎兵隊好好吃上一頓！」

武遜、潘大忠和蒙丹先後離開了。韓斌跑到桌旁，一下抱住袁從英，把頭埋在他的懷裡。袁從英抬起左手摸摸他的腦袋，輕聲問：「今天嚇壞了吧？都怪我，沒有照顧好你。」

韓斌不說話，眨了眨眼睛，就去抓他的右手。袁從英攤開右手，滿手的血污，原來早上為了不讓呂嘉發現，他把那塊鋒利的「暗器」緊捏在右手中，手掌心早被扎得一片狼藉。

「去拿點水來。」

「噢！」桌上的罐子裡就盛著清水，韓斌倒了點在袁從英的右手上，替他清理傷口。他為袁從英做這類事情已經不是一次兩次了，所以幹起來十分熟練。洗乾淨傷口，韓斌又去榻上拿蒙丹留下的白色布條，剛抽出一條，狄景暉也從榻上坐起來，把身邊的小銀藥盒遞給韓斌：「這傷藥你也給他上一點兒吧。」

「我不用這個。」袁從英從韓斌手中接過藥盒，放回桌上，示意韓斌直接給自己包紮。

狄景暉走到桌邊坐下，一邊把玩那小銀藥盒，一邊問：「為什麼不用傷藥？」

「就剩這麼多，省點用吧。」

狄景暉把盒子往桌上一擱，啼笑皆非地看著袁從英：「藥還要省著用？你也太……」他不由分說在袁從英的手掌上撒了點藥粉，才讓韓斌包起來。

袁從英朝他挑了挑眉毛：「怎麼了，傷者不睡了？」

狄景暉有些尷尬，支吾道：「剛睡了一下，翻身碰到傷口，疼醒了。」

袁從英也不揭穿他，只是淡淡地道了句：「今天多虧了你，謝謝。」

狄景暉撇了撇嘴：「狗急了還跳牆呢，這算不上什麼。說實話，一路上被你像小孩子一樣照顧著保護著，我實在是難受得不行。可是有什麼辦法呢？誰叫自己不爭氣，過去總覺得自己無所不能，現在才發現，離開了商事學問，我居然百無一用。」

袁從英笑了笑：「可你今天救了我們大家。」

狄景暉慨然歎息：「救了大家的是你，我只是自救罷了。我不是英雄，我也不想做英雄。像你這樣，太累！」

一邊說著，狄景暉把那小銀藥盒遞還袁從英，笑道：「這可是個貴重的物件，是不是皇帝賞賜給你的？」

「很貴重嗎？」袁從英仔細瞧了瞧那盒子，「我倒從來沒注意過。怎麼貴重？」

狄景暉沒好氣地道：「什麼好東西給你都白搭！」他指著盒蓋，「你看這盒蓋中心是透雕的十字形花瓣，還塗了金，整個銀盒周邊都是鑲金的花紋，這樣的雕刻和鍍金的手藝，只有御用的藥盒上才有，偶爾皇帝也賞賜給最寵信的朝臣，民間是不許用的。此外，這藥盒的盒蓋盒身契合得特別好，就算掉到水裡也不會漏！」

袁從英這才了然，自嘲地道：「原來如此……哼，其實我最怕看見這個盒子，每次用到它都是狼狽不堪的時候，實在沒有心情去鑑賞它的好處。不過，這盒子不是聖上賞的，是大人給我的。」

狄景暉意味深長地點頭：「那肯定也是聖上賞賜給我爹，他又給了你的。」緊接著，他又笑道：「呦，沒想到你居然也會說出怕這個字，我還以為你真的無所畏懼呢。」

袁從英搖頭歎息，沉思了片刻，才道：「沒有人會無所畏懼。實話告訴你，自從咱們跟著武遜進入沙陀磧的那天開始，我就一直在怕，特別是那天晚上發現快沒水的時候，還有今天呂嘉朝你們射箭的時候……」

狄景暉聽得愣了愣，接著又釋然：「現在可以不用怕了吧？」

袁從英緊鎖雙眉：「暫時可以喘口氣吧。我也說不好，伊柏泰裡面一定還藏著許多秘密，甚至殺機。我的感覺並不太好。」

狄景暉注意看了看袁從英的神色，輕鬆地笑起來：「咳，你也別太擔心。我想，一時半會兒應該沒事的。說來說去，咱們應該算吉人自有天相。」

「但願如此。」

韓斌給袁從英包紮好了傷口，從桌上撿起銀藥盒來玩，狄景暉想起來什麼，指指盒子道：「哦，這傷藥用光了也沒關係，咱們可以去庭州自己找藥材來研配，這個我倒會，保證比皇帝的藥還好用。」

袁從英點點頭，輕輕摟過韓斌的肩膀，正色道：「我現在非常後悔帶上你這小子，當初真應該把你留在洛陽。」

韓斌掙脫袁從英的懷抱，滿不在乎地衝他吐了吐舌頭。

袁從英一皺眉：「我是說真的，過幾天我想辦法把你送回去吧。」

韓斌在桌上撐起腦袋盯著他看了會兒，才斬釘截鐵地說：「不，我不走！你沒有我是不行的！」

狄景暉哈哈一笑，勸道：「好了，廢話少說，先各自睡覺，等睡醒了再討論誰沒誰不行吧！」

傍晚過後，風暴終於停歇下來。武遜酣睡了整個下午，醒來後又痛痛快快地吃了頓泡饃，喝了幾大碗羊奶，畢竟是身體底子厚實的人，他此刻感覺很不錯，體力基本已復原了。距離吃晚飯還有一些時間，伊柏泰營盤裡面靜悄悄的，經過了上午的風雲突變，大家此時似乎都還未徹底回過味來，仍在伺伏中盤算和等待著什麼。

武遜獨自一人離開營房，圍著木牆慢慢轉悠著。伊柏泰這個地方與世隔絕，荒僻獨立，就連武遜這樣老資格的瀚海軍官，以前都只來過伊柏泰兩三回，而且從來沒有深入過內部。四天前呂嘉接待武遜時，推三阻四地只帶他看了外部的營房，今天，武遜自己也對木牆內的一切充滿了好奇。呂嘉死了，可他的陰影並沒有散去，這裡的一切都殘留著他在此經營多年的印跡，武遜知道，要想真正地接管伊柏泰，並把它改造成剿匪的基地，自己還有許多的事情要做。

埋頭想著，武遜沿木牆轉了個彎，差點一頭撞上迎面而來的人。那人輕捷地往旁邊閃過身，招呼道：「武校尉。」

武遜抬頭一看，袁從英正微笑著向他抱拳行禮。

「啊，是袁校尉。」武遜趕忙回禮，臉上卻掩飾不住尷尬之色。自狼群中被袁從英搭救之後，他們一直處於危急的狀態中，武遜始終沒來得及向袁從英正式道謝，同樣也沒有為自己將袁從英他們拋在大漠中的行為作出解釋，此刻二人突然兩兩相對，武遜的心裡說不出是什麼滋味。

「袁校尉，怎麼不在營房裡休息？」武遜定定神，隨口寒暄了一句。

「已經休息過了。」袁從英的回答一如既往地言簡意賅。

武遜「哦」了一聲，又不知道接下去該說什麼了，看著袁從英還是一臉淡然地站在面前，武遜心裡不禁懊惱起來，脾氣上湧，索性直奔主題：「袁校尉，武遜給你賠罪了！」他不看對方的表情，繼續急匆匆地道：「武遜把袁校尉和狄公子你們留在阿蘇古爾河畔，實在是顧慮伊柏泰的情勢凶險，怕有你們跟隨在一起，不好控制局面所以才出此下策。此後武遜被困狼群，自顧不暇，雖非故意但也牽連你們遇險，實非武遜本意。還望袁校尉大人大量，不要放在心上才是！」

一段話說完，武遜長吁口氣，直視著袁從英抱拳致意。

袁從英淡淡一笑，平靜地道：「武校尉，你過慮了，事情既已過去，就不必再提。經此一役，今後你我二人更要以誠相見，方能在伊柏泰通力合作，完成剿匪之任。」

「那是自然！」武遜大聲稱是，心裡卻忍不住嘀咕，這個袁從英怎麼連客氣都不客氣一下，說起話來也太厲害了吧。好歹，我武遜還是正職啊！想到這裡，武遜的臉上又有點兒陰雲密布了。

武遜尚在心中顛來倒去地思量著，袁從英抬頭望向高高的木圍牆，連排的牆頂上密布的刀尖如犬牙交錯，黃昏的日光砸碎在各個高低不平的鋒刃之上，飛濺出點點金珠。

袁從英扭頭問武遜：「武校尉，我們何時入獄內檢視？」

武遜沉著臉回答：「不急。今天晚了，入夜大家還要好好歡聚一次。我已吩咐過潘火長，明日便帶你我進到監獄內部察看。在四個火長中，潘火長年歲最長，在伊柏泰服役多年，亦是主事，監獄裡的一切事務他是最熟悉的。」

「哦，如此甚好。」袁從英答應了一句，扭回頭來盯著武遜，突然問道：「武校尉，潘火長與呂嘉有什麼過節嗎？」

「啊？」武遜一愣，「這……我不太清楚。」想了想，又覺得奇怪，便追問：「袁校尉何來此問？」

袁從英平靜地回答：「沒什麼。昨天他冒險帶我去救你，我十分意外，便問他原因。他只說他對呂嘉恨之入骨，想靠你我之力除去呂嘉。」

「原來如此。」武遜思忖著道，「我只知道潘大忠過去曾經是庭州刺史錢歸南的家奴，後來不知怎麼得罪了錢刺史，就被遣到這個鳥不拉屎的地方來了。至於他如何與呂嘉結仇，恐怕還要找他自己細問。」見袁從英沉默不語，武遜忍不住又添了一句：「袁校尉，呂嘉殘暴淫虐，此地的編外隊上下對他早就心懷不滿。這幾日看到他加害我……與你們，潘火長出於正義，伸手相助也在情理之中罷。」話音之間，似乎有些憤憤然。

袁從英眉尖微挑，注意地朝武遜看了一眼，其實他非常了解對方的感受，但卻懶得去遷就。從除掉呂嘉進入伊柏泰之後，心情稍有放鬆，長久以來的疲乏和鬱積的傷痛就一齊襲來，下午他只敢略微躺了一會兒就起身走動，否則恐怕真的要起不來了。他現在只想說必須說的話，做必須做的事情，對別的就無心也無力去多顧及。經過這段時間，袁從英對武遜的為人已經很有把握，知道他是大局為重的耿直之人，只要假以時日，雙方定能肝膽相照，因此從現在起就對武遜免了一切虛禮和客套。

武遜卻只覺得袁從英太過冷淡傲慢，臉上有些掛不住，就道了聲：「袁校尉，沒事就先休息去吧。」轉身要走，袁從英又把他叫住了：「武校尉，請留步。」

武遜有些不耐煩：「還有什麼事？」

袁從英跨前一步，微笑著道：「武校尉是否還記得我向你討要兵刃？」

武遜一愣：「記得……怎麼，你還要？」

袁從英點了點頭：「武校尉，你都看見了，我真的沒有兵刃。射殺狼群用的弓還是向蒙丹公主借的，今天晚上我就打算還給她。所以，還得麻煩武校尉給我找件兵器，普通的鋼刀就可以了。」

「這……」武遜此刻真是尷尬極了，他囁嚅了半晌，才憋出一句：「袁校尉，實話告訴你吧，刺史大人給我準備的那些兵械，全是破爛受損的東西，根本不堪一用。你要兵刃的話，要不然晚上我和潘火長說一說，再想想辦法。」

袁從英眼中鋒芒一閃，追問道：「可是武校尉，伊柏泰編外隊官兵所有的兵械都是極好的。

我方才已經大致看過了，這裡所用的裝備即使在親勳的十六衛禁軍中都算得上數一數二，武校尉為什麼還要請刺史大人為編外隊準備軍械？」

武遜聞言大驚，他陰沉著臉仔細回想著這幾天的所見，袁從英所說非虛。一直以來，瀚海軍上下都知道，編外隊是呂嘉為了管理伊柏泰這個大監獄而奉命組建的。除了隊正和火長幾名軍官之外，其餘隊員都是當地招募的牧民和輕罪囚徒。由於不算瀚海軍的正式編制，士兵無法領取軍餉，也沒有正規的兵械和坐騎，只靠著錢歸南每年劃撥過去的很少一些款項維持。所以此次錢歸南讓武遜來伊柏泰，武遜就料定這裡缺少必需的輜重，才要早做準備。可這幾天來的經歷卻讓他見到了一個完全不同的伊柏泰。呂嘉的編外隊雖然人員混雜，殺伐無度，不像正規的軍隊而更像一個匪幫，但他們的甲冑、兵刃，甚至坐騎無一不精，比庭州駐紮的瀚海軍還要強，這一點確實大大出乎武遜的所料。

想來想去，武遜覺得還需要對此好好調查一番，便對袁從英道：「袁校尉，伊柏泰編外隊的輜重情況，我也不清楚。咱們還是明天找潘火長一起盤問吧，到時候再為袁校尉找一樣合手的兵刃，你看如何？」

袁從英點頭稱是。此時天色已晚，營盤外人聲漸起，開始點燃篝火了。

這時潘火長興沖沖跑了過來，高聲喊道：「武校尉、袁校尉，你們都在這裡啊。營盤前野灶全搭好了，弟兄們餓了，都眼巴巴地等著呢，是不是該開席啦？」

武遜哈哈大笑：「好啊，好啊。潘火長，你去招呼兄弟們！袁校尉，你我去請蒙丹公主吧！」

莽莽荒漠，炊煙直上。沖天而起的熊熊篝火，彷彿欲與天上懸掛的點點繁星爭輝。燦爛的星河蜿蜒流轉間，托出一輪澄瑩的明月，將亙古不變的玉顏晴光自蒼穹灑向大地。在極目的遠端，黑色雲霧繚繞的深處，月光映出雪山冰峰之巔的幽深曠達，宛如夢中的仙境。

伊柏泰的營盤之前，今夜不再寂靜。歡聲笑語陣陣不絕，是壓抑太久的釋放和宣洩。夜空為頂，天山作牆，沙海如席，丘陵似帷，即使在幽閉的深處仍有地獄般的怨毒滋生，即使在曠野的周圍仍有重重殺機四伏。

夜已深，伊柏泰的編外隊和突騎施的騎兵隊早都喝成了一片，除了值守的兵卒之外，幾乎無人不醉。火堆上烤的狼肉散發出撲鼻的香味，也快被撕扯著吃光了。燒酒、油茶、牛羊奶子……大家都灌得肚子滾圓，沙漠中最珍貴的清水今夜反倒無人問津了。

正中最大的篝火旁，聚著武遜和潘大忠等幾個火長。袁從英、狄景暉和蒙丹也被請在一起，狄景暉今夜頗為鬱悶，放著好酒不能喝，只好用奶茶灌了個飽，眼睜睜地看著袁從英和武遜、潘大忠那些人推杯換盞，車輪大戰。直到武遜各人盡數喝得半醉，或躺或靠在篝火旁邊，袁從英也喝得臉色泛紅，額頭上冒出了密密麻麻的汗珠，狄景暉不由想起他倆在并州「九重樓」的那場酒宴，真是恍如隔世。

蒙丹也喝了不少酒，臉蛋紅撲撲的，一雙碧眼更加亮得耀人。另一席上，哈斯勒爾和突騎施弟兄們喝得興起，亮開嗓子唱起了突厥歌謠，蒼涼的歌聲在曠野中迴盪，雖然席間的漢人大多聽不懂詞句的含義，可那悠揚的曲調傳遞出生而為人的孤寂和悲愴，卻深深地侵入每顆心中。聽著聽著，蒙丹突然從席間一躍而起，兩手向外平端，口中發出一聲嬌叱，正與哈斯勒爾的歌聲應和。突騎施人頓時爆發出雷鳴般的掌聲和齊刷刷的歡呼：「公主、公主、公主！」他們知道，美麗的公主要飛旋曼舞了。

幾乎所有還沒醉倒的人都湧了過來。蒙丹高高仰起粉頸，雙足踏著歌曲的節奏，旋轉起舞。篝火躍動的光影投在她飛快旋轉的身形之上，紅衣，麗影，驚鴻，翩躚，熱烈勝火，激越眩目。假如說中原大地之上輕柔曼妙的舞姿如行雲流水，那麼這荒野大漠之中的疾旋勁舞便是烈火炙輝，舞動的不是嬌羞脈脈，卻是青春迸發的激情，不求天長地久的默契相知，要的只是瞬間生死的碧血丹心。蒙丹越舞越快，在眾人的醉目之中，她那翻動的紅色衣裾已與身後的片片火焰匯成一體，而她，則宛如一隻翩翩舞動的彩蝶，在烈火中飛旋上升，遂成每個人眼中的最後一團光華。

一曲舞罷，短暫的寂靜之後是震動曠野的喝采聲：

「公主，好啊！」

「再舞一個吧！」

「太美啦！」

蒙丹雙頰通紅，猶如嬌豔欲滴的薔薇盛開，她不理睬眾人的呼喊，卻坐到袁從英和狄景暉的中間。塞外的女子從不矯揉造作，蒙丹大大方方地選擇與她所喜歡的人在一起。

他們的身邊，武遜等人已經徹底醉倒，有的被抬回了營房，還有的倒在地上鼾聲大作。看到蒙丹坐下，袁從英把手中的酒杯向她舉了舉，微笑著一飲而盡，連誇讚的話都沒有說一句。蒙丹衝他嫣然一笑，又回頭去看狄景暉。火影逆光之中，此刻他正專注地看著蒙丹，面容疏朗沉靜，又透露出深沉的悲傷。蒙丹的心微微一顫，輕聲問：「你不高興嗎？還是……」

夜闌，人散，星光墜落，火影婆娑。徹夜狂歡之後的伊柏泰又安靜了下來。篝火旁，只剩兩個身影相對而坐，陪伴他們的是地上的沙海和空中的星河。周遭的一切都是如此靜謐安詳，這無言的相伴，正如初生的情愫和永恆的愛意，溫柔地將疲倦的人兒輕輕環抱，帶著他們的心走入甜蜜的回憶與美妙的夢境。

狄景暉撿起一根胡楊枯枝，在面前的沙地上龍飛鳳舞地寫下行行詩句，蒙丹垂下火熱的臉龐，輕輕唸道：

草原生毓秀，不與塞南同。
羽落隨緋舞，星垂入紫瞳。
唇分梅正豔，話吐意方濃。
萬里長沙盡，猶追這點紅。

唸罷，她長長地吁了口氣，抬起頭，幽深的碧眼中點點瑩澤閃爍。

狄景暉朝她微微一笑，柔聲問：「能讀懂嗎？我特意寫得淺顯些，這是為你，為你方才的舞蹈而作的。」

「我……知道，」蒙丹欲言又止，唇角輕揚，「大概可以懂的。這詩……真美。」半晌，她又扭過頭，火光把她半側的臉龐映得越發嬌美，「還從來沒有人為我寫過詩，謝謝你。」

狄景暉含笑問：「那你知不知道，這詩裡還有你的名字？」

「我的名字？」蒙丹蹙起精巧的眉尖，意態純真而甜潤。

狄景暉點點頭：「是的，我給你起的名字，漢名。」

「我的漢名？」蒙丹眨著眼睛，俏皮而又好奇地盯著狄景暉。

狄景暉指向詩句：「梅，紅，豔。這個名字，你喜歡嗎？」

「梅紅豔，梅紅豔，為什麼呢？」蒙丹托腮凝眸，似在品味。

狄景暉欣然解釋：「用梅作姓，是因你哥哥的漢名叫作梅迎春，你隨他便也姓梅。紅，則是因為你愛穿紅衣，每次見到你，都是一身丹霞，火熱熾烈。而豔，則是因為紅梅豔冠群芳，更兼你一雙碧眼，與紅衣相稱，豔無可匹。故，為蒙丹公主獻上『梅紅豔』這個漢名，不知道公主肯笑納否？」

蒙丹「噗哧」笑出了聲，睫毛微微顫動，嬌嗔道：「誰要你起這個酸唧唧的漢名？我還是喜歡我的突厥名字！」

狄景暉也哈哈大笑起來，自嘲道：「酸嗎？好像是有點兒，請蒙丹公主，啊不，紅豔姑娘見諒。我們漢人男子嘛，就這毛病。」笑聲漸漸落下，他突然心緒翻動，一時間難抑激越的情懷，雙眼竟濕潤了，顫抖著聲音，喟然歎息，「我這一生，還曾為一個姑娘起過名字，她與你相仿，也有一雙碧眼，美得如夢如幻。」

「還有一位姑娘？她，是你的……」蒙丹輕聲發問，不知道為什麼心又跳得飛快。

狄景暉低下頭，努力遏制就要湧出眼眶的悲愴，自她死後，這還是他頭一次在別人面前提起——陸嫣然，這個讓他痛徹心腑的女子，終於在沉寂了幾個月之後，重新回到他的胸懷。

「是的，一位姑娘，我給她起的名字是：陸嫣然。她，是我已經逝去的愛人。」

朝霞將露未露之際，狄景暉才回到自己的營房。悄悄推開虛掩的房門，狄景暉躡手躡腳地朝榻邊走去，耳邊有人輕聲道了句：「回來了。」

狄景暉一驚，才發現袁從英坐在桌邊，正靜靜地望著他。

狄景暉樂了，自己也往袁從英對面一坐，抄起桌上的陶壺倒了杯水，「咕嘟咕嘟」灌下，才痛快地道：「快渴死了！哎，老弟你不會是坐在這裡等我吧？」

「不等你等誰？」

「你還真是……」狄景暉搖搖頭，湊著窗洞中投入的微光觀察了一下袁從英的臉色，歎道：「為什麼不睡覺？我又不是三歲小孩子。」

袁從英淡淡地道：「我不放心。這裡並不安全。」

「可是……咳！」狄景暉歎了口氣，「你也太操心了。」

「總要有人操心。」袁從英也給自己倒了杯水喝下。

狄景暉盯著他道：「現在我回來了，你可以去睡了吧。」

「不睡了，天一亮我就要和武遜、潘大忠去伊柏泰，有很多事情要做。」他指了指桌上翻開的一本書，「這本書是從哪兒來的？」

狄景暉湊過去看了看，笑道：「你是從哪裡翻出來的？」

袁從英朝榻上的包袱偏了偏頭：「在那裡頭找到的。這書好像是沈珺家裡的吧。」說著，他將書翻過來合在桌上，書脊上空空的銘牌果然和沈珺家裡的藏書一個樣子。

狄景暉毫不在意地道：「咳，那天在阿珺姑娘家裡，你不是出去追查殺沈庭放的凶手去了麼，我無所事事，就去翻沈庭放的藏書，找出這本《西域圖記》，我想著咱們要來西域，所以就去取出來看看，後來隨手塞到包袱裡面，我自己都忘記了。哪想今天讓你找出來了。」

袁從英揉了揉額頭，低聲道：「這書倒不錯，講的都是些西域的風土人情，還有各種神教、文字什麼的，等你的時候我一直在看。以後也許能用得上。」

狄景暉笑了：「就是啊，呵呵，三朝名臣裴矩的書，民間根本就看不到，沒想到在沈珺的家裡居然有收藏，也算意外的收穫吧。」

袁從英看了看他，語氣中帶著微微的嘲諷：「你的體格很不錯啊，剛受了傷還能精神抖擻地談情說愛。」

狄景暉並不介意，只是長歎一聲：「唉，人總歸要活下去吧。你知道嗎？這麼多天來，我一直都不敢想嫣然，直到昨天晚上，我才第一次說起她。心中雖然還是痛得厲害，但又覺得如釋重負。彷彿，彷彿，我的嫣然又回到我身邊來了。」他停下來，眼神空洞地凝滯在黑暗之中的某處，許久才苦笑著問：「你會不會覺得我這樣做，是辜負了逝者？」

袁從英不動聲色地回答：「不會，我覺得你是對的。」

狄景暉很有些意外，抬頭看著袁從英：「真沒想到你能這樣說……」

袁從英還是很平靜：「我怎麼想就怎麼說。」

狄景暉感激地點點頭，猶豫了一下又問：「那你覺得她會怎麼想？她是突騎施的公主，而我，只是一個流放犯，還有三年的流刑在前面，我……身無分文，一無所長……」

袁從英的眼中閃動狡黠的光芒，微笑道：「可你會寫詩啊。」

狄景暉的臉微微泛紅，無奈道：「好啊，你就隨便調笑我吧。」

袁從英也有些忍俊不禁：「你看我是隨便調笑的人嗎？」沉默了一會兒，他正色道：「你的詩不錯，我至今還記得幾句：座上號哭狀，堂前恨罵音。悲歌見長短，血淚有濁清。」

狄景暉驚喜過望：「你還真記得？」

袁從英坦然地回答：「當然記得。我雖不會賦詩，卻也喜歡好的詩句。」

兩人均不再作聲，狄景暉遲疑良久，終於望定袁從英，誠懇地道：「今夜我一直都在想那場酒宴。當時，我並不了解你的為人，說了許多過分的話，我……很抱歉，希望你不要在意。」

袁從英搖了搖頭，微笑一下，並不說話。

寂靜中，那巧笑嫣然的身影浮動，暗香飄散在他們的身邊，輕柔的聲音在彼此的心中蕩出陣陣漣漪：「嫣然只是個低如微塵的女子，即便是死也毫不足惜，但嫣然的歉疚和祝福卻是真心實意的。嫣然在心中盼望著，有一天你們會成為肝膽相照的朋友。」

狄景暉不知不覺已經熱淚盈眶，他好不容易按捺住翻滾的心潮，強作灑脫地問：「哎，你說蒙丹和嫣然是不是很像？」

袁從英直了直腰，探手按著後背，隨口應道：「像嗎？我不知道。其實我一共也沒見過陸嫣然幾次，再說那陣子心情很差，所以始終沒仔細看過她，已經不太記得她的容貌了。」

狄景暉撇了撇嘴：「我知道，你不喜歡胡人長相的女子。」

袁從英有些好笑地反問：「哦，你又知道，那你說說我喜歡什麼樣的女子？」

狄景暉「哼」了一聲：「你？我看你很挑剔！」

「何以見得？」

「如果你不挑剔，為什麼到現在還不娶妻？像你這樣少年得志的年輕將軍，要嫁的姑娘還不得排成長隊？估計是你都沒看上。」

袁從英長長地歎息了一聲，重複道：「少年得志……哼，我怎麼從來沒有這種感覺？我倒是一直覺得責任太重，有時候會忍不住想要拋下一切，只要能輕鬆些就行。」

狄景暉嘿嘿一樂：「你現在不是已經拋下一切了？」

「說得好，別的都拋下了，責任一點兒沒輕，麻煩越來越大。」

「你說我是麻煩？」

「隨你怎麼想吧。」

狄景暉被噎個正著，不覺發狠：「袁從英我告訴你，你可別小看了我狄某人。我狄景暉現在是在落魄中，有朝一日發達了，絕不會讓你吃虧。」

袁從英冷笑道：「我倒不指望什麼，但願有命活到那一天吧。」

狄景暉不以為意地反問：「怎麼啦，為什麼活不到那一天？這世上能幹掉你的人好像不太多吧。」

袁從英緊蹙雙眉，許久才道：「實話告訴你，很久以前我曾想過，假如能夠活過三十歲，我才考慮娶妻生子。」

「你，什麼意思？」狄景暉一副莫名驚詫的樣子。

「沒什麼意思，不過是不想無故連累人家而已。」

狄景暉盯著袁從英看了看，歎息著搖頭：「也罷，現在你已經三十多了，還好好地活著，是時候找個女人了吧？」見袁從英仍然沉默不語，狄景暉突然笑道：「哎，你不會是在家鄉有什麼娃娃親或者指腹為婚吧？」

袁從英啼笑皆非地瞥了一眼狄景暉，嘟囔道：「虧你想得出來。我哪有……沒有，我什麼都沒有。」

「那就對了嘛！」狄景暉看看榻上睡得正香的韓斌，見小孩兒毫無動靜，才壓低聲音道：「你老實說，是不是喜歡阿珺那樣的？」

「阿珺？」

「對啊，我看得出來，你對她有些不一樣。」

袁從英挑起眉毛，反問：「你不是還說梅迎春對她有意嗎？」

狄景暉道：「那是。可我要是有阿珺這個妹妹，絕對不會把她許配給梅迎春這樣的人。」

袁從英意味深長地看著狄景暉：「哦，這又是為何？」

狄景暉笑起來：「你少給我裝糊塗。梅迎春這種人，一般地做做朋友很不錯，可他假如真有一天成了酋長、可汗，我一定會離他遠遠的。他和你可不一樣。」

袁從英又沉默了，他垂下眼簾，不知道在想什麼，神色十分落寞。

狄景暉心裡有些不是滋味，便寬慰道：「所以我說嘛，庭州真是個好地方。既有我喜歡的胡人女子，你喜歡的漢人女子呢，就更多了，總該有你看得上的。要不等你劓完匪，咱們還是想辦法長待庭州吧。」想了想，他又頗為認真地道：「還有你的傷病，光這麼硬撐是不行的。這樣吧，哪天和武遜說說，去庭州給你找個大夫好好瞧瞧。據我所知，西域的醫術雖與中原不同，但也別有一功。另外，我多少也知道西域有哪些好藥材，可以幫你去庭州找找看。」

袁從英倒有些意外，愣了愣方道：「我……也還好，就是背痛，你看能治好嗎？」

「可笑，你不治怎麼知道能不能治好？」

晨風拂面的時候，潘大忠帶著武遜和袁從英來到了伊柏泰神秘的木牆前面。在多年的風沙磨礪之下，木牆其實已經破損不堪，滿是坑窪和斷裂。插在牆頭的刀尖也被風沙吹蝕成了黝黑色，只在陽光的照耀下，才會反射出凌厲的光芒，晃得人睜不開眼睛。

潘大忠所帶的小隊，在木牆之前呈一字陣仗排開。這些七拼八湊起來的兵卒，高矮胖瘦不均，年齡亦有大有小，連面貌也是胡漢混雜，真是名副其實的一支雜牌軍。但是，正如袁從英和武遜已經發現的，這些兵卒身上所披的甲冑，腰間所佩的刀劍，卻堪稱精良，反而與他們的外形很不相稱。

他們的面前，正是木牆上唯一的一扇大門。這是一座通體漆黑的玄鐵大門，長寬均有丈餘，厚也達數分。門把上纏繞著粗如纜繩的鐵鏈，上面密密麻麻地懸掛數把巨大的銅鎖。潘大忠一聲令下，兩名兵卒上前挨個開啟銅鎖，接著又上去兩名兵卒，四人合力才將鐵鏈取下，最後四人一起握住門把上的木槓，喊著號子，費盡九牛二虎之力終於將大門緩緩移開。

武遜見狀，不由疑惑地問道：「老潘，為何開門如此吃力？」

老潘抹了把臉上的油汗答道：「咳！武校尉，這扇鐵門好多年都未曾開啟了，今天若不是想讓你和袁校尉進去看個究竟，我才不費這個力氣呢！」

武遜大為訝異：「那平時獄卒和囚犯是如何出入的？」

老潘嘿嘿一樂：「武校尉、袁校尉，先請你們從大門而入吧。我老潘會一一講給二位長官聽的。」

武遜和袁從英面面相覷，只得跟著老潘踏入鐵門。

進入木牆重圍之中，眼前是個有好幾畝地大的沙場。袁從英第一天到達伊柏泰的時候，已經在蒙丹的指點下從高處觀察過，現在進入內部，發現確實如當時所見，木牆之中建有大小不一的五座磚石堡壘。每座堡壘的式樣都差不多，圓形，平頂，靠近頂端是一排比人的腦袋大不了多少的窗洞，應該是採光通氣之用。每座堡壘都看上去十分堅固，五座堡壘的排列方式讓袁從英猛然想起了井蓋上的五角圖案，其中一座頂角上的堡壘相比其他四座略小些。

潘大忠領著二人圍著最小的堡壘轉了一整圈之後，武遜拍了拍腦袋，困惑地問：「我說老潘，這玩意兒的門在哪裡？」

潘大忠油光鋥亮的臉上滿是得意之色，他把手在空中一揮，大聲道：「所以武校尉、袁校尉，你們都看見了，這些堡壘均沒有門，也就是說人根本不可能從此地出入，因此平常也沒有人進入木牆之內，那木牆上的門沒什麼用處，故而好多年都不曾開啟了。」

武遜憤憤地問：「老潘！你玩的什麼花招，這些古怪都是幹什麼的？」

老潘笑著解釋道：「武校尉、袁校尉，其實我要告訴你們的是，整個伊柏泰的監獄都在沙地下面，因而出入也在地下，你們就明白了吧？」

「什麼，監獄不在這幾個堡壘裡，在……地下？」武遜圓睜雙眼瞪著老潘，滿臉的難以置信。

潘大忠顯然很滿意自己所製造出來的效果，舉手示意道：「二位校尉，其實這木牆裡面的沙地無甚可看，平常從沒人在此活動，但為讓二位對伊柏泰的環境有整體的了解，我才領你們進來。實際上，真正的監獄造在地下，出入口則在木牆外面的營房中，要不然我現在就領二位前去察看？」

武遜扭頭就往門外走，潘大忠趕忙跟上，卻發現袁從英站在原地不動，就回身招呼：「袁校尉，你……」

袁從英瞥了潘大忠一眼，冷冰冰地問：「既然這些堡壘在地面上連門都沒有，還要這座木牆幹什麼，豈不是多此一舉？」

潘大忠被問得一愣，武遜聞言也覺有理，便停下腳步瞪著潘大忠，等他回答。

潘大忠顯得有些緊張，咽了口唾沫才道：「這……我也不是特別清楚。不過伊柏泰最初建造的時候，就用了許多重囚和死囚，想必這木牆是在當初監獄始建時，用於圈禁那些囚徒的，等地下的監獄和這幾座堡壘都完工以後，木牆也就沒用了，被廢棄了，只是不曾拆除罷了。」

武遜聽罷點頭：「原來如此。」

他看袁從英仍然緊蹙著雙眉在沉思，便招呼道：「袁校尉，走吧！」

袁從英猶豫了一下，還是跟隨武遜走出了大鐵門。潘大忠連忙吩咐手下兵卒重新將鐵門鎖好，同時帶著武遜和袁從英來到呂嘉營房的右側。呂嘉的營房是伊柏泰裡面最大的一座，其左右兩側各有一間不起眼的小營房，看上去好像是給值事的兵卒休息之用。潘大忠來到右側那座小營房門前，門旁站立著兩名荷槍持械的守衛。

潘大忠示意守衛讓開，領頭進入小營房，才五步長寬的營房內空無一物，在地面正中央，赫然是一塊四方的鑄鐵蓋板。潘大忠來到蓋板前，亮開嗓門喊了一聲：「開門！」

鐵蓋板裡傳來悶聲悶氣的問話：「是誰？」

「潘大忠！」

「啊，是潘火長！」裡面之人應和著，只聽一陣吱吱嘎嘎的聲響，鐵蓋板從下面被緩緩頂起，一個兵卒從裡面冒出腦袋來，「潘火長，您是……」

「武校尉和袁校尉要下獄察看。」

「是！」

鐵蓋板下，竟是另一片天地。

在潘大忠的帶領下，武遜和袁從英生平頭一次進入到這樣一個黑暗森嚴，簡直與墓穴一般無二的地下監獄之中。沿著石階下行並不深，前面是長長的巷道，估計就是從外部營房通入到木牆裡頭的道路。巷道狹窄逼仄，僅容二人並肩，每隔二十步的牆上置一盞油燈照亮，底下則是一名全副武裝的守衛在站崗。

潘大忠頭前領路，武遜居中，袁從英走在最後面。巷道裡面空氣稀薄混濁，陣陣惡臭撲鼻而來，袁從英感到窒息，胸口憋得十分難受，他一邊走一邊默數著自己的腳步，在心中估算巷道的長短。從整個格局可以看出，這巷道建在沙地之中，卻是木柱架梁並磚石壘砌而成，當初一定是花了相當大的人工。袁從英猜測，巷道本身應該不會太長，盡頭或許會是個比較大的地穴，牢房就聚集在那裡。但是，他想錯了。

在袁從英默數了大概百來步的時候，巷道在前面拐了個彎，傳來隱隱約約的人聲。轉過彎去，面前的巷道突然變寬，大約三十來步長短的巷道兩側，根根鐵柵後面出現了一間連一間的牢房。光線十分黯淡，牢房中只見人影晃動，卻看不清楚囚犯的面貌，巷道的兩頭各站著一名獄卒。

潘大忠停下腳步，輕聲道：「這裡就是天字號監區。」

武遜問：「他們都是死囚嗎？」

潘大忠咧嘴一笑：「武校尉，伊柏泰裡面其實沒有死囚非死囚的區別，就看他們自己能不能夠活得下來。」

武遜陰沉著臉瞥了一眼袁從英，發現他的臉色在幽暗的光線之下愈加蒼白，武遜道：「袁校尉，你有什麼要問的嗎？」

袁從英搖了搖頭。

於是潘大忠領著他們繼續前行，一路拐來拐去，每隔幾段窄小的巷道，便出現一段兩側有監房的巷道。袁從英心中終於明瞭，原來這個地下監牢造得就如同迷宮一般，所有的巷道彼此相連交錯，監房不規律地散布其間，這樣的設計使得進入其中的人，假如沒有帶領指示，就根本無從辨別方向。同樣，囚犯要想找到一條路徑逃走也幾乎是不可能的。他們要麼在巷道中迷失，要麼被無處不在的守衛擒獲，想到這裡，袁從英不禁暗暗佩服這座監獄建造者的巧妙用心，但又覺得不可思議：伊柏泰處在大漠的中央，囚犯本就很難逃脫，為什麼還要把監獄建在地下，又設計得如此繁複，真的有這個必要嗎？

不知不覺他們已經在地下轉了很久。武遜也有點兒受不了那污濁的空氣了，便問：「潘火長，如果沒什麼其他可看的，莫如你就帶我們上去吧。」

「且慢！」潘大忠還未答應就被袁從英攔阻了。

武遜不耐煩地問：「袁校尉還想看什麼？」

袁從英慢吞吞地問：「那五座堡壘怎麼上去？」

潘大忠一拍腦門：「哎呀，你看我怎麼把這事給忘了。真是該死！」接著又忙解釋道：「咳，其實那幾座堡壘就是通風換氣之用，沒什麼可看的。二位校尉跟我來吧。」

他領著二人又是一通地七繞八拐，總算走到了一座石梯前面。石梯盡頭投下來的光線亮堂很多，還有陣陣新風吹來，袁從英趕緊深吸了幾口氣，慢慢張開捏緊的拳頭，右手紮緊的布條上面，血漬和汗水已經混成一片。

潘大忠倒是步履輕鬆，快步走上石梯，武遜和袁從英緊緊跟隨，上到地面，只見三人正處在一座圓形的磚石堡壘中間，堡壘中除了一大塊石板之外，便什麼都沒有了，那石板顯然就是台階入口的蓋板。

徐徐清風從堡壘最上面的那排換氣窗洞中吹入，武遜和袁從英都覺得頭腦頓時清醒了許多，潘大忠看著二人的臉色，微笑道：「二位校尉有些受不了吧。呵呵，我們長年累月生活在伊柏泰，不習慣也得習慣，這裡真是個能把人活活折磨死的地方啊。」

袁從英問：「我們是在最小的那個堡壘之中嗎？」

潘大忠點頭：「袁校尉好眼力，是的。這裡就是離鐵門最遠的那座小堡壘。其餘四座和這個一模一樣，只不過格局略大些。」緊接著潘大忠又笑問：「二位校尉還要去看那其餘四座堡壘嗎？」

武遜看了看袁從英，皺眉道：「嗯，一樣的話就不必細看了，今天就到這裡吧。」

再次下到地底下，又隨著潘大忠轉了數個彎，面前出現的巷道和來時最初的那段十分相仿，走到巷道盡頭，又見到一段向上的石階。石階旁的守衛見三人過來，趕緊行禮，殷勤地跑到石階上頭，翻起鑄鐵蓋板，目送三人登了上去。出來一看，這裡恰恰是呂嘉營房左側的那個小營房，與入口的營房恰好一左一右。原來他們在地底下繞了個大大的圈子。

三人此時俱已頭昏腦脹，都拚命呼吸著地面上的新鮮空氣。等好不容易緩過神來。武遜便將另二人招到自己的營房坐下。

喝了口燒酒，武遜感慨萬千地道：「真沒想到伊柏泰裡面是這個樣子，今天本校尉算是開了眼界了。潘火長！」

「在！」潘大忠畢恭畢敬地躬身行禮。

武遜問：「伊柏泰下面的情形，編外隊有多少人完全了解？」

潘大忠道：「因為地下的活兒太苦，編外隊的每個兵卒都要輪流下去當獄卒和守衛的。咳，其實他們大多本來也就是這裡的囚犯，選拔上來充了編外隊，才算有了一線生機。」

「那麼說大家都還熟悉下頭的布局？」

「也不盡然，伊柏泰下頭的布局太奧妙，就算在裡面待上一年半載，還是會走錯路。如果是外人入內，那就壓根甭想出來了。」

袁從英突然插話：「潘火長，你可知道這座監獄是何時所建，何人設計？」

潘大忠微微一笑：「這個我就不知道了。」

袁從英接著又問：「下面的布局可有設計圖？」

「沒有。大家都靠腦子記憶。不過……既然說到這裡，我倒是可以畫一張出來。此地也就是我大概清楚全部的情況了。」

袁從英衝潘大忠一抱拳：「麻煩潘火長了。」

「好說，好說。呵呵。」

正說著，衛兵來請三人用午飯。忙了整整一個上午，大家均饑腸轆轆，也都不客氣，圍坐桌前邊吃飯邊繼續談話。武遜掰下塊饢，撒上碎牛肉津津有味地嚼了幾口，突然問潘大忠：「大忠，我記得你是七年前到伊柏泰來的吧？」

潘大忠嘴裡塞滿食物，含含糊糊地道：「是啊，咳，一晃這麼多年過去了。這地方待不住人，能走的都走了，現如今我就算這裡資格最老的了，本來還有呂嘉，可現在……」

武遜停下嘴，盯著潘大忠問：「老潘，我彷彿記得當初你是和你兄弟一起來的伊柏泰，你兄弟現在何處，也走了嗎？」

潘大忠的神色驟變，慢慢放下手中的筷子，垂下頭好半天都不吭聲。

武遜和袁從英奇怪地互相看了一眼，武遜正要再發問，潘大忠忽然抬起頭，卻見他雙眼通紅，牙齒咬得咯咯直響，顫抖著嘴唇喃喃道：「我兄弟，他……早就死在這裡了！」

武遜大驚：「這是怎麼回事？」

潘大忠握緊雙拳，胸口起伏不定，好不容易才略微平復下來，抬頭對另二人苦笑道：「袁校尉，前日夜間我冒險去求你搭救武校尉，當時你對我十分提防，不予信任，我那時候就曾對你提起過，我潘大忠與呂嘉有不共戴天之仇。這仇，就是殺親之仇。正是呂嘉，害死了我在這世上唯一的親人，我的兄弟潘二孝。」

原來這潘大忠和他的兄弟潘二孝本來都是庭州刺史錢歸南的家奴。他倆從小父母雙亡，在錢家長大，幹的是伺候人的營生。潘大忠為人謹慎，頗得錢歸南的賞識，其弟二孝卻不太爭氣，成天不務正業，還經常小偷小摸，十分不檢點。偏偏潘大忠對這唯一的兄弟很是疼愛，錢歸南幾次欲將其趕出錢家，都因為潘大忠苦苦哀求才罷休。可恨潘二孝不知悔改，反而變本加厲，越鬧越不像話，後來還勾搭上了錢歸南大夫人的婢女，終於徹底惹惱了錢歸南。就在七年前，錢歸南一氣之下，將潘二孝判了罪，發往伊柏泰。潘大忠實在不放心這個兄弟，主動向錢歸南懇求，陪著兄弟共來服刑。

潘大忠說到這裡已經淚流滿面，他抹了一把眼淚，咬牙切齒地道：「我們剛來時，呂嘉礙於錢刺史的威勢，對我兄弟二人還算客氣。因我本就是無罪之身，他還給了我一個火長的職位。我也是小心謹慎，拚命效忠於呂嘉，只求他能待我兄弟好一些。可誰知道，這呂嘉本性惡毒至極，居然趁著我回庭州辦事的時候，將二孝騙出監牢，與另外兩名囚犯鬥毆，最後又將重傷的他放在野地，活活地讓禿鷲啄咬至死！」他抬起頭，淚眼模糊地看著袁從英，「袁校尉，就是你們頭一天來的時候看到的那一幕，所謂的『野葬』。」

袁從英默默地點了點頭。潘大忠繼續道：「我本來打算找呂嘉拚命，哪怕同歸於盡也要為我兄弟報仇。可呂嘉這廝又狠又刁，知道我必懷恨在心，就把我遣入地下監獄，打算讓我熬不得苦楚死在裡頭。我想君子報仇十年不晚，一定要在伊柏泰活下去，就這樣我在地下苦熬了五年，直到兩年前呂嘉需要用人時才又把我提出來。當時他仍然對我十分有戒心，處處防範，我便更加表現得貪生怕死、膽小懦弱，終於慢慢地令他放鬆了警惕。這兩年來我一直在等待著最後一擊的時機，總算等到了你們。武校尉、袁校尉，謝謝你們，使我終於能夠為我的兄弟報仇雪恨。」

「原來是這樣！」武遜感慨萬千地長歎一聲，舉起手安撫地拍了拍潘大忠的肩膀。

潘大忠勉強一笑，扭頭對袁從英道：「袁校尉，前日夜間實在無法對你將這些和盤托出，才使你一直不能信賴於我。否則，公主他們也不會遇到那樣的險情了。」

袁從英點頭：「是的。當時我確實不能輕易相信你，所以才將你打昏，把蒙丹他們轉移到另一間營房。坦白說，這也是萬般無奈之下的選擇，我一人難以兼顧兩頭，又必須去救武校尉，所以只能賭一把。」

潘大忠理解地笑道：「袁校尉當時若是相信我，我倒可以給公主他們找個更安全的所在。但我知道你不能冒這個險，萬一我是呂嘉派來調虎離山的，那就慘了。」

潘大忠又道：「袁校尉，有件事情我一直想問你，不知道現在是否可以賜教？」

「什麼？」

「就是那晚我們離開營地前，你一直在看營地上空的一個閃光處，那究竟是……」

「哦，」袁從英微笑了，「那還是你們昨日看到的斌兒的玩意兒。那東西可以把光投得很遠，我讓斌兒想法把燭光射出窗洞，在夜間老遠都能看得很清楚，這樣我便可以知道他們平安。」

談到這裡，三個人方覺得有點坦誠相見的味道，彼此的隔閡和猜疑漸消。武遜理了理絡腮鬍鬚，又想起來件事：「老潘啊，還有件事情。」

「武校尉儘管吩咐！」

「嗯，我來問你，編外隊的兵械、甲冑和馬匹，怎麼都如此精良？呂嘉打哪裡弄來的這些？」

老潘微微一愣，眼珠轉了轉：「這個……我也不清楚了。好像瀚海軍每年都會給呂嘉送些輜重過來吧。」

「不可能！瀚海軍自己的配備都沒有這麼好！」

「那，卑職便不知道了。」

「不知道就算了。」武遜有些失望，指指袁從英道：「不過，老潘你下午帶袁校尉去挑件兵刃吧，把這裡最好的傢伙都拿出來。」

潘大忠趕忙答應：「那是自然。」

袁從英卻擺了擺手：「武校尉，多謝費心。也不必太麻煩，方便的話，就把呂嘉的刀和弓借我一用吧。」

「這……」武遜和潘大忠相互看了一眼，「你不忌諱？」

「好用就行。」

「那好，吃過飯就讓兵士給你送去吧。」

午後，在營盤後面的一座小茅屋裡面，袁從英帶著韓斌洗了個澡。一進這個小茅屋，他就發現這裡與阿蘇古爾河畔的那個茅屋簡直一模一樣。屋中央同樣是口深井，井緣和地面相平，只在井口蓋著塊鐵蓋子，也與阿蘇古爾河畔茅屋裡的那個鐵蓋子外觀完全相同。

所不同的只是，這個茅屋裡放置著好幾個木桶，以供人從深井裡打出水來。另外還有個小火爐子用來燒熱水。袁從英發現，此地洗澡的方式和中原很不一樣，沒有盛滿水的大木桶可以浸泡，卻用個木勺子舀出水來往身上澆。腳下就是沙地，水從身上流下後就直接滲入沙中，轉眼被吸個一乾二淨，洗完澡沙地居然還是乾的。他起初以為不用大木桶是為了節省水，但很快發現這種洗澡方式似乎更費水，便有點兒想不通。

不過此刻他顧不上這些，只是讓韓斌把燒燙的水一遍遍澆在自己的背上，痛到僵硬麻木的後背方才覺得輕鬆些。與此同時，他仔細地研究起鐵蓋子上澆鑄的紋理。

這紋理也與阿蘇古爾河畔鐵蓋子上的相仿，最外面是五個尖角的樣子，圍繞著裡面的一個圓圈，圓圈的中央還有紋路。所不同的是，此處中央的紋理曲曲彎彎，很有點兒像水波，而阿蘇古爾河畔那圖案的中央紋理，是幾道斜斜的線條。袁從英讓韓斌幫著自己一起盡量記下這些圖紋的形狀，打算回營房後默寫在紙上，留個紀錄。其實他自己也不知道這樣做有什麼用處，過去在狄仁傑身邊的時候，尋求這類奇異事物中所蘊含的秘密，往往是狄仁傑的拿手好戲，可是現在，只能靠自己了。

雖是初春，大漠上晝夜的溫差依然很大。太陽快落山時，周遭已經十分寒冷。袁從英帶著韓斌匆匆洗完，就回了營房。桌上已燃起蠟燭，率先洗好澡的狄景暉坐在桌邊，埋頭在讀那本《西域圖記》。袁從英精疲力竭地在榻上靠了一會兒，一動都不想動，可想想還是掙扎著起身，坐到桌前拿過紙筆，打算把剛才強記下來的紋理畫出來。

桌上擱著一柄閃亮的鋼刀，還有一副黑色的硬弓，一望便知是呂嘉的傢伙。狄景暉衝袁從英努努嘴：「老潘送過來給你的。」

袁從英擎刀在手，翻來覆去地看著，毫無疑問，這絕對是把百煉成鋼的寶刀。同樣，那把弓也是少見的利器，問題是，呂嘉怎麼會有這樣好的武器？

狄景暉看他又在沉思，便隨口問了句：「很不錯的傢伙吧？我雖不太懂，卻也看得出來。」

袁從英把刀擱回桌上，點頭道：「確實是好東西。不過，也怪得很。」

「哦？哪裡怪？」狄景暉來勁了，上下左右地摸著刀把和刀背。

袁從英把他的手輕輕擋開：「你不習慣碰這種東西，小心點，這刀削鐵如泥的。」

「削鐵如泥？」狄景暉好奇地問，「呂嘉怎麼有這種好東西？這樣的好刀不常見吧。」

「不常見，很稀罕的。最奇怪的還不是這個。」

「那是什麼？」

袁從英指著刀身，解釋道：「不論什麼刀具，通常刀身上都刻有銘文，表示煉成的日期地點和煉製之人，這是規矩。普通的刀尚且如此，更別說如此少見的寶刀。可是你看這把刀，上面空空如也，什麼都沒有。還有這把弓也是，沒有任何打造的標記。」

「還真是啊！」狄景暉也是一臉納悶，但他知道自己也想不出個究竟，就岔開話題，「那個老潘倒很殷勤，還問長問短的，似乎挺關心你的身體。」

袁從英冷笑了一下：「你怎麼說？」

狄景暉輕哼道：「你放心吧，我知道怎麼對付。」

袁從英壓低聲音說了句：「這個人，很不老實。」

狄景暉把手中的書往桌上一放，似笑非笑地看著袁從英：「嗳，人家又怎麼惹到你了？」

袁從英陰沉著臉道：「他沒有惹到我，但是他說了不少謊話。」

「說謊？」

「是。首先，今天他開木牆上的鐵門時搞出很大的動靜，想證明那鐵門好多年都未開啟了。可是那些大銅鎖和鐵鏈上連灰塵都沒有，真好笑，伊柏泰日日都是漫天風沙的，難道這裡的人沒事還經常擦拭它們不成？其次，他領我們去木牆中的時候，刻意只讓我們看了其中最小的堡壘，以此類推地想說明每座堡壘都沒有門，偏偏不領我們逐一看過，我總覺得其中有詐。還有，他說自己與呂嘉有仇，可為什麼這麼多年都不動手，卻要等著我們和武遜來這裡的時候，借我們的手除去呂嘉，而呂嘉明明知道潘大忠對自己懷有仇恨，卻還如此信任他，也很說不通。至於他說不清楚兵械的來歷，我看多半也是撒謊。」

狄景暉聽完哈哈一笑：「完了，你算是把我爹草木皆兵的毛病全學會了。既然你對這潘大忠有諸多懷疑，幹嘛不直接對武遜說呢？」

袁從英歎了口氣，略顯懊喪地道：「武遜此刻寧願相信潘大忠，也不願意相信我。你當初說的話很有道理，武遜對我有成見，亦有顧慮，假如我太多地表示對潘大忠的不信任，他只會認為我是故意離間他們邊塞軍兵的關係。對他來說，我畢竟是外來的，潘大忠才是自己人。」

狄景暉頗有興味地看著袁從英，很是幸災樂禍：「現在想明白了？饒你拚著性命去解救他，還差點連我們的命都搭上，結果也沒落上個好。」

袁從英深深地吸了口氣：「還是見機行事吧。潘大忠盯得很緊，我不想打草驚蛇，否則恐怕對你和斌兒不利。另外，武遜也會有危險。潘大忠和呂嘉還不同，這回是他在暗處我們在明處。我不知道他究竟想幹什麼，也不知道他對剿匪到底有利還是不利，更不知道他的背後是不是還有更凶險的勢力……」他抬起眼睛，看著狄景暉苦笑道：「可惜我沒學到大人料事如神的本領。」

狄景暉正要開口說話，有人輕輕敲門。韓斌跑過去把門打開，夕陽逆照下，蒙丹亭亭玉立的身影彷彿鑲了道火紅的金邊。狄景暉猛地站起身來，快步走到門口，蒙丹看著他微笑，輕聲道：「我是來向你們告別的，明天一早我就要走了。」

第四章　暗鬥

「你要走了？還回來嗎？」狄景暉急迫地問。

蒙丹被他熱切的目光逼得不覺垂下雙眸，心中暗暗懊惱著：來告別前明明打算要表現得若無其事，可為什麼一聽到他的聲音，一看到他的眼睛，自己的心又跳得如此慌亂？都怪他，這沒用的漢人男子，知道自己要走，居然如此緊張，只不過是短短地離開幾日，他就著急成這個樣子……

韓斌也站在門邊，伸手扯她的衣裙：「蒙丹姐姐，你什麼時候再回來啊？」

蒙丹握住他的小手，溫柔地笑起來：「斌兒，以後就叫我紅豔姐姐吧。」

「啊？紅豔姐姐，你改名字啦？」

「嗯，好聽嗎，你喜歡這個名字嗎？」

韓斌轉了轉眼珠：「還行吧。紅豔姐姐，我喜歡！」

袁從英來到門前，見狄景暉在一旁呆呆地站著，蒙丹又不理他，便不動聲色地拽了拽狄景暉的袖子，一邊招呼道：「蒙……呃，紅豔，屋裡坐吧。」

狄景暉回過神來，也忙道：「啊，對，對，紅豔，請屋裡坐。」

蒙丹瞥了一眼狄景暉，眸中碧波流轉，好不容易憋住笑，搖頭道：「不坐了，也沒什麼特別的事情，就來給你們道個別。」

「可是，」狄景暉有點兒發急了，「你這是要去哪裡？你不是要在此地等梅迎春的嗎？」

蒙丹輕輕翹起嘴角，屋外那燦爛的落日紅霞此刻好像都飛上了她的面龐：「我又沒說要離開這裡，只不過是和哈斯勒爾他們一起回趟庭州。春天來了，我們要去尋塊水草肥美的綠洲放牧駝馬，總不能老在這個大漠裡面轉悠。」

狄景暉大大地鬆了口氣：「原來如此，那倒也不必鄭重其事地道別。」

「你……」蒙丹讓他給氣樂了，發狠道：「真該告訴你我一去不回！」

「你不會的。」狄景暉篤悠悠地說，此刻已經完全鬆弛了下來，他把兩手往身後一背，低下頭來看蒙丹。

蒙丹覺得自己額頭上的碎髮隨著他灼熱的呼吸輕輕顫動，連帶著心尖上也酥酥麻麻起來，這種感覺是那麼溫暖，那麼輕柔。她再沒有能力讓自己的語氣生硬起來了，只好極低聲地說：「我，就去幾天，然後再來看你們。」

「好，我們在此等候。」狄景暉一本正經地回答。

袁從英在旁邊聽得實在有些好笑，除了等待難道他們還有別的選擇嗎？

「那，你們好好休息吧，我走了。」說完這句話，蒙丹如釋重負地長舒口氣，正要扭頭往門外走，袁從英卻把她叫住了：「先別走，紅豔，我要問你件事情。」

「啊，什麼事情？」自從熟識以後，蒙丹發現自己越來越喜歡看袁從英嚴肅的表情，於是她就微微側過頭，目不轉睛地盯著他看。

袁從英卻沉浸在自己的思緒中，習慣性地鎖起雙眉，思忖著問：「紅豔，你在大漠上發現過幾次土匪行凶？」

蒙丹認真地想了想，答道：「一共有三次。」

「可曾和土匪正面交鋒過？」

蒙丹搖頭：「一次都沒有過。」

「一次都沒有過？」

「嗯。」蒙丹咬了咬嘴唇，沮喪地道：「這些土匪太神出鬼沒了，大漠又無邊無垠，實在無從搜索。現在走沙陀磧的商隊不多，我也不知道什麼時候有商隊經過，只能瞎碰。所以三次所見到的都是土匪劫殺商隊以後的現場。」

袁從英抬起眼睛，緊盯著蒙丹問：「如果真的像你所說，土匪又是從何而知商隊行蹤的呢？」

蒙丹緊接著他的話道：「是啊，我也想不通這一點。好像有人把每次商隊進入沙陀磧的時間和路線都通報給土匪，否則他們絕不可能把所有的商隊一網打盡。還有……」

「還有什麼？」

「還有就是這些土匪的營地究竟設在什麼地方。我這幾個月帶著人把沙陀磧都跑了個遍，始終沒發現可疑的地點。可是從土匪攻擊商隊的地點來看，遍布沙陀磧的東西南北，因此他們一定在沙陀磧的內部設有營地。只是……這個營地到底在哪裡呢？」

袁從英沉思片刻，對蒙丹微笑了一下：「你哥哥所發現的奇怪之處，就是這些吧？」

蒙丹也不覺莞爾：「差不多吧。」想了想，她又道：「還有一個古怪，是我發現的，還沒來得及告訴我哥哥。」

袁從英和狄景暉相識一笑，他們都聽出了蒙丹語氣中那點掩飾不住的天真和自豪，袁從英便問：「是什麼特別的古怪，可以告訴我們嗎？」

蒙丹輪流看著他們兩個，故意稍停了片刻，才回答：「唔，我一共發現了三次被屠殺的商隊，現場都是屍身遍地、血流成河，可是貨物和車馬卻蹤跡全無。」

袁從英揣度著道：「貨物和車馬都被土匪劫走了吧。」

蒙丹忽閃著碧色的雙眸，略帶得意地說：「土匪帶走貨物和車馬也就罷了，可為什麼要把所有的兵刃也都帶走呢？」

「兵刃？」袁從英驚訝地問。

蒙丹「嗯」了一聲：「我發現這三起劫殺，土匪都很小心地把現場打掃乾淨了。從衣飾來看，屍首全都是商隊的人。但我想，未必土匪就沒有絲毫傷亡吧，可現場找不到一具土匪的屍身。還有就是，掉在當地的兵刃明顯都是商隊用的，沒有任何一件土匪的兵刃。甚至一些被箭射死的屍體，身上的箭弩都給小心地拔掉了。」

「居然有這樣的事情。」袁從英喃喃自語，陷入了沉思。

蒙丹瞧瞧他，又看看狄景暉，嬌俏地點點頭：「那我就走啦。」

狄景暉忙道：「我送你。」正要陪著她出門，卻聽身後袁從英叫了一聲：「狄景暉你站住。」

「幹什麼？」狄景暉滿臉狐疑地站住身，袁從英搶步上前：「我來送紅豔姑娘，你回屋去！」說著，他伸手輕輕一攔，不由分說就把狄景暉擋到身後。

蒙丹也有點兒意外，但還是在袁從英的指示下，乖乖地由他陪著自己朝門外走去。韓斌剛想跟上，袁從英反手推上房門，也把他關在了屋裡。

狄景暉看著兩人並肩出了門，實在猜不透袁從英葫蘆裡賣的是什麼藥，便索性坐回到桌邊。突然，他發現了桌上袁從英剛才在默畫的紋理圖，拿起來仔細瞧了瞧，臉上露出笑意。韓斌探身過來要搶，被狄景暉隨手推到一邊。

過了好一會兒，袁從英才又開門進屋。他若無其事地往桌邊一坐，狄景暉狠狠地瞅了他一眼，故意拉長聲音問：「送走了？」

「嗯，送走了。」袁從英拿過畫著圖案的紙，提筆接著往下畫。

狄景暉眼睜睜地等著，看他毫無再開口的意思，終於忍不住問：「哎，你和蒙丹說什麼去了？」

袁從英連眼皮都沒有抬，一邊在紙上畫著，一邊隨口道：「我和她說什麼，你沒有必要知道。」

「你！」狄景暉咬牙切齒地道，「袁從英我告訴你，你休想……」

「休想什麼？」袁從英擱下筆，瞥了眼狄景暉捏緊的拳頭，似笑非笑地加了一句：「怎麼，要和我打架？」

狄景暉衝他乾瞪眼，無奈地搖頭：「在別人那裡受了氣，就跑到我這裡來耍威風，什麼人嘛！」

兩人暫時休戰，袁從英從懷裡掏出另一張畫著阿蘇古爾河畔圖形的紙，和自己剛畫的紙放在一塊兒，擰眉抿唇，開始苦思冥想。

狄景暉坐在對面不懷好意地看著他，最後還是探頭過來，訕笑道：「哎，我們做個交易吧。」

「交易？什麼交易？」

「如果你告訴我你和蒙丹說了什麼，我就告訴你這些紋理是什麼意思，如何？」

「你知道這些紋理的意思？」袁從英有些喜出望外，往椅子背上一靠，看著狄景暉道：「說吧，這都是些什麼。」

「罷了罷了，不和你計較。」狄景暉嘟囔著連連歎息，把那本《西域圖記》翻到最後面，攤開在桌上，「你自己看吧。」

袁從英定睛一看，那上面果然繪著自己在兩處井蓋上見到的紋理，粗粗看去幾乎分毫不差。他長舒了口氣，對狄景暉笑道：「你早說啊，害得我琢磨了半天。」

狄景暉搖頭晃腦地回答：「我怎麼知道你在琢磨這個？恰巧這些圖在書的最後面，我也是剛剛才看到。」

「書上有沒有寫這些紋理是什麼意思？」

袁從英拿過書來翻看，狄景暉指著書頁道：「有的，不過內容不多，只說這是一種西域神教——薩滿教的神符。」

「薩滿教？」

「是的，薩滿教。」狄景暉解釋道，「這本書上只簡單地記載了薩滿教是西域頗為盛行的一種神教，大概從上古開始就有了。這種神教信奉萬物有靈的說法，認為不論草木牲畜、山河湖海皆有靈，都能與人相通。薩滿教將世界分為上、中、下三界，上界是天神居住的地方；中界是人活動的場所；下界則在地層深處、江河湖海等等，有各式各樣的精靈出沒。」

「什麼是精靈？」袁從英聽得津津有味，好奇地發問。

狄景暉翻了翻書，邊看邊道：「唔，精靈嘛，就是一種通神的靈物吧。薩滿教認為每個部落都有保護自己的精靈，會附著在本族的巫師身上，借巫師之肉身來行使其意志。在精靈的指點和教誨之下，薩滿巫師可以探訪靈界、可以上天入海，巫師作法時有精靈協助，才可以順利地醫藥、求雨、尋魂、驅鬼、祈福和詛咒。」

這會兒連韓斌都靠在袁從英的身上聽得入了迷：「聽上去還真挺有意思的。」

袁從英笑著問：「你說薩滿巫師能治病？」

狄景暉點頭：「能啊，這書上說得還挺神，能治各種疑難雜症。」

袁從英道：「那我乾脆去找個薩滿巫師治治我的背痛吧。」

狄景暉始料未及，愣了一愣，應道：「倒是可以試試。不過你要小心巫師把你大卸八塊啊。」

「不怕，只是要像過去在大人身邊時，讓他知道了我去找巫師看病，他一定會把我大卸八塊的。」

狄景暉哈哈大笑起來：「對，對！我爹最恨這些裝神弄鬼的邪悪之說。怎麼？他教導了你十年，你居然還信這些？」

袁從英自嘲道：「大人是有大智慧的，我怎麼能與他相比？可是，你還沒有說，這些圖符紋理到底是什麼意思？」

狄景暉指點著書上的圖案道：「書上說，薩滿教有許多神靈，包括天神、地神、風神、雨神、火神、水神如此種種。這些紋理圖案就是用來崇拜不同神靈的。像這種曲曲折折的波紋應該表徵河海，也就是水神，這種傾斜的豎條紋就是風神的符號。這兩種符號分別在此地和阿蘇古爾河畔茅屋的井蓋上有。另外，書上還記載了雨神、火神、地神等等符號。」

袁從英頻頻點頭：「不錯，像這麼回事。井裡有水，所以要祈求水神的庇佑，難道我們在沙陀磧裡見到的這些深井，都與薩滿教有關聯？」

狄景暉想了想道：「我想可能是最初的掘井人都是篤信薩滿教的，所以才會在井蓋上飾以薩滿神符。」

袁從英想了想，又道：「可是這書上的圖案都沒有套在外面的那五個角，這是怎麼回事？而且阿蘇古爾河畔的那口井上的圖案，照你的說法是風神符號，我卻從中挖出了清水，這又是怎麼回事？」

狄景暉「咳」了一聲：「別問我，這我可就不明白咯！」他接著又笑道：「你不是想找薩滿巫師看病嗎，到時候順便向人家請教請教唄。如果巫師不肯說，你就把刀架他脖子上逼他說！」

袁從英一本正經地點頭：「嗯，這個我倒拿手。」

說著，袁從英又拿起那本《西域圖記》，翻動著道：「這個前隋的宰相裴矩倒挺有趣的，記載下這麼多西域的奇聞逸事。」

狄景暉長歎一聲：「裴矩啊，他可是我打心眼裡崇敬的人。你說我爹有大智慧，其實我倒覺得，裴矩比我爹更了不起。」

袁從英驚訝地望著狄景暉：「真的嗎？這個裴矩真有如此厲害？」

狄景暉正色道：「那是當然。裴矩在前隋任內史侍郎和吏部尚書的時候，為政廉潔，頗負清名，此為功績之一。受命赴張掖經營與西域各國的貿易往來，編撰成這本奇書《西域圖記》，此為功績之二。你或許還不知道，裴矩是繪製下西域到中原之間來往商路的第一人呢。」頓了頓，他又感歎道：「河東聞喜裴氏家族，真正的三晉望族，歷六朝而盛，至裴矩一代，可謂豪傑俊邁、名卿賢相，摩肩接踵，茂鬱如林。有種說法：裴家的男子不是出相就是入將；女子不是王妃就是誥命。對了，西晉時候裴家還曾有過一個叫裴秀的，定出了『制圖六體』，後世至今勘測地域，繪製地理圖，都是依據裴秀在其所著《禹貢地域圖》裡擬定的分率、準望、道里、高下、方邪和迂直的方法而做的。所以裴矩能編纂出這套《西域圖記》也是有淵源在的。」

袁從英若有所思地問：「繪圖，勘測……裴家世代沿襲這樣的學問？」

狄景暉點頭道：「聽說是這樣的。裴矩在隋滅後就歸順了大唐，但據說有些裴家族人卻流落在了西域，至今不肯返回中原。咱們在此地待久了，說不定還能碰上一二，也未可知。」

狄景暉話音落下，袁從英鎖起雙眉，指了指門外：「你覺不覺得這個伊柏泰的位置、格局、建造的方式，都頗深奧？」狄景暉頷首，袁從英沉吟著又道：「如果你去了那地底下的監獄，就更會有這樣的感受。真難以想像，這一切之中到底蘊藏著怎樣的秘密。」

面對著桌上搖曳的燭光，兩人都沉默了。邊塞大漠的春天，就在這瞬息萬變、吉凶難測的氛圍中徐徐展開。屋外風沙又起，沙塵經窗洞湧入屋內，袁從英把韓斌的腦袋摟到懷中，為孩子擋住那嗆人的氣味，他深深地感到自己的無能為力，此時此刻，即使願意付出生命，他能為這孩子做的，也依然是如此有限。他不知道為什麼，自己的命運始終與「秘密」這兩個字緊緊相連，哪怕走到天涯海角，哪怕身心俱疲，卻仍然無法擺脫。深入骨髓的思念和牽掛，連同「秘密」這個詞一起，又一次將他的心帶回到悲喜交加的過往。

這天晚飯之後，周梁昆終於下定了決心，他讓家人送出一封信以後，便在書房中靜待回音。隨意翻看著手邊的書籍，周梁昆再次回味下午與女兒靖媛的一番談話，心中跌宕起伏。

周靖媛自花朝節與狄仁傑等人共遊天覺寺以後，就始終悶悶不樂，才過了短短幾天，嬌美的面龐就消瘦憔悴下來。周梁昆看在眼裡，急在心上，考慮再三，還是決定要和女兒開誠布公地談一談。

周靖媛來了，無精打采地坐在父親的面前，纖細的指間繞著塊絲帕，揪過來又扯過去。周梁昆問了她幾句閒話，她也答得心不在焉。周梁昆有些著急，便清清嗓子，小心翼翼又直截了當地問：「靖媛啊，為父看你自花朝之後就有些意氣消沉，是身體不適還是有心事啊？」

周靖媛一愣，抿起櫻唇答道：「爹爹，女兒的身體很好。」

「哦，那就是有心事了？」

周靖媛低頭不語。

周梁昆慈愛地笑起來：「你這孩子，一向敢說敢做的，今天這樣子，可有點不太像我的女兒啊。」

周靖媛秀眉微蹙，臉色越發陰沉，周梁昆耐心等待著，他了解自己的女兒，知道她一定會有所表示。

果然，周靖媛抬起頭來看著父親，黑如黛石的雙眸中迷霧深鎖，似有無限的困惑和憂慮：「爹爹，女兒的心全都在爹爹的身上，爹爹的心事便是女兒的心事。」

「靖媛……」周梁昆顫抖著聲音喊著女兒的名字，心中一陣酸澀。

定了定神，周梁昆勉強笑道：「靖媛啊，裘侍郎那頭的事情，為父知道你不願意，已經回絕了，你就放心吧。」

周靖媛低頭不語，周梁昆稍待了片刻，溫和地道：「靖媛，你上回提到太平公主向先帝聖上討要武官做駙馬的逸事，為父想問一句，靖媛是不是也有心上人了，並且還是個武官？假使果真如此，靖媛不妨就直說給為父聽，好不好？」

他的話音未落，周靖媛已經面紅耳赤，略微躊躇了一下，她垂著頭輕聲嘟囔：「說出來又有什麼用？也許人家根本就沒在意……」

周梁昆臉色驟變：「什麼，對我的女兒？」他突然有些明白了，不由憤憤地斥道：「竟有這樣不識抬舉的東西！」頓了頓，周梁昆故作灑脫地安慰道：「靖媛啊，姻緣，姻緣，講的就是個緣分，不可強求的。我想那人既然有眼無珠，那是他沒有福氣。」

周靖媛撕扯絲帕的手指一頓，咬了咬嘴唇，突然抬頭直視著父親：「爹爹，假如靖媛就只想要那個有眼無珠的人呢？」

周梁昆大驚：「靖媛，你這又是為何，你一共才見過他幾回，何故就認了這個死理？他……在為父看來也不過如此，在大周的青年武官中，並不算特別出眾啊。以靖媛你的出身和人品，要真配給了他，為父還覺得委屈了你……」

「爹爹！」周靖媛的聲音都發抖了，「他，他和別人不一樣，他是狄大人的侍衛長！」

「這和狄大人又有什麼關係？」周梁昆難以置信地上下打量著女兒，腦海中的思緒迅疾翻騰，突然，他的心猛揪成一團，難道，難道女兒是為了……

「靖媛！」周梁昆喚著女兒的名字，再看她時，周靖媛蒼白的臉上綻露出甜潤的笑容，好似在撒嬌：「爹爹，靖媛從小就知道，不論我想要什麼，爹爹都會想辦法找來給我的。」

周梁昆愣了半晌，長歎一聲：「好吧，靖媛，讓爹爹想想，好好想想。」

看著周靖媛離開屋子，周梁昆鎖上書房的門，進入隔板後的密室。在那裡面，他待了一個下午，直到太陽快落山時，才倦容滿面地回到書案前，思忖著寫下一封簡單的書信，打發下人送了出去。周梁昆從來沒有像此刻這樣，真切地感受到末日將至的絕望，但同時又從內心的最深處，生發出一股垂死掙扎般的巨大力量。即使不為了自己，為了女兒，他也要試一試。

回信卻直到第二天的正午時分才送抵周府，周梁昆整個夜晚輾轉反側無法入眠，待收到回覆才暫時鬆了口氣。可是看著只有一行字的簡短答覆，他死灰般的臉上又泛起苦澀的笑容。對方在回覆中只寫了一個地址，並約定了面談的時間。周梁昆發現，自己要面對的這個人確實城府極深，有著與其年齡不相稱的謹慎和精明。周梁昆突然覺得，也許女兒是對的，她以一個女人的直覺窺測到了那人身上所隱藏的力量，而對於他們父女來說，這力量也許就是他們能夠攀附的最後一根救命稻草了。

春日已至，白晝漸漸拉長，天暗得越來越晚。儘管如此，洛陽城還是一如既往地在酉時暮鼓隆隆，金吾衛隊開始驅逐三市上熙熙攘攘的人群，坊門扇扇合攏，百姓們意興闌珊地關門閉戶，街巷之上頃刻就行人稀少，又一個暖風和煦催人醉的春日之暮到來了。

周梁昆在書房中直等到天色全暗，才罩上青色大氅，攏過寬大的風帽，將整張臉遮得只剩一雙眼睛，匆匆出門登車。馬車沿著筆直的大道一路往南，沿途經過數座關閉的坊門，卻攔不住鴻臚寺卿這位當朝三品大員，金吾衛兵乖乖地開門放行，就這樣一路暢通無阻地進入了城南尚賢坊。

馬車小心翼翼地避開狄府周圍的地界，只在僻靜的小巷中一路穿行，最後停在離狄府不遠的一個小獨院前。

「老爺，到了。」車夫壓低聲音對著車內喚道。

「你肯定是這個地方？」周梁昆冷冰冰地問。

「老爺，沒錯的，就是這裡。」

車簾掀起，周梁昆探出被風帽遮得嚴嚴實實的腦袋，觀察著四周寧靜肅穆的環境，半晌才抬腿跨下馬車，一邊吩咐：「把車趕到一旁候著，注意別讓人發現。」

來到門邊，周梁昆輕輕敲擊門環，剛剛敲了一下，門就打開了。沈槐筆直地站在門前，朝他躬身施禮，但卻未發一言。周梁昆很滿意對方審慎的態度，點點頭，便隨他跨步入院。

這正是沈槐給沈珺租住的小院落。自昨天午後在狄府中接到周梁昆的書信後，沈槐反覆思考了一個晚上，試圖推斷出周梁昆約自己單獨談話的目的。周梁昆在信中只說想和沈槐作一次面談，並說事關者大，希望沈槐能夠保守秘密，這次談話只能是他們兩人知道。沈槐當然明白此中的含義，周梁昆不想自己將這次會面報告給狄仁傑。

沈槐在狄仁傑的授意之下監視周梁昆已經旬月，始終沒有什麼突破。周梁昆每日除了處理公務就是在家待著，連應酬都很少，生活簡單得令人生疑。但生疑歸生疑，偏偏就是抓不住他絲毫的紕漏。四方館府庫貢物被盜的案件，雖然被狄仁傑壓了下去，周梁昆還是安排了少卿尉遲劍徹查四方館的全部存物，宋乾和沈槐共同監督了整個過程。查察的結果表明，四方館被盜走的貢物並不像想像的那麼多，也都不是什麼特別的珍品。假如僅僅從這個案件本身來看，周梁昆不論是否參與了盜取貢物，其罪責都算不上太大，就算捅出去，以他在朝中的資歷與功績，最多也就是鬧個罷官回家，性命可以無虞。相形之下，周梁昆私自殺死劉奕飛的行為，倒顯得有些反應過度了。

沈槐最近常常會想，周梁昆當時完全可以把劉奕飛交出去，就算劉奕飛倒打一耙，周梁昆還是有機會自保的，如今卻落個殺人的把柄在狄仁傑手中，真是聰明反被聰明誤。此外，沈槐還一直有種感覺，狄仁傑讓自己監視周梁昆，其意並不完全在於找回失落的貢物，只是這位睿智超卓的老大人，不會把他對周梁昆更隱秘的懷疑告知給自己罷了。許多次深夜無眠的時候，沈槐傾聽著從狄仁傑書房中傳來的踱步和歎息的聲音，總會忍不住地想，他對袁從英也會有這諸多的隱瞞、提防和猜忌嗎？這樣想著想著，一種深深的無奈、惶惑和怨恨就慢慢地，不可遏制地在沈槐的心中滋生起來。

儘管如此，沈槐還是非常盡職的。監視周梁昆的工作沒有什麼進展，他仍然盡心盡力地去做。除此之外，沈槐還有很多自己的事情要忙，沈庭放不明不白的死亡待查，楊霖和他帶來的使命要去辦，還有就是，他時刻牽掛著的沈珺。現在，只有每天和沈珺共進晚餐的時候，沈槐才能體會到安逸和溫情。自從花朝之後，何大娘果然給沈珺裁製了幾套素雅的新衣裙，沈槐見她每天都鄭重其事地修飾齊整，打扮得漂漂亮亮地等自己過去，心中真是又憐又愛，滋味萬千。

周梁昆到底要和自己談什麼，還如此機密？沈槐覺得不好揣摩。他對周梁昆沒有什麼好感，對周靖媛更是避之唯恐不及，一想到這位千金小姐對自己那毫不掩飾的傾慕，沈槐就覺得可笑。他實在想不出自己有什麼地方入了這位小美人的法眼，竟得到她如此青睞，沈槐原不是秉性輕賤的無良青年，如今又有沈珺守在身邊，就更不想招惹莫名其妙的桃花運了。

可是周梁昆要求和自己密談，沈槐思之再三，還是決定姑且談之，見機行事。他選擇了沈珺的小院作為談話的場所，一來這裡僻靜，幾乎沒有外人知道；二來此地是他的居所，又緊臨著狄府，可進可退，佔據主動。用過晚餐，沈槐就讓沈珺回房歇息，沒有招呼不要出來。

周梁昆如約而至，沈槐將他讓進正堂入座。何大娘奉上香茶時卻手忙腳亂，幾乎將茶盞打翻，沈槐心中不悅，到底是沒見過世面的鄉下婆子，越要緊的時候越沒譜。好在周梁昆滿腹心事，對旁的一切都毫不在意。

何大娘收拾茶盤退了出去，屋中剩下賓主二人對坐。寂靜的春夜之中，遠遠地傳來幾聲犬吠，沈槐站起身來合上半開的窗格，一縷清冷的月光被擋在窗外，桌上乳白色紗燈中的燭芯爆出兩聲脆響，光影晃動，忽明忽暗。

周梁昆清了清嗓子，終於開口了：「沈將軍，這些天來你帶人日日夜夜監視老夫的行止，端的是辛苦了。」

沈槐聽得略一皺眉，只冷冷地答道：「職責所在，何談辛苦二字。」

周梁昆訕訕一笑，問：「不知道沈將軍打算監視到什麼時候？」

沈槐沉下臉來，頗不客氣地回答：「周大人今天來難道就是為了談這個？假如周大人對沈槐的監視不滿意，還請周大人直接去同狄大人商議，沈槐只是奉命行事。」

周梁昆搖了搖頭，隨意地道：「哎，沈將軍少安毋躁，老父不過是寒暄幾句罷了。」

沈槐冷笑：「如此寒暄倒是不常見。」

周梁昆愣了愣，眼中突然精光四射，望定沈槐，他意味深長地道：「沈將軍，老夫為官數十年，論閱歷品秩都不比你的那位狄大人差。老夫知道和什麼樣的人該如何寒暄。」

沈槐不覺一凜，低下頭沉默了。

周梁昆若有所思地打量著沈槐：稜角分明的面龐，機敏幹練的神情，特別是一雙眼睛，深沉陰鬱，看上去十分老成。周梁昆在心中暗暗歎息一聲，靖媛啊靖媛，對這樣一個人你真的有把握嗎？

然而情勢所迫，對他們父女來說，已經沒有太多猶疑徬徨的時間了。周梁昆決定單刀直入，打對方一個措手不及：「沈將軍，據老夫所知，你擔任狄大人侍衛長的時間並不長吧？」

「周大人說得不錯。」沈槐把態度調整得謙恭了一些，應承道：「卑職是去年年底才被聖上派遣到狄大人身邊的。」

「沈將軍此前在何處任職啊？」

「卑職之前在并州折衝府任了五年的果毅都尉。」

「再之前呢？」

「再之前？」沈槐有些疑慮地瞟了眼周梁昆，卻見對方正襟危坐著，面無表情。沈槐想了想，還是答道：「去并州之前，沈槐在神都羽林衛中任職多年。」

周梁昆緊接著他的話音道：「但沈將軍是在去并州之前才加入的內衛吧？」

周梁昆的語音並不高，語調也很平淡，彷彿在問件不起眼的家常事，但在沈槐的耳邊卻不啻響起了一個驚天的霹靂，老練如他，也情不自禁地自眼底的最深處流露出惶恐，他真的懼怕了！

武皇的內衛組織在大周朝廷中是個公開的秘密。早在女皇還只是皇后、皇太后的時候，為了加強自己的統治，監控和打擊一切反對的勢力，女皇便開始逐步建立起這支獨立於朝廷之外的力量，由她全權掌控和差遣。在女皇登基稱帝的最初一段時間裡面，內衛在她誅滅異己、平定叛亂的行動中發揮了舉足輕重的作用。為了能夠迅速而徹底地消滅對手，內衛在執行任務的過程中可謂是將各種下作和殘忍的手段用到了極致：密報、臥底、暗殺、反間、栽贓、陷害……花樣百出的陰謀詭計和殘暴殺戮令人對內衛談虎色變。在武皇權勢最盛，內衛活動最為猖獗的時候，大周朝廷上下，不論什麼派別和出身的官員，都或多或少吃過內衛的苦頭，對內衛可說是恨之入骨。

多行不義必自斃，內衛也走不出盛極而衰的規律。武皇的統治逐步穩固，大周朝廷由紛亂走向有序，至少在表面上，朝局亦由黑暗轉為昌明。鞏固了帝位的武皇開始糾正自己殘暴乖戾的形象，越來越多地重用包括狄仁傑在內的正直官員，曾經作為她心腹爪牙的內衛和酷吏慢慢地失了勢。失勢以後的走狗，命運通常是最悲慘的。首當其衝的是以來俊臣為首的酷吏，做下了那麼多樁迫害與殘殺的罪行，早就被天下人恨得咬牙切齒，為平息民怨爭取人心，武皇毫不猶豫地先將他們拋棄了。於是一干酷吏先後被處以極刑，死後暴屍街頭，任由百姓們剝皮撕肉以洩憤。

內衛的局面相對複雜一些，與酷吏相比，他們的行事方式更隱蔽，組織也更嚴密，其成員良莠相雜，並不能一概而論。實際上，真正的內衛成員分為兩大類。一類由武皇親信的內衛大閣領統一管理，負責完成武皇下達的秘密任務。在執行任務期間，出於需要可能會被臨時性地授予某種公開的職位，但一旦任務完成，仍然回歸內衛府管轄，屬於正式編制的內衛成員。自神功以後，內衛的任務越來越少，作用越來越弱，為平息各層官吏對內衛長期以來的憎恨，武皇逐步裁撤了不少正式內衛，內衛府管轄的人數已減少到最盛時期的十之一二。聖曆二年以來，武皇病體日沉，對於內衛府的事務基本上不理不睬，乾脆就由張易之、張昌宗接手過去，在外人看來，今日的內衛府已經徹底淪為二張手中的爪牙機構，只是仗著武皇的餘威胡作非為而已。而那些被裁撤下來的內衛因為名聲太臭，不論走到哪裡都遭人唾棄，絕大多數的結局甚為悲慘。

然而，很少有人知道，武皇的內衛中其實還有另外的一類。這類內衛的身分比內衛府所轄的內衛要隱秘得多，因為他們實際上都是朝廷任命的正式官員，他們的名字也從來不曾出現在內衛府的名單之上，他們才是大周朝廷中擁有最黑暗秘密的一群人。這些人遍布在朝野上下的各個角落，全都有著嚴正的外表和顯赫的職位，在各自的仕途上載沉載浮，他們原本不該和內衛這樣不光彩的角色聯繫在一起。僅僅是因為對榮華富貴的極度渴望；或者是因為早年的某些劣跡而遭到要挾；或者純粹是為了尋求刺激，在種種機緣巧合之下，他們被私下招募成了內衛的秘密成員，在某一特定時期為武皇完成了某項特殊的使命，他們得到的回報是巨大的，要麼是仕途的飛躍，要麼是大筆的金錢，在人生的歷程中，適當地賭上一把，說的就是這些人的行為吧。

因為這類內衛都是擁有正式職位的官員，招募他們的過程極其機密，通常只有負責招募的直接上峰才知道他們的身分，而交給他們的任務也往往是一次性的，只要很好地完成了使命，就可以得到相應的回報，其後便能繼續安穩地幹他們公開的事業，作為內衛的這個過程似乎只是臨時性的，除了詭異的飛黃騰達之外，並不會給他們的人生造成其他影響，到後來，甚至連他們自己都幾乎忘卻了曾經有過的這個特殊身分。作為內衛的短暫過程，就像是身體最隱私部位的污點，被層層衣物遮蓋著，早已經看不見了。

可惜再深的機密，只要有兩個人知道，也就算不得機密了。至為可怕的是，正是由於機密的程度，就連這些人自己也不知道，他們的秘密到底被什麼人掌握在手中，朝堂之上每天面對的人中，又有沒有自己的同類。隱秘的污點即使埋藏得再深，也始終令他們寢食難安、如鯁在喉，畢竟他們曾經完成的任務都是見不得人的，而且均涉及朝廷的最高權力，一旦為人所知，即會對他們目前所擁有的榮光乃至生命造成致命的威脅。被脅迫的滋味是最難受的，但是害怕有朝一日被脅迫，恐怕更加難受！

沈槐應該算是這類人中最後的一批成員了。只因當初在羽林衛中任職多年而得不到提拔，始終鬱鬱的沈槐才接受了吳知非的招募，隨他共去并州，查察魏王武承嗣的謀反案件。在并州所發生的一切，對於狄仁傑來說可謂是痛徹心腑，於沈槐卻猶如天降的契機，不僅使他完成了使命，還意外地取代了袁從英的位置，來到當朝重臣狄仁傑的身邊，成為他的侍衛長，並得以官升幾級，由六品的果毅都尉直接擢升為四品中郎將。今日的沈槐，雖然還有若干的不順心處，但仍可稱得上春風得意。與此同時，他最計較的就是他曾經的內衛身分，在他想來，狄仁傑對他若即若離的態度，很大程度上就是因為自己的這個過去。

可是，沈槐無論如何也想不到，今天居然在周梁昆的口中，又一次提到了自己的內衛身分。沈槐曾經當過內衛，除了直接上峰吳知非，就只有狄仁傑知道，這周梁昆又是從何而知的？沈槐雖然拚命克制著自己的緊張，鬢角還是潮濕起來，轟然崩塌的恐懼重重壓上心頭：難道那關於「生死簿」的傳聞是真的？

對面，周梁昆默默地觀察著沈槐那青一陣白一陣的臉色，知道自己一擊成功了。他感到一種如釋重負的疲乏，甚至有些隱約的同情。周梁昆靜靜地等待著對方平靜下來好繼續交談，沈槐很快就將知道，周梁昆今天來不是為了要挾，更不是為了恐嚇，而是為了尋求生路。

月亮升到了高空，小院正堂上的燭火經久不息。西廂房中，一雙眼睛透過窗紙，緊盯著正堂透出的光亮已經一個晚上了。今夜，這雙眼睛乾了又濕濕了又乾，本以為眼淚早已流盡，哪想到再見那人，才知道心死成灰只不過是自欺欺人。何大娘——何氏淑貞，扒在西廂的窗邊，大睜著模糊的淚眼，不屈不撓地等待著，只為了能夠再看上那人一眼。這個人，在她卑微的心中，念著恨著怨著三十多年，今日方知，其實從來沒有一刻忘記過。

洛水河畔的垂柳漸次綠了，春風輕輕拂過，柳枝微搖著籠起片片綠煙，粉紅的桃花在其間若隱若現。翠鳥棲上枝頭，啾啾的鳴唱清脆悅耳，這便是一年中最好的時光了。

上陽宮踞洛水之東的最佳位置，借著微微起伏的地勢，坡地蔥蘢、流水脈脈，早春的繁花次第怒放在宮垣迴廊之畔，整個洛陽城中最美的春光，盡數收攏其中。上陽宮外，亦有幾座豪門府邸的院牆比肩而立，毫無疑問，這些府戶的身分應該是整個大周僅次於皇帝的了。除了這些人，又有誰可以有權力與天子共享春色呢。

午後，春日慵懶，樹影婆娑，迷茫的煙氣輕柔地繚繞在一座孤亭的四周。洛水從此處轉了一個彎，向城南蜿蜒而下。周圍一片寂靜，但寂靜中又彷彿有幾聲嘀嗒，那是霧氣凝結成的水珠，沿著亭柱緩緩地落入亭旁的深潭。水珠鑽入平靜的水面，未曾蕩起半絲漣漪。深綠色的潭水彷彿凝固了似的，只有靠近亭柱的一小方水面上，無聲無息地泛起幾個白色的水泡。

這亭子建在離上陽宮最近的一座王府別院之中，梁王武三思是這座別院的主人，今天，他在此亭中招待一位顯貴的客人。亭中一幅絲毯平平展開，上置一案，卻是瑩潤的玉石雕琢而成。案側的花紋奇異罕見，花尖的玉色呈現出嬌豔欲滴的紅，如柔骨如媚顏，輕托出一幅縱橫交錯的十九路網格。日影點綴，輕煙飄浮，網格上玉色時明時暗，紋理晦澀難辨，恍惚中，宇宙萬物，天地蒼生，已宛然其間了。

棋盤之上散布黑白相間數枚棋子，黑子烏墨白子晶瑩，卻是殘局。武三思端坐在案前，左手在棋匣中緩慢地摩挲著，滿臉高深莫測的表情，微笑著耐心等待。他的對面，張昌宗一身華服，寬大的袖籠垂於身側，習習幽香自袖中溢出，那張俊俏的臉龐上卻愁眉深鎖，他，眼看著又要輸了這局。

「啪」的一聲，黑子落下，幾乎同時間，「嘩啦啦」兩隻麻雀驚慌失措地衝出樹林，直上雲霄。

武三思長歎一聲，右手拈起一枚白子，剛要放上棋盤，張昌宗抬手來擋：「哎，梁王殿下，容我悔一步，就悔一步。」

武三思縱聲大笑起來，邊笑邊搖頭：「六郎啊六郎，瞧你這點兒出息。聖上真是把你寵壞咯！」

張昌宗微微擰眉，朝武三思拋了個白眼，重新將那枚黑子攥在手心。

武三思興致盎然地端詳著張昌宗俊秀如畫的眉目，嘖嘖歎息：「果然是六郎勝蓮花啊，難怪聖上對你萬般寵愛，平常容你悔個一步兩步的，也是常事吧？」

張昌宗不耐煩地撇著嘴：「你少囉唆，讓我仔細想想嘛！」

武三思微笑著探過頭來，壓輕聲音在他的耳邊說：「六郎，這局棋輸了就輸了吧。悔一步可救不了你啊，除非翻盤重來。」

張昌宗捏著棋子的手一顫，狐疑地注視著武三思。

武三思斜倚到繡墩靠枕之上，半合起眼睛，朦朧中水色如煙青山疊翠，上陽宮的迤邐宮牆在洛水的那一側起伏，就在那裡面，住著他的姑母，全天下人的主宰，亦是面前這條品相極佳的哈巴狗的主人。哈巴狗此刻開始忐忑不安了，憋了半晌，終於還是沉不住氣：「梁王殿下，你什麼意思，說話吞吞吐吐？」

武三思倒是氣定神閒，依然雙目微瞑，語調空靈地歎息著：「六郎啊，下棋畢竟是個遊戲，聖上容你悔上幾招那是她寵你，可若是關乎軍國大事，聖上的脾氣我清楚，你也清楚。她，是不會給任何人機會的！」

張昌宗的嘴唇開始哆嗦起來，他的眼珠疾速地轉動著，白皙的面頰完全失去了血色，武三思體貼地攀住他停在半空的手，將那顆黑子從他手心裡捋了下來，放回到碾玉棋匣中。就在兩手交錯之際，武三思在張昌宗的手心寫下一字，隨即意味深長地感歎：「唉，許多時候，就是那麼一枚小小的棋子，壞了整個的局。」

張昌宗全身顫抖，猛地一拂袍袖，剎那間微風滌蕩，淡香飄逸，他站起身來就往亭外走。

武三思對著張昌宗的背影，悠悠地道了句：「若要人不知，除非己莫為。」

張昌宗腳步驟停，武三思還是不急不躁地接著往下說：「假使只有我知道，倒還不算太糟糕。怕只怕還有更厲害的角色，一旦抓著五郎六郎的把柄就不肯放鬆。」他舉目望著張昌宗在春風中飄動的衣裾，伸手指向上陽宮的方向，「今天聖上難得一次精神爽利，就召了狄國老入宮，否則六郎也不得空到我這裡來吧？所幸五郎倒還隨侍聖駕身邊，要不然本王還真有點兒替你們兄弟倆捏著一把汗！」

張昌宗轉過頭來，灰白的臉上是遮掩不住的恐懼，他支吾著問：「你……你到底知道什麼？」

武三思突然聲色俱厲，一字一句地道：「我知道，你們所圖之事斷然不會成功。我也知道，今天入宮面聖的那人更不會讓你們成功。我還知道，此事一旦為聖上所知，你們必遭滅頂之災。

六郎，煩你今天回去，給五郎帶句話，就說我武三思還不著急，奉勸你們也別太著急。欲速則不達，小心機關算盡，反誤了卿卿性命！」

上陽宮內延亙一里的長廊，沿著洛水蜿蜒而下。靜幽的水面之上，幾片青青柳葉悠悠地旋轉著落下，驚起數尾錦鯉，競相吐啄。微風過時，叢叢蓮葉泛起碧綠的浪濤，在午後的靜謐之中帶出颯颯聲響。長廊之中，狄仁傑深深地吸入一口春日的馨香，鼻子裡面癢癢的，是柳絮的輕觸。暖陽和煦，春風蕩漾，彷彿有一隻溫柔的小手調皮地牽動起，他那身沉墜凝重的銀青袍服的下襬。

此時此刻，狄仁傑卻似乎對周遭的一切茫然無覺。他的視線，已然越過眼前迤邐動人的大好春光。

耳邊響起輕輕的腳步聲，有人小心翼翼靠近身旁。狄仁傑沒有掉轉目光，他知道，是自己在等待的人來了。

「狄閣老好心情啊，在此賞春。」

狄仁傑稍停片刻，才冷冷地回答：「不，本官是在等你，張少卿。」

「哦？」張易之微微一愣，隨即笑道：「今日聖體稍安，既召狄國老入宮，想必是有要緊的事情談，狄國老為什麼卻在此流連？」

「因為本官要與張少卿談的事情，比任何其他事情都要緊。只有談過了這件事，本官才能面聖。」

張易之又是一愣，眼中閃過不易察覺的緊張，恰在此時，狄仁傑轉過身來，直視著對方的眼睛，慢吞吞地問：「張少卿可知本官要和你談什麼？」

張易之瀟灑地朝狄仁傑拱了拱手，笑容可掬地道：「易之不知道，還望狄國老賜教。」

狄仁傑點了點頭，臉色仍然沒有一絲的笑容，他再次抬頭眺望遠方，淡淡地道：「古人有戰術云，混戰之局，縱橫捭闔之中，各自取利。遠不可攻，而可以利相結；近者交之，反使變生肘腋。」

狄仁傑停了下來，張易之略一躊躇，訕笑道：「遠交近攻，戰國策范睢之謀也。」

「嗯，」狄仁傑輕輕捋了捋長鬚，「本官聽聞張少卿飽讀詩書、素有謀略，並非金玉其外敗絮其中之人，今日方知此言非虛。」

張易之臉色驟變，咬著牙隱忍不發，勉強擠出張笑臉，躬身作揖道：「狄國老過獎了。」

狄仁傑冷冽的目光掃過張易之的頭頂，藐視著面前的這個人，即使憤怒和憎恨已經讓他的胸口隱隱作痛，此時，狄仁傑還是要求自己冷靜，他沉著地開始說話，但卻在語調之中帶上了千鈞的分量：「這麼看來，張少卿是熟諳『利從近取，害以遠隔』的道理。可今天本官想要提醒張少卿，遠隔之害終歸是害，而且是大害！近取之利，如果是以山河受損國威破碎為代價，這利又取之何堪！張少卿，本官看你還算是個聰明人，不會不懂覆巢之下豈有完卵的道理吧？」

竭力平息了一下翻滾的情緒，狄仁傑再度開口：「張少卿，今天本官不與你說是非，只同你講利害。希望你能曉以時務，懸崖勒馬，不要讓自己成為千古罪人！當然了，假如你們一意孤行的話，本官也不是沒有辦法讓你們死無葬身之地。」

「你、你敢威脅我！」張易之的嘴唇煞白，圓睜雙目，話雖說得強硬，聲音卻兀自顫抖不止。

狄仁傑嘲諷地上下打量著他，好似在欣賞一個小丑的演出，良久，才輕鬆地道：「張少卿，本官要去面聖了，少卿請自便吧。」說完，他輕拂袍袖，揚長而去。

張易之在原地待了半晌，便開始沿著長廊疾步如飛，剛來到觀風殿前，迎面跑來了張昌宗，同樣面如死灰，疾疾如喪家之犬，剎那間，暖陽消弭，黑雲壓頂，寒意浸骨，對於張氏兄弟來說，天，要塌了。

沒有人知道，這個春日午後發生在上陽宮內外的一切，究竟是事先策劃共謀的，還是不約而同的；就像沒有人知道，狄仁傑和武三思會不會在某種特殊的境況下，選擇合作。這個問題，不會有人試圖去問，他們也絕對不會回答。但事情的結果卻是明晰而肯定的，二張與默啜暗中勾結的陰謀，在極其機密之中啟動又在極其機密之中終結，隱蔽得就好像從來沒有發生過一樣。

然而，這一切只不過是一連串危機的開端，武周聖曆三年的初春，所有跌宕起伏和驚心動魄的故事，才剛剛拉開序幕。

洛陽城外的洛水亭側，茶樓林立，酒攤四設，楊柳青青和著弦歌三疊，多少離人執手相看淚眼，此去一別，便是天涯永相隔，良辰誰與共。

洛水亭中，有一位老者負手而立，褐色的常服在微風中飄揚。亭內亭外的人們，個個沉浸在離愁別緒之中，並無人識得眼前這位素樸的老人，他的身軀依舊偉岸挺拔，端嚴的面容卻隱顯疲憊，他接過身旁青衣家人捧上的酒盞，雙手平平端起，慈祥的語音中隱含著始終不變的威嚴：

「送君千里，終有一別啊。來，梅先生，老夫就在此敬上這杯離酒，祝梅先生此去一路順風，前程似錦。」

梅迎春趕緊躬身，舉起雙手接過這杯酒，畢恭畢敬地道：「狄大人，今日您親自來給在下送行，梅迎春真是誠惶誠恐，感激涕零！」

狄仁傑微微搖頭，含笑道：「噯，梅先生過謙了。梅先生是我大周的客人，自當以禮相待。今日老夫只不過是略盡地主之誼罷了。」

兩人共同舉杯，一口飲下手中的酒。狄仁傑又含笑舉目，視線緩緩掃向亭外，那裡站著梅迎春在突厥巴扎中收下的隨從阿威和馬夫蘇拓，蘇拓牽著的正是梅迎春的神駒墨風。稍遠處停著輛馬車，車前軸上坐著個滿臉絡腮鬍鬚的高大漢子，雖然喬裝改扮，狄仁傑仍然可以認出烏克多哈那雙悲傷的眼睛，車裡隱約傳來嬰兒嘹亮的哭聲，蘇拓婆娘一個人要照料自己和烏克多哈的兩個小子，想必是有些忙亂吧。

順著狄仁傑的目光，梅迎春也回頭看去，不由會心一笑：「在下來神都一趟，收穫真是不小啊。」

狄仁傑頷首，神色轉成肅穆：「梅先生，你此次神都之行，最大的收穫卻是為老夫，為大周所得。今日，老夫便要代表大周的子民，代表兩國邊境的百姓，謝謝你！」說著，他朝梅迎春深深一揖。

「狄大人，您這是……」梅迎春慌忙相攙，狄仁傑重新抬起頭時，眼中已有淚光點點。

春風蕩起亭外的柳條，狄仁傑伸手折下一枝，湊到面前輕嗅，清新的草木之香沁入肺腑，將柳枝遞到梅迎春的手中，狄仁傑語重心長地道：「梅先生，有緣之人方能傾心相交。請收下這枝楊柳，你我從此便是海內知己。雖然來去匆匆，相聚短暫，老夫卻能肯定，梅先生雄才大略、志向高遠，終有一天如鴻鵠凌空，鶴鳴九皋。老夫只願梅先生能始終心懷蒼生之福，黎民之幸，願大周與突騎施永結盟好，共赴昌盛。」

這些天來，正因為梅迎春幫助破獲了默啜可汗與二張的陰謀，狄仁傑與梅迎春縱談西域局勢，幾乎無所保留地探討了突騎施崛起於西域的種種可能。狄仁傑告誡梅迎春，目前默啜可汗的東突厥第二汗國氣勢洶洶，而西突厥內部則部落林立紛亂不堪，任何一個單獨的部落都不具備與東突厥爭奪西域統治權的實力。而今之際，只有趁大周與東突厥互為掣肘，東突厥無暇西顧的情況下，先在西突厥內部取得統一，壯大自身的實力，有朝一日才能圖謀更大的發展。今日突騎施與大周締結堅固的同盟，是最為明智的策略。梅迎春深以為然。

此刻，梅迎春接過狄仁傑手中的柳枝，強抑激動的心情，鄭重地道：「狄大人，您的心願也是梅迎春的心願。」

狄仁傑欣慰地點頭，環顧著周遭忙碌送別的人們，還是忍不住感歎：「黯然銷魂者，唯別而已矣！這一別，就不知道能不能再相聚了。」

「狄大人！」望著老人滄桑的面容，梅迎春也不禁神傷，想要說句撫慰的話語，又不知從何說起，躊躇幾許，梅迎春勉強笑道：「狄大人，當初您也是在這裡送別的狄公子和袁將軍吧？」

狄仁傑微微一愣，半晌才輕聲歎道：「那時候，老夫並沒有送他們。」

「啊？」梅迎春怔了怔，狄仁傑抬眼看他，溫和地說：「他們是老夫的孩子，孩子們遠行，老夫實在不忍相送。」梅迎春頻頻點頭，雙眼竟有些模糊了。

「說到這裡，老夫還有件事情相託。」狄仁傑黯然地笑了笑，朝肅立身邊的青衣狄忠招手，狄忠會意，捧上一個包裹。狄仁傑接過包裹，雙手微微有些顫抖：「梅先生，你此次西行，應該會經過沙陀州和伊柏泰。」

「是的。」梅迎春小心翼翼地回答。

狄仁傑緩緩揭開包裹：「梅先生，老夫想請你幫忙，將這些銀兩帶給我那兩個孩子。」頓了頓，他苦笑著指指包裹中的銀錠，「並不多，不敢太麻煩梅先生。」

「這……」梅迎春欲推開包裹，「狄大人，在下與狄公子和袁將軍一見如故，他們在西北的一切開銷用度，梅某都可以承擔，狄大人不必——」

「拿著！」狄仁傑板起臉，將包裹往梅迎春手中一塞，「這是老夫的心意，與旁人無干。」梅迎春不敢再推，連忙收起來，餘光一瞥，卻見旁邊的狄忠悄悄抹了抹眼角。

狄仁傑彷彿鬆了口氣，想了想又囑咐道：「銀子就交給從英吧，讓他管著，比景暉好些。哦，還有，你我這些天談的事情，也請梅先生都講給從英聽，讓他知道。」

「是。」梅迎春答應著，猶豫著又問：「狄大人有書信嗎？我也可以帶去給他們。」

狄仁傑深深地歎了口氣：「不必了，沒有書信。老夫謝過梅先生了。」語罷又是一揖。

洛水亭外，行人突然四散，一場淅淅瀝瀝的春雨毫無徵兆地下了起來。梅迎春拜別狄仁傑，走入春雨之中。認蹬上馬之前，他又一次回頭，亭中狄仁傑仍在舉目眺望，微笑著朝他揮手。梅迎春這時方才注意到，今天狄仁傑只帶了狄忠來，沈槐並未同來送行。也許，是沈將軍另有要務在身吧。梅迎春想，沈槐不來也好，不知道為什麼，他們兩人相處總有些彆彆扭扭。

想到沈槐，梅迎春的眼前又不免出現沈珺那張溫存恬淡、略帶哀愁的臉，他不無遺憾地感歎，自己這一去，今生今世也未必有機會與沈珺再見了。還是因為沈槐的緣故，梅迎春思之再三，並沒有去和沈珺告別，只是讓達特庫在「撒馬爾罕」的珠寶珍藏中挑選了一件白玉鑲嵌珍珠的鳳首笄，派阿威送去沈珺居住的小院。這件價值連城的首飾，一眼看上去卻那樣樸實無華，梅迎春以此來表達他對沈珺的情意，唯歎緣分未到，此生有涯，只恐重逢難冀了。

夜，靜得可怕。自從袁從英和潘大忠大破圍攻武遜的狼群之後，常年徘徊在伊柏泰周圍的野狼就突然消失了蹤跡，伊柏泰裡的人們再也聽不到徹夜的狼嘯，夜晚因此變得出奇靜穆，反而愈顯猙獰恐怖。為了以防萬一，武遜吩咐每夜仍在營地的東西南北四個方向點燃篝火，在伊柏泰上方無盡的黑色夜空中，點綴出幾抹徒勞而淒豔的灰紅。

沿著營地中央那堵綿延不絕的木牆，此時有兩個身影在悄無聲息地前行，一大一小，緊緊相隨。繞了大半圈，在後牆根一個黑暗的隱蔽處，兩人停了下來。大的身影輕輕劃亮手中的火折，一小束微光恰好照亮他面前的木牆。

「哥哥，就在這裡！」韓斌看到木牆底下破損的洞口，驚喜地小聲叫起來。

袁從英連忙朝他搖了搖頭，韓斌吐了吐舌頭，趴在洞口朝裡拚命看了一會兒，才回頭對袁從英道：「唔，什麼都看不見，裡面黑乎乎的。」

袁從英熄滅火折，側耳傾聽著四周的動靜，仍然是一片死寂，整個伊柏泰都彷彿被拋棄在了這茫茫的大漠深處，天地之間，唯有自己和身邊這孩子的呼吸清晰可聞，牽動心弦。他感到韓斌在悄悄扯自己的胳膊，便低頭朝他微笑，今夜月光出奇黯淡，他們彼此只能大致看到對方的面孔，笑容其實是看不見的。

韓斌已經匍匐在沙地之上，小心翼翼又迫不及待地往洞口挪動著身體，小小的心被歷險的激情所佔據，因為今夜他要做一件勇敢的事情，更因為他能夠幫助到身邊的哥哥，這令他興奮不已，覺得自己已經是個有用的男子漢了。袁從英伸手過去，輕輕摟住韓斌的身體，直到此刻他還在猶豫，無法下定決心讓孩子去冒這個險。

這幾天來，武遜每天與袁從英探討整肅編外隊和剿匪的計劃與安排，潘大忠和另外三位火長也把整個編外隊的組織情況報告得一清二楚。經過討論，兩位校尉決定先整理現有的編外隊成員，同時逐一調閱審查囚犯的紀錄。到現在為止，他們的工作進展得還算順利，再花幾天就可以完成了。袁從英沒有再提起伊柏泰監獄本身的可疑之處，老潘繪製圖紙看來比較耗費功夫，況且老潘還要忙許多日常的事情，這圖紙一時半會兒是交不出來了。袁從英不打算催促老潘，他和武遜也沒有再去地下的監獄，只把犯人提出來審問。每天袁從英只是默默地觀察著伊柏泰裡面的一切，盡其所能地把全部的細節收入眼底。終於在昨天清晨，他發現了木牆後段底部的這個小洞口。

大約是常年風沙磨礪造成的破損，而某個不知名的沙漠小動物又適當地幫了點忙，這個洞口因為在黃沙的遮掩下很難被人察覺。袁從英記下地點以後，昨日夜間再做探查，刨開沙土後看到洞口還是滿大的，應該能容一個半大孩子鑽過去。回到營房之後，他顛來倒去地想了很久，別無他法，只有讓韓斌試一試了。

「哥哥！」韓斌又在袁從英的耳邊輕喚了一聲。

袁從英拍了拍孩子的肩膀，低聲道：「再給我背一遍，進去後你應該怎麼做。」

韓斌嘛了嘛嘴，已經背了十多遍，還要再重複，真是麻煩：「嗯，我進去以後，只要看那四座大堡壘有沒有門，就是有門也不要進去，看到就行了。我一爬到裡頭，就要在心裡面連著數數，數到五百的時候必須出來，不論看到什麼都不要留下。假如遇到危險，唔，我就立刻大叫，用最大的力氣叫。」

「很好。」袁從英點點頭，「去吧，千萬小心。」

「知道了！」韓斌小聲答應著，靈巧地將身子貼在沙地上，三兩下就爬入了洞口。袁從英看著他消失在木牆之後，就開始默數，一邊目不轉睛地盯著洞口，一邊屏息凝神地傾聽著木牆裡傳出的任何細微聲響。

數到五百的時候，袁從英背後的衣服已經濕透了，他抹了把額頭上的汗水，把耳朵貼在木牆上，裡面仍然毫無動靜，厚厚的沙地吸掉了所有的聲音。袁從英從腰間抽出了呂嘉的佩刀，捏緊了，繼續默數：「五百五十……六百……六百五十，」他舉起鋼刀就要朝木牆上揮去，這時，洞口突然探出個小腦袋，韓斌氣喘吁吁地輕聲叫著：「哥哥，哥哥，我來啦！」

過不多久，韓斌坐在營房的榻上，得意洋洋地晃著兩條腿，描述他在木牆之中所看到的。爬進小洞以後，他在最靠近自己的那座堡壘底部發現了一扇暗門，門是鑄鐵的，十分厚實，他試著推了兩把，根本就推不動。按照袁從英的指示，隨後他又逐個去看了其餘的三座堡壘，都有一模一樣的鐵門，這證實了袁從英的判斷。

袁從英坐在韓斌的對面，餘怒未消地盯著他看了半天，才厲聲質問：「我是怎麼關照你的，看這點東西需要那麼久嗎，為什麼到了時間不出來？」

狄景暉不以為然地道：「你幹什麼囟神惡煞的，這不是沒事嘛……」

「這事輪不到你講話！」

狄景暉遭到搶白，歎了口氣繼續埋頭看書。

韓斌一點兒沒被袁從英的怒火嚇到，眨著眼睛笑嘻嘻地看了一會兒袁從英，才從懷裡摸出樣東西，遞到袁從英的面前，撒著嬌說：「好哥哥，別生氣了呀，你看我找到了什麼？」

袁從英接過那東西一看，原來是個黑色的小鐵塊，扁平的形狀，但看不出應該是個什麼物件。

狄景暉也探頭過來瞧了瞧，笑道：「這是個什麼玩意兒？小子啊，就為這個你害得他差點把伊柏泰給拆了，不值得不值得。」

袁從英翻來覆去地研究著小鐵塊，韓斌湊在他身邊，討好地道：「裡面還有一些，掉在沙地裡，看不出來的。我在地上爬的時候硌到了，才發現的。」

「還有？都是一樣的嗎？」

「嗯，好像不一樣，有大有小，亂七八糟的。我拿不了大的，只能拿這個最小的。」

袁從英歎了口氣：「你做得很好，是個好樣的。」

韓斌咧開嘴，心滿意足地笑了。

次日午後，離開將近十天的蒙丹又來了伊柏泰。從沙陀磧到庭州的距離來看，她在庭州應該沒待上幾天就急著趕回來了。蒙丹到達的時候，袁從英正和武遜一起站在營盤之前的高台上，觀看編外隊士兵操練。重新整理之後的編外隊看起來比原先整齊不少，兵卒的精神氣概也比呂嘉帶領的時候改善許多。

站得高望得遠，袁從英早早就發現了大漠盡頭飛來的那點紅雲。待蒙丹靠近些，他便策馬迎了過去。蒙丹這次輕身簡從，只帶了兩名隨從和兩頭駱駝，另有一匹渾身赤紅的小馬夾在隊伍中間。

袁從英迎到蒙丹面前，微笑著招呼了一聲：「紅豔，你來了。」

蒙丹甜甜地笑著，眼波流轉，朝身後的那匹小馬偏偏頭：「看看，你要我做的事情，我可辦到了。」

其實袁從英的目光早已經定在那匹小馬上，才一會兒工夫就從上到下看了好多遍，聽蒙丹這麼說，他收回視線，對著蒙丹欣喜地抱拳道：「紅豔，真是太謝謝你了。」

聽到這發自肺腑的感激，蒙丹一瞬間笑靨如花般燦爛，她朝袁從英的身後張望著，忍不住問：「小斌兒呢？還有……」

袁從英對蒙丹道：「他們兩個在營盤後面，今天一個下午鬼鬼祟祟地不知道在那裡幹什麼。我帶你去找他們。」他撥轉馬頭，領著蒙丹朝營後跑去。

剛繞過木牆，就看見狄景暉和韓斌在一個拼拼湊湊架起來的野灶上忙碌，火苗躥得老高，狄景暉撩起袖子拿了把炒勺，手忙腳亂地在一口大鐵鍋裡面翻炒。袁從英和蒙丹大為不解，面面相覷，跳下馬快步走過去。狄景暉抬頭看見他倆，樂得把炒勺一扔，韓斌恰好提著個小桶過來，也隨手把桶裡的東西往鍋中一倒，就跑到蒙丹面前，親熱地叫：「紅豔姐姐！」

蒙丹握住韓斌的手：「斌兒，姐姐給你帶了件禮物。你過來看。」

韓斌答應著，一眼看到那匹紅色小馬，驚喜得大叫起來：「啊，小馬，小馬！這是給我的嗎？」他緊張得臉色都發白了，死死攥住蒙丹的手，蒙丹柔聲回答：「嗯，這是你哥哥託我給你找的，一匹小馬。」

韓斌唔了一聲，有點兒不敢相信地伸出手去，慢慢走向小馬。

狄景暉來到蒙丹身後，輕輕喚道：「紅豔。」蒙丹扭頭看他，兩人一時竟都不知道說什麼好。

袁從英走過去看了眼冒著熱氣的鐵鍋，只見滿鍋的沙子。他疑惑地皺起眉頭：「狄景暉，你們在幹什麼？」

狄景暉「啊」了一聲，趕緊輕聲對蒙丹道：「這，我還有些事情要忙。馬上就好，你等我。」說著，他急急忙忙跑回到鐵鍋旁，把袁從英往旁邊一推，掄起炒勺繼續翻炒沙子，嘴裡嚷著，「走開，走開，少在這裡礙手礙腳的！告訴你你也不懂！」

「莫名其妙！」袁從英嘟囔了一句，來到韓斌身旁。那小紅馬看上去十分溫順，正由韓斌理著牠的鬃毛，大大的眼睛閃著和煦的光。韓斌見袁從英過來，叫了聲「哥哥」，就撲到他的懷裡，眼圈都紅了。

袁從英輕輕摟住他，笑著問：「喜歡嗎？想不想現在就騎？」

「想！」

袁從英正要教韓斌上馬，蒙丹把他攔住：「先別急，我帶斌兒去換換裝束。」隨即領著韓斌去了營房。

袁從英對著兩人的背影發愣，狄景暉抄著手過來：「咦，他們去哪兒，怎麼不騎馬？」

袁從英道：「蒙丹說要帶斌兒換個裝束。」

狄景暉皺眉：「裝束？他現在的裝束騎不了馬嗎？我覺得正合適啊，為什麼要換？」

袁從英無奈地搖頭：「你問我，我問誰去？」

狄景暉笑起來：「哈哈，女人啊女人，這天底下的女子，全都一個樣！」

袁從英低聲應道：「挺好的。」

「什麼挺好的，女人嗎？」

「我是說……裝束挺好的。」

狄景暉定睛一看，原來蒙丹牽著韓斌又走了回來。

午後的大漠之上，陽光刺眼奪目，換上一身紅色箭袖對襟短襬小胡服的韓斌，從上到下煥然一新，在豔陽之下熠熠生輝。只見他腰間束著褐色牛皮的革帶，腳上是翻出毛邊的羊皮小靴。連頭髮蒙丹都沒放過，按突厥勇士的式樣給他放下來，梳得整整齊齊披在肩頭，額頭上緊紮著紅色的束髮帶，髮帶中間還繡著條亮金色的飛龍。

袁從英微笑著走過去，抬手按上韓斌的頭頂：「斌兒，你長高了。」

第五章 母親

天工繡坊，神都洛陽的第一大繡坊，坐落於南市最熱鬧的連昇大街盡頭。繡坊的前面是三層樓高的寬大店堂，雕梁畫棟、彩旗飄揚，離得老遠都能看見四個黑底金字的大招牌「巧奪天工」，高高懸掛在大堂門楣之上。這四個大金字頗有來歷，是高宗皇帝御筆親題，也是天工繡坊聲望和水準的最好證明。天工繡坊出品的刺繡在神都乃至整個大周都堪稱一絕，常年為皇宮內院提供御用的繡品，繡坊中最出色的繡娘們還經常被召入宮廷或者達官貴族的家中，為皇親國戚和富豪顯要們度身訂製各色繡品。

此時正是晌午，一天之中最熱鬧的時候到了。天工繡坊的店堂內客來人往，川流不息。店堂內陳列的繡品按品質從一樓到三樓逐步提升，觀看挑選的客人也循階而上，外表越來越富貴，氣度越來越不凡。店堂裡面的掌櫃和伙計，既是三頭六面精明好客的生意人，又是諳熟繡藝的能工巧匠，把整個繡坊的生意操持得有聲有色，興旺非凡。

天工繡坊的店堂後面，是連著三進的粉牆大院，那是繡坊的工場。大院中搭起數座繡棚，棚下上百張繡台依次排開，繡娘們在明亮的日光之下專心致志地穿針引線，一幅幅絢麗輝煌、流光溢彩的錦繡在她們的腕下徐徐鋪開，一眼望去，真是花團錦簇、五光十色，人面錦繡相映紅的世間美景。

此刻，在天工繡坊的粉牆之外，何淑貞大娘癡癡地眺望著那扇緊閉的烏漆大門，塵封多年的往事在眼前飛旋沉浮，今天的她卻沒有勇氣，也再沒有資格走入眼前的這扇大門。午後熙熙攘攘的街市，沒有人注意到這個裝扮寒酸、滿臉悲戚的老婦人，悄悄隱身在路邊一棵三人合抱粗的大楊樹的陰影中，顫抖的雙手謙卑地遮掩在袖籠之內。其實今天在這世上，就連她自己都已幾乎忘記了，正是這雙骨節粗大、皮膚粗糙的手，曾經在天工繡坊佔據無人可以匹敵的顯要位置，而何淑貞，也曾經是技冠洛陽的頭名繡娘，就連當時的高宗皇帝和武皇后，也對她以獨創的金銀線盤繞繡法繡成的佛像愛不釋手，拍案叫絕。

可是這一切都成過眼雲煙，何淑貞親手繡製的靈鷲山釋迦說經圖，至今仍高掛在天工繡坊大堂的北面粉牆之上，作為繡坊的鎮坊之寶，而她自己，卻已然淪落成了一名僕婦，過著半乞討半家傭的低賤生活，全憑一個簡單而執著的願望支撐著自己：尋找兒子楊霖的下落。今天的何淑貞只是作為一個母親活著，頭名繡娘的身分在她當年跨出天工繡坊那扇大門的時候，就被永遠地拋棄掉了。

那麼今天，究竟是什麼又一次帶領著她來到了這個地方？要知道此處早就沒有她的位置，就像她方才在天工繡坊前堂後院盤桓許久，也再找不到一個熟識的面孔。物是人非，三十三年的光陰像流水沖沙，連痕跡都不曾留下，何淑貞從上午轉悠到此刻，仍然不敢靠近天工繡坊半步。

恍恍惚惚地，她又一次從後門轉到了天工繡坊的店堂前面，打算再看一眼就回家去了。她已經出來了整個上午，好心的阿珺姑娘倒不會怪罪什麼，但一定會替她擔心，萬一讓那個沈槐將軍知道，多半又有白臉看，唉，今天恐怕就只能如此了。

天工繡坊前，正停下一輛馬車，從車上款款走下一名美貌的青春少女，看氣質打扮就知道是位貴族千金。下得車來，她只稍稍顧盼了一下就往繡坊內走去，車夫輕甩馬鞭，鑾鈴叮噹作響，馬車往路邊靠過去。哪想還未停穩，迎面慌慌張張地撞來一位老婦，車夫趕緊勒緊韁繩，嘴裡罵道：「哪裡來的老婆子！瞎撞什麼，沒長眼睛啊？」

何淑貞遭到斥罵，連忙往後退了兩步，看馬車停穩，才又挪上前來，期期艾艾地道：「這、這位小哥，老身有禮了。」

車夫皺起眉頭，狐疑地上下打量著她：「嗯，你有什麼事嗎？」

「啊，老身就想請問一句，剛才從馬車上下來的那位大小姐，可是周粱昆大人家的千金？」

車夫更詫異了，斜著眼睛看著這個老婦人，雖然衣衫陳舊倒還齊整，相貌也很端正，即使滿面風霜皺紋密布，還能看得出來年輕時候應該長得不差，舉止也挺有禮數，便拉長了聲音道：「唔，是啊，你打聽我們家小姐幹什麼？」

「哦，不、不幹什麼，不幹什麼……」何淑貞支吾著朝後退去，車夫雖然起疑，但見她不過是個耄耋老婦，想來也無甚大礙，自己又離不開馬車，就隨她去了。

何淑貞如獲至寶，精神一下子抖擻起來，在天工繡坊門前略一躊躇，她便混在人群中朝裡走去，三十三年了，她又一次踏入了這個地方，心中反而沒有任何感觸，眼裡只有前面那個婀娜輕盈的身影。何淑貞幾步趕上周靖媛，緊跟在她身後，熟門熟路地往樓上走去。

自從那晚周粱昆與沈槐密會之後，何淑貞便時刻處於焦慮不安之中。她抓住一切機會出門，每天都到周粱昆的府邸外頭轉悠。周粱昆的這個府宅她雖然幾十年沒有來了，可周圍的一草一木仍歷歷在目，閉著眼睛都能夠找到。在周府外，她多次目睹周粱昆出宅、回府，卻始終不敢上前相認，整顆心都猶如在火上煎烤，連沈珺都看出了她的異樣，幾番關切的詢問，都被何淑貞以念子心切搪塞了過去。今日她又來到天工繡坊外徘徊良久，心中憂慮更甚，沒想到在此遇見了周靖媛，她立即決定要抓住這個機會。

何淑貞在周府外亂轉的這幾天中，也看見了一兩次周靖媛出入，猜測她多半就是周梁昆的女兒，剛才在車夫那裡得到證實。周靖媛外出從不喜歡帶丫鬟婆子，一向獨進獨出，這時候昂首挺胸走在前面，何淑貞在後緊緊相隨，繡坊中的伙計們都把這老婦看作小姐的家傭，倒讓她一路暢通無阻直上三樓。

周靖媛目不斜視地上了三樓，徑直走到櫃檯前，伙計點頭哈腰地迎上來，口稱「周小姐，您來啦」，一邊從櫃檯裡面取出件織錦緞的袍服，緩緩攤開在櫃面上。只見深紫色的綢緞上，滿滿地用金銀線繡著「延年益壽大宜子孫」的圖案，明亮的日光從窗外射入，越發映得整件袍服雍容華貴、煥彩奪目。

周靖媛細細品鑑著繡紋，纖纖玉手在衣服上柔柔地摸索著，良久才展出一個俏麗的笑顏：「嗯，還不錯。」

伙計喜上眉梢，長長地舒了口氣，剛要把袍服疊起，周靖媛又皺起了眉頭，輕聲嘟囔：「可是……我總覺得哪裡不對勁。」

伙計慌忙辯解：「周小姐，這可是咱繡坊裡面的一等繡娘花了半個月時間繡出來的，比御用的也不差太多，您要是再不滿意，這整個神都可都找不出更好的了！」

周靖媛白了那伙計一眼，輕聲道：「也罷，就這樣吧。今天就送到我家去吧。」

「得勒！」

周靖媛匆匆下樓，來到底樓大堂，突然一回頭，衝著緊隨身後的何淑貞問：「你這位大娘，老跟著我幹什麼？」

何淑貞驚得一跳，再看周靖媛雖顯惱怒，但神色尚且溫和，便壯起膽子道：「大小姐，老身知道那幅刺繡的毛病在哪裡。」

「哦？」周靖媛眉梢一挑，詢問地打量著眼前這位形容憔悴的老婦人。

何淑貞已是箭在弦上不得不發，突然來了自信，她解釋道：「剛才那幅刺繡，全部使用的是細微平繡之繡法，設色雖然華麗，且用了最好的金銀線，但在運針時沒有將打點繡和退暈繡技法錯落其間，無法呈現深淺不同的暈染效果，因而雖然色彩富麗堂皇，卻不能在光線變換的時候熠熠生輝。」她的話音剛落，周靖媛的眼睛不覺瞪大了。

想了想，周靖媛小聲道：「我倒是聽說過退暈繡，可似乎無人知曉具體的繡法，假如天工繡坊都繡不出來，那……」

何淑貞跨前一步，顫抖著聲音道：「老身會繡。」

周靖媛的眼睛瞪得更大了，漆黑的雙眸深不見底，盯牢在何淑貞皺紋密布的老臉上，少頃，方微微一笑：「大娘懂退暈繡技法，真是件稀罕的事情呀。既然如此，不知道大娘能不能幫我繡好那件錦袍呢？」

何淑貞道：「可以的，只要在原來的繡樣之上加些針法，二三日內即可完成。」

周靖媛展開明媚的笑顏：「那可太好了。這件錦袍是我給爹爹六十大壽的賀禮，必須要做到盡善盡美。嗯，」她猶豫了一下，「大娘要多少……」

何淑貞訕訕地接上話：「等繡得了，大小姐看著給些辛苦錢就可以了。」

「好，只要繡得好，斷不會虧待了你。」說到這裡，二人已經緩步來到周靖媛的馬車旁，周靖媛抬步登車，又從車內探出頭來，「大娘明日早上巳時前後，到城東周梁昆大人的府上，只要說是來做繡活的即可。大娘的名……」

「老身何氏。」

「好，那麼何大娘，明天我就在府中等你來了。」

車簾落下，何淑貞目送著馬車緩緩駛走，明日，明日……她的眼睛不覺模糊了，啊，不，現在還不該是老眼昏花的時候，退暈繡，需要最明亮的眼睛和最靈巧的手指，還有最聰慧的心靈。想當初，她也曾擁有這些，一樣不缺。

回家後，何淑貞只對沈珺說後兩日白天要去尋子，但晚飯一定會回家料理。沈珺當然是一百個應承，只是囑咐大娘一定要小心，還多塞給何淑貞幾貫錢，讓她備著。何淑貞一夜無眠，睜著眼睛到天亮，一早起身反覺精神矍鑠，整個人都亢奮不已。她匆匆將家務料理妥當，換上身簇新的灰布裙，重新梳了頭，勉力將叢叢銀絲掩在黑髮之間，便出門直奔城東周府。

在周府門房報上姓名，果然有家人將她領入後院。一路上何淑貞垂首斂息，絕不敢冒失四顧，生怕引起一點兒懷疑，或者，遇上熟識的人？其實她也明白，以自己而今的模樣，即使碰上什麼熟人，對方也不可能一眼認出。三十三年的光陰，改變了太多，改變不了的唯有記憶。家人將何淑貞領入後花園東側的一個小耳房內，屋子裡四白落地，只有中央放著張繡架，那件紫色錦袍已經綳在繡架上面。屋門大敞，陽光從天窗和門口一齊射入，光線很適合刺繡，另有一名中年僕婦候在那裡，說是來給何大娘當幫手的。

何淑貞端坐在繡架之後，僕婦捧上一籮絲線，五色紛呈，精美異常。何淑貞卻不動手，只呆呆坐著，僕婦納悶，何淑貞解釋道：「老身要做這個退暈繡，任何人都不能在旁邊，這是規矩。」

「這……」那僕婦尚在猶豫，門外傳來一聲嬌叱：「既然何大娘這麼說，你就退下吧。」話音落下，周靖媛華美的身姿遮在門口，何淑貞對她微微點頭：「大小姐儘管放心，這裡就交給老身了。大小姐午後申時前後過來，便可看到大概的樣子。」

周靖媛離開了，耳房中只剩下何淑貞一人。她定了定心神，捻起一根長長的金線，瞇起眼睛穿過銀針，俯身在繡架之上，輕輕撫過那華彩雍容的紫色錦緞，多年前，他還沒有資格穿著絳紫色的袍服，但何淑貞仍以退暈繡的絕技為他製出舉世罕見的華服，她記得那只是件銀灰常服，但從上至下繡滿同色的山水，他穿著它，舉手投足間帶出無盡的雋永詩情。何淑貞記得，當時他欣喜地賞玩了那件衣服很久，還是讓何淑貞疊起藏好，輕聲歎息：「好是真好，只是太過華麗了，穿不出去的。」

何淑貞手不停歇地從上午繡到下午，連僕人送來的午飯都沒有吃，完全陶醉在毫釐必糾的精緻勞作之中，直到面前的布幅被陰影遮蓋，何淑貞才皺了皺眉，低聲唸叨：「大小姐，大樣子在這裡了，看來還需兩天的細活，您過來瞧瞧——」

「淑貞！」她的話語被一聲蒼老的呼喚打斷了，何淑貞全身一顫，銀針不自覺地便扎到了托在架下的手指上，她卻渾然不覺，因為她的眼睛已被刺痛，她的心頭緊縮成一團，喉頭痙攣著只能發出混濁的聲音：「良……周大人。」

才短短幾天的時間，韓斌已經和他那匹四歲大的小馬炎風難捨難分了。炎風是狄景暉給這匹赤紅色小公馬起的名字，據蒙丹說，這小馬其實就是梅迎春那匹墨風所配的種，於是狄景暉借題發揮便讓牠隨了個「風」字。這個神駿的家族很是特異，毛色紅黑夾雜，隔代相傳，因此墨風通體烏黑，炎風卻全身赤紅。按突騎施人的習慣，炎風出生十多天起就開始接受最有經驗的馬師訓練，再加其本身血統純正，品質超卓，如今雖然才四歲大，走步、奔跑、跳躍無一不精，顧盼間凜凜王者風范，一般的馬匹實難望其項背。

神駒之所以為神駒，超凡脫俗的能力還在其次，關鍵是牠善解人意、與人心靈相通的本領。從蒙丹將炎風帶來的第一天起，袁從英和蒙丹就讓韓斌與牠接近，小孩和小馬發乎自然的赤誠友情，並不需要刻意培養。袁從英和蒙丹只是教會了韓斌如何飼餵馬匹、每天都用清水幫牠洗刷，至於和炎風親熱、愛撫牠的身體、梳理牠的鬃毛、陪牠戲耍，甚至於絮絮叨叨地和牠講話，這些事情一律不用教，韓斌就自覺地開始身體力行。他現在早上睜開眼睛的第一件事就是去看炎風，晚上臨睡前還要去馬廄和牠說上好半天的話才回營房，他已經完完全全地被這匹小馬迷住了。

除了小馬，蒙丹還給韓斌帶來了一副小弓。這樣每天袁從英早起練功時，就把韓斌一起揪起來，讓他拉弓練習臂力和姿勢，再用一碗水放在肘上，練習定力。

韓斌起初還有些不願意，嘟囔著要學好看的劍法，被袁從英一口回絕：「學劍你就休想了，刀法也等以後看情況再說。」他指著韓斌那身精神抖擻的紅色突厥裝，神情肅然地道：「我不教你刀劍，只教你騎射，因為你今後要做一名大漠草原上的勇士。」

「哦！」韓斌被說得熱血沸騰，從此便再不提刀劍，只是一門心思練習騎馬射箭。

練習射箭是枯燥辛苦的，韓斌倒很能忍耐，從小顛沛流離的動蕩生活，這些天跟在袁從英身邊的耳濡目染，都賦予了這個孩子不同凡響的堅強和毅力。整個上午，他一絲不苟地站立、拉弓、屏氣凝神，身上的衣服濕了一遍又一遍，卻從不埋怨偷懶。而至正午時分，當太陽爬到頭頂，大漠中的氣溫上升到一天中的最高點，熱辣辣的陽光晃得人睜不開眼睛的時候，袁從英便趁這段編外隊午休的時間，帶著韓斌在茫茫無盡的荒原上策馬奔馳。

一進入春季，大漠的天氣更加變化莫測。夜晚尚且寒冷，正午已顯炎熱。在這個時候奔跑在烈日之下，四顧又是渺無邊際的大漠，對於人和馬匹都是一種考驗和磨練。何況那一大一小兩個人，還都剛剛經過整個上午的辛苦，又餓著肚子。但袁從英堅持要這樣做，因為這種訓練對於增強體力和意志都是必須的。

雖然非常苦，一天之中，韓斌卻最喜歡正午這段揚鞭奔馳的時光。他的炎風跑得太好了，短短幾天的熟悉，韓斌已經能和炎風配合默契，每次都是先慢步行走一段，隨後逐漸加速，等袁從英跑到身邊舉鞭示意，韓斌大喊一聲：「炎風，跑啊！」這急不可耐的小神馬便撒開四蹄，在大漠上飛奔起來。普通馬匹視如畏途的沙地、丘坡，對炎風卻絲毫不在話下，跑到興起便如騰雲駕霧一般，活像一團飛旋的烈火，不可阻擋地向前。袁從英的坐騎雖然也不錯，但比炎風卻差得太多，炎風撒了歡地跑起來，袁從英也要盡全力追趕，每到此時韓斌就會輕踢馬腹，讓忘乎所以的炎風減慢速度，待哥哥追上來再一起並肩緩步騎行，這時候他們一般都是沉默著什麼都不說，只讓豔陽下泛出金色的遍野黃沙印入眼底。

春天到來之後，大漠上稀少的植物也煥發了生機，胡楊樹和紅柳的枝幹都抽出點點綠色的嫩芽，正好成了炎風跑累了以後啃著解乏解渴的最佳選擇。無垠的長空之上，常有飛鳥盤旋北歸，沙地間也時不時躥出一兩隻賊頭鼠腦的漠狐或者沙鼠，但凡讓這一大一小兩人看見，那些動物就只能自認倒霉。袁從英總會指示韓斌持弓射箭，雖然孩子每每落空，但袁從英會補上最後致命的一箭。他也知道韓斌現在根本不可能射中，不過教他熟悉這個過程。從正式開始訓練韓斌，袁從英便讓孩子跟著自己每天只吃兩頓飯，可是每頓都保證韓斌能吃到牛羊的肉和奶，還有打來的這些小野味，於是韓斌自來了大漠，反而日見壯實了。

這天中午他們又跑了好一陣子，伊柏泰早就在重重沙丘後面不見了蹤影。他們換成緩步騎行，韓斌心裡有些納悶，舉頭望望，太陽稍稍偏西了，往常這時候哥哥一定早就催著自己往回趕了，因為每天下午他都要和那個武校尉忙很多事情，可今天怎麼一點兒不著急了呢？正想著，就聽袁從英問：「斌兒，累了嗎？下馬歇歇吧。」

「啊，好的。」韓斌答應著，連忙四下張望，果然看見不遠處有片小小的胡楊林，原來他們已經跑出來這麼遠，離開了大漠最深處，都能看見幾塊小綠洲了。

將兩匹馬拴好在樹上，任牠們津津有味地啃起胡楊嫩芽，袁從英在一棵大胡楊樹下找到小片陰涼，就靠著樹坐下來，韓斌取來羊皮水囊，遞給袁從英：「哥哥，你喝水。」隨即又轉身去炎風那裡拿下個布包，抱在懷裡走回來，蹲在袁從英的身邊，把布包往他的背後塞。

袁從英覺得背上一陣發熱，不覺笑了笑，炒熱的沙子裝在布袋裡，可以保持很長時間的熱度，這是狄景暉發明出來給他熱敷後背用的，沒想到韓斌居然一直替他隨身帶著。

休息了片刻，袁從英打發韓斌去和炎風嬉鬧，那淘氣的小馬就在荒地上打起滾來，一邊打著響鼻，一邊四腳朝天左右翻滾，韓斌「咯咯」笑著撲在小馬的肚子上，炎風輕輕側翻，要把他壓到身下，韓斌骨碌碌滾到旁邊，伸手去揪馬鬃，就這麼你來我往。小孩和小馬好不容易鬧夠了，安靜下來的炎風跪在沙地上，韓斌將臉貼在垂下的馬頸旁，對著小馬的耳朵和牠說起悄悄話來。炎風的大眼睛裡滿是溫柔，親熱地用鼻子蹭著韓斌的臉蛋。

袁從英靜靜地看著這一切，他感到十分欣慰，韓斌有了一個天下最忠實的好夥伴。最近這段時間，他總有種預感，自己和韓斌相聚在一起的時間不會太長久了，現在有了炎風，至少這孩子從此將不再孤單。

太陽又偏西了一點，袁從英已經誤了下午與武遜一起檢視編外隊的例行安排，當然這是他故意為之的。午後的大漠出奇靜謐，在這片安詳寂寥之中，袁從英再次回憶起蒙丹剛回來的那天晚上，他們幾人聚在武遜營房中的談話。

那晚武遜見到蒙丹回來也很高興，非要在自己的營房裡招待蒙丹喝酒吃飯，飯後他們便開始聊起剿匪的情況。

武遜率先頗為自豪地開腔了：「蒙丹公主，你今天來伊柏泰，可曾發現編外隊有什麼變化？」

蒙丹抿嘴一樂，朝袁從英眨眨那雙碧水般的眼睛，嬌俏地回答：「怎麼沒發現？變化太大了！以前呂嘉帶的編外隊，個個都面目猙獰，比土匪還像土匪。現在嘛，是軍容整齊、面貌一新啊。」

武遜聽她這麼說，簡直樂得合不攏嘴，縱聲大笑之後方道：「哎呀，蒙丹公主過獎了，本校尉也不過是略做整頓，接下去剿匪，還有很多事情要做啊。」

說到這裡，武遜朝袁從英瞥了一眼，意味深長地笑道：「啊，袁校尉可是幫了我不少忙，沒有他，我斷不能如此迅速地接收伊柏泰，重整編外隊。哈哈，袁校尉，武遜在此謝過了。」

袁從英朝他點點頭，臉上一絲笑意稍縱即逝：「武校尉，你是不是把我們這些天在沙陀磧巡視的情況對公主說一說，讓她也幫我們推想推想？」

「啊，對！」武遜連忙坐直身子，一本正經地對蒙丹道，「蒙丹公主，自從我接管伊柏泰以後，除了逐一整肅編外隊，我還做了另一個重要的安排。是這樣的，我讓手下的四名火長，各自率領一個小隊，每天早上和下午各一次，在沙陀磧的四面八方巡視，看看能不能找到土匪的一點兒蛛絲馬跡。」

蒙丹眼睛一亮：「嗯，伊柏泰地處沙陀磧的正中，這樣做最方便了。」她想了想，又問：「那……武校尉，你們可曾發現什麼？」

武遜的臉色陰沉下來，悻悻地道：「怪就怪在這裡！我們這麼巡視也有個十來天了，別說土匪，連隻蒼蠅都沒找著。」

蒙丹追問：「武校尉，你們肯定把沙陀磧都跑遍了？」

武遜有點兒不忿：「蒙丹公主，我武遜你還是可以信得過的。潘火長，你把這些天巡視的安排給蒙丹公主看！」

蒙丹嫣然一笑：「武校尉，我不過多問一句，沒有不相信你的意思啊。」

武遜看著蒙丹豔麗不可方物的笑顏，也不好再計較了。

潘大忠捧著個軍務記錄冊子剛想湊到桌前，看見武遜的眼神又趕緊縮回腳步。這邊，袁從英不動聲色地道：「紅豔，我們不僅沒有發現土匪，也沒有發現任何商隊的蹤跡。目前看起來，走沙陀磧的商隊似乎已經被土匪嚇破了膽子，徹底絕跡了。」

蒙丹點了點頭，也若有所思地道：「嗯，這點我在庭州也打聽過了，自上回波斯商隊遇襲之後，所有來往西域的商隊基本都改了道，再不敢闖沙陀磧了。」

武遜聞言愣住了，朝桌上猛擊一掌：「這，這又沒有土匪又沒有商隊的，咱們在此不成白忙活了？」

袁從英冷笑了一下：「我還是頭一次遇到不剿即滅的土匪呢，新鮮得很。紅豔，關於土匪和商隊的動向，你還有其他可以告訴我們的嗎？」

蒙丹會意，在她離開伊柏泰去庭州的時候，袁從英特意關照她去查訪的一些事情，現在已有了答案，於是她胸有成竹地解釋道：「大家都知道，從西域各國到中原的商路，南、北各有一條。南路沿崑崙山脈經圖倫磧，再穿越戈壁至玉門關；北線則順著天山北麓經過突騎施的碎葉城，進入大周以後的第一站就是沙陀磧，穿過沙陀磧後再入庭州。南路暫且不去提它，北路這些年來蕭條了不少，就是因為沙陀磧的匪患。可那些走北路的商隊假如不穿越沙陀磧，又如何進入中原呢？我這次去庭州特別打聽了一下，實際上並非所有的商隊都轉至南路，相反有很多害怕土匪的商隊選擇了繼續向北，進入東突厥境內，沿金山向前，再從瓜州地界回入大周。」

「原來是這樣。」武遜和袁從英面面相覷，袁從英問：「商隊轉去東突厥境內再入大周，和直接穿越沙陀磧入庭州，有什麼不同？」

武遜輕哼一聲：「袁校尉，這點我就比你清楚了，咱到底也是在邊境混了這麼多年的。除了路程要繞遠不少之外，最大的不同就是，商隊借道東突厥境內的話，就需要向東突厥支付一筆不菲的路稅。」

袁從英皺起眉頭：「路稅？居然還有這種說法。可據我所知，商隊進入大周是不用付稅的，是這樣嗎？」

蒙丹點頭稱是：「嗯，大周沒有這個規矩，我想是因為商隊來大周是做生意，而不是借道。其實商隊經過碎葉時，突騎施也要對它們徵收過往的稅賦，但數量不大，商隊也樂意支付，因為這樣他們的安全就有保障了。但我聽說，東突厥徵收的路稅非常昂貴，如果不是因為沙陀磧匪患的緣故，肯定沒有商隊願意借道東突厥去花這筆冤枉錢的。可這些年來大周境內匪患頻仍，商隊為了安全起見，也只能不得已而為之了。」

武遜聽到這裡，狠狠地歎口氣道：「商隊是要和咱大周做生意，卻不得不花大價錢借道東突厥，原因是我大周不能確保境內商隊的安全，這種事情，說出來都讓人汗顏哪！可恨那個錢刺史，還口口聲聲說沙陀磧的土匪是空穴來風，真真氣煞人也！」

袁從英冷冷地接口道：「以沙陀磧目前的情形來看，他說得倒不錯，土匪確實蹤跡皆無嘛。」

「唔？」武遜狐疑地應了一聲，不知道袁從英是什麼意思。

袁從英看看蒙丹：「春天來了，商路之上按理應該越來越繁忙。紅豔，你有沒有去打聽過，商隊真的都打算取道突厥，放棄走沙陀磧了？」

蒙丹認真地回答：「從外面進來的商隊我不知道，可我問了不少大周打算出西域的商隊，還有準備回程的西域商隊，他們都不願意再入沙陀磧冒險，決定往北轉道東突厥金山山麓了。」

袁從英輕輕搖頭，道：「紅豔，我覺得你應該告訴他們，沙陀磧如今已經沒有土匪了，大周的瀚海軍會保證他們的安全，他們可以在原來的北線商路上暢通無阻，又不用多花毫無必要的路稅。」

蒙丹瞪大了眼睛：「啊，這麼說……我，我這麼說他們也不會相信啊。再說，萬一有商隊來了，土匪又出現了怎麼辦？」

袁從英一字一頓地道：「那我們正好在此守株待兔！」

「守株待兔？」

「是的。」袁從英對武遜道，「武校尉，我想建議你給錢刺史寫一份軍報，就說沙陀磧的土匪只是小股流犯，不堪一擊，如今匪患已除，沙陀磧全境寧定，請他昭告來往商隊，從此後可以放心穿越沙陀磧，有我大周的軍隊確保他們平安。」

「這！」武遜大感意外，眼珠亂轉，袁從英知他困惑，便解釋道：「武校尉，土匪要劫的是商隊，假如沙陀磧從此沒有商隊路過，土匪自然就銷聲匿跡，我們剿匪的任務也就無從談起。而今之計，只有將商隊重新請回沙陀磧，由編外隊整編而成的剿匪團在伊柏泰據守，一有風吹草動即可伺機而發，給土匪以迎頭痛擊。」

武遜緊蹙雙眉：「這樣是可以。但萬一……土匪不出現呢？」

袁從英往椅背上輕輕靠去，微笑著反問：「假如土匪再不出現，我們的目的不就達到了嗎？」

武遜凝神思索片刻，猛地一拍大腿：「對啊！不錯，這主意好。那錢歸南不是成天說我危言聳聽嗎？哈哈，今天老子就以其人之道還治其人之身！」

一個晚上沒說上話的潘大忠終於撿了個空，趕緊發言：「對啊，武校尉，守株待兔，袁校尉的這個主意真是太高明了，真叫人佩服，佩服！」

武遜的臉色稍稍變了變，隨即笑道：「是啊，是啊，呵呵，我這就起草軍報。」

兩天後，武遜告訴袁從英軍報送出去了，但並沒有把具體的內容陳述給袁從英聽。例行的巡查減少成每日午後一次，依然毫無結果。大家都在等待錢歸南那裡的回覆，袁從英漸漸不再過問剿匪團的事務，而是像今天這樣，帶著韓斌在荒漠上一跑就是大半天，他是在等待，退出伊柏泰的時機。

已經有十多天了，楊霖每天都能聽到燕子的呢喃之聲在被木條釘死的窗外歡快地響起。他成天置身於陰暗的屋內，只能憑藉門縫和窗櫺間射入的細微光線來判斷白晝和黑夜，一直過著晨昏顛倒的生活。有個老頭每天清晨來給他換恭桶❶，同時送些水和蒸餅，還有幾樣鹹菜，就算是他的一日三餐。房門開啟的時候楊霖也從來沒有動過逃跑的念頭，他心裡很清楚，他是無處可逃的，除了完成任務，自己沒有其他的選擇。

老頭走了以後，屋裡就只剩下楊霖一個人。桌上除了書籍之外，就是成堆的蠟燭，供他從早點到晚，又從夜點到晝。楊霖一遍遍地誦讀經史子集，準備功課，剩下的時候就是昏昏沉沉似睡非睡地躺在屋角的稻草堆裡。他害怕睡眠，只要睡著就必然要陷入噩夢之中，夢中一成不變的，總是那個死在金城關外荒僻院落中老者醜惡恐怖的嘴臉，楊霖每每慘叫著驚醒過來，冷汗淋漓，他總要往那草堆的深處挖去，從裡面掏出那柄紫金剪刀，還有一封沒有寫完的書信。

最初的時候，由於慌亂和懼怕，楊霖根本不敢面對這兩樣東西，但漸漸地，他開始研究起它們來。尤其是那封書信，他看了一遍又一遍，雖然不知道來龍去脈，但慢慢地還是從中讀出了些端倪，楊霖發現自己正在窺視一個重大的秘密，這個秘密與死去的老者有關，也與這些天偶爾會在夜間來探訪自己的那位沈槐將軍有關。楊霖知道這一切性命攸關，他小心翼翼地把這秘密藏在心底，就像把紫金剪刀和半封書信藏在草堆最深處一樣，他懂得，絕不能讓沈槐看到這些，一旦被發現，自己就只有死路一條了。可是他楊霖，還不想死！

當然活著也很艱難，楊霖在這個廢棄的道觀裡一關就是個把月，只能從周遭漸漸提升的溫度感覺冬日的離去，這幾天又添加了燕子的鳴叫，楊霖才算肯定，洛陽的春天來了。現在他每天溫書累了，就躺在草堆上傾聽燕子的叫聲，莫名地感到心情舒暢不少，似乎又開始萌生起希望。

這天他正在草堆上閉目養神，門鎖嘩啦，楊霖意外地睜開眼睛，往常這個時候從不會有人

❶ 即糞桶。

來。門開了，正午強烈的日光射進來，楊霖一下子被晃得頭昏眼花，他已經不習慣面對光明了。

沈槐以手掩鼻站在門前，屋裡那股陰濕的臭氣熏得他噁心陣陣，再不想往屋裡邁進去半步。他打量著畏縮在草堆上的楊霖，從心裡討厭此人這副卑微怯懦的嘴臉，真不知道沈庭放怎麼會選中他？如此不濟的傢伙，能過得了那雙明察秋毫的眼睛嗎？不過，沈槐心裡也清楚，利用楊霖的目的，本來就不是為了博得那人的相信。

楊霖揉著眼睛，慢慢從草堆上站起身來，垂著頭發呆。

沈槐冷笑一聲：「今天我來，是要帶給你一個好消息。」

楊霖垂頭不語，沈槐輕哼道：「今天聖上頒下旨意，今年制科的日子定下來了，五月初十開考。」

楊霖還是沒有反應，沈槐不耐煩地瞪了他一眼，厲聲道：「好了，從今天到五月初十還有月餘，你就抓緊這段時間好好溫書。」頓了頓，他的眼中突然閃過一抹惡意，冷笑道：「機會難得，希望你能好自為之。你的妻兒老小，還在家鄉等著你金榜題名，光宗耀祖吧。」

楊霖這才如夢方醒，抬起頭期期艾艾地道：「我、我並沒有妻兒，只有一個老母親在家鄉。」

沈槐點頭：「那好啊，那你就更該殫精竭慮，全力迎考，才能不辜負你老娘的期許。」

楊霖的嘴唇哆嗦起來，眼圈有點兒泛紅了。

沈槐強抑厭惡，又道：「對了，你這兩日準備幾篇最得意的詩賦出來，我會幫你去行卷。」

「行卷？」楊霖大驚，「我、我也能行卷？在洛陽我一個有權勢的人都不認識……」

沈槐鄙夷地道：「你不認識有權勢的人，可我認識。好了，如何行卷你不用操心，你只要準備你的就行了。詩賦要拿得出手的，別給自己丟臉。五日之後我再來，到時你把詩賦交給我。」

「是。」楊霖不自覺地應承了一聲。

沈槐走了，屋門又被鐵鎖拴得牢牢的。楊霖坐到桌前，提起筆來沉吟半晌，龍飛鳳舞地在紙上揮灑起來。這麼長時間以來，他還是頭一次靈感迸發，有了吟詩作賦的激情。燕子在窗外鳴叫得更歡了，春天，春天真的到來了嗎？

周梁昆與何淑貞的重逢尚未開始，就被興沖沖趕來的周靖媛打斷了。周梁昆這才知道何淑貞是女兒找來給自己繡壽禮的。太多的問題、太多的感觸，只好暫時擱下。周梁昆與何淑貞各自收拾心情，強顏歡笑，竭力遮掩不讓周靖媛看出端倪。周梁昆了解到第二天何淑貞仍然要來府上刺繡，而周靖媛午後恰好有事外出，便給何淑貞遞了個眼色。這麼多年沒見，他們之間的默契還在，何淑貞心領神會地點了點頭，就繼續埋頭做活了。接下去的時間裡，她繡得更加投入，心無旁騖，事隔三十多年，又能在他的家裡為他飛針走線，何淑貞幾乎把所有的苦楚、憂慮和煩惱都拋到九霄雲外去了。

第二天早上，何淑貞仍然按時坐在了周府後花園的耳房裡，整個上午她專心刺繡。用過午飯以後，何淑貞覺得時間突然變慢了，她再也無法集中精神在面前的錦袍之上，手指被刺了好幾次，終於神思恍惚到眼前的彩繡變成模糊的一團，就在這時候，一個身影掩在門口，他來了。

周梁昆細細端詳著面前這個垂垂老嫗，歲月徹底改變了她昔日娟秀的面容，假如不是昨日自己心血來潮，獨自散步到後花園，正巧看見她埋首刺繡的身影，那是斷然認不出來的了。這樣想著，周梁昆緩緩走入小小的耳房中，何淑貞侷促不安地站起身來，兩兩相對，二人都覺得心中縱有千言萬語，此刻卻半個字也說不出來。過了很久，還是周梁昆勉強開口，連嗓音都變得嘶啞：「淑貞，這麼多年不見，你……還好吧？」

何淑貞動了動嘴唇，沒有發出聲音，卻已潸然淚下。周梁昆長歎一聲，輕輕扶住何淑貞的肩膀，將她引到屋角的桌前坐下，自己坐在她的對面，又問了一句：「淑貞，你是何時進的神都？一直……都住在哪裡？」

何淑貞拭了拭淚，最初的激動過去，她的胸中再度被沉甸甸的憂懼所佔據，畢竟她千方百計進入周府的目的，並不是來和面前之人重續舊情，要這樣做未免也太遲了。不，何淑貞早已不是為情所困的青春少女，今天的她只作為一名母親活著。

「我，新年之後就到了。一直都住在沈槐將軍的家中。」

「沈槐？」周梁昆大驚，上下打量何淑貞，「哦，你就是那夜奉茶的……」

何淑貞慘然一笑：「我的樣子變得太多，認不出來了吧。」

周梁昆仍然滿臉狐疑：「可是，你怎麼會到沈槐家中幫傭？我記得你當初就已離開洛陽遠走高飛了，何時又回來了？」

何淑貞悠悠地歎息了一聲：「唉，說起來話就長了。三十三年前我離開洛陽的時候，的確是打定了主意，今生今世都不會再回來。可誰知道命運弄人，我、我不僅回了洛陽，還……又到了這裡，想起來簡直就像做了一場夢啊。」何淑貞低著頭，慢慢地就把在除夕之夜冰河遇險，遭梅迎春、袁從英等人搭救，陪伴沈珺入京投親的整個經過，一一地講給了周梁昆聽。

這段經過頗為複雜，何淑貞用了不少時間才從頭至尾地講完。周梁昆聽得滿面詫異，只能感歎世間的機緣湊巧。沉思片刻，周梁昆訕訕一笑，問：「那麼說，你是來尋找兒子的？他叫……」

「楊霖。」

「楊霖？」周梁昆若有所思地重複著。何淑貞知道他在盤算些什麼，她自己這兩天也反反覆覆地在心中掙扎著，到底要不要告訴他，要不要讓他知道楊霖的來歷？不，最後她暗自下了決心，還是什麼都不要說吧，楊霖就是我何淑貞的兒子，與別人無關。

於是何淑貞木然地道：「當初我被迫離開洛陽，就只有天工繡坊的一個伙計楊仁禮陪著我。你知道的，他原就對我有意，我走投無路的時候，他還肯伸手相助，是個有情有義的好心人。我，便嫁了他。楊霖是我與楊仁禮唯一的孩子。仁禮早逝，是我一手把楊霖拉拔長大，為了生活我們四處流浪，最後才在蘭州城對面的金城關安了家。我與楊霖母子倆相依為命三十多年，兒子就是我的命根子。」

「原來如此。」周梁昆感慨萬千地歎息，聲音中似乎有些許遺憾。

何淑貞拭了拭眼角的淚，又苦笑道：「三十多年過去了，周大人的兒女也都已長大成人了吧。那位請我來做繡活的大小姐，長得真美，簡直就像個下凡的仙女兒。」

周梁昆愣了愣，遲疑著道：「唔，她是我的女兒，名叫靖媛。我命中無子，就只有這麼一個女兒。和你那楊霖一樣，靖媛也是我的命根子。」

何淑貞的心中一凜，趕緊低下頭，鎮靜片刻後方才抬頭望著周梁昆，殷切地懇求道：「周大人，過去的事情早就讓淑貞埋在心底裡，不提也罷。只是我那霖兒，如今生不見人死不見屍，我這為娘的心，真是時時刻刻都在火上煎熬啊。我雖然託了沈槐將軍幫忙，自己也得空就到處尋找，可這幾個月來一點兒頭緒都沒有。我都快要急死了。周大人，淑貞此來不為別的，就為了請周大人幫幫忙，替我尋找我那苦命的兒子。周大人，只要您肯幫忙，我何淑貞就是做牛做馬，也一定要報答您的！」說到這裡，何淑貞從椅子裡滑下，撲通一聲就跪倒在周梁昆的面前。

「哎，你、你別這樣，有話起來好好說！」周梁昆連忙俯身將何淑貞攙起來，他思忖著問：「淑貞，你怎麼能肯定楊霖一定在洛陽，而不是去了其他什麼地方呢？」

何淑貞堅決地道：「霖兒告訴我他來洛陽趕考就一定會來，這孩子絕不會對我撒謊。」

「可是，科考在每年的十一月，時候不對啊……」

「霖兒說他趕的是，是什麼制科考。」

「制科？」周梁昆的眼睛一亮，「聖上剛頒旨確定了今年制科的考期，就在五月初十。」

何淑貞緊張地咽了口唾沫：「那霖兒他一定會參加五月初十的考試。」

周梁昆擺手道：「你別急，別急。讓我想想，若是你兒子真的來報考制科，那他就會上考生名單。這我倒可以委託主考官幫忙查閱，今年的主考官還未定，不外乎朝中那幾位老臣，多少都和我有些交情。」說到這裡，他朝何淑貞安撫地一笑，「淑貞，你別太著急。我想，這件事情我能幫上點兒忙。」

「周大人，我……」何淑貞叫了一聲，眼淚幾欲奪眶而出。

周梁昆忙搖搖頭，卻壓低了聲音，正色道：「淑貞，舉手之勞就不必言謝了。倒是而今我也有件要緊事情想請你幫忙。」

「我？」何淑貞呆住了，周梁昆的臉色卻變得慘白，「是的，淑貞，這可是件生死攸關的大事，而且普天之下唯你能幫到我，老天爺今日把你重新送到我面前，是恩賜給我周梁昆的一線生機啊！」

深夜，庭州城內最大的薩滿神廟裡面漆黑一片，充斥著凝滯沉重的寂靜。突然，大廳中央一個小小的火折擦亮了，昏黃的光暈映出一張幼童的臉，漆黑的大眼睛顯得有些呆滯，又有些詭異，這雙眼睛盯向大廳中央的圓柱，紅潤的小嘴唇翕動著：「哈比比，哈比比，你來呀，來呀。」一邊叫著，他慢慢向圓柱走去。

大廳中央的鍍金圓柱，牢牢撐起高聳的神廟穹頂，許是受到孩子的聲音和他手裡亮光的驚嚇，圓柱頂端突起的廊簷上，一隻通體漆黑的貓突然飛身躍下，沿著橫亙圓頂下方的廊柱，直跑到神廟的聖壇前，牠身輕如燕，矯健地跳上了離地一丈來高的聖壇頂端，那上面依稀可以看見純金鑄造的五星圖符，在黑暗中依舊熠熠生輝。

這聖壇由雪白的大理石砌起，上面精雕細琢著繁複無比的黃金花紋，聖壇是拱門樣的造型，哈比比就在這座拱門的最上頭傲然四顧，前後徘徊。聖壇之前還築著個淺淺的水池，池水散發出一股穢悶的腥臭氣息。

幼童手持火折，緊跟著來到聖壇前，嘴裡依然叫著：「哈比比，哈比比，來呀。」黑貓哈比比高踞於聖壇的頂部，一邊在黃金五星的神符上擺動著尾巴，一邊鄙夷地望著地上那個小小的身影。小孩兒叫了半天，看哈比比一點兒沒有下來的意圖，將手裡的火折一扔，三步兩步跑過水池，便手腳並用往聖壇上爬去。

小孩兒艱難地沿著拱門的邊沿向上爬，滑溜溜的石頭上幾乎沒有著力的地方，好在小孩子身形纖小柔軟，穿著羊皮小靴的小腳牢牢踩在呈凹凸狀的花紋上，一點點朝上爬去。他的注意力完全集中在黑貓的身上，並沒意識到被自己扔下的火折，竟在水池裡燃起了火苗，一股沖鼻的氣味慢慢在神廟中散開，越燒越旺的火勢將聖壇前的這方小小空間映得十分光亮。

小孩子已經爬到了拱門的上端，離哈比比只有幾步之遙了。他一邊叫著哈比比的名字，一邊努力伸手去抓。可惡的哈比比卻故意又往後退了一點，挑釁地看著孩子，一副你能奈我何的模樣。小孩兒的大眼睛閃動著喜悅的光，仍然一門心思地往前挪動著，嘴裡不停地喊著「哈比比，哈比比」。

「匡噹」一聲，神廟的大門被打開了。一高一低兩個身影剛剛閃入門內，頓時就被眼前的景象驚得心神俱喪，前頭那個高挑身材的貴婦人忙舉手掩口，強抑住喉間將將迸出的呼喊，左手抓住她身邊同樣嚇得魂飛魄散的小婢，兩人都止不住地全身顫抖起來。

那小婢驚慌失措地低低叫了聲「阿母」，被婦人用眼神喝住，這婦人此時已花容失色，漂亮的杏眼中含滿了淚水，對阿月兒輕輕搖著頭，她顫聲道：「別大聲，別大聲，小心嚇到安兒。」

阿月兒急得跺腳：「阿母，這可怎麼辦啊？安兒小少爺要是跌下來……」

婦人咬了咬牙，努力鎮定下心神，急促地道：「你快去給老爺府上送信，讓他無論如何要趕過來，多帶些人。快去！」

「噢！」阿月兒答應著，又猶豫道：「阿母，你、你一個人能行嗎？這裡還燒——」

「少廢話，快去！」裴素雲厲聲喝道，阿月兒一跺腳，扭頭朝門外跑去。

裴素雲按了按胸口，快步走到聖壇前，聖壇前的水池燒成了個熊熊烈焰的火籬笆，令人望而卻步。裴素雲卻似乎什麼都沒看見，撩起長裙，毫不猶豫地就從火上跨了過去。她的雙眼只是死死地盯著趴在聖壇半圓形頂部的孩子，火焰灼燒，已經熱得那孩子的臉蛋上冒出了細細的汗珠，他好像有些累了，也可能感到害怕了，趴在圓頂上不再動彈，嘴裡還是不停地唸叨著：「哈比比，嗚嗚，哈比比。」聲音中帶了點哭腔。

裴素雲站在聖壇之下，朝安兒伸出雙手，柔聲輕喚：「安兒，安兒，小寶貝，娘在這裡。」

安兒聽到娘的呼喚，抬起頭茫然四顧，終於看到了聖壇前的裴素雲，他對著娘「咯咯」笑起來，嘴裡含糊不清地道：「娘，娘，我找到哈比比了……」

裴素雲眼含熱淚，又努力往上伸開雙臂，呼喚道：「嗯，安兒最聰明了，安兒，來，到娘這兒來。」

安兒終於有些明白了娘的意思，他沿著半圓的拱頂，開始慢慢滑下身體，朝裴素雲接近。剛滑到半圓形的底端，手一鬆，從聖壇仰面直摔下來，裴素雲尖叫了一聲「安兒」，往前猛撲過去，那安兒恰好跌落在她的懷裡。就著安兒下墜的力道，裴素雲朝後一個趔趄，直接踩到烈火之中，她卻不管不顧地抱著孩子往神廟門口狂奔，裙襬下一路帶著火焰，剛跑到門口，正巧錢歸南臉色鐵青，和阿月兒帶著小隊人馬衝進門來。

裴素雲把安兒朝阿月兒手裡一塞，自己便軟倒在錢歸南的懷中，失去了知覺。

直到第二天正午，裴素雲才從昏迷中甦醒過來。她剛一睜開眼睛，看見守在床前的阿月兒，就一把扯住她的袖子，焦急地喊著：「安兒，安兒，他怎麼樣了？」

阿月兒趕忙安慰：「阿母，你看看，小少爺好著呢。」

裴素雲這才看見安兒蹲在屋角的地上，正和那隻惹了無數禍端的黑貓哈比比玩耍，不由又氣又憐，眼圈一紅，輕聲歎道：「這孩子，真不知道要鬧到什麼時候才算是個頭。」

阿月兒也跟著傷起心來，抹了抹眼角，見裴素雲掀開被子要起床，忙攔道：「阿母，你的腳都燒傷了，塗著藥呢。」

裴素雲這才感到雙腳火燒火燎的痛，皺眉道：「聖壇前的水池裡投了石脂，本來是為了祈禱時作法用，這回算是自作自受了……嗯，我傷得還不重吧？」

阿月兒撇了撇嘴：「那也起了一溜燎泡呢，阿母，你太可憐了。」

裴素雲悠悠地歎了一聲：「有什麼辦法，自己的孩兒，我不管誰管。還好有這藥，幾天以後的祭祀應該能趕得上。」

阿月兒大驚：「怎麼阿母？祭祀你還要去啊？」

裴素雲秀眉緊蹙：「當然，我無論如何都得做這個祭祀。」

「可你的腳傷好不了那麼快呀！」

裴素雲淒然一笑：「為了安兒，我就是死也心甘情願，一點兒燒傷算不了什麼。」

阿月兒低下頭不吱聲了，過了一會兒才抬起頭，期期艾艾地道：「早上老爺走的時候還說呢，讓阿母安心休養，祭祀的事情就不要再提了。」

裴素雲還未及開口，錢歸南從門外一腳踏入，聽見阿月兒的話就接著道：「是啊，素雲，我看祭祀的事情還是免了吧。」

阿月兒連忙起身讓開，請錢歸南坐到床邊的圓凳上。錢歸南輕輕撫了撫裴素雲蒼白的面頰，痛心地道：「素雲，你越發憔悴了。」

裴素雲垂下雙眸默然無語，良久才握住錢歸南的手，輕聲道：「我沒什麼。倒是你日夜操勞，有太多的煩心事，還要時刻顧及我們母子，我從心裡頭感到不安。」

錢歸南「咳」了一聲：「這安兒實在太讓人為難了。」

裴素雲聽他這麼說，不覺輕聲辯解：「歸南，安兒是無辜的。他、他已經夠可憐的了。」她仰臉看著錢歸南，殷切地道：「這次祭祀我都準備好了，無論如何都是要做的，你就別阻攔了。」

錢歸南的臉色十分陰沉，不耐煩地道：「素雲，你怎麼如此固執！我跟你說過多少遍了，讓你不要再做這些拋頭露面、詭異荒謬的事情，你何故就是不聽？」

裴素雲急迫地道：「歸南，你知道的，我都是為了安兒啊。安兒他、他是因為藺天機對我的詛咒才成了這個樣子，我必須要想辦法破除詛咒，否則安兒永遠也好不了了……」

錢歸南猛然站起身，一邊煩躁不安地在床前來回踱著步，一邊氣憤地道：「詛咒，詛咒！藺天機死了這麼多年，你居然還是擺脫不了他的陰影！」

裴素雲臉色煞白，哆嗦著嘴唇道：「我也想擺脫，可怎麼擺脫？安兒每每犯病，我根本就不敢鬆口氣，只怕眼錯不見，他就遭了厄運。這樣的生活，實在是太……太痛苦了。歸南，你是知道的，凡受到薩滿巫師詛咒的人，必得要將自己貢獻給薩滿，傳承巫道，有朝一日才能得到解脫。我、我想我只要堅持下去，就一定能夠讓安兒恢復正常的——」

「荒唐！」錢歸南終於忍不住打斷裴素雲的話，站在床前聲色俱厲地斥道，「素雲，虧得你還是河東聞喜裴氏後人，名相裴矩的重孫女兒，怎麼如此荒誕不經、執迷不悟？安兒，他生來就是癡傻，不管是不是藺天機詛咒的，總之是沒有希望了。他能活得怎樣，那就看他自己的造化，你再怎麼犧牲自己也是徒勞，根本於事無補！」

「不，」裴素雲瞪大眼睛嚷了起來，「不是這樣的！安兒，他很聰明，不管哈比比跑到哪裡他都能找得到，整個庭州城，從來沒有去過的地方他都不會走錯路。他、他雖然不通人事，可他辨認方位、記憶地點的本領常人根本難以企及。而且，他能輕而易舉地找出所有五星神符標示的位置，他能……」裴素雲的聲音越來越低，終於哽咽著低下了頭。

錢歸南啼笑皆非地看著她：「你就不要自我安慰了。安兒不僅癡傻，而且還有癲病，他活著根本就是受罪。素雲，我且說句狠話在這裡，安兒他也是我的孩子，可我有時都覺得他還是早點超生的好！」

裴素雲完全驚呆了，她死死地盯著錢歸南的臉，眼圈通紅，卻一滴淚都流不出來。良久才喃喃地道：「歸南，我知道，你還有別的兒女們，他們都很好，很有出息，不在乎一個又傻又癲的安兒。可我只有一個安兒，何況他這個樣子，都是我造的孽，我不會放棄他的，絕不會！你若是覺得不堪重負，大可不必在此盤桓，讓我們母子自生自滅便是。」

「素雲！」錢歸南也愣了愣，他遲疑了一下，重新在床邊坐下，放緩聲調道：「咳，是我不好，不該說這樣讓你傷心的話。我不也是看你為了安兒，日夜不得安寧，心中不忍嘛。啊，別生氣了。」他舉手去撫裴素雲臉上的淚痕，裴素雲卻輕輕將臉扭開。錢歸南有些尷尬，沉默了一會兒才道：「素雲，你要想去祭祀就去吧，我不會阻攔你，你自己多加小心便是。」

裴素雲仍然眼睫低垂，緊抿的櫻唇泛著蒼白，顯得既嬌弱又倔強。錢歸南朝阿月兒使了個眼色，阿月兒抱起安兒悄無聲息地退了出去。

錢歸南這才長歎一聲，道：「素雲，我這兩天心緒煩亂，有點兒六神無主，實在無人可以解說，就指望著和你聊上幾句心裡話。啊，素雲？」說著，他伸手去攬裴素雲的肩，裴素雲略顯僵硬地向旁邊避了避，沒有避開，終於還是軟軟地倚到錢歸南的懷中，用低不可聞的聲音問：「歸南，到底出什麼事了？」

錢歸南沉思著，臉上陰晴不定，半晌才冷笑著道：「昨天我收到了武遜的一份軍報，這個莽夫居然來將我的軍！」

裴素雲驀地坐直身子，疑惑地看著錢歸南：「怎麼，武遜給你發軍報？他說了些什麼？」

「哼，他說他業已接管伊柏泰，重整編外隊成剿匪團，還說沙陀磧的匪徒對他武遜領導的剿匪行動聞風喪膽，望風而逃，沙陀磧中匪患已除，商路寧定，請我昭告來往客商，從今後可以放心大膽地通過沙陀磧，他武遜可以保證大家平安無事！」

裴素雲微微點頭，輕笑道：「這份軍報寫得還真是很有策略，武遜，他怎麼突然變得如此精明？」

錢歸南鼻子裡出氣：「就憑武遜，他還沒有這個腦子！依我看，多半是那個什麼袁從英給他出的主意。」

「嗯，」裴素雲思忖著道，「還真是的。你上回告訴我說武遜居然把呂嘉給殺了，又以迅雷不及掩耳之勢接收了伊柏泰的編外隊，我起初覺得太不可思議。後來老潘的密報過來，詳細描述了事情的經過，方才知道始作俑者是那個被貶戍邊的袁從英，此人還真是不簡單哪。現在這份軍報若是出自他的授意，我倒不覺得意外。」

錢歸南應和道：「是啊，現在看起來我當初是有些輕敵了。本來認為可以把袁從英和武遜一起監控在伊柏泰，沒想到反而讓他們得了手。」

裴素雲道：「也不盡然，他們那時若沒有老潘幫忙，必難成事。要說起來，倒是你的這個心腹家奴助了他們一臂之力。」

錢歸南忍不住又站起身來，在屋子裡面踱起步來，似乎這樣可以幫助他思考，他冷笑幾聲道：「潘大忠這傢伙，明擺了是公報私仇，借刀殺人。這小子是把呂嘉恨到骨子裡了，這次好不容易撈到個機會，居然不聽我的安排擅自行動，本來我是不該放過他的。但是現在伊柏泰那裡全靠他盯著，我暫且先饒過他這一回！」

裴素雲的心思暫時被伊柏泰所發生的一切吸引住了，臉上愁雲漸散，接著錢歸南的話頭道：「歸南，你當初不就是因為呂嘉越來越驕橫跋扈難以控制，才讓老潘去暗中監視他麼？哪想到老潘弟兄二人一去伊柏泰，就被呂嘉殺的殺，關的關，潘大忠的親弟弟慘死在呂嘉之手，他自己又被關入地下牢獄受盡折磨，他自然是對呂嘉恨之入骨，這也可以理解。這次他借助袁從英、武遜的力量除去呂嘉，雖說不完全符合你的設想，但卻幫你解決了呂嘉這個心腹大患，也算是個意外的收穫。現在武遜和袁從英雖然接管了伊柏泰，可他們對伊柏泰的秘密其實一無所知，所有的一切仍然掌握在你的手裡，還有潘大忠在伊柏泰繼續監控他們，他們又能搞出什麼名堂來？反倒是武遜這份軍報上來，歸南，你打算怎麼應對呢？」

錢歸南一連哼了好幾聲，搖頭晃腦地讚道：「素雲啊，你真是我的女軍師，分析得頭頭是道的。是啊，鳥盡弓藏、兔死狗烹，這句話雖說殘酷，卻也道出了用人的真諦。呂嘉早到了該被烹的時候，現在就算死得其所吧。至於武遜的軍報嘛，哼哼，他報他的，我是不是去昭告商隊，怎麼昭告，他就管不著了，因此根本不足為慮！」

看著錢歸南得意的樣子，裴素雲「噗哧」一樂，低聲感歎：「袁從英再精明，到底是君子之謀，總歸敵不過……」

錢歸南把臉一沉：「什麼？你說我是……」

裴素雲冷然地嘲諷道：「我什麼都沒說。」

兩人各懷心事，沉默了一會兒，裴素雲又道：「歸南，話雖這麼說，要把袁從英繼續留在伊柏泰似有不妥，以他的能力，假以時日，很難說不會發現些什麼蛛絲馬跡。況且只要他在伊柏泰，一旦有不怕死的商隊硬闖沙陀磧，土匪到底是劫還是不劫呢？」

錢歸南胸有成竹地道：「這個問題我也考慮過了。袁從英絕不能繼續留在伊柏泰，潘大忠對付一個武遜綽綽有餘，加上袁從英恐怕就捉襟見肘，因此我已想好，這就把袁從英調回庭州來。武遜的軍報來得很及時，我正好將計就計。」

「調回庭州以後呢，你打算怎麼處理袁從英？」

「此事不急，且容我善加謀劃。」

裴素雲點頭沉思，半晌又困惑地問：「歸南，既然事情都在你的掌控之中，你的憂慮又是從何而來呢？」

錢歸南微微一怔，臉色突然變得非常凝重，他緩緩坐回裴素雲的身邊，輕輕將她摟到懷中，貼著她的面龐，極低聲地道：「素雲，恐怕有萬分重大的事情要發生了。」

「什麼萬分重大的事情？」裴素雲觀察著錢歸南肅穆的神態，又驚又懼地問。

錢歸南沉默不語，只是撫弄著裴素雲烏黑的秀髮，良久才深深地歎息了一聲：「素雲，你倒也不用太過擔心，即使真有天翻地覆的大事發生，我還是可以確保你的安全。只是……」

錢歸南欲言又止，裴素雲緊盯著他的眼睛，錢歸南頗不自在地調轉目光，躊躇道：「素雲，無論發生什麼，你要相信我都是為了你我的將來，噢，當然還有安兒的將來。我想——在最緊要的關頭，你一定會助我一臂之力，對不對？」

「助你一臂之力？歸南，你能說明白一些嗎，我能為你做什麼？」

錢歸南的神情越發不安起來，支吾道：「呃，素雲，也不過就是關於伊柏泰和沙陀磧的秘密，你……呃……或許會用得上……安兒——」

「歸南！」裴素雲打斷錢歸南，嘴唇輕輕顫動著，嗓音變得嘶啞，「你要我做什麼都可以，只要我做得到的我都會去做，但絕不能動到安兒，我、我絕不會允許的！」

錢歸南十分尷尬，訕訕道：「素雲，你太過慮了，我只是說萬一的話。安兒他畢竟也是我的孩子，我也心疼著呢。」

裴素雲垂首半晌，抬眸對錢歸南淒然一笑：「歸南，你剛才不是都說，安兒他又癡又癲，他能有什麼用處？歸南，不論你想要幹什麼，千萬別傷害到安兒。他……只是個可憐的小孩子，你的孩子。」

「唉！」錢歸南連連搖頭，不再發一語。

裴素雲漆黑的眼裡蒙上霧氣，她倚靠進錢歸南的懷抱，恍恍惚惚地說：「歸南，你是知道的，我必須要守著伊柏泰，守著沙陀磧，這是裴家先祖留下的遺志，到素雲已歷四代，我斷不敢悖逆。我自己還背負著藺天機的詛咒，只要這詛咒不破，我與安兒就算是走到天涯海角，也永世都不得安寧……可是，歸南，有時候我真的很想離開這裡，離開庭州，隨便去哪裡都行，歸南，你帶我和安兒走好不好？」

錢歸南無言以對，雙眼不覺也有些模糊了。黑貓哈比比蹲在窗下的神案上，連連叫喚著。裴素雲和錢歸南同時向神案投去又懼又憎的目光，那上面供奉著與薩滿神廟聖壇上一般無二的碩大純金五星，這是由薩滿大巫師藺天機親手創立的神符，據說蘊含著無窮無盡的邪惡力量，通達世間至凶至強之靈。藺天機雖然消失了，但他依然透過這神符，控制著可憐的安兒，控制著裴素雲，控制著伊柏泰、沙陀磧，乃至整個庭州。

錢歸南對武遜軍報的答覆，七天之後才送達伊柏泰。武遜正在營房中與老潘一起研究地下牢獄的地圖。老潘花了十多天的時間才畫好了這張圖，首先送來給武遜查看。武遜見圖十分高興，不知道為什麼，他並沒有請來袁從英，而是獨自一人拉著老潘，讓他細細地解釋給自己聽。

兩人正看得起勁，兵卒呈上錢刺史的回文。武遜拆開後飛快地讀了一遍，哈哈大笑一聲，便將回文交給身邊的潘大忠。待潘大忠也看完，武遜握緊拳頭往桌上捶去，大聲問道：「怎麼樣老潘，你看看，這次錢刺史可是對你我大加褒獎啊，還信誓旦旦要通告來往商隊，請他們重回北線商路。哈哈，咱們瀚海軍總算是揚眉吐氣了！」

老潘連連點頭：「武校尉險中求勝、勞苦功高，最可貴是一心為公，毫無私心雜念，卑職實在是太佩服了！」

武遜被捧得樂滋滋的，眼中卻有一絲愧意閃過，好在潘大忠集中精力拍馬屁，對武遜的這點異樣並不在意。唱完熱情洋溢的讚歌，潘大忠的臉上堆起狡猾的笑容，殷勤地問：「武校尉，錢刺史在回文中還下令要將袁校尉召回庭州，您覺得怎樣？」

武遜瞥了老潘一眼，不動聲色地反問：「什麼怎麼樣？對上官的命令除了服從還能怎樣？」

潘大忠獻媚地一笑：「那是自然。錢刺史說得很明白，武校尉如此神速地剿滅匪患，真令得他大喜過望。如今沙陀磧土匪已除，有武校尉一人在此領導剿匪團、坐鎮伊柏泰就足夠了。袁校尉才幹出眾，剛來庭州就立下大功，確實應該另外委以重任。」

武遜一皺眉：「老潘，你囉哩囉唆的到底想說什麼？」

潘大忠縮了縮脖子，低聲嘟囔：「卑職不過是替武校尉高興，不免多說幾句廢話，還請武校尉見諒。呵呵，那個袁校尉什麼都好，就是有些孤傲，不太好相處。俗話說一山難容二虎，錢大人這次將他調回庭州，正說明大人還是對武校尉您更信任，更器重——」

「行了！」武遜不耐煩地喝住潘大忠，正色道：「袁校尉幫了咱們的大忙，人也不錯。既然他要走了，今晚咱們就請他來喝喝酒，好好送送他。還有，那個狄三公子和韓斌小孩，我可應付不了他們，錢刺史也沒說怎麼辦，我想這次就一塊兒打發回庭州算了。你說呢？」

「武校尉所言極是！」

第六章　行卷

「宋乾，來，嚐嚐這御賜的新茶。」狄仁傑話音甫落，宋乾小心翼翼地端起几上的青瓷茶盞，啜飲一小口，細細品味後道：「這茶香氣馥郁、清遠悠長，從味道看，應該是湖州的紫筍茶。這清明前後的第一茬紫筍果然清新淡雅，餘味無窮，更比其他季節的茶味雋永許多。」

狄仁傑瞇縫起眼睛，笑容可掬地道：「宋乾，你品茶的本領很有長進嘛，看來這些年好茶喝了不少。那你倒說說，今天我這茶是用什麼水煎的？」

宋乾的臉有些微紅，似乎飲下的不是香茶卻是美酒，他又輕輕啜了一小口茶盞內輕細綿柔的湯花，猶豫著道：「唔，這水嘛質柔、味甘，很能催茶味、襯茶香，應該是南方的煎茶之水……莫不是無錫惠山泉水？」

「哈哈哈哈！」狄仁傑爆發出一陣大笑，直笑得前仰後合，連一旁負責煎茶的狄忠也忍俊不禁。宋乾被他們笑得有些尷尬，只好悶頭喝茶。

狄仁傑好不容易止住笑，撩起袖管拭去眼角迸出的喜淚，吩咐道：「狄忠啊，還是你給宋大人講講這水的來歷吧。」

狄忠笑著指指擱在腳邊的木桶：「宋大人，咱們這裡哪有什麼無錫惠山泉水。這桶水是小的今天早上從咱府後院的井裡頭剛打上來的，倒是貨真價實的神都洛陽尚賢坊狄國老府宅後院之水！」

宋乾聞言也不禁大笑起來，狄仁傑指了指狄忠，輕叱道：「你這小廝，越發貧嘴了，還不快上點心。」

狄忠笑著走到門前，從剛進屋的僕人手中接過托盤放在方几上，盤子裡面是熱氣騰騰的一碟春捲、一碟桂花糕和一碟細沙棗餅。

狄仁傑指指點心，慈祥地微笑著，道：「雖沒有江南來的煎茶水，這些小麵點卻是府裡的并州師傅所製，應該能配得上你這位當朝三品的胃口。」

宋乾面紅耳赤地拱手：「恩師，您這麼說可就折煞學生了！」

狄仁傑搖搖頭，安撫道：「噯，宋乾，你也不必如此緊張，本官不過和你略開個玩笑罷了。本官知道，你必是想到聖上賜茶，有時也會配賜江南的煎茶水，所以才有無錫惠山泉水一說。你猜得不錯，聖上的確配賜了江南的煎茶之水，只是被本官婉拒了。」

宋乾驚詫地道：「恩師，您婉拒聖上所賜？」

狄仁傑默默頷首：「嗯，到了本官這個歲數，就會想要更多地向聖上表達自己的心意，而不是一味遷就聖意。其實，她是能理解的。」

宋乾深有所悟地連連點頭，欣喜地道：「學生已經好久沒看到您的心情如此爽朗了，我心甚慰啊。今天恩師是碰上什麼喜事了嗎？」

狄仁傑狡黠地擰起眉毛：「唔，你猜猜看。」

宋乾想了半晌，探詢地問：「嗯，是不是三公子和從英有信來？」

狄忠在旁聽得一驚，再看狄仁傑，臉上頃刻間陰雲密布，眼神中的落寞從深處泛起，屋子裡輕鬆的氣氛驟然變得凝滯。宋乾知道自己說錯了話，只好眼睜睜地瞧著狄仁傑，良久，才聽他悠悠地歎息了一聲，黯然道：「哼，這兩個傢伙，早已成了斷線的風箏咯。」

宋乾深吸口氣，無言以對。

狄仁傑苦笑著，彷彿是在自言自語：「但凡人家出塞戍邊的，誰不是時刻牽掛著故里家人，旅途上多有艱難，塞外又是蒼茫絕地，別人都是家書連連，或聯絡親情訊息，或討要衣物銀錢。從來沒見過像我這兩個小子，一去不回頭不說，乾脆連封信都懶得寫，還真是樂不思蜀了吧！」

宋乾不敢應聲，狄忠卻在一邊輕聲嘟囔：「老爺，您倒還託梅先生給三郎君和袁將軍送銀兩過去呢。」

狄仁傑輕哼一聲：「我看，他們是非要我這老頭子向他們兩個低頭才肯罷休！」

宋乾聽得心酸，想勸解幾句又不知從何說起。書房中一片沉寂，良久，狄仁傑才歎息著自嘲道：「人老了，果然是越來越能嘮叨。」他看了看宋乾，歉然道：「宋乾啊，而今本官也只有嘮叨給你聽了。」

「恩師！」

狄仁傑擺了擺手：「好了，不說這些了。本官今天確實有件開心的事情，你既然猜不著，就直說給你聽吧。」他故意頓了頓，才笑咪咪地道：「聖上已經任命本官為今年制科考試的主考官了。」

宋乾又驚又喜：「是嗎？學生前日還聽說制科開考日期定了，但主考官的人選尚未落實，沒想到竟是恩師您！」

狄仁傑含笑頷首，輕捋著稀疏花白的鬍鬚道：「如今本官最想做的，就是這種提攜後輩，為朝廷甄選人才的事情。我老啦，大周的社稷和百姓的福祉，今後還是要靠你們這些後生晚輩啊。」

宋乾喜出望外，大聲感歎道：「太好了，這真是太好了！原來上回聖上召恩師您去上陽宮，談的就是這件事啊！朝廷每年雖已設常科，但生徒或鄉貢都要通過層層篩選，這個過程很難說十分公平，再到進士科考，百裡取一，更是難於上青天，如此遴選出來的人才，好則好矣，卻難滿足我大周用人之需。故而聖上每每親自召開制科，對天底下的讀書人和有心報效朝廷的有志之士，確是個難得的機會。而今恩師又親自出山主持今年的制舉，這真是昌平盛世，天下讀書人之幸啊！」

「好了，好了。」狄仁傑笑著搖頭，「一個制科考試，引出你這麼一大通感慨來。我說宋乾啊，別的暫且不提，這回你可要負責好好地去發掘幾個可造之才出來，推薦給本次制舉，你這個當初的狀元郎，也到了該提拔後生的時候了！」

「這是自然！」

又抿了幾口茶，吃了塊點心，宋乾猶豫半晌，終於鼓起勇氣道：「恩師，您上回讓我辦的事情……」

「唔？」

「學生慚愧，還是沒有任何進展。」

狄仁傑低著頭，臉上的表情十分平淡，只輕聲道：「這事確實不容易，你也不要著急，慢慢來吧。」

宋乾皺著眉頭道：「恩師，最難辦的地方是，那個謝嵐，假如當時真的從滅門慘劇中逃脫性命，學生想來，他斷不會再用原來的姓名，必然要改名換姓。如此尋找起來就更如大海撈針。不過，學生一定會盡力而為的。只是，有一個問題……」

「什麼問題？」

宋乾清了清嗓子，遲疑著問：「恩師您可曾見到過謝嵐？」

狄仁傑微微一怔，良久才搖了搖頭，啞聲道：「沒有，我從沒有見過那個孩子。」

「那……假若有疑為謝嵐的人，恩師您如何確定就是他呢？他的身上可有什麼憑據？」

狄仁傑放下手中的茶盞，長吁口氣，眼望前方道：「假如謝嵐想證明自己的身分，那他就一定能舉出憑據來，而我也有辦法驗證。不過，我覺得這個可能性不大。因為這麼多年來，我透過不同的途徑、不同的方式一直在尋找他，如果他願意被找到，應該會自己現身。」

宋乾困惑地問：「恩師，難道您覺得是謝嵐自己不想被您找到？」

狄仁傑苦笑著點頭：「要麼他真的已經不在人世，要麼他根本不知道我在找他，要麼他對過去的一切已經失去了記憶，要麼，就是他故意不想再回歸謝嵐的身分，不想被我找到。」

「可這是為什麼呢？」

狄仁傑木然地回答：「因為謝嵐，他恨我。」

宋乾嚇了一跳，愣愣地看著狄仁傑。狄仁傑面若冰霜，毫無表情地凝視著茶盞中漂浮的湯花。許久，才如從夢中驚醒，對宋乾歉意地一笑：「過去的事情，容我以後慢慢說給你聽，你才能知道全部的內情。今天老夫有些累了，你先去吧。」

宋乾答應著，連忙起身告辭。走到門口，狄仁傑又把他叫住，問：「還有一事，去年臘月廿六那夜的三樁凶案，都結了嗎？」

宋乾連忙回答：「恩師，這三樁案子您都很清楚。鴻臚寺少卿劉奕飛一案，雖經恩師確認凶身為鴻臚寺卿周梁昆，但未公開案件結果，在大理寺仍作為懸案待查。遇仙樓吏部侍郎傅敏一案，苦主並未報官，真凶柳煙兒在『撒馬爾罕』被殺，另一凶手顧仙姬則已回到梁王府內。最後就是天覺寺園覺和尚墜塔案，由於調查沒有進展，暫時還只能判作園覺酒後昏亂，失足墜塔的意外事件。」

狄仁傑點了點頭：「嗯，姑且就這樣吧。劉奕飛和園覺案其實都未具結，但目前很難再有突破，不如暫時擱置。我相信，真相在不久之後就會浮出水面的，我們只需要更多些的耐心和時間。再等等，有人會比我們先耐不住的。」

洛水北岸，天津橋東的吏部選院門前，自三月底開始就一日比一日喧鬧。皇帝頒下詔書確定了本年度制舉考試的時間、科目和主考官員，各地翹首以盼的考生們終於等到了這個千載難逢的機遇，全都抓緊時間行動起來。首先要做的事情當然就是：報名。

吏部選院負責接受考生報名，這些天已經忙得焦頭爛額。每位考生報名的時候按規矩要遞交文解、家狀和保結文書三種，吏部選院對每份文書都要仔細核對甄選，為負責起見可謂慎而又慎，實在不是件輕鬆的活。制舉考試不像常科，對於考生資格沒有很多限制，不必非得是從國子監選拔的生員或者鄉試得中的貢生，哪怕是白丁、布衣，或者當朝官員，甚至遊俠豪客，均可以自薦或邀請名人顯要推薦，參加制舉考試，因此這制科的的確確是個不拘一格選人才的過程。

為了報名和考試的方便，應試考生們逐漸把離吏部選院最近的各家客棧都佔滿了。選院附近的茶樓、酒肆，這些天來更是生意興隆，人滿為患。春季的神都洛陽草長鶯飛、美景如畫，本來就是遊人如織，踏青訪春的紅男綠女們絡繹不絕，現在又加上一大幫來自全國各地躊躇滿志、意氣風發的年輕舉子們，更是熱鬧非凡。

匯香茶樓在天津橋的南側，正好隔著青青洛水與吏部選院相望。從茶樓二樓沿河的窗戶望出去，吏部選院門前的景致一覽無餘。這些天來，這座匯香茶樓已經完全被來自各地的考生佔領了。此刻還只是上午辰牌時分，茶樓裡面已經人聲鼎沸，喧鬧異常，樓上樓下的堂屋裡坐滿了茶客，伙計滿頭大汗地跑上跑下，沖水端茶，舉目望去，茶客們十之八九都是些舉止端莊文雅的讀書人，不用問也知道是來趕考的。不過，在這些文人騷客之中，也間或夾雜幾位與眾不同的人士，有的衣裾凌亂神情狂放，看似江湖遊俠，有的嚴肅拘謹官腔十足，應是在朝官員，當然他們現在也都是考生的身分，否則斷不會在此刻混跡於匯香茶樓之中。

整個上午，匯香茶樓的這些人都在極其亢奮地大聲喧譁著，或交流應考的心得，或猜測本次的考題，或吹噓自己的才學，但是他們說得最多的話題，就是如何在京城內找到一位有分量的人物，向他納卷，將自己的畢生所學和滿腹才華，展露於慧眼識才的伯樂面前，從而使自己的應考之路，能夠走得順暢一些，更有把握一些。

二樓堂屋正中的方桌上，一個圓臉小胖子正在口沫橫飛地說著：「哎，你們知不知道，本次的主考官可是狄仁傑狄大人啊！」

旁邊一人接口道：「早知道了，那又怎樣？」

小胖子嘴一撇：「什麼怎麼樣，咱們該想辦法去找狄仁傑大人行卷啊。」

眾人哄笑起來：「這還用你提醒？問題是狄仁傑狄大人那是當世名臣大周宰輔，他老人家的府門往哪裡開我們都摸不著，還去行卷，只怕離了三條街，就給打出來咯！」

小胖子被眾人哄得臉紅脖子粗，說話都有些結巴了：「你、你們沒去試過怎、怎麼知道不行！」

他身旁那人不依不饒：「哦？那你去試試？」接著便朝眾人使眼色，「大夥兒說說，讓趙銘鈺去試著找狄仁傑大人行卷如何？他要是能成，咱們大家也多條路徑不是？」

「對啊，對啊！銘鈺兄，你要是能向狄大人行成卷，咱們大夥兒一起請你吃飯，如何？」

「銘鈺兄，我們可都指望著你啦！」

窗邊的一處雅座上，兩個人靜靜地看著這一切。上首一個軍官模樣的年輕人冷冷一笑，低聲對對面之人道：「你看看，和他們相比，你的運氣簡直是太好了。」

對面那人臉色青白，形銷骨立，身上的衣衫還算齊整乾淨，但整個人卻掩不住一股頹廢茫然的神態，聽到軍官的話，他緊張地舔著嘴唇，猶豫了半天才問：「你、你是要幫我向狄、狄仁傑大人行卷？」

沈槐再度冷笑：「沒錯，就是這位狄大人。這只是第一步，以後我還會讓你見到他。」

楊霖越發緊張了，支吾著問：「狄大人會見我？」

沈槐輕哼一聲：「那就要看你的表現了。你行卷的詩賦都準備好了嗎？」

「準、準備得差不多了。」

沈槐輕蔑地把目光從楊霖身上移開，轉而望向窗外，洛水對岸的吏部選院門前，報名的考生成群結隊，絡繹不絕。突然，他的臉色一變，微微皺起眉頭，目光盯牢在一個正在選院門前逡巡的老婦人的身上。楊霖本來神思恍惚地低頭喝著茶，不經意中察覺到沈槐的異樣，也把眼神投向窗外，這一驚非同小可！

「娘！」楊霖的一聲驚呼幾乎脫口而出，雖然拚命克制回去，但還是不由自主地從椅子上騰身而起，撲到窗前。何淑貞正在選院門前東張西望，這時候也彷彿心靈感應，猛抬頭向匯香茶樓這邊望過來。就如電光石火一般，沈槐將楊霖往後猛地一推，自己堵在了窗口前。何大娘舉頭望來，只看到沈槐站在茶樓窗前，面沉似水地死盯著自己，嚇得朝後退了一大步，趕緊低頭攏袖，朝城南的方向疾步而去。

沈槐緩緩地轉回身來，只見楊霖面如土色，半死不活地跌坐在椅子上。沈槐鄙夷萬分地上下打量著他，慢慢地道：「水喝夠了吧？起來吧，現在我帶你去報名。」

楊霖垂頭喪氣地站起來，跟在沈槐的身後朝茶樓外走去。經過中間那夥鬧得正歡的考生，楊霖的腳步突然一頓，小胖子趙銘鈺衝口而出：「咦，楊霖？怎麼是你？哎，你這傢伙，我說在蘭州沒等到你，原來你自己跑來趕考啦！」

他舉手剛要往楊霖的肩上拍去，卻被沈槐抬手攔住。趙銘鈺眉頭一皺剛想發作，楊霖壓低聲音嘟囔了一句：「你認錯人了。」一說著，兩人頭也不回地走出茶樓。

趙銘鈺站在原地直發呆，一個考生湊過來，大驚小怪地叫道：「哎喲，銘鈺兄，你還真認識狄大人身邊的人啊？」

趙銘鈺丈二和尚摸不著頭腦：「狄大人身邊的人？」

「方才那位儀表堂堂的年輕將軍不就是狄大人的侍衛長嗎？我聽人介紹過，可惜攀附不上啊。」

「侍衛長？」趙銘鈺低聲嘟囔著，又摸了摸腦袋，自言自語道：「那個人分明是楊霖啊，怎麼不認人呢？還和狄大人的侍衛長在一處？莫非他交上了好運，怕我們這些舊友糾纏？」

離開一個多月，重新回到庭州城，這裡已經完全改變了模樣。天空湛藍澄澈，幾近透明。絲絲縷縷的白雲慵懶地漂浮於半空，將天山之巔永不消融的冰雪輕柔環繞，正彷彿是情思糾結的女子，面對那冷峻高傲的愛人，只能將滿懷訴不盡道不出的愛意，化作淺淺的擁吻，欲棄還就、若即若離。縱有千種柔情，終成萬般無奈，融入百轉愁腸。

天山山脈橫亙綿長的崇山峻嶺之間，早已綠樹成蔭、草原如蓋。春風一夜之間便催發了漫山遍野的野花，淙淙的清泉流淌在成片的各色花叢之中，陽光一寸一寸地為這些紅色、白色、黃色的無名小花描出燦爛的金邊。塞外的春風依然激蕩，猛烈的陣風刮過，山坡上的花海便翻捲起激越的浪濤。這塞外曠野上的春意，遠比中原大地上綻放得更加恣意、狂放而熱烈。

庭州城內，一個多月前還被黑沉沉的積雪覆蓋的街道，現在已經被打扮得五顏六色、千奇百怪的各色路人塞滿了。往城內最熱鬧的大街前一站，眼前是披紅掛綠的駝馬商隊川流不息，耳邊是異族情調的胡語胡樂聲聲不絕，空氣中更是花木的清甜之香、混雜著胡椒香料的濃郁氣息，怎不叫人暈頭轉向，目眩神迷。

袁從英和狄景暉，帶著韓斌從伊柏泰出發到庭州，在沙陀磧上走了整整三天，重又踏上庭州城的中心大街時，就覺得好像掉進了一個大染缸，絢麗奪目的各種顏色在眼前炸開，簡直令他們目不暇接。胡人本來就喜好鮮豔的色彩，再加春天降臨，大自然的姹紫嫣紅應和著滿城多姿多采的建築，越發襯得他們這三個剛從沙漠中出來的人灰頭土臉，狼狽不堪。

韓斌手裡牽著炎風，一路上大睜著眼睛東張西望，簡直看不過來了，這時候他扯扯袁從英的衣襟，悄悄問：「哥哥，怎麼別人都在看我們呀？」

袁從英還未開口，狄景暉撇嘴道：「哼，當怪物看唄。你瞧瞧大家，誰不是光鮮靚麗，精神抖擻。哪像我們幾個，簡直就是剛從沙堆裡鑽出來的土雞。」

韓斌衝他一瞪眼：「你才是土雞呢，我不是！」

袁從英笑著拍拍韓斌的肩：「嗯，現在也就是你給我們幾個掙掙面子了。」

他說的倒是實情，韓斌一身突厥小勇士的紅衣，手中牽著昂首挺胸的火焰駒炎風，還確實挺威風。至於袁從英和狄景暉，雖然平時都是注重儀表的男子，在大漠裡奔波了三整天，一個黑色軍服，一個灰色布衣，如今全蒙上厚厚一層黃色沙土，實在有點兒蓬頭垢面的樣子。偏偏這兩個人又都身形挺拔，舉止文雅，僕僕風塵也掩蓋不住通身的瀟灑風度，更讓他們在這塞外邊城的大街上顯得格外引人注目。

狄景暉站在街口張望了一番，往前走是刺史府衙門，右前方則傳來人聲鼎沸，那裡就是庭州城內最大的巴扎，他左顧右盼著，問袁從英：「哎，咱們這是去哪兒？」

「刺史府吧。」

「哦。」狄景暉有點兒失望，袁從英也不管他，徑直朝前走了幾步，方道：「先看看那位錢大人怎麼說吧。要逛集市，有的是時間。」

在刺史府門口等待片刻，還是上回見過的那個王遷步履匆匆地迎出門外。幾個人彼此見禮，王遷笑道：「哎呀，真是不巧，錢大人因有公務，現不在庭州。」

「哦？」狄景暉一皺眉，大大咧咧地張嘴就問：「刺史大人去哪了？」

王遷眼含不屑，臉上卻依然堆著笑容：「這……乃機要軍務，不便相告，呵呵，還請二位見諒，見諒。」

袁從英岔開話題：「王將軍，因錢大人此前有調令到伊柏泰，我才返回庭州。現在錢大人不在庭州，卻不知道他打算如何安置我等？」

王遷衝他一抱拳：「袁校尉不必擔心，錢大人臨走之前已做好了安排。我這裡有錢大人給袁校尉的軍令一封，請看。」

袁從英雙手接過軍令，仔仔細細地讀了一遍。王遷在對面目不轉睛地盯著他看，卻見對方臉上波瀾不驚，自始至終十分鎮定。讀罷軍令，袁從英將紙細細疊好，納入懷中，對王遷抱拳道：「錢大人的安排，從英清楚了。謝過王將軍。」

王遷哈哈一笑：「袁校尉客氣了。錢大人臨走時還特別吩咐我關照袁校尉，袁校尉才幹出眾，為人謹慎，錢大人心中十分賞識。本來這次調袁校尉回來，錢大人就想把原來武遜校尉所轄之沙陀團交給李校尉的，怎奈突然有些軍務上的變動，沙陀團臨時被調離庭州，故而只能先給袁校尉派遣其他的差事。這次的安排雖然有些委屈了袁校尉，全因袁校尉會突厥語，也算是給錢大人救個急。不過請袁校尉放心，對你的才幹能為，錢大人是十分看重的，只待時機一到，自會另予重用。」他一席話說完，袁從英一言不發，只朝他抱了抱拳，便欲起身離開。

王遷也跟著起身：「啊，袁校尉，我來領你們過去吧。錢大人吩咐過卑職，如若照顧不周的話，大人回來就有我的好看了。」

袁從英淡淡一笑：「王將軍請。」

「袁校尉請。」兩人出門，大家分頭上馬，韓斌也神氣活現地騎上自己的炎風跟在後面。直到此時，狄景暉依然丈二和尚摸不著頭腦，不知道袁從英又接到了什麼奇特的任命，只好跟著王遷和袁從英在大道上打馬前行，走了一小段後朝旁邊一拐，居然上了去巴扎的路。

剛到巴扎前面，就覺得裡頭熙熙攘攘、人頭湧動，鋪子連著鋪子，一眼都望不到邊。王遷不入巴扎，而是帶著大家轉入旁邊的一條小道，這裡行人總算稍微稀少些，還可容得馬匹通過。就這麼又走了一段，周圍漸漸冷落，巴扎的聲音倒聽得很真，原來是繞到了集市的背後。面前出現一個獨立的小院，王遷跳下馬，領著幾人進入院內，只見三間泥灰砌的小屋，院子還有扇後門，王遷指了指那門道：「一出這個後門，就直通巴扎。」他看了看袁從英，笑道：「好了，我也算是送到家了。請袁校尉就在此安頓吧，如果有任何需要，去刺史府找我便可。集市管理的簿冊都堆在正屋裡面，袁校尉可自行查看，如果沒什麼別的事情，我就告辭了。」

「多謝王將軍了。」袁從英將王遷送到院門口，看著他認鐙上馬，又問了一句：「請問錢刺史大約何時回庭州？」

「這……本將也不太清楚。估計不會太久，最多幾天吧。這樣吧，一旦刺史大人回來，王遷即派人通知袁校尉。」

「這倒不必了，多謝王將軍好意。」

袁從英目送王遷消失在小路盡頭，狄景暉和韓斌已各自鑽入土屋中到處翻看，見他回來，狄景暉從正屋裡走出來，手裡拿著個本子，困惑地問：「怎麼回事？怎麼把我們弄到這麼個地方來了，錢刺史到底安排你幹什麼？」

袁從英似笑非笑地看著狄景暉，半晌才道：「我現在非常想不通，為什麼你的運氣一直這麼好？」

狄景暉一愣：「什麼意思？」

袁從英慢悠悠地回答：「錢刺史安排我的新差事是，管理庭州大巴扎，維護商事秩序，確保集市平安。」

「哈！」狄景暉大喝一聲，拍打著手裡的本子，嚷道：「難怪，難怪。我說這些本子上怎麼記的都是巴扎裡的鋪頭和商品。好啊，太好了，這下我可以好好研究研究邊塞的商事了。」他停下來仔細端詳著袁從英，突然哈哈大笑起來，「哎呀，我說袁大將軍，你可真是越混越出息了！」

袁從英也笑著搖頭，自嘲道：「刺史大人的軍令上說得明白，原來管理集市的高火長在驅散市場群毆時身負重傷，如今臥床不起，急需一名懂突厥語又辦事有分寸的軍官來接替他，於是這個好差事就落到了我的頭上！」

狄景暉連連感歎：「好，好，不是一般的好！這位錢刺史，深得我心，實乃狄某的知音哪。」

袁從英冷哼一聲：「看來他是下定決心不讓我進入瀚海軍部了。」

狄景暉道：「人家刺史大人肯定有難言之隱，你也要體諒上官嘛。」

說話間，袁從英把三間小屋草草查看了一遍。正屋裡有桌椅和書櫃，到處堆滿了簿冊，應是辦理公務之處。東西兩間小屋裡各有床榻，極其簡陋，差可住宿，他讓狄景暉住東屋，自己和韓斌住西屋。小院角落裡有口水井，卻是中原常見的式樣，井緣高出地面，井蓋是木條拼成，而非伊柏泰裡所見到的鐵蓋子。下午，狄景暉整理賬冊，韓斌負責打掃房間，袁從英則去瀚海軍部中領軍俸，他們早已身無分文，再不找些錢來，就只能喝西北風了。

從瀚海軍部出來的時候，太陽已經快落山了。袁從英沒有走王遷帶領的那條小路，而是直接穿過巴扎。對於這個大周西北邊塞最大的集市，他也很好奇，既然今後還要管理它，便想盡早熟悉熟悉。因為接近晚飯時間，集市上的人群比白天稀落了些，袁從英一路慢慢邊行邊看，琳琅滿目的各色商鋪綿延不絕，足足一里有餘。這裡的許多商品果然是中原罕見的，像什麼象牙、犀角、貂裘、琺琅、純金銀打造的各種器具、羊毛編織的織物，還有來自西域的各種香料、藥材，甚至馬匹、駱駝、牛羊不一而足，全都在此處集中交易。

袁從英在心中感歎，這個巴扎若是要細細逛過來，幾天時間恐怕都不夠。他在一處售賣異域兵刃的商鋪前流連了一會兒，對幾把波斯軍刀頗有興趣，問問價格，任何一把刀都可以把他剛領來的軍俸全部花光，袁從英心中暗自好笑，看看天色漸晚，就打算回家。

往前走了沒幾步，袁從英突然發現身邊的行人神色匆匆，都朝一個方向跑去。他詫異地拉住一人詢問，那人上下打量著他，翻著白眼道：「你才剛來庭州吧，連這都不知道。今天是四月初一，黃昏時分要舉行一年一度的薩滿大祭祀，就在前頭，快去看吧！」

袁從英不由也興趣大增，便隨著人群前行。果然越往前人越多，待來到一個開闊的場地外，早已經裡三層外三層圍滿了各族百姓，倒真是男女老幼、胡漢混雜。袁從英撿了個空當擠進去，見空地中央燃起了大堆的篝火，旁邊豎起的旗桿上飄揚著各色彩條的旌旗，已有幾名打扮得奇形怪狀的巫師圍坐在篝火旁，有的面前放著神鼓，有的手裡持著箜篌，正在怪腔怪調地吹拉彈唱，鬧了個不亦樂乎。

人群越聚越多，很快就把空地圍了個水洩不通。巫師樂手的節奏越來越高亢激昂，突然間，他們一齊停止手中的擊打和彈奏，圍觀的人群中嘰嘰喳喳的亂語之聲隨之低落，空地沉入一片寂靜之中。

夕陽最後的一點餘暉慢慢退向山麓背後，空地上的篝火劈啪響著，火舌突突亂竄，映在張張熱切期盼又滿懷畏懼的臉上，使每個人都看上去詭異而乖張。樂聲再起，曲調變得神秘又蒼涼，一個頭戴羊皮神帽的巫師踏著節奏，緩緩從陰影中走出來。這巫師的神帽簷邊墜下五色彩穗，將臉遮得嚴嚴實實，全身上下罩著寬大的神袍，脖子上掛著瑪瑙和綠松石的項鍊，腰上繫滿腰鈴，雙腳的皮靴上也綴滿了銅管和銅鈴。只見巫師左手抓著一面小小的銅鼓，右手執著鼓鞭，走一步擊一下鼓，腰鈴和腳鈴一起叮咚作響，和著樂聲，開始放聲高歌。

歌聲一出，袁從英微微一愣，他確實沒有想到，這巫師竟是個女子。女巫繞著空地擊鼓而歌，聲音淒婉悲愴，鼓點漸疾，歌聲漸高，她開始全身抖動起來，手舞足蹈，看似已是鬼神附體，進入通靈的境界。緊接著，又有十來個相似打扮的男性巫師走上空地，將女巫團團圍住，跟著她的節奏一起舞動歌唱，女巫的動作越來越癲狂迷亂，歌聲淒厲刺耳，彷彿傳遞著來自冥冥之中的信息，真有種勾魂攝魄的恐怖力量。袁從英凝神細聽，竟也覺得心悸神馳。

祭祀大約進行了半個多時辰，天色已全黑下來，眾人絲毫不覺，依然全神貫注在巫師的歌舞中。女巫的身形卻變得踉蹌不止，搖搖欲墜，歌聲也時斷時續，哀哀欲絕，真是如泣如訴，在袁從英聽來簡直有點兒毛骨悚然。他左右四顧，周圍眾人個個臉色煞白，目光呆滯，神色俱已恍惚迷亂。袁從英有點兒待不下去了，他決定離開。

袁從英正想擠開人群退出去，突然聽到眾人爆出一陣驚呼，他猛回頭看去，恰好見到那女巫發出淒慘的嗚咽，手中的鼓和鼓鞭紛紛掉落，她向夜空高舉起雙手，好像在求救，又像在掙扎，全身晃動著慢慢伏倒於地，彷彿被難以言表的巨大痛苦擊垮。袁從英的心頭一顫，剛想邁步上前去攙扶那個匍匐在火堆前的身影，其他巫師已經簇擁過來，將她團團圍住，繞著她跳起更加狂烈的舞蹈。周圍眾人也和著節奏，開始一聲連一聲地高呼：「伊都干，伊都干！」轉眼間，圍場前群情激昂，祭祀進入了最高潮。

袁從英趁亂退出人群，在圈外再度回頭，那剛剛倒臥的女巫重又站起，帶領所有的巫師瘋癲般地狂歌亂舞。他不禁啞然失笑，覺得自己方才的衝動太傻，那不過是薩滿祭祀的程序而已，他卻幾乎當真。耳邊瘋狂的叫聲不絕，袁從英有些心煩意亂，沿著大巴扎擁擠不堪的攤位疾步前行，好像進了迷宮，七彎八繞地走了很久，遠遠聽到祭祀的聲音已經停歇，周圍清靜了不少，再一看，自己又走到巴扎外頭來了。袁從英不想重新經過薩滿祭祀的地方，便索性拐個彎，循著上午王遷帶領的僻靜小路，匆匆朝家的方向走去。

一闕蛾眉樣的新月高懸在半空，清冷幽淡的光影似水銀瀉地，映出幢幢迷殤。整條小路上，只有袁從英一人的腳步聲，聽得分明，因此當一聲壓抑的低低呻吟傳來時，他立刻就警覺到了。面前的小徑在月光下一覽無餘，並無半個人影，袁從英停下腳步，靜靜傾聽。微風輕拂，沿小徑載著的一排梨樹上，潔白的梨花花瓣如細雪飄下，落英繽紛，與月光一起將幽徑鋪成亮銀色，樹葉擺動的颯颯之中，夾雜著又一聲微弱的呻吟。

袁從英看見，小路在前面十來步遠的地方有個分岔，呻吟聲似乎就從那個黑魆魆的岔道傳出。他緊走幾步來到岔道前，往裡望去，果然有個身影側伏在滿地雪白之中，嬌小的頭部低垂，看不見面孔。那人一手扶牆一手撐地，似乎勉力欲起，可剛剛半跪半站，「哎喲」一聲，又跌坐下去。袁從英一驚，趕緊搶步上前，伸出雙手去扶那人的胳膊，卻不料對方渾身一顫，猛地推開他的手，低啞地呵斥道：「滾開，不許碰我！」

話音剛落，她又歪倒在牆側，袁從英這才看清她的臉，原本美好的容顏因為疼痛而扭曲，嬌喘連連，蒼白的兩頰透出淡淡的紅暈，深不見底的漆黑瞳眸中點點瑩澤閃耀，怒氣沖沖地直瞪著他。袁從英只得撤回雙手，上下打量面前這個女子，只見她身上一襲青色的胡服，頭上肩上落滿片片梨花花瓣，越發顯得髮髻烏黑如墨。如洗的月光之下，他們兩人沉默不語地對峙片刻，袁從英緩緩地開口道：「我見過你……兩次。」

裴素雲顰眉不語，袁從英接著道：「第一次是在一個多月前，我剛到庭州的第二天早晨，在客棧後面遇到你和你的孩子，還有一隻黑貓。第二次就是剛才，在薩滿祭祀上，如果我沒有認錯，你就是那個載歌載舞的女巫。」

裴素雲不為所動，反而挑起嘴角，輕蔑地問：「那又怎麼樣？」

袁從英愣了愣，微笑著搖搖頭：「不怎麼樣。我只不過看你似乎有些行動不便……我可以幫你。」

裴素雲眨了眨眼睛，臉上現出譏諷的神情：「你幫我？看起來你果然是個外來之人，對我的身分一無所知，才會出此狂言。」

「哦？」袁從英輕輕蹙起雙眉，端詳著裴素雲的臉，語氣變得冰冷，反問：「你的身分，你的什麼身分？」

裴素雲半靠在牆上，燒傷未癒的雙腳因為剛才的狂舞而疼痛難忍，她狠狠地盯著面前這個不識相的陌生男人，很想把一肚子的惡氣發洩在他的身上。於是她咬了咬嘴唇，帶著怨毒回答道：「既然你方才看了祭祀，就該知道薩滿巫師的法力。凡是未經我同意而觸碰我的人，都會被我詛咒！」

袁從英微微吁了口氣，若有所思地重複：「噢，詛咒……」

停了片刻，袁從英才道：「就是因為害怕詛咒，所以沒有人敢來幫你？你一個人夜間走在這麼僻靜的小道上，無人陪伴，居然也不擔心？」

裴素雲輕輕一哼：「擔心？害怕？你果然對薩滿一無所知。整個庭州城的人都知道，此刻該擔心害怕的人不是我，而是你。」

「原來如此，冒犯了。」袁從英點點頭，朝旁邊退了一步，向裴素雲舉手示意，請她先行。

裴素雲扶著牆勉強走了幾步，來到岔道口，旁邊再無依靠，她搖搖晃晃地又邁了一小步，腳一軟險些又要摔倒，她本能地往旁邊探手，一把就抓住袁從英伸過來的胳膊。裴素雲慌亂地抬頭，正對上他平靜淡然的目光，就聽他輕聲說：「這樣，我不碰你，你碰我總行了吧。」

裴素雲還想甩開手，可身體卻不聽使喚地往他的肩頭靠過去。裴素雲在心中暗暗歎息了一聲，不再掙扎，半倚在袁從英的身上，由他帶領著慢慢向前走去。順著小徑走了一段，前方又是十字路口，袁從英停下來，低聲問：「朝哪裡走？」

裴素雲連說話的勁都沒有了，只抬起左手指了指，兩人繼續緩步前行，終於挪到了裴素雲居住的小院外。

阿月兒早就翹首等在門邊，遠遠看到他們二人的身影，趕忙奔出來迎接，見到袁從英，不覺嚇了一跳，愣在原地不知所措地看著女主人。裴素雲的雙頰微紅，朝阿月兒喚道：「傻愣著幹什麼？快過來扶我一把啊。」

阿月兒這才慌裡慌張地跑過來攙扶她，一邊還悄悄地瞥著袁從英。

袁從英稍稍向後退了一步，看著阿月兒攙扶裴素雲慢慢走到院門口，就想離開，裴素雲卻回過身來，她猶豫了一下，語氣依然十分倨傲：「你，叫什麼名字？」

袁從英搖了搖頭，轉身就走，裴素雲忙喚：「先生，請留步！請教先生尊姓大名，容待妾身日後答謝。」

說著，她款款屈膝，用中原女子的方式向袁從英鄭重其事地行了個禮。袁從英這才點頭回禮，答道：「在下姓袁，袁從英。」

裴素雲一怔，定定地看著袁從英。袁從英等了等，見她不再說話，便笑了笑，問：「你真的是薩滿女巫嗎？」

裴素雲未及開口，阿月兒搶著道：「你怎麼這麼問，這還有假？我家阿母是庭州最厲害的伊都干！」

「哦，」袁從英思索了一下，探詢地看著裴素雲，「那麼，你會看病嗎？」

阿月兒又要張嘴，被裴素雲橫了一眼，趕緊低下頭。裴素雲朝袁從英嫵媚一笑，輕聲回答：「祭祀、醫藥、尋魂、驅鬼、祈福和詛咒都是薩滿巫師的法術之一。」頓了頓，她柔聲詢問：「袁先生何來此問？你是要……」

袁從英朝她欠了欠身：「我想請伊都干給我治病，可以嗎？」

裴素雲又是一怔，思忖著問：「給你治病？嗯……何時？」

袁從英想了想，皺起眉頭道：「我也說不好，等我有時間。也許過幾天吧……你說呢？」

他望向裴素雲，裴素雲避開他的目光，垂睫略作思索，便抬頭道：「明天，未時至申時之間，我等你來。」

「好，我來。」袁從英點頭應承，又朝她看了一眼，方才從容離去。

裴素雲站在門前，一直望到他頎長挺拔的身影消失在遍地梨花的小道盡頭，才幽幽地歎息了一聲，扶著阿月兒的肩膀回屋。阿月兒一路上欲言又止，裴素雲知道她在動小心思，回屋看了看熟睡的安兒，就在榻邊坐下，問：「阿月兒，你想說什麼？」

阿月兒噘了噘嘴：「阿母，老爺明天就回來了。」

裴素雲冷冷地哼了一聲：「我知道，他明天晚上才會到庭州。」

「哦。」阿月兒張了張口，不再吱聲。

裴素雲又歎了口氣，低頭看看自己的衣裙，上面還黏著不少梨花的花瓣，她拈下一瓣輕嗅，淡淡的清香神秘悠遠，恍惚如夢。

袁從英急急忙忙趕回家，才來到小院門外，就聽見裡面狄景暉在大聲說笑。他推開歪斜的破木門，猛然看見院子內的情景，不由愣了愣。院內的石桌上擺放著幾樣酒菜，熱騰騰的散發著香氣，桌邊圍坐三人，除了狄景暉和韓斌之外，還有一個健碩的老者，紅紅的臉膛，濃眉大眼，灰白相間的絡腮鬍鬚，正與狄景暉推杯換盞，喝得熱鬧，見有人來，老者放下酒杯，笑咪咪地望著袁從英。

狄景暉看見袁從英回來，樂呵呵地招呼道：「哎，你總算回來了，等你老半天了！」

袁從英皺了皺眉，輕聲嘟囔：「糟糕，我忘記給你們帶飯菜來了。」

狄景暉一擺手：「哎呀，要等你給我們帶吃的，恐怕我們就餓死了。沒事，這不有吃有喝的嗎，哈哈！」

韓斌跳下石凳，跑過來拉著袁從英的手，把他拖到桌前。

狄景暉上下瞧了瞧袁從英，笑道：「你跑到哪裡去了，看樣子是去探花了？」

袁從英這才注意到自己滿身的梨花花瓣，便讓韓斌幫著拍打，一邊看著桌邊那位老者，含笑抱拳問：「請問這位老人家是……」

那老者趕緊還禮：「在下高長福，你就是袁校尉吧？」

「正是。」袁從英想了想，問：「高長福……莫非您就是原來管理巴扎的高火長？」

高長福朗聲大笑：「袁校尉果然精明過人，真是什麼都瞞不過你的眼睛啊。不錯，正是在下！」

袁從英也很高興，坐下來和高長福碰了碰杯，又問：「我看錢刺史的軍令上面說，高火長在集市群毆的時候身受重傷，臥床不起，所以才要我來接替。怎麼，高火長看起來很硬朗啊！」

「啊，刺史大人是這麼說的？」高長福一愣，想了想便笑道：「咳！估計是錢大人怕袁校尉多心吧，其實壓根沒那麼回事。我只是歲數大了，在瀚海軍從軍多年，十天前錢大人下令讓我退役了。所以袁校尉，別再叫我高火長了，我已經是平頭老百姓咯。」

狄景暉舉起酒杯道：「高伯剛才告訴我們，他祖籍山西并州，嘿，和我還是老鄉！他在邊疆從軍多年，這次退役便想帶著家眷葉落歸根，返回中原去。」

高長福接口道：「是啊，本來前日就該出發的。可我家那老婆子，非要看過今天夜裡的薩滿祭祀才肯走，這不，就耽擱下來了。我聽說接替我的袁校尉已經到了，就想著正好過來瞧瞧，袁校尉要是有什麼事情不明白，我還可以解說解說不是？」

袁從英由衷地道：「高伯，您想得真周到。」

高長福連連擺手：「應該的，應該的。」

袁從英飲了口酒，笑了笑，道：「剛才我也去看了那個薩滿祭祀。」

韓斌跳起來，晃著袁從英的胳膊直抱怨：「哥哥，你都不帶我去！」

高長福忙解圍：「噯，斌兒，我告訴你，那玩意兒嚇人得很，小孩子最好不要看，沒意思！」

袁從英好奇地問：「高伯，這個祭祀每年都要舉行嗎？」

高長福道：「沒錯，每年的春天，差不多這個時候，庭州都有薩滿祭祀。」

狄景暉接口便問：「這祭祀是什麼目的，是春季的祈福嗎？」

高長福點點頭又搖搖頭：「是祈福，不過不是為了五穀豐登，而是為了避除瘟疫。」

「瘟疫？」狄景暉和袁從英相互看了一眼，一齊發問。

高長福點頭道：「是的。過去每到春夏兩季，庭州都會有疫病發生，這瘟疫非常凶險，一旦染病就無藥可救，年年都會因此死很多人。十多年前，庭州出現了一個極其有法術的薩滿巫師，名叫藺天機，就是他開始舉行春季的祭祀，從那以後，瘟疫就真的不再發生。正因為這個，庭州的百姓對薩滿教可以說是篤信不疑，連庭州官府都對薩滿巫師十分尊敬。」

狄景暉聽到這裡，不以為意地哼了一聲，道：「祭祀就可以避免瘟疫流行？呵呵，還好這話沒讓我爹聽到。」他看了一眼擰眉思索的袁從英，朝他擠了擠眼睛，問高長福：「高伯，薩滿巫師就光靠祭祀來防止瘟疫嗎？有沒有別的一些什麼法術，比如畫符、燒紙之類的？」

高長福道：「怎麼沒有？除了祭祀，薩滿巫師還會給全城的百姓分發一種神水，庭州官府勒令人人都要喝，如果不喝就要發去伊柏泰坐牢，所以無人敢違抗。」

「哈，這就對了嘛！」狄景暉朝桌上猛擊一掌，大聲道：「我對這神水很好奇，很好奇。高伯，什麼時候能喝到？我這人怕死得很，最好現在就喝！」

高長福聽得直樂，笑著搖頭道：「狄公子你別急啊。祭祀以後就會挨家挨戶發放神水，到時候你不想喝也有人捏著你的鼻子給你往下灌！」

袁從英給高長福斟了一杯酒，笑著問：「高伯，可我今天看那個祭祀，主持者好像是個女巫，您說的藺天機是個女人嗎？」

「啊？哈哈哈哈！」高長福笑得前仰後合，一邊搖頭一邊解釋，「不是，不是。藺天機十年前就在沙陀磧裡失蹤了，傳說他已化身為真神。此後主持薩滿祭祀的是他的女弟子，也是現在庭州最厲害的薩滿女巫，名喚作裴素雲。」

狄景暉一愣：「裴素雲？居然還是個漢人女子？」

高長福點頭：「可不是嘛，今天袁校尉看見了的啊。」

袁從英點點頭，又給高長福斟了杯酒，問：「高伯，您原來是屬於沙陀團的嗎，就是武遜校尉的團？」

高長福道：「對，是沙陀團。我的小兒子高達也從了軍，跟我一樣同在沙陀團，還是個旅正呢。呵呵，要說那武遜校尉可真是個好人，就是脾氣太耿直，不被上官喜歡，所以一直未得重用。」

袁從英緊接著又問：「今天我們來的時候，接待我們的王遷將軍說沙陀團有調動，您知道是怎麼回事嗎？」

高長福愣了愣，有些猶豫地回答：「這個，我也說不好。武校尉被調去伊柏泰剿匪以後，錢大人並沒有任命新的團長，而是自己接管了沙陀團。前幾日突然聽說有緊急軍務，錢大人親自帶領沙陀團離開庭州，往輪台方向去了。至於軍務的具體內容，因為是機密，再說我也剛巧退役，就不得而知了。」

狄景暉聽到這裡，打岔道：「你看看，怎麼又說起軍務來了？真是三句話不離本行。袁從英，你就不能放鬆些？」

袁從英低頭不語，狄景暉朝他看著，突然笑問：「你見到那女巫了？怎麼樣，嚇不嚇人？」

袁從英尚未答言，高長福插嘴道：「哎喲，那裴素雲可是咱庭州城頭一名的大美人啊。不過因為她是薩滿女巫，法術無邊，呵呵，庭州城裡人人見她都敬畏三分。再說，她和……」說到這裡，高長福突然住了嘴，惴惴地四下望了望，端起酒杯悶頭連喝幾口。

袁從英和狄景暉倒不追問，也都各自飲起酒來。過了片刻，袁從英才又開口道：「高伯，今天祭祀已過，您打算何時返鄉？」

高長福道：「咳！我也沒什麼特別的事，隨時都可以走。」

袁從英衝他一笑，誠懇地道：「既然如此，能不能請高伯再在庭州多留幾日？」

「哦？袁校尉有什麼吩咐嗎？」

袁從英搖頭笑道：「我哪敢吩咐高伯。我只是想，因剛剛接手管理巴扎，我對這裡的情況又一無所知，如果高伯能夠稍留幾日，必能助我盡快熟悉巴扎。就是怕要麻煩到高伯了。」

「這……」高長福有些猶豫，遲疑著道：「麻煩倒談不上，不過，管理巴扎又不是一個人能幹得了的，我原來手下一直有個十人小隊，難道錢大人沒派給袁校尉？」

袁從英輕歎一聲，道：「沒有。錢大人的軍令上寫得很明白，因為整個沙陀團都被調走了，無人可以委派給我差遣。」

「什麼？」高長福愣住了，圓睜雙眼看著袁從英，喃喃道：「這個錢大人……怎麼這麼個弄法？」

袁從英淡然一笑：「也沒什麼，我試試看吧。」

高長福緊鎖雙眉，連連搖頭，半晌才道：「如此說來，我就多留幾日吧，幫幫袁校尉。」

袁從英喜不自勝，趕緊抱拳：「多謝高伯！」

高長福擺擺手，笑道：「這是哪裡話，大家都是瀚海軍的弟兄，謝就不必了。不過，當初讓我退役的時候，王遷將軍還特地關照，要我即日啟程，不可在庭州多加流連。假如日後讓他知道了，還請袁校尉替我解釋幾句。」

「這是自然。」

狄景暉不以為然地道：「有什麼好解釋的，你既已不在軍中了，自然不用服從他們的命令。」

袁從英輕聲道：「你不知道，不要亂說話。」

狄景暉眼一瞪，想想還是按捺住了沒有發作，就聽袁從英已換了話題：「高伯，您有沒有打算過，回山西以後去幹什麼，是務農還是……」

高長福興致勃勃地回答：「哈哈，袁校尉你這話可問著了。我這些天正盤算著呢，回山西以後啊，我要去找些個石炭礦子，把石炭販到庭州來。」

狄景暉一聽，雙眼放光，忙道：「石炭！這個我知道，并州附近特產這東西。怎麼，庭州也需要石炭嗎，用來做什麼？價錢能賣多高？」

高長福驚喜地問：「怎麼，狄公子對這個生意也有興趣？」

袁從英低聲嘟囔：「他對一切生意都有興趣。」

狄景暉一撇嘴：「噢，天下就只許你三句話不離本行？」

高長福忍俊不禁，忙解釋道：「是這樣的，庭州原本沒有石炭，平常生火都用的木炭，也沒覺得有什麼不好。可從幾年前起，我就發現巴扎上多了些從咱們山西來的石炭販子，都說這裡有人在高價收買石炭，所以才來此地發財。」

狄景暉忙問：「到底是什麼人要收石炭呢？」

高長福連連搖頭：「不知道，我也曾打聽過，可一點兒頭緒都沒有。倒是有些風言風語說是瀚海軍在收石炭，可我自己在軍中也從沒見過哪裡用石炭的，估摸著多半是謠言吧。不過，那價錢確實出得高。我想，反正總有用處，我老家山西，又在庭州管理巴扎多年，這門生意我不做豈不是虧了？」

狄景暉在旁連連點頭：「說得太對了！高伯，既然如此，乾脆咱倆聯手做石炭生意吧，接下去幾天，咱們把這件事情好好籌劃籌劃。某雖不才，在做生意上頭，還是有些心得的，不信你問他！」他拿手指向袁從英，袁從英朝他斜了一眼，搖頭飲酒。

這個夜晚，空氣分外清新，高長福和袁從英他們一直喝酒聊天到三更以後，才跌跌撞撞起身回家。袁從英不放心送了大半程，直到高長福居住的街坊外，老人家再三讓袁從英回去，他才目送高長福搖晃著進了巷子深處，自己慢慢散步回家。

高長福踉蹌著摸到家門口，正欲抬手打門，再一想老婆子肯定早就睡著了，還是不要吵醒她吧。於是他往身上一通亂摸，總算找出鑰匙，抖抖索索地開了鎖，剛把門推開，突然從屋裡伸出一隻手，將他一把拖了進去。高長福猝不及防，酒頓時給嚇醒了一半，才要喊叫，嘴又被牢牢捂住。

屋門重又合上，桌上的蠟燭「噗哧」一聲點燃了，高長福眯縫著一雙醉眼，努力辨認著抓自己的人，猛然，他大驚失色，抬手用力甩開捂住自己嘴巴的手，從牙縫裡蹦出句話：「怎麼、怎麼是你？」

自從狄仁傑成為本次制科考試主考官的消息傳出去以後，今年以來已經有些門庭冷落車馬稀的狄府前，突然又變得熱鬧起來。且不說那些朝中同僚，平日裡但凡能和狄仁傑說得上話的，這些天都走馬燈似的來到狄府拜訪，有打探消息的，有推薦親友的，談笑間真真假假，讓人鬧不明白這些醉翁們究竟意在何處。

只是狄仁傑的心情卻變得相當好，來者不拒，一個個耐心接待，臉上始終掛著笑意。連狄忠都有點兒看得納罕，自從去年并州之行後，他還是頭一次在老爺身上見到如此上佳的心情。就因為這個，狄忠這幾天來忙進忙出都比平日更起勁。

當然，這些天在狄府周圍往來最頻繁的，還是來行卷的考生。此時科考行卷的風氣，雖然還不及盛唐之後那樣興起，但也初露端倪。一般有點兒門路的考生，都會削尖了腦袋往考官或當世名流的府上鑽，向他們獻上自己精心準備好的錦繡文章，但對於普通的平民考生來說，侯門深院遙不可及，要行成卷還是很不容易。所以當狄仁傑下令對所有來行卷的考生敞開大門，照單全收時，沈槐和狄忠都感到十分意外。

他們兩人，一個負責狄府的安全，一個管理狄府的秩序，雖然能夠理解狄仁傑的愛才之心，可聽到門戶大開的命令，還是有點兒頭皮發麻。於是這兩位很快便達成了共識，所有來行卷的考生都只能先呈入卷軸，經過狄忠或沈槐的手送到狄仁傑面前。至於考生送來的各色禮物，以及希望狄閣老親自接見的種種要求，則一律婉拒了。

翻閱考生們送來的卷軸就成了狄仁傑這些天最大的樂趣，他看得非常仔細，每一篇詩賦都精心評點，宋乾有空時也常來作陪。這天午後宋乾又來到狄仁傑的書房時，狄仁傑剛巧打開一束新送來的卷軸，正在凝神閱讀。宋乾看到沈槐也坐在一邊，兩人笑著相互點頭致意，都知道狄仁傑的習慣，這時候絕對不能打攪他，於是宋乾便自行落座，和沈槐一起耐心等待。

正等著，就聽狄仁傑埋頭招呼道：「哎，你們兩個過來看看，這幅手卷倒有些不同凡響啊。」

宋乾和沈槐一起跳起身，來到狄仁傑的書案前，只見案上攤開一幅手卷，淡黃色的絹紙上是龍飛鳳舞的字跡，看起來應是一篇賦。

狄仁傑抬頭看了看他們兩人，臉上泛起狡黠的笑意，道：「宋乾，你有沒有看出這幅卷軸的異處？」

「這……」宋乾把頭探上去，左看右看都是一幅再普通不過的卷軸，不覺搖頭道：「這幅卷軸十分平常啊，學生看不出有什麼特別的。」

狄仁傑看看沈槐：「你說呢？」

沈槐想了想，小心翼翼地回答：「大人，目前為止卑職替您收下的所有卷軸之中，這幅卷軸是最寒酸的。」

「嗯，」狄仁傑重重地點了點頭，有些驚喜地看了沈槐一眼，拍拍他的胳膊，「孺子可教啊，說得一針見血！」

宋乾笑問：「這寒酸又是怎麼回事？恩師，您就給學生解釋解釋吧。」

狄仁傑指了指堆在案邊的其他卷軸，道：「宋乾啊，你看這些行卷的卷軸，哪個不是材質珍貴，精心裝裱的？連金箋、銀箋都屬平常，軸心也多用玉石、象牙製成。可這幅卷軸呢，恐怕是市面上所售賣的最簡陋的一種了，絹質低劣、竹木軸心，用這樣的卷軸來行卷，要麼這考生確實家貧如洗，要麼就是恃才放曠，自認腹有詩書、物莫能飾吧。」

宋乾聽得連連點頭，歎道：「有道理，有道理。給恩師行卷這樣的事情，誰敢開玩笑？既然如此，那倒要好好品一品他的詩賦了。」說著，他還悄悄地朝沈槐擠了擠眼睛，豎起大拇指。沈槐微笑搖頭，並不搭話。

狄仁傑俯下身去，看了看文章的題目，道：「哦？這竟是一篇〈靈州賦〉。」又讀了讀文序，自言自語道：「蘭州考生楊霖，遊歷靈州有感而發？呵呵，有意思。蘭州、靈州均屬西北邊陲重鎮，從那裡來的考生，應該不比中原富庶之地的生員，必有些不同的見識。」

沈槐欺身向前：「大人，坐下看吧。」

狄仁傑點點頭，在案後坐下。從頭細細讀起，他輕輕唸出：「交通南北，五胡朝於長安；構架東西，六阜深入僻漠。」抬頭望向宋乾，「你覺得如何？」

宋乾拱手道：「開篇交代地理，靈州嘛，這位置倒是講清楚了。雖說老生常談，語氣倒也延廣。」

「嗯。」狄仁傑微微頷首，繼續往後看。

稍頃，狄仁傑又出聲唸道：「再看這句：烏氏之牛馬，盈盈然須量以谷；赫連之果園，田田兮得稱其城。」

宋乾含笑稱讚：「這就算是追史溯源，倒還有點兒意思。」

狄仁傑也道：「是啊，這年輕人應該出身寒微，知史至此，也算不錯了。想必在學問上面，確實是花過一番苦功的。」

再往後看，狄仁傑突然眼睛一亮，大聲唸道：「胡笳喧而五營皆奮，懸鏑鳴而萬馬齊喑。」他不覺拈鬚稱讚，「這句確有可觀之處。此子只靠遊歷，就能夠見識到西蕃之威脅，看起來胸中也是有志於國的，不是個死讀聖賢的酸儒。」

宋乾也連連點頭：「果然好句，恩師，看起來這個叫楊……楊霖的蘭州考生，還真有點才華。」

這邊狄仁傑已經讀到了末尾：「玉皇閣殿今猶在，何日真龍再度還。」狄仁傑皺了皺眉，沉吟道，「這句偏激了些，當今大勢，何至於此，隱隱有不祥之意。」

宋乾和沈槐相視一眼，都低下頭去，保持沉默。狄仁傑凝神思索了片刻，又從頭至尾看了一遍這篇〈靈州賦〉，抬頭對宋乾道：「確乎是篇難得的好文章，這個蘭州考生楊霖看起來是個可造之才，況且出身寒微，又來自於邊陲重地，如果能夠善加培養，或許有朝一日真能給大周建功立業，也未可知！」

宋乾聽著狄仁傑略帶興奮的語氣，打趣道：「恩師，看起來您這位主考官伯樂大人，今天總算是發現一匹千里馬了。」

狄仁傑笑著飲了口茶，沈槐卻皺起眉問：「大人，楊霖行卷只這一篇賦嗎？」

狄仁傑一愣，看了看那卷軸道：「似乎就只這一篇？也怪，通常考生行卷，詩賦少說也有十多篇。難道……」

宋乾探頭過來道：「不會是楊霖自恃僅憑此篇〈靈州賦〉，就足夠讓恩師讚賞他的才華了？」

狄仁傑輕哼道：「那麼他就有些過於自負了！」

說著，狄仁傑又展了展卷軸，確實再無後文。他站起來歸攏卷軸，袍袖拂動之處似有一物墜下。沈槐眼尖，一個箭步從椅子上跨過去，將薄薄飄落的一張素箋抓在手中，放到狄仁傑的書案上。狄仁傑有些意外地看著這張紙，疑道：「居然還藏著首詩在裡面？這種作風，古怪了些。」

宋乾打了個哈哈，道：「恩師，不妨看看？」狄仁傑拈了拈鬍鬚，從案上撿起素箋默讀起來，哪想才看了一眼，他的臉色驟然大變，持箋之手不由自主地猛烈顫抖起來。

一旁的宋乾和沈槐嚇了一大跳，都不明白出了什麼事情，宋乾忙問：「恩師，您怎麼了？」

狄仁傑搖了搖頭，連話都說不出來了，卻仍死死盯著手中的這張素箋。沈槐搶步到他身旁，攙扶著他坐回椅子，感覺狄仁傑整個身子都在抖個不停。兩人束手無策地站在案邊，看著狄仁傑的臉色由紅變青，又由青轉白。

宋乾連叫幾聲「恩師」，狄仁傑一點兒反應都沒有，宋乾無奈，只好大著膽子湊過去，想看看那素箋上究竟寫著什麼。

這是張和卷軸同樣劣質的黃紙，紙上墨跡斑斑，宋乾輕輕唸道：「詠空谷幽蘭。」原來寫的是一首五言絕句，卻見詩是這樣的：

山中無歲月，谷裡有乾坤。
倩影憑石賞，蘭馨付草聞。
晨昏吐玉液，日月留金痕。
何日飛仙去？還修億萬春。

宋乾在心中反反覆覆唸了好幾遍，詩是好詩，可也沒什麼特異之處啊，怎麼竟會讓狄仁傑變成這個樣子？正百思不得其解，就聽狄仁傑顫聲道：「沈槐，準備馬車，我要去見這個楊霖。」話音未落，他顫巍巍地就要撐起身子。

「啊？」宋乾和沈槐都忍不住一聲驚呼，還是沈槐機敏，扶住狄仁傑，輕聲勸道：「大人，您先別著急。這些行卷的考生不是都留下地址的，您先坐坐，卑職這就去門房查看，看看是不是能找到楊霖的住址。」

沈槐匆忙出了書房，宋乾緊張地打量著狄仁傑的神色，欲言又止。正為難著，沈槐又一腳踏了進來，大聲稟報道：「大人，楊霖的住址找到了，他就住在洛水旁的一座龍門老店中。」

狄仁傑「嗯」了一聲，作勢欲起，宋乾看他的臉色太差，慌忙攔道：「恩師，您身體不適，還是不要出府吧！」

沈槐接口道：「大人，您要見楊霖，何須親自去訪？卑職去把他帶來便是了！」

狄仁傑這才回過神來，遲疑著：「你去……」

宋乾也忙勸道：「是啊，恩師，讓沈將軍去吧。如今洛水旁的客棧裡面都住滿了考生，您這位主考官親自去看望某位生員，傳出去會引來誤解的！」

狄仁傑愣了愣，總算點點頭，啞著喉嚨吩咐道：「沈槐，那你就走一趟，快去快回，一定要把楊霖帶來！」

「是！」

沈槐的腳步聲消失了，書房裡重新陷入一片寂靜。宋乾猶豫再三，還是不知如何問起，只好茫然地看著狄仁傑蒼老的側影。許久，還是狄仁傑長歎一聲，道：「宋乾啊，老夫方才有些失態了。」

「恩師，」宋乾噢著，心中很不是滋味，支吾道：「您、您，這幽蘭詩……」

「這幽蘭詩乃老夫的一位故人所作。」

「什麼？」宋乾驚詫地瞪大了眼睛，狄仁傑目視前方，平淡的聲音彷彿在敘述一件與自己無關的事情，但眼中的隱痛卻讓宋乾看得心悸。

「這首詠空谷幽蘭，是很多年前一位名叫郁蓉的女子所作，啊，宋乾，我已對你說起過她。郁蓉，是謝汝成的妻子，也就是謝嵐的母親。」

謝嵐！宋乾終於明白了狄仁傑的激動。尋尋覓覓這麼多年，難道今天真的會無心插柳柳成蔭？宋乾的心也止不住地怦怦亂跳起來，對這個楊霖充滿了好奇和期待，他會是謝嵐嗎，或者與謝嵐有著某種關聯？還有郁蓉，她究竟是個怎麼樣的女子？這首頌空谷幽蘭的五言，詩意雋永、氣質高雅，自有一種爛漫與真摯，不禁叫人對它的作者遐想聯翩。尤其是宋乾也早就看出，每次提到郁蓉，狄仁傑的神色中就會交織著難以言表的柔情和刻骨的感傷，甚至痛悔，令宋乾這樣不明就裡的旁觀者都為之動容。

郁蓉……謝嵐……他們與狄仁傑之間究竟發生過怎麼樣的糾葛，居然能叫這位以冷靜和理智著稱的老人這麼多年來念念不忘、神魂俱亂？

等待的時間過得很快，也很慢。不到半個時辰，沈槐的聲音再次在書房門前響起：「大人，宋大人，楊霖來了。」

宋乾看見狄仁傑渾身一震，但又迅即恢復了鎮定，喚道：「把他帶進來吧。」

出現在兩人面前的是個瘦高的年輕人，布衣儒巾，低著頭，雖然看不到臉孔，但仍然可以感覺到他渾身上下散發出來的惶恐和不安。在沈槐的帶領下，楊霖走到書案前面，躬身施禮：「蘭州舉子楊霖，見過狄大人。」說著，他惶惶然地抬起了頭。

不得不承認，在看到楊霖的第一眼時，狄仁傑有種悵然若失的感覺，難道這就是那個令他牽掛了整整二十五年的孩子嗎？面前的這個年輕人，五官清秀、氣質拘謹，形象還算不俗，但他會是謝汝成和郁蓉的兒子嗎？不、不像。狄仁傑在心中暗道，雖然他從來沒有見過謝嵐，卻對他的父母刻骨銘心，那是怎樣蕙心紈質的一雙男女啊。

狄仁傑定了定神，和顏悅色地開口了：「哦，你就是楊霖。你的詩賦作得很好啊。」

第七章　女巫

昨晚祭祀以後，裴素雲一整夜都心緒不寧，輾轉難眠。第二天剛用過午飯，她就開始坐立不安，表面上雖然還竭力維持著平靜，但院門口的每一點聲響都沒有逃脫她的耳朵。就這樣好不容易挨到了未時，院門外果然傳來敲擊門環的聲音。

裴素雲「騰」地站起身來，阿月兒正想去開門，被她嚇了一跳，趕緊停下腳步，對著裴素雲左瞧右瞧。裴素雲輕聲斥道：「快去開門啊。」

「哦！」阿月兒這才跑出去，裴素雲用手背按了按發熱的面孔，理理衣裙，重新端坐下來。門外袁從英和阿月兒交談了兩句，接著腳步聲響起，珠簾一掀，阿月兒道：「阿母，袁先生來了。」

裴素雲這回反倒沒有站起，只是抬頭看著他從簾外邁步進來。今天袁從英沒有穿黑色的校尉軍服，而是換了身藍色的粗布便裝，沒有戴帽子，腰間也只繫了條黑色的絲絛，而非平日的皮質革帶，一掃往日的行武之氣，整個人都顯得溫文爾雅。裴素雲看著他這身打扮，有些意外地笑起來。

袁從英被她笑得有點尷尬，低聲問：「怎麼了？你笑什麼？」

裴素雲連忙搖頭，這才站起身來，迎到他面前，款款一拜，微笑道：「素雲見過袁先生。你，好像變了一個人，我有些認不出來。」

袁從英也微笑著還禮：「我再變，也沒有你變得厲害。」

裴素雲的臉不覺又泛紅了，他說得沒錯，今天她也特地換下胡服，穿上曳地的鬱金襦裙，外罩淡粉輕紗披帛，從頭到腳都是地地道道的漢人淑女裝扮。

裴素雲正想請袁從英坐下，他卻指了指門口，輕聲道：「等等，我還帶來個人。」

裴素雲詫異地順著他的手看去，見一個十歲左右的男孩站在門口，正滿臉機靈地朝屋裡望進來。

袁從英仍然壓低聲音，解釋道：「他一定要跟著我來，我實在拗不過他，只好把他帶來了。你要是覺得不行，我們這就離開。」

裴素雲含笑端詳著這個男孩，問：「唔，他是你的孩子嗎？」

「不，他是我的小兄弟，叫斌兒。」

「哦，斌兒。」裴素雲點點頭，想了想道：「他可以留在這裡，但我給你治病的時候，他不能進屋，只能在院子裡玩。」

袁從英道：「如此甚好。我方才在院子裡看見你的孩子，他是叫安兒吧？可以讓斌兒和他一起玩耍。」

裴素雲遲疑道：「可是安兒，他一共不會說幾句話，也不懂理睬人，恐怕你兄弟和安兒玩不到一塊兒去……」

袁從英淡淡一笑，寬慰道：「沒事，斌兒很會照顧人，你儘管放心。」

阿月兒領著韓斌去和安兒玩耍了。袁從英這才隨裴素雲坐到桌前，兩人都沉默著，半晌，袁從英才低聲問了句：「這病……怎麼個治法？」

裴素雲星眸閃爍，抿唇輕笑道：「我總得先知道你要治什麼病吧。」

「哦。」袁從英點點頭，想了想，伸出右手擱在桌上。

裴素雲眨了眨眼睛，詫異道：「你……這是幹什麼？」

「唔，看病不是要先診脈嗎？」

裴素雲愣了愣，雙頰飛上紅暈，櫻唇含笑，語帶揶揄：「袁先生，你今天是來找薩滿巫師看病，又不是中原的大夫。」

袁從英困惑地看著她：「那又如何？」

裴素雲朝他的手腕瞥了一眼，不屑地回答：「望聞問切是中原的醫術，素雲可不會。」

袁從英恍然大悟，輕聲嘀咕：「是我唐突了。」便把手縮了回去，「可是……你不診脈，又怎麼看病呢？」

裴素雲的語氣中仍舊含譏帶諷：「用不著那些，我作法便可以治病。」

「哦，作法。」袁從英點點頭，注視著裴素雲的眼睛，不動聲色地問：「你穿成這樣也能作法？」

裴素雲的臉又一紅，咬了咬牙道：「當然可以。」

「那好，你就給我作法吧。」

裴素雲又好氣又好笑，直視著對方的眼睛，一字一句地道：「可是到現在為止，素雲仍然不知袁先生想治什麼病，身上有何不妥，你讓我這法又從何作起呢？」

袁從英皺了皺眉：「一定要我自己說嗎？」

「是的。」

「可我最討厭說這些。」

裴素雲微微一笑：「假如袁先生執意不肯說，那素雲就愛莫能助了，袁先生也不必在此浪費時間。」說著，她抬手做了個請便的姿勢。

袁從英頗為無奈地吁了口氣，勉勉強強地開始說：「我……常常感到十分疲憊，但越是疲倦就越是難以入眠。即使睡著，也噩夢連連，頻頻驚醒，所以，總覺得休息不夠，而我又沒有很多時間能夠休息……」說到這裡，他的聲音已經低不可聞，無法再繼續下去了。

裴素雲緊盯著他，雖然心跳得厲害，但還是竭力用平淡的語氣追問道：「就這些？還有嗎？」

袁從英低下頭，嘟囔道：「沒有了……我，還是走吧。」他說著就想落荒而逃，裴素雲稍微提高聲音，命令道：「你，別動！」

兩人的臉色因為緊張都有些發白。裴素雲咬了咬嘴唇，稍稍鎮定了一下，道：「好吧，這樣就行了。我給你作法。不過，在此之前，我還有個條件。」

「什麼條件？」

「從現在開始，你必須全聽我的。」

袁從英抬頭看了眼裴素雲，苦笑著道：「當然。」

裴素雲起身走到窗前，將窗扇全部合攏，又從榻邊的紫檀木櫃子裡取出個扁扁的小玉瓶。窗下的長几上置有一個青黃相間的琉璃球狀香熏爐，裴素雲背對著袁從英，從玉瓶中倒出幾滴油在香熏爐裡，甫一點燃，立即有股濃重的香氣從爐中散出。屋子裡面門窗緊閉，這股香氣很快就充滿了整個室內。

袁從英呆坐在桌前，本來就渾身不自在，陣陣濃香撲鼻而來，他向來聞不慣這種東西，頓時覺得頭暈目眩，胸口發悶，恨不得馬上衝出去。抬頭看看裴素雲，她依然背對著他站在几前，手裡的玉瓶已換成個精緻的小金盒，正從金盒裡倒出些粉末，忙著在面前的琉璃杯中勾兌什麼，神神秘秘地搗鼓了很久。袁從英的腦袋則越來越沉，眼前浮起一陣陣黑霧，幾乎就要支持不住了。

裴素雲總算擺弄完了杯子裡的東西，走回桌前，看了一眼臉色煞白的袁從英，將手中的琉璃杯遞到他的面前，輕聲吩咐：「喝下去。」

袁從英接過杯子，看也不看就一飲而盡，喝完才發覺味道極其怪異，立時頭暈得更厲害了。裴素雲仔細打量著他的臉色，微微一笑，柔聲道：「到榻上去躺一會兒吧。」

袁從英果然言聽計從，隨裴素雲來到窗下的閒榻前，剛剛坐下，裴素雲已蹲在他身前，幫他脫下布鞋，又扶他躺好。袁從英一閉上眼睛就沉沉入睡，裴素雲坐到他的身邊，茫然地發了會兒愣，才回過神來，一邊端詳著他疲倦的睡容，一邊輕輕拉過他的手，微曲三指，浮切在他的手腕上，凝神診起脈來。

這一覺足足睡了將近兩個時辰。袁從英醒來後一睜眼，就看見屋子裡所有的窗戶都大敞著，那股滯膩的香氣已經消散得差不多了，只有一點餘味猶存。他從榻上坐起身來，覺得頭腦仍然沉甸甸的，不由抬手按了按額頭，就聽身邊裴素雲溫存地說：「別急著起來，再靠一會兒吧，我給你用的安神香勁兒稍大了點。」

袁從英依言靠回到枕上，裴素雲又端了那琉璃杯給他，他還是接過來一飲而盡，這次的味道倒很清甜可口，便隨口問道：「這是什麼？」

裴素雲「噗哧」一笑，道：「你這人真有意思，喝完再問是什麼，如果是毒藥也來不及了。」

袁從英也笑了：「我不過隨便問問，挺好喝的，就是毒藥也沒關係。」

裴素雲絞了塊熱手巾遞給袁從英擦臉，然後便在他身邊坐下，兩人都沉默了，但卻再沒有兩個時辰前的不安和侷促，好像一下子變得很熟識。

少頃，袁從英輕聲道：「其實不用這麼麻煩，你只要把你方才含到嘴裡的東西也給我一點，這安神香就沒用了。」

裴素雲一驚：「你都看見了？」又小聲嘟囔，「眼睛還真尖。」

袁從英自嘲道：「嗯，我現在好像也就剩這麼點能耐了。」

裴素雲微微搖頭，輕笑道：「我含的是麝香，確實可以化解這安神香的效用，不過……你就不必了。」

袁從英似懂非懂地點了點頭，靠在榻上不再說話。榻前正對著一扇窗戶，這時大開著，從他躺著的地方望出去，恰好可以看見天山的峻嶺雄峰，在雲霧繚繞之中綿延起伏。此刻已近酉時，天色稍暗，遠遠的山巒疊嶂之巔，高聳的雪峰在斜陽之下光芒四射，利劍般的銀光穿透灰濛濛的天際，劈山裂空，直插霄漢。這景致是如此壯美剛勁，他不覺有些看呆了。

裴素雲也順著袁從英的眼神望出去，悠悠地歎息道：「我從小就愛坐在這裡，是望著這天山的雪峰長大的。小時候一直聽我父親說，那上面的雪海和冰川是世間罕見的美景，可惜素雲生為女兒之身，無緣親近那稀世絕倫的至純至剛，只好從這窗口遠遠地膜拜。」

袁從英收回目光，轉而注視著裴素雲的側臉，問：「你是從小隨父母來到塞外，還是就出生在此地？」

裴素雲仍然望著窗外，神情有些恍惚：「素雲就出生在庭州，我的曾祖父就已經從中原來到塞外了。」

袁從英「嗯」了一聲，沒有再往下問，只道：「天色不早，我該走了。」他坐起身來，裴素雲仍像剛才一樣，蹲在他身前替他把鞋穿好。袁從英也不致謝，站起身朝外走去，卻又在窗下的神案前停下了腳步。那黑貓哈比比原先一直盤踞在黃金五星神符上大睡特睡，此刻聽到動靜，「喵嗚」一聲躥了出去。

裴素雲站到袁從英身旁，見他正好奇地端詳著神案上的黃金五星神符，便解釋道：「唔，這是我們薩滿教的神器，叫作五芒星。」

「哦，我曾經見過差不多的……但是，有些不一樣。」袁從英說著，忍不住伸手去觸了觸那黃金五芒星，裴素雲輕輕握住他的手，搖頭道：「這可不是玩兒的，五芒星有上下方位，胡亂擺放會招引邪靈的。」她將被袁從英轉偏了的五芒星，重新放回正位。

袁從英有些發窘，忙縮回手道：「對不起，只是我看見過的五芒星神符，中間的圓圈裡是有紋理的，你這個裡面什麼都沒有，所以有些奇怪。」

裴素雲一愣：「你在哪裡見過？裡面的紋理是什麼樣的？」

袁從英從懷裡掏出畫著圖符的紙，遞給裴素雲，解釋道：「看見過兩種不一樣的，都畫在這上面了。」

裴素雲接過圖紙，眼睛閃亮地看著袁從英：「你今天來找我，不單單是為了治病吧？」

袁從英笑而不答，只道：「你既是薩滿的女巫，一定知道這圖形的意思。」

裴素雲略一沉吟，低聲道：「這個，挺複雜的，另外，你得先告訴我你是在哪裡看見這些圖符的。」

袁從英搖搖頭：「這個……也挺複雜的。」他抬頭看了看窗外，夕陽已沉到雪峰之後，山巔的銀芒漸斂，寒意更濃，便道：「既然說來話長，還是另找時間吧。」他再度轉身往門外走去，邊走邊問：「斌兒呢？這麼長時間他都在幹什麼？」

裴素雲跟在他身後，有些欣喜又有些困惑地回答：「他一直都在和安兒玩，真是奇怪了，這孩子好像和安兒很投緣，我還從來沒見到安兒能和誰玩得這麼久。」

袁從英聽著停下腳步，扭頭對裴素雲說：「其實一點兒都不奇怪，斌兒懂得如何與安兒這樣的人相處，他有經驗。」

裴素雲一愣：「為什麼？」

袁從英道：「這也說來話長，以後再一起告訴你吧。」

兩人剛走到門前，就聽到阿月兒在屋外頭嚷起來：「我的老天爺啊，安兒、斌兒，你們這兩個小祖宗，快出來啊！」

裴素雲和袁從英忙加緊腳步，一齊踏進院中。

袁從英往小院中掃了一眼，卻沒見到阿月兒，再聽她的聲音是從屋後響起來的。裴素雲已經往後院繞去，袁從英緊緊跟上。只見這小小的後院中，沿牆載著幾棵高大的雲杉，密密匝匝的樹杈相互交錯，雲杉下面則是一整排矮沙冬青，闊大的樹葉綠得發黑，整個院牆從上到下都被遮蓋得沒有半點縫隙。阿月兒就站在後牆根前，對著叢冬青樹跺腳。裴素雲疾步來到她的身邊，問：「他們進去多久了？」

阿月兒的臉漲得通紅，氣喘吁吁地回答：「好久了，我急得沒法，可您又吩咐不讓我去屋裡……」說著，她氣鼓鼓地瞪了袁從英一眼，似乎還有點兒遷怒於他。

袁從英正想問是怎麼回事，就聽韓斌的聲音從冬青樹叢裡透出來：「阿月兒姐姐，我們馬上就出來了。」

袁從英跨前一步，在裴素雲耳邊輕聲問：「這是怎麼回事？兩個孩子現在在什麼地方？」

裴素雲的肩膀微微顫抖了一下，扭回頭來，勉強笑了笑道：「這冬青樹後有個小花園，裡頭……有些奧妙，只有小孩才能爬進去。而且，進去以後不太容易出來。」袁從英鎖起眉頭，緊盯著裴素雲。

裴素雲低下頭，臉色蒼白地囁嚅：「沒、沒事的。安兒從小就在那裡面玩，他們肯定快出來了。」

話音未落，他們跟前的矮冬青一陣窸窸窣窣，安兒和韓斌兩個小腦袋一前一後從裡面鑽了出來。袁從英趁著這個機會才看到，冬青叢背後並不是粉白院牆，而是個漆黑的洞口，看起來在這座院落的後面應該還有個附院，或者如裴素雲所說，是另一個小花園。

阿月兒搶步上前，抱起安兒，就見他渾身上下的泥土和樹葉，小臉通紅，額頭掛滿汗珠，看起來是累得不輕，但又咧著嘴一個勁地笑，在阿月兒的懷裡還手舞足蹈，嗚嗚呀呀地叫個不停。

韓斌的樣子也差不多，所不同的是光著一雙腳，手裡卻抓著兩只小皮靴，神情也是興高采烈的，看見袁從英便歡快地叫了聲「哥哥」，朝他跑過來。

袁從英皺了皺眉，指指韓斌的光腳丫：「這是怎麼回事？」

韓斌往地上一坐，一邊套靴子一邊大聲道：「我和安兒玩捉迷藏，他把我的靴子藏到那裡面去了！」

他往冬青樹叢偏了偏腦袋：「我鑽進去找，媽呀，那裡面黑咕隆咚的，曲裡拐彎根本就找不著路，嚇死我了……嘻嘻，還好安兒也進來了，他真厲害，東鑽西鑽的，總算爬出來了，呼呼！」

袁從英一邊聽著，一邊朝裴素雲望去。她從阿月兒懷裡抱過安兒，親著孩子的小臉蛋，但是眼神卻有些渙散，剛一碰到袁從英的目光就趕緊避開。袁從英看韓斌已經穿好小靴子，身上的泥土和樹葉也拍打乾淨，便和裴素雲打了個招呼：「既然都沒事，我們就走了。」

裴素雲陪著他們走到院門口，站在門邊，袁從英直到此時才低聲說了句：「謝謝你。」

裴素雲垂睫不語，袁從英緊接著便問：「我什麼時候再來？」

裴素雲猛地抬起眼睛，漆黑的瞳仁中似有星光躍動，他們彼此注視片刻，裴素雲輕吁口氣，訥訥道：「都……行。唔，你來之前，讓斌兒先給我送個信。」

「好。」

離開裴素雲的小院，袁從英帶著韓斌在街巷上悶頭快走，韓斌跟得上氣不接下氣，忍不住小聲抱怨起來：「哥哥，你走慢點呀，我跟不上。」

袁從英驟然停步轉身，韓斌一頭撞到他的懷裡，索性緊緊抱住他的腰不鬆手。袁從英拍拍他的肩膀，笑著問：「今天下午安兒和你鑽進去的那個地方，究竟是什麼樣子？」

韓斌吐了吐舌頭，道：「很怪的一個地方，我從來沒見過的樣子。就從那叢冬青樹中鑽進去，裡面黑洞洞的，兩旁都是冬青樹，頭上蓋滿了藤，反正一點兒光都沒有，很窄很矮，連我也只能在裡面爬。然後就彎過來拐過去，我爬呀鑽呀，根本找不著路，要是沒有安兒，估計我就死在裡頭了！真的！」他誇張地扮了個鬼臉，驚魂甫定似的把腦袋貼在袁從英的胸前，蹭來蹭去，袁從英知道他在趁機撒嬌，且由著他折騰，又問：「安兒很熟悉那裡面的路線？」

「嗯！他好像閉著眼睛都能方便地鑽進鑽出。」

「裡面還有其他特別的地方嗎？」

韓斌努力地想了想，搖搖頭：「沒有了，那裡面其實啥都沒有，就是夾在冬青樹叢裡的小道。」

停了片刻，韓斌又道：「哥哥，我喜歡安兒。」

「哦，為什麼？」

韓斌垂下頭，緊緊握著袁從英的手，低聲道：「他讓我想起我的啞巴哥哥。他們、他們看上去都癡癡傻傻的，可其實，我覺得他們比誰都聰明。」他抬起頭，懇求地看著袁從英，「哥哥，我可以常常去找安兒玩嗎？」

「當然可以。」袁從英想了想，道：「你要是願意，天天去都可以。但是早上要練習射箭，中午我帶你去城邊的草原上騎馬，騎完馬你就可以去找安兒玩。」

「太好了！」韓斌高興得跳了起來，這時候兩人已經走到了巴扎前的大道之上，袁從英突然看見，狄景暉從路的另一頭大步流星朝他們走來，神色有些異常。

狄景暉顯然也看見了袁從英和韓斌，臉上的神情更加急迫。袁從英三步併作兩步與他會合，大聲問：「出什麼事了？不是說好你去請高伯來和我們一起吃晚飯嗎？怎麼就你一個人？」

狄景暉咽了口唾沫，連連搖頭，壓低聲音道：「出了件怪事，高伯不見了！」

「不見了？」袁從英緊鎖雙眉，狐疑地看著狄景暉。

狄景暉將他往路邊拖了拖，低聲道：「我剛到他家去過了，已然是人去樓空了！」

袁從英愣了愣，問：「不會是高伯有事情出去一下？」

狄景暉氣得豎起眉毛：「喂，你當我是傻子啊，連這都不會看？」

袁從英扭頭就走，邊道：「我們一起過去。」

三個人一塊兒拐進高長福家所在的街巷，此地完全是尋常百姓居住的區域，已近晚飯時分，人人都在匆忙往家趕，街巷上還挺熱鬧，看起來沒有絲毫反常。高長福住在巷子的最盡頭，孤零零的一所平房，屋門虛掩著。周圍市井之聲清晰可聞。

袁從英搶先來到門前，側耳聽了聽動靜，便一把推開房門。簡樸的堂屋正中，一張八仙桌上擱著兩個盛了一半水的大茶碗，四張椅子散亂在桌邊，其中一張還翻倒在地。三口杉木大箱橫擋在東側臥房的門口，堂屋後牆上的窗戶向外大敞著，一陣風刮過，木窗板搧動著發出劈啪的亂響。

狄景暉沉著臉道：「我剛才來的時候，一開始沒發現門開著，還在外面叫了幾聲，聽不到回話才隨手推了推，門就開了，喏，看到的就是這幅情景了。」

袁從英點了點頭，一言不發地往兩側的房間走了一圈，東側臥房、西側廚房，一應物品都隨意擺放著，並不凌亂，只是主人蹤跡皆無。

袁從英蹲在那三口杉木箱前查看，箱子倒是鎖著的，他讓韓斌去屋外找了塊石頭來，輕輕一砸就落了鎖。箱子裡面是收拾得整整齊齊的衣物。狄景暉站在堂屋中央，慢吞吞地道：「莫不是高伯酒醒以後反悔了，不想因為我們再在庭州滯留，連夜帶著家眷離開了？」

袁從英站起身來，冷冷地反問：「他想走就走，也不必連收拾好的箱籠都扔下吧？就為了避開我們，何至於此！」

「那，你說……」狄景暉百思不得其解地歪著腦袋。

袁從英來到後牆的窗戶前，從窗口望出去，前面不遠是座土山，狄景暉也湊過來，突然指著窗沿驚呼起來：「腳印！」

袁從英點頭道：「嗯，有人從窗戶進來過，但是沒有順原路返回，應該是從前門走的。」

狄景暉看了看袁從英，有點兒擔心起來：「哎，你說高伯別是出了什麼事吧？」

袁從英搖搖頭，思索著道：「看起來還不像，屋裡沒有絲毫打鬥痕跡，屋外也很乾淨。我覺得還是更像匆忙離開的樣子，只是走得實在太急，也不願意被人察覺，所以連箱籠都沒帶上。」

「那這從窗戶翻進來的又是……」

袁從英指了指桌上的茶碗：「大約是高伯認識的人吧，他們好像還喝了點水，聊了幾句，然後高伯就決定帶上家眷即刻離開了。」

狄景暉敲了敲額頭：「你說這可怎麼辦好？」

袁從英又在屋子裡轉了一圈，回到堂屋門前，悶聲道：「目前看上去還是像高伯自己匆忙走的。那我們又能如何呢？我看還是把這些東西收拾好，替他將門窗鎖上，以後再說吧。」

狄景暉點點頭，遺憾地道：「也只能如此了。咳！我還打算和他談談石炭生意呢，這下子泡湯了。」

袁從英走後，裴素雲便吩咐阿月兒關門閉戶，將屋裡屋外打掃了一遍，她自己也重新換上慣常所穿的胡服。

安兒和韓斌瘋了一個下午，這時候也睏了，趴在榻上呼呼大睡起來。天色已晚，裴素雲親自下廚做了幾個小菜，溫好酒，煮上奶茶，就開始等待錢歸南的到來。根據他走時留下的話，今天晚上錢歸南應該返回庭州，不一定能趕上吃晚飯，但裴素雲還是一如既往地準備著。

一直等過了戌時，錢歸南還是沒有出現。裴素雲讓阿月兒和安兒先吃飯休息，她自己繼續坐在桌邊等候，蠟燭明明暗暗的光暈在牆上畫出她柔媚的側影。月亮升到高空，街上傳來二更的梆聲，裴素雲不覺輕輕歎息了一聲，看樣子錢歸南今天是回不來了，也可能他已回了庭州，卻直接去了自己的府邸，刺史大人的府宅就在刺史官衙的旁邊，住著錢歸南的兩房妻妾，他的幾個兒女均已成年，都在中原內地生活，並不在庭州。

看著滿桌已經沒有熱氣的飯菜，裴素雲毫無食慾，此刻她的內心起伏不定，說不清楚到底想不想見到錢歸南，只是有些恍惚地起了一個念頭：假如錢歸南暫時回不來，那麼也許可以請袁從英明天，或者後天再來……猛地，她被自己的這個念頭嚇了一大跳，但又忍不住一遍一遍回想剛剛過去的那個下午。多麼奇怪啊，錢歸南也曾在那張榻上休息過許多次，卻從未注意過窗外的景致，而在今天下午之前，她也從來沒有和任何人談起過，內心深處對天山之巔、那雪域冰峰的嚮往。此時此刻，一想到這令她怦然心動的美，裴素雲又不由得心生畏懼，那畢竟太遠，也太冷了，讓她不敢企及……

院門上輕輕的敲擊之聲打碎了裴素雲的遐思，她一下子驚醒過來。阿月兒慌慌張張地從隔壁房間跑出來，裴素雲示意她迴避，自己穿過小院來到門前，輕聲詢問：「是誰？」

「夫人，是我，王遷。」

裴素雲打開院門，上下打量著一身戎裝的王遷，冷冷地問：「王將軍，怎麼是你？有事嗎？」

王遷對她畢恭畢敬地抱拳施禮：「夫人，錢大人捎了口信來。」

裴素雲側過身引他進門，仍然用冰冷的語氣道：「王將軍，請還是稱我為伊都干吧。」

「是，伊都干。」王遷心中不以為然，臉上還是保持著謙卑的表情，這女人美則美矣，但既有薩滿巫師的身分，又受到錢歸南的鍾愛，還是不惹為妙。

裴素雲將王遷領入正堂，請他坐在桌邊，問：「錢大人回庭州了嗎？」

王遷掃了眼桌上的飯菜，低聲回答：「沒有，錢大人有事在輪台滯留，因放心不下伊都干，特遣心腹將官帶回口信，卑職便是來給伊都干轉達的。」

「噢，」裴素雲也在桌邊坐下，輕哼一聲道：「給我口信還要請王將軍轉達，錢大人倒是周到得很。」

王遷慌忙解釋：「哦，因為帶回來的主要是軍中的信息，所以先去了瀚海軍部。再說，錢大人這也是為了伊都干您的名譽考慮。」

「名譽？我的名譽，還是他的名譽？」裴素雲勃然變色，話音雖不高卻說得咬牙切齒。王遷聽得一縮脖子，又一想錢歸南沒有按約返回，這女巫心中不爽，如此表現也在所難免，只好訕訕一笑，低頭不語。

裴素雲稍稍克制了一下，才又問道：「錢大人帶了什麼口信？」

王遷鬆了口氣，忙道：「哦，兩件事：一是說刺史大人還要在外耽擱幾天，請伊都干不必著急；二是說發放神水的事情，也請伊都干等刺史大人回來再作計較，暫且什麼都不要做。」

裴素雲蹙起秀眉，盯著屋角的黑影默默思索，半晌才咬了咬嘴唇道：「知道了。」

王遷點點頭，朝裴素雲抱拳道：「話已帶到，伊都干若沒有別的吩咐，王遷這就先走了。」

「嗯，」裴素雲起身將王遷送到院門口，突然問：「王將軍，這麼晚了你為什麼還是一身軍裝，軍中有事嗎？」

王遷朝左右看了看，低聲道：「告訴伊都干也無妨，錢刺史帶回來的軍令是讓卑職率領天山團，即刻啟程去輪台與刺史大人會合。卑職正在連夜召集軍隊，故而全身戎裝，這裡給伊都干轉達完信息，便要率團出發了。」

裴素雲不覺大驚，狐疑地問：「沙陀團走了，天山團也要走，瀚海軍一共四個團，這下就走掉近半，怎麼突然會有這麼重大的軍務調度？」

「這個，」王遷為難地搖搖頭，仍然壓低聲音道：「卑職也不太清楚到底發生了什麼事情，只是奉命行事。不過錢刺史反正過幾日還要回來，到時候伊都干一問就都清楚了。」

關上院門，裴素雲返回屋裡，回想這些天發生的種種事端，以及錢歸南反常的言行，她的心緒變得異常沉重，山雨欲來風滿樓的不祥之感充斥了她的心胸。坐到床邊，看著熟睡的安兒，裴素雲只覺得無助和悽惶，掙扎了這麼多年，她依然還是孤零零的，沒有任何人可以依靠。

她俯下身貼著安兒躺下來，如果真的有滅頂之災到來，究竟誰能挽救他們？迷迷糊糊中，裴素雲彷彿又嗅到了昨夜的梨花清香，聽到他溫和平靜的聲音：「……我可以幫你。」

王遷在院外上了馬，還未催馬前行，一個兵卒就像幽靈似的突然出現在他的面前。王遷滿意地點點頭，輕聲囑咐道：「錢大人的命令，從今夜開始嚴密監視伊都干的家院和行止，你們要分作幾班，切不可遺漏任何風吹草動。」

「屬下們明白！」

王遷的馬匹踏響四蹄，蹄聲在靜夜中傳出去老遠，剛朝前走了小半程，迎面又跑來一匹快馬，馬上的士兵一見到王遷就急迫地叫道：「王將軍，我們發現了高——」

「住口！」王遷大喝一聲，怒目圓睜，嚇得那士兵趕緊閉了嘴。

「在什麼地方？」王遷來到士兵身邊，低聲詢問。

那士兵湊上來對王遷耳語幾句，王遷面露喜色，道：「很好，這下你們算是立了大功一件！立即出發！」

「是！」

旭日東升，春天的朝陽如金輪凌空，萬里無雲的澄澈藍天，遠比人心寧靜而淨爽，只可惜地上如螻蟻般忙碌的人們，連抬起頭看一看天的時間和心情，似乎都沒有了。喧鬧的庭州大巴扎上，商販們從五更天還一片漆黑的時候就開始擺攤設貨，早起趕集的人們也披星戴月地奔波在路上，待到日出之時，大家都已忙碌了整整一個時辰了。

袁從英也是從五更就開始巡查巴扎，捧著高長福留下的巴扎攤位冊，一家一家地逐一核實過去，忙得此刻連口水都來不及喝，還只查完十分之一都不到的商鋪。現在他才真正明白，為什麼高長福對錢歸南不給他派遣手下的做法十分詫異，事實證明，要靠一個人來管理這麼大的集市，哪怕他袁從英就是有三頭六臂，恐怕也會顧此失彼。錢歸南會做出這樣的安排，假如不是因為無知，那就只能是故意刁難了。

直到現在，袁從英還是弄不明白錢歸南的真正居心，從他們一踏上庭州，遇到的種種磨難就與這位刺史大人脫不開干係，但這究竟是為什麼呢？為難他們陷害他們，錢歸南又能得到什麼好處呢？於公，袁從英現在只是個小小的戍邊校尉，是任憑錢歸南調遣的部下；於私，狄景暉和袁從英與狄仁傑的關係，多少還算是在朝廷中有背景，錢歸南即使對他們有所顧忌，也不該有害人之心啊。還有，錢歸南對沙陀磧土匪案件的態度，他的家奴老潘在伊柏泰扮演著什麼角色，以及沙陀團無端的軍事調動，想到這些，袁從英就覺得千頭萬緒，理不清楚脈絡。此外，這位刺史大人還千方百計地把他擋在瀚海軍部之外，本來袁從英想透過高長福這位瀚海軍的老人，更多地了解些庭州和瀚海軍的情況，結果高伯又無緣無故地詭異失蹤了……

庭州的日照比中原各地強烈許多，袁從英看了一個早上五顏六色的商鋪，簡直有些頭暈眼花了，只覺得面前的一切都亮晃晃的。但是，在他的內心深處，黑沉沉的陰影卻越來越濃重，站在這個流光溢彩、繁花似錦般的熱鬧集市中，他莫名地感到緊張，一種真實可辨的危機已經籠罩在頭頂，人們卻似乎毫無察覺。

想得實在有些累了，袁從英試著用狄景暉經常說的話來自我安慰：也許真的是我太不放鬆，太操心了？他苦笑著看了看手中的冊子，打算一鼓作氣再查幾片商鋪，前面是皮毛和織物為主的攤位，散發出陣陣令人不悅的氣味。他剛要悶頭往裡鑽，就聽到遠遠地有人在叫：「哥哥，哥哥！」袁從英立即轉身望去，見韓斌滿頭大汗地擠開人群，朝他跑來。

袁從英緊趕幾步到韓斌的面前，喝問道：「你怎麼跑到這裡來了？」

韓斌用力抓住他的手，叫道：「狄、狄景暉讓我來叫你呢，他說有非常非常重要的事情！」

袁從英皺了皺眉：「我在做正事，沒空。你為什麼不好好練箭？」

「哎呀！」韓斌急得跺腳，「真的是很重要的事情，這個……」他看袁從英仍然不為所動，眼珠一轉，擠眉弄眼地比畫起來，「就是那個鐵疙瘩，我在伊柏泰木牆裡找到的，我們知道是做什麼用的啦！」

袁從英愣了愣，拔腿就走，韓斌得意地抹了把汗，小跑著在前面帶路，七拐八彎地還是在巴扎裡面鑽，倒沒走多久，就到了一片稍微冷清點的鋪子前頭，每家鋪子裡都傳出「叮叮噹噹」的敲擊聲。袁從英停住腳步，心裡微微一跳：原來這裡都是些鐵匠鋪子。

韓斌拉著袁從英進了其中的一間，一進門熱浪就撲面而來。屋子正中架著的大火爐邊，一名膀闊腰圓的胡人把風箱拉得山響，每拉一記，火爐爐膛中的火苗就躥起老高。打鐵的師傅也是名胡人，深陷的眼睛被爐火映得通紅，黝黑的臉膛長滿了翻捲的鬍鬚，正在汗流浹背地忙碌著。狄景暉坐在離大火爐不遠的小凳上，也熱得滿臉是汗，看見袁從英進來，悄悄朝他擠了擠眼睛。

袁從英明白狄景暉的意思，默不作聲地來到火爐旁。就見這鐵匠師傅正把爐膛中燒紅的鐵塊用鐵夾叉到旁邊的大鐵砧子上，一邊翻動鐵料，一邊指示身旁的年輕徒弟掄下大鐵錘，連番擊打著鐵料的不同部位。一塊馬掌很快就成形了，胡人師傅又對徒弟大聲嚷了幾句，叉起馬掌往水槽內一浸，「滋啦」聲伴著白煙從水槽中升起，他這才將馬掌從水裡叉起，扔在地上，嘴裡滿意地冒出一長串胡語。

狄景暉大聲叫起好來，那胡人哈哈笑著，一指袁從英，操著半生不熟的漢話問：「噯，他就是你說的那位軍爺？」

狄景暉忙道：「對啊！就是他要打匕首。」

袁從英已經會意，從腰間取下呂嘉的佩刀，雙手捧到鐵匠師傅面前，問：「師傅，我要打一柄匕首，刀口要像這鋼刀一樣銳利，你看？」

胡人鐵匠才瞥了那刀一眼，就擺手道：「哎呀，這個不行，不行，我這裡可打不出來。」

「哦？」狄景暉和袁從英互相看了一眼，狄景暉指了指手邊的鐵塊，正是韓斌從伊柏泰木牆裡掏出來的那一塊，故意皺起眉頭抱怨道：「你這位師傅，怎麼說話不算數？方才你不是還說，這樣的熟鐵是用來打造兵刃的，還說你也會打，我這才把朋友喊來。怎麼人來了你倒不幹了呢？別擔心銀子，錢我們有的是，只要你能打成那樣的。」

胡人鐵匠被說得有些發急，結結巴巴地辯解道：「客、客官，你剛才問我這鐵塊是幹啥的，我告訴你是打造兵刃的沒錯。可你又沒告訴我，是要打成這位軍爺手上鋼刀那樣的兵刃。他的刀可是你們漢人說的，什麼百煉成鋼的寶刀，我這小鋪子怎麼打得出來？」

狄景暉把眼一瞪：「那你剛才為什麼誇口說自己是這巴扎上的頭號鐵匠？分明是誇大其詞、巧言令色、信口雌黃、大言炎炎！我告訴你，這位軍爺可是新上任管理巴扎的大老爺，小心他關了你的鋪子！」

袁從英聽得差點笑出聲，心想那胡人絕對聽不懂這麼一長串成語，但是顯然他聽懂了最後的一句話，急得鬍子都豎了起來，講話更不連貫了：「不、不是這麼回事，打這樣的鋼刀得用、用石炭火，我們這裡只有木、木炭燒爐子，不夠熱，所以不行。」

「石炭？」袁從英和狄景暉同時驚呼出聲，兩人交換了下眼神，仍然由狄景暉開口發難：「石炭，什麼石炭？去搞點來不就成了？我都說過了，錢不是問題，要多少有多少！你說，到哪裡能買到石炭，還是你自己去買？把賬一起算給我就是了。」

胡人鐵匠的臉色由紅轉黑，突然變得十分陰沉。他不再理睬狄景暉，轉去和拉風箱的師傅用胡語嘀咕了半天，隨後才轉過身來，冷冷地道：「小鋪確實打不出您要的鋼刀來，給、給多少錢也……沒用，您也別在我這裡浪費時間了。這位軍爺既然是瀚、瀚海軍的，幹嘛還問我們去哪裡買石炭，我們反正是不知道的，也沒處買去……您要為了這個封我的鋪子，我也沒法子！」

「你！」狄景暉還想不依不饒，袁從英猛地一扯他的衣袖，狄景暉這才氣鼓鼓地揣起地上的鐵塊，隨著袁從英和韓斌一起出了門。

走出去很遠，袁從英回頭望望，胡人鐵匠鋪竟已關門落鎖，不覺笑道：「看樣子你把人家嚇得不輕。」

狄景暉「咳」了一聲：「我還不是為了幫你的忙！你可別不識好人心啊！」

袁從英笑著朝他一抱拳：「多謝景暉兄。」

狄景暉也樂了，擺手道：「沒事時就直呼其名，有事求我就稱兄道弟，你果然夠義氣。」說著，他把兩手往腰裡一扠，皺眉問，「下一步該怎麼辦？這麼看來石炭倒成了關鍵，可惜高伯不知去向……」

袁從英也思忖著道：「嗯，聽這胡人師傅的口氣，好像的確是瀚海軍在收買石炭，而且還不讓其他人染指？可是到底在哪裡能找到石炭商販呢……」突然，他的眼睛一亮，從懷裡掏出商鋪名冊來，聚精會神地查看起來。狄景暉和韓斌在一旁屏息等待，終於袁從英拍了拍本子，大聲道：「在這兒，并州石炭販子張成，丙區第二十一號，離這裡不太遠！」

他們按圖索驥一路找過去，果然在丙區第二十一號找到了個小鋪位，奇怪的是那鋪子上卻放滿了各式各樣的剪刀和菜刀之類的家用刀具，哪裡有石炭的影子？袁從英讓狄景暉和韓斌在旁邊暫避，自己大搖大擺地走到鋪子前，高聲喝問：「并州販子張成，在不在？」

從鋪子下面鑽出個小個子漢人來，瘦瘦的臉上兩撇山羊鬍，兩隻小眼睛倒是十分精明，一看見袁從英，這人立即點頭哈腰道：「啊，小的就是張成，這位軍爺您有什麼吩咐？」

袁從英點了點頭，直截了當地道：「哦，你就是張成，把你鋪子裡的石炭都拿出來，瀚海軍要收！」

「石炭？」張成的臉色一變，遲疑著道：「軍爺，小的不明白您的意思。什麼石炭？小的鋪子裡的東西全在這裡了，您隨便看。」

「你說什麼？」袁從英豎起眉毛，惡狠狠地盯著張成，一字一句地道：「我說瀚海軍要收石炭，你快給我拿出來！」

張成嚇得直哆嗦，說話都帶了哭音：「大、大老爺，您這是要逼死小的啊！小的真沒有石炭啊，這可怎麼話說……您不信可以自己找嘛，哪有啊？」

袁從英把商鋪冊子往他面前一拍：「胡說！高火長的名冊上明明白白寫著你是石炭販子，你還敢狡辯？」

張成瞅了眼冊子，撲通跪倒在地，一邊磕頭一邊大聲喊冤：「軍爺，這、這到底是怎麼回事啊？小的在這巴扎做了多年生意，可從來沒賣過什麼石炭啊！軍爺，這高火長、高火長在哪兒啊，他怎麼亂寫啊……」他放開嗓子又哭又喊，立即就招來了大批圍觀的百姓。

袁從英緊蹙雙眉，心知這樣的奸猾小人最難纏，一下子很難問出結果來，此刻已近午飯時分，周圍人越聚越多，他有些擔心引起市場上的騷亂，便喝道：「沒有就沒有，你亂號什麼！待我去問過高火長再來找你算賬！」說著，匆匆擠出人群。

等在角落裡的狄景暉和韓斌眼巴巴地看著袁從英回來，見到他陰沉的臉色就知道事情不順利，袁從英和狄景暉商量了幾句，拿出商鋪冊子查了查，再去找那上面登記的其他幾個石炭販子，結果更糟，乾脆連鋪子帶人都蹤跡全無了。

「難道高伯的記錄有誤？」三個人垂頭喪氣地坐在巴扎外一個賣饢的小鋪前，一邊吃著午飯，狄景暉一邊問還在埋頭查本子的袁從英。袁從英想了想，道：「我覺得不像，這些鋪位肯定都是有過的，否則高伯也編造不出來。還有剛才那個張成分明是并州口音，而且說到石炭時候神色很反常，絕對有鬼，可現在咱們沒憑沒據的，也不好來硬的。」

狄景暉恨恨地一拍桌子：「怎麼這麼麻煩，你去一擰他的脖子，我就不信他不開口！」

袁從英道：「事情哪有那麼簡單，他亂說一氣的話我們怎麼知道是真是假。還得想個辦法套出他的真話來……」說著，他突然上下打量起狄景暉來，嘴角漸漸溢出笑意，狄景暉給他看得抖了抖肩膀，橫眉立目地道：「喂，你想幹什麼！我怎麼覺得有點兒怵人？」

這天下午，張成坐在自己那個刀具鋪子前發著呆，沒心沒緒的，雖說并州的剪刀在中原很有名氣，可畢竟是薄利的買賣，一天下來忙得要命也掙不了多少錢，他在心中嘀咕著：石炭生意不讓做了，這刀剪生意也沒做頭，混不下去乾脆回并州老家算了。

正在胡思亂想著，耳邊突然有人拉長了聲音在問：「喲，這裡的東西不太入流啊。」張成頓時來了氣，怒目圓睜地抬起頭正想理論，卻見鋪子前站著一位錦衣華服的公子爺，看面相倒也不算很年輕了，三十多歲的樣子，嘴上一抹烏黑發亮的唇髭，兩隻似笑非笑的眼睛顧盼之間神采飛揚，那通身上下的氣派讓張成立即斷定，這位絕對是個富室大家的來頭。

對這樣的主顧張成可不敢怠慢，趕緊打點起十二萬分的精神，笑著道：「哎喲，這位客官，小鋪擺在外面的都是些下等貨色，肯定入不了您老人家的法眼。小的看得出來，您老人家是有身分的……」他還要囉哩囉唆地往下講，狄景暉不耐煩地擺手道：「行了，行了！聽口音你也是并州人？」

張成眼睛一亮，諂媚地笑道：「是啊，喲，聽客官的口音，莫非咱們還是同鄉？」狄景暉還未答言，站在他身旁的韓斌把眼一瞪：「我家老爺是并州最有錢的大官人，和我家老爺同鄉，你也配！」

張成給這小孩罵得面紅耳赤，狄景暉也連連搖頭，做出一副痛心疾首的樣子，道：「我這小廝說話雖難聽些，可你擺這些東西出來，端的是給咱并州的生意人丟臉！」

張成愣了愣神，不覺低聲嘀咕道：「這些東西是不咋的，那也是沒辦法啊，要不誰賣這個。」

狄景暉朝張成招招手，瀟灑地甩給他一大錠銀子，道：「你的貨我都包圓了，這點錢夠了吧，別再擺這裡丟人了！」

張成喜出望外，捧著銀子連聲道：「夠，夠！大官人，您怎麼對我這麼好啊？」

狄景暉還是緊繃著臉，壓低聲音道：「老鄉幫老鄉嘛，不算什麼。我看你人也精明，今天就指條明道兒給你。」

張成狐疑地把腦袋湊過來，就聽狄景暉輕聲道：「我剛在并州收了好幾個石炭礦子，聽說庭州這裡石炭生意好，就過來瞧瞧。看樣子你在這裡有些年頭了，我正缺熟悉庭州的人手，怎麼樣？跟著我幹吧，比你這破爛生意好上千倍！」

張成瞪圓了小眼睛瞧了狄景暉半天，爆發出一陣大笑，笑得連話都說不來了。狄景暉面露不悅之色，一甩袍袖就要走人，張成卻把他拉住了，好不容易止住笑，神神秘秘地道：「大官人，咱們是老鄉，我就對您說句實在話。庭州這石炭生意，前幾年確實好得很，不瞞您說，小的也一直在幹這個，掙了不少錢。可誰料想就在幾天前，突然就吩咐說不讓再做這個生意了，咱們這些并州石炭商人，差不多都關門回家了，我因為已有妻兒在庭州，一時半會兒走不掉，才改賣了刀剪，咳！這能掙什麼錢，我正愁死了呢！」頓了頓，他又獻媚地道：「大官人，您是有錢的大買賣人，咱也不想在這裡待了，要不乾脆就讓我跟著您回并州吧。」

狄景暉緊蹙雙眉，思忖著問：「你說的話我聽不懂，什麼叫作吩咐不讓做石炭生意了，誰吩咐的，誰不讓做的？官府還是朝廷？哪裡來的這麼一說？」

張成翻了翻白眼，嘟囔道：「大官人，這您就別問了，小的怕給您惹上是非。」

狄景暉不作聲，上下左右地看著張成，半晌才冷笑道：「好你個刁猾的小人！我知道了，你這是怕我來搶你的石炭生意，想使詐把我騙走！哼，別以為我沒有你幫忙就沒法在庭州賣石炭，等著瞧吧！」說著，他朝韓斌使了個眼色，韓斌眼疾手快，一下就從張成懷裡又把那錠銀子搶了回去。

狄景暉厲聲喝問：「你叫什麼名字？」

張成木木地回答：「張成。」

狄景暉衝韓斌一點頭：「咱們走！」

韓斌走出幾步，扭頭對著呆若木雞的張成唾道：「張成，呸！你還是別回并州了，我家老爺在并州說一句話，你回去就只能當要飯的！」

張成突然撒腿上前，拉住狄景暉的袍袖，急得滿臉油汗地道：「大官人，大官人，小的該死，小的真不是那個意思。請大官人移步過來，小的全告訴您。」

狄景暉面沉似水地跟著他走回鋪子，張成這才壓低聲音道：「大官人，這庭州收石炭的過去幾年一直就是瀚海軍的人，我們按他們的要求從并州運來石炭，直接運到沙陀磧邊上的一個大倉庫裡。他們有多少收多少，價錢也出得高，對我們唯一的要求就是保持機密，不能對外人透露絲毫信息。所以但凡有人問起買家，我們這些販子都胡亂應付，從來不敢吐露實情，就連瀚海軍部不相干的人也都對此一無所知。可就在幾天前，一直跟我們做生意的那幾個軍爺突然就來說，今後石炭一律都不要了，讓我們即刻回家，我因為暫時走不了，還求了他們半天，才勉強同意我留下來，但也要我絕不能再對任何人提起石炭的事情。大官人，您可千萬別再來蹚這個渾水了，還是改做別的生意吧，小的、小的聽候您的差遣……」

「原來是這樣。」狄景暉聽完張成的話，點點頭道：「嗯，這還差不多。行啦，老爺我也乏了，先回去客棧歇兩天，過幾日等我回并州之時，自會讓手下來叫你同行。」

「啊，太好了，太好了！」張成感激涕零，一邊還猛瞅著讓韓斌拿回去的那錠銀子，狄景暉就當沒看見，帶著韓斌揚長而去。

那張成傻瞪著兩人的背影，兀自發著呆，耳邊突然聽到有人冷冷地叫著自己的名字：「張成，你很會做人啊。看來是該請你去瀚海軍部坐一坐，好好談談了，否則你就把瀚海軍的老底全兜給外人了。」

張成大驚失色，回頭一看，袁從英滿臉殺氣地朝他一步步逼近，張成大叫一聲，癱倒在地上。

過不多久，袁從英匆匆忙忙趕回巴扎後的小院，狄景暉和韓斌一見他來，就急不可耐地迎上來，連問：「怎麼樣？」

袁從英笑著坐下，喝了口水才道：「張成這傢伙果然把什麼都招了。」

狄景暉哈哈大笑：「都嚇得屁滾尿流了，還能不招？」

「嗯，」袁從英點頭道，「他告訴了我幾個名字，說就是這幾個人在他那裡收買石炭。我還擔心是不是有人假借瀚海軍之名做的勾當，不過聽他描述這些人的行止，以及沙陀磧旁的大倉房和運輸的駝隊，還是很像瀚海軍所為，一般的商人不可能有這樣的組織和規模。過幾天，我要去那個倉房看看，再去軍部核實一下是不是有那幾個人。」

狄景暉道：「他們行事那麼小心，我想名字可能有假，但倉房是跑不掉的。」

韓斌從懷裡掏出那錠銀子，遞給袁從英：「哥哥，還給你。」

袁從英不由笑道：「你們兩個夠狠，騙得人家暈頭轉向。」

狄景暉撇著嘴道：「哎，你總共就這麼點錢，都給了他，我們豈不是要餓死。」接著，他又衝袁從英笑道：「我說，咱們仨以後乾脆結夥去坑蒙拐騙、打家劫舍吧，我覺得比幹什麼都強。」

袁從英連連搖頭：「那樣大人肯定要殺了我，還是算了吧。」

正說笑著，院門外一個清脆悅耳的女聲響起：「說什麼呢？這麼高興。」

「紅豔！」狄景暉驚喜地從石凳上一躍而起，三步兩步就跨到院門口。一身紅裝的蒙丹果然笑意盈盈的，一手牽馬，一手持鞭，亭亭玉立在他的面前。

狄景暉一見到蒙丹，心裡暖融融的，平日的伶牙俐齒這時候突然都變得遲鈍，也想不起來要說什麼，只對著她微笑。蒙丹卻好奇地上下打量著他，皺了皺小巧的鼻子問：「咦，你怎麼這樣打扮？好像個土財主！」

狄景暉一愣，往身上瞧了瞧，自嘲道：「嘿嘿，可讓你看見我的真面目了。」

幾人落座在石桌旁邊，袁從英和狄景暉把這兩天在庭州的經過講了一遍給蒙丹聽。那套華服當然是袁從英從某位倒霉的有錢路人身上扒下來的，給狄景暉穿上倒真是風度翩翩、相得益彰。蒙丹的騎兵隊在離開庭州不遠的草原上紮營放牧，一收到袁從英三人到庭州來的信息就趕來看望他們。同時，蒙丹還帶來了一個好消息，原來梅迎春派人送信來，說已從洛陽返程，算算時間，再有個十來天也該到庭州了。

對於這兩天在庭州發現的線索，大家討論來討論去，都覺得瀚海軍似乎在秘密鍛造兵刃，而鍛造的地點很可能就藏在沙陀磧深處的伊柏泰，但瀚海軍為什麼要這樣做，鍛造的兵刃都用來做什麼，整個事情如何組織，依然迷霧重重。既然暫時想不出個所以然，大家也只得先作罷。袁從英趕回集市繼續核查商鋪，因他沒有時間，就由蒙丹帶著韓斌去草原上騎馬射箭。

這個下午為了趕時間，袁從英馬不停蹄地一家連一家核查商鋪，勉為其難地應付來自天南海北的商販們，直把他累得頭暈眼花、腰瘦背痛，心想這活兒可比打架殺敵累上百倍。這時候天色漸晚，不少商販開始收攤關門，袁從英決定趁最後的一段時間查完前面的幾十間鋪子，自己也該回家了。

他剛從一家賣金器的鋪子出來，就感覺有人從背後躡步上前，伸手抓他的衣襟。袁從英何其敏捷，根本未容那人近身，就把對方的胳膊牢牢擰住。那人疼得齜牙咧嘴，在他的手上拚命掙扎，口裡還拋出一長串嘰哩咕嚕的突厥語，袁從英一瞧，原來是個突厥小孩，衣衫襤褸、蓬頭垢面，看樣子是個野孩子。

袁從英朝他瞪了瞪眼，微微鬆開手，用突厥語問：「你想幹什麼？」這小孩聽他語氣還挺溫和，胳膊也不覺得疼了，這才擦了擦汗，轉而用漢語問：「唔，你是袁校尉嗎？」

袁從英一愣：「是，怎麼？你認識我？」

「不，是有人讓我給你帶封信。」突厥小孩說著從懷裡掏出張皺皺巴巴的紙，袁從英接過來正要打開，一不留神那小孩撒腿跑掉了。

袁從英也不追趕，就看這紙條上潦草地寫著：永平巷後，土山半坡草亭，高長福。袁從英頓時緊張起來，永平巷就是高長福居住的巷子，這個後山，應該指的是高家堂屋後窗所對的那座小山包。

他定了定神，對照了下手中高長福所編寫的商鋪冊子，果然是同樣的筆跡。袁從英再不敢怠慢，立即快步朝永平巷的方向趕去。先來到高長福的家門前，袁從英瞥了眼屋上的鎖，還是昨天自己給掛上的，後牆上的窗戶也關得好好的，沒有任何動過的痕跡。他朝屋後的土山上走去，周圍靜悄悄的，天邊落霞璀璨，幾聲烏鴉的聒噪，遠遠地自山頂傳來。

這土山中只有一條曲折的小徑，鋪滿了亂石雜草，不像常有人走動。山間林木蔥蘢，本來就遮天蔽日，此刻夕陽西下，小徑上更顯幽暗。袁從英一邊留意著四周的動靜，一邊快速登山，沒多久就翻過山頂，他自山頂往後山望去，依稀可辨一座小亭佇立在半山坡上。袁從英立即循著小徑往後山下去。天色越來越暗了，眼前的山路差可辨認，進了小草亭，裡面哪有高長福的蹤跡，袁從英四顧茫然，決定先等等再說。

這一等就等到天完全黑透了，清冷的月光灑在草木之上，目光所及之處遍地銀霜。突然，袁從英在前方的山脈處看見一處火光跳動，忽左忽右，迅急地變換著方向，似乎在漫無目標地瘋狂奔跑，遠遠地還能聽到些刀劍相碰在山間引起的回音。袁從英心中頓時揪緊了，他飛身向火光而去，尚未靠近就聽見激烈的打鬥聲響，面前林木稀疏處突然分開，一個滿身滿臉都是血的人朝他狂奔過來，袁從英搶前將那搖搖欲墜的人扶在臂膀中，果然是高長福！

高長福面色慘白，胸前背後血流如注，袁從英匆匆一瞥就知道他已身負重傷、命在旦夕，立即封了他幾處大穴止血，剛扶他躺在地上，追兵已到。袁從英將高長福護在身後，右手握緊鋼刀，掃了眼將他們團團圍住的追殺者，人數不多，才十來個，輕甲短械。看見袁從英，這些人也不多話，互相點了點頭，便一起揮舞著刀劍湧上來。

袁從英擺開鋼刀，飛快地撂倒了三四個。剩下的那些人沒有預料到他厲害至此，頓時慌了手腳，猶豫著不敢再向前，袁從英也不進逼，將刀平端在身前，冷冷地問：「各位和這位大伯到底有何恩怨，為什麼要趕盡殺絕？」

殺手們面面相覷，其中一個領頭的厲聲道：「我們是瀚海軍，在追殺逃犯，你這人不要多管閒事！」

「瀚海軍？」袁從英不覺大驚，厲聲道：「我也是瀚海軍校尉，卻不知道這位高伯犯了什麼大罪？」

「你是瀚海軍校尉？」殺手們顯然也大出所料，稍一遲疑，領頭者猛地跺腳喊道：「弟兄們，少和他廢話，殺人要緊，快跟我上！」

眾人再度一擁而上，可卻根本不是袁從英的對手，袁從英感覺到高長福已氣息奄奄，不敢再多花時間糾纏，便乾脆俐落一刀一命。那領頭者見勢不妙，帶著最後幾人扭頭就逃，袁從英不及追趕，只抓住地上一個還剩口氣的逼問：「你們到底是不是瀚海軍？受何人差遣？」

那人翕動著嘴唇還未回答，卻被折回身來的領頭者投來短刃，直插入前胸。

袁從英衝前兩步，單刀翻飛，把他們一個不剩全部結果了。

返回高長福身邊，袁從英將他抱在懷中，連叫幾聲「高伯」，高長福悠悠一口氣回過來，無神的雙眼盯在袁從英的臉上，喉嚨裡面嘶啞地發出斷斷續續的聲音：「沙陀、陀團……危險，找……武遜……」

袁從英連連點頭，貼著高長福的耳朵道：「是，高伯，我知道了，找武遜，沙陀團危險。」

高長福喘了口氣，突然猛地揪住袁從英的衣服，直勾勾地瞪著雙眼，喊道：「錢……」手一鬆，垂下了腦袋。

袁從英緊咬著牙，輕輕合上高長福的眼睛。他抱起高長福的屍體，往旁邊走了幾步，揮刀砍下樹枝，掩在高長福的身上，隨後便頭也不回地循著小徑而去。

袁從英趕回家時，蒙丹幾個正等得心急火燎，一見他身上的血跡，全都嚇了一大跳。袁從英匆匆把經過說了一遍，大家鴉雀無聲，心情沉重而惶恐，危機如影隨形，寸步不離地緊跟著他們從沙陀磧、伊柏泰，一直來到了此刻的庭州。接下去，還會發生什麼更可怕的事情呢？

燭光暗影中，袁從英凝神沉思了許久，才長長地吁了口氣，道：「我要離開幾天。」

「離開幾天？」狄景暉和蒙丹不解地齊聲發問。

「是的。」袁從英點頭，「我要去辦些非常重要的事情，短的話七八天，長的話可能要十多天。在這段時間裡，」他朝蒙丹微笑了一下，「紅豔，我就把他們兩個託付給你了。你要保證他們的安全。」

蒙丹疑惑地道：「這沒問題，不過——」

袁從英打斷她的話：「明天一早你就去騎兵隊帶幾個最精幹的弟兄來，這些天就一起住在這裡。應該不會有事，這樣做只是以防萬一，所以大家要謹言慎行，千萬不要惹是生非，一切等我回來再說。另外，那時候梅兄也該到庭州了，我們會有更多的幫手。」

狄景暉點著頭道：「你放心吧。不過，你這樣離開，不算私離駐地嗎？如果瀚海軍追問起來……」

袁從英道：「錢歸南不在庭州，瀚海軍又似乎很忙碌，短時間內應該顧不上我們。假如有人來問，你就想辦法搪塞，只要拖過這幾天就行了。」

三更都已敲過，裴素雲仍然在床上翻來覆去，無法入睡。她也不想點安神香，就乾脆起身下地，到外屋打開窗戶，天山的雪峰在月夜之下只有個模糊的輪廓。她靠在窗前，癡癡地望了一陣子，習習涼風灌入屋內，裴素雲攏了攏雪白的披肩，悠悠地歎口氣，伸手合攏窗扇。

回過身來，一眼看見坐在桌前的袁從英，裴素雲倒退了一步，但心中卻並不怎麼慌亂，莫名中，她似乎已經料到他會來，或者說是在期待著他來吧……袁從英站起身，向她抱歉地笑了笑，輕聲道：「是不是嚇到你了？對不起。」

裴素雲不說話，只是靜靜地注視著他，袁從英看不清楚她掩在陰影中的臉龐，於是再次對她微笑，接著解釋：「本來應該叫門的，可你院子外面圍了些人，我不想讓他們看見，所以就……」

裴素雲一驚：「我家外面有人在監視？」

「是，前天晚上我送你回來時，還沒有。」

裴素雲輕輕咬了咬嘴唇，終於從窗前緩緩走出，袁從英注意地觀察著她的神情，輕聲問：「你知道那些是什麼人嗎？」裴素雲木然地搖頭，袁從英又問：「要不要我去抓一個來問問，很容易的。」

「不必了。」裴素雲冷冷地回答，走到桌邊坐下，抬頭看到袁從英仍然站著，她做了個請坐的手勢，隨後便垂下眼簾不再看他。

袁從英略一猶豫，還是在裴素雲的對面坐下了。桌上只點著一支紅燭，青白的火焰筆直向上，蠟油順著燭身緩緩滴落，凝成斑斑燭淚，屋外傳來兩聲淒厲的貓叫，裴素雲不覺打了個寒顫，心頭剛剛聚起的暖意又化為烏有，抬頭望了眼袁從英，看他緊抿雙唇全然沒有要開口的意思，於是她冷若冰霜地問道：「袁先生半夜三更來到妾身的家中，不是就為了這麼坐著吧？」

袁從英皺了皺眉，但還是答道：「我來是為了告訴你……我要離開一段時間，並且，在走之前，我也想來看看你。哦，還有就是……」他突然若有所思地停了下來，話音中的遺憾讓裴素雲的心微微顫了顫，她不由自主地追問：「你，要走？要去哪裡？」

袁從英遲疑著道：「我會去沙陀磧，應該還有輪台。」

「沙陀磧，輪台？」裴素雲驚詫地重複著，心中的不安成倍地增長起來。

似乎是看出了她的緊張，袁從英對她安撫地笑了笑，溫和地道：「是的，一切還要看情況而定。對了，我正想問你，輪台以西是不是就不屬於庭州和瀚海軍所轄的區域了？」

裴素雲渾身一凜，竭力用冷淡的聲音回答：「這個，素雲不知道。你為什麼要問我這些？」

袁從英有些意外地道：「怎麼了？我想你從小生長在此地，也許應該知道。現在在庭州，我差不多就只認識你一個人。」

裴素雲突然脫口而出：「我想，不是這個理由吧！」

「那還能是什麼理由？」

裴素雲冷笑一聲：「你在試探我，想從我這裡得到錢歸南的動向，難道不是嗎？」

袁從英萬分詫異地注視著裴素雲，搖頭道：「你、你為什麼會這樣想？錢歸南？這和錢刺史有什麼關係？是不是，外面監視你的是錢歸南的人？我不明白，他監視你幹什麼？」

裴素雲瞪著袁從英，她覺得自己的心被屈辱深深地刺痛了，為什麼這些人都只想著欺騙她、利用她，難道就因為看出來她是個無依無靠的女人？裴素雲努力按捺著翻滾的心潮，換上副波瀾不驚的語氣：「好吧，袁先生，你若是不明白那咱們就談點兒別的。」

袁從英低下頭：「你想談什麼？」

裴素雲咬了咬牙，譏諷地問：「袁先生，你在這夜深人靜的時候跑來我家，難道就不擔心會碰上我的丈夫？」

袁從英猛抬起頭，銳利的目光像箭一樣射過來，裴素雲被逼得幾乎要退縮，但還是倔強地回視著他，直到他的眼神又漸漸溫柔起來，聽到他說：「不，我不擔心。」

「為什麼？」

「因為你沒有丈夫。」

裴素雲冷笑：「哦？你憑什麼這樣認為？那安兒又是從哪裡來的？他不應該有個爹爹嗎？」

袁從英輕輕地吁了口氣：「安兒當然應該有個爹爹，但那是兩回事。而你沒有丈夫，這一點我完全可以肯定。」

裴素雲繼續嘲諷地反問：「是嗎，為什麼那麼肯定？」

袁從英搖了搖頭，低聲道：「假如你有丈夫，他斷然不會讓你像現在這樣生活；假如你有丈夫，你也絕不會有如此孤獨和恐懼的眼神；假如你有……」他突然停下來，裴素雲已聽得驚心動魄，卻見他緊蹙雙眉，彷彿在喃喃自語，「安兒的爹爹，錢歸南……我明白了……」

裴素雲閉上了眼睛，很久沒有聽到任何聲響，這才又睜開。眼前模模糊糊的，她看見袁從英仍然一動不動地坐在對面，便低聲道：「我以為你早知道。」

袁從英轉過臉來直視著她，一字一頓地說：「我不知道。」

裴素雲虛弱地道：「在庭州，這是人盡皆知的秘密。」

袁從英冷笑：「我才來庭州三天，根本就不認識什麼人，無從得知你們的秘密。」頓了頓，他繼續用平靜的口吻說著：「不過我應該感謝你的好心，現在就告訴我，還算及時。」

袁從英站起身來，裴素雲已無力站起，只好眼睜睜地看著他：「你要走嗎？」

「嗯，怎麼，你還有話要說？」

裴素雲茫然地搖頭：「不，沒有了。」

袁從英站到她的面前，語氣平淡地道：「那好，我還有幾句話要問。」

裴素雲點點頭，眼前又是一片模糊，恍惚中聽到他在問：「錢歸南有沒有提起過我？」

裴素雲又點點頭。

「所以你從一開始就知道我是誰。」

裴素雲還是點頭，忙又搖頭，慌亂中聽見他冷冷地道：「原來是這樣，我真是太蠢了。」

裴素雲輕聲叫起來：「不，不是的。」她猛抬起雙眼，正碰上他的目光，不覺倒吸了一口涼氣，那裡面沒有她想像中的憤怒和怨恨，只有深徹入骨的失望。

裴素雲的眼淚終於奪眶而出，跟前的人依然一言不發地站著，許久，裴素雲感覺到他輕輕捋了捋自己垂落的髮絲，低聲問：「為什麼哭？」

裴素雲淚眼模糊地抬起頭，袁從英對她微笑了一下：「我真的該走了。不過還是希望讓你知道，我來找你不是為了任何其他的目的，只是因為你的愁容，我想知道你在害怕什麼、擔憂什麼，現在都清楚了。」

不知怎麼地，裴素雲脫口而出：「你還會來嗎？」

似乎是思考了一下，袁從英方才回答：「我也不知道。」隨後，他又自嘲地輕歎，「我怎麼會想到要找你這個女巫治病？你真的很厲害，已經很久沒人能讓我像剛才那麼痛苦了。」

裴素雲呆望著他的身影消失在門口，蠟燭燃盡了，最後的一抹紅光「嗤」地泯滅，她獨自一人在黑暗中淚如雨下。「已經很久沒人能讓我像剛才那麼痛苦了。」對她又何嘗不是如此呢？此刻，裴素雲體會著撕心裂肺的痛苦，可又隱約地感到某種東西從內心深處升起，對於她來說，這樣東西是如此奢侈，它的名字叫……希望。

第八章　危兆

狄仁傑書房裡的晚飯剛剛撤下，狄忠親自奉上老爺最愛的湖州紫筍茶，問明狄仁傑沒有別的事情，便退出書房，自己趕去東跨院裡剛收拾出來的廂房查看。才來到跨院門口，一頭撞上匆匆而來的沈槐。

兩人相對一笑，狄忠招呼道：「咦，沈將軍，今天這麼快就過來了？」

沈槐笑道：「今天有貴客盈門，我總要過來多照應照應。」

狄忠伸手相請，兩人一齊邁入東跨院的月洞門。

迎面兩個家僕過來向狄忠稟報：「大總管，廂房全都收拾停當了，您來看看吧。」

「好。」狄忠一邊走，一邊繼續同沈槐聊著，「沈將軍，您也來看看給楊霖新收拾的這屋子吧！」

沈槐點頭：「嗯，我就是要來看看。」他瞥了兩眼緊跟身邊的家僕，又笑道：「怎麼？看起來還挺興師動眾的？」

狄忠聞言不覺歎了口氣，湊到沈槐耳邊，低聲抱怨道：「可不是嘛，咱老爺也不知道中了什麼邪了，把個不知道來歷的窮酸書生當佛祖似的供起來！」

沈槐哈哈大笑起來：「大人對佛祖也未必這麼在意吧。」

狄忠連連搖頭，唉聲歎氣地來到廂房前，推開門與沈槐一起進去轉了一圈，三開間的屋子已被打掃得窗明几淨，床榻上的被褥色色全新，左側書房的書案上筆墨紙硯一應俱全，牆根下立著雕花格子的楠木書櫃，上面整整齊齊地擺滿了全套的典籍書冊。狄忠捏捏被褥、摸摸窗櫺、彎下腰檢查青磚地面的潔淨程度，沈槐在旁看得直納罕，忍不住打趣道：「這個楊霖可算是一跤跌到青雲裡頭，不知道交了什麼運，讓咱們的狄忠大總管也緊張成這樣。我說狄忠，你可從來沒對我的屋子這麼盡心竭力地照應過？」

狄忠哼著道：「什麼運？狗屎運唄！我還不是看在老爺的份上，好長時間都不見他老人家這麼有興致了。」

沈槐微微點頭，踱到北窗下，就見窗下的長几上，端端正正地擺著一盆素心寒蘭，雖沒有開花，幽淡清冷的蘭草之香依然沁人心脾，他不覺微俯下身，深深吸了口，好奇地問：「大總管，你居然連花草都給想到了？」

狄忠一愣，撇了撇嘴道：「我哪有這種情趣，這是老爺特別吩咐的。沈將軍，你說這也真是奇了怪了，一個什麼蘭州來的破考生，就算有點兒學問吧，老爺愛惜人才，也犯不著把人請到家裡來住著，連屋子裡擺花都想到了，剛才還吩咐我去給買幾身新衣服，這、這就是對親生兒……」說到這裡，狄忠突然住了口。

沈槐的嘴角蕩起一抹不易察覺的冷笑，到底是宰相府的大總管，即使在最熟識的自己人面前，也還是保持著底線，不該說的話是絕對不會說的。於是他便打個哈哈，道：「大人還真喜歡蘭花，我看他書房裡面擺了不少。唉，他老人家還是看重文人啊，從來也不會想到要給我這個武夫的屋子裡擺盤花什麼的。」

狄忠搔了搔腦袋：「啊？沈將軍，難道你也愛這個？其實我倒是吩咐花匠給府裡的各個屋子都擺花的，不過您住的屋子是原來袁將軍住的，他從不要在屋子裡擺花，所以花匠也就一直沿襲了這個規矩。」

沈槐隨意地道：「原來是這樣，怎麼，袁將軍討厭花草嗎？」

狄忠想了想道：「好像也不是，我只記得他很早的時候對我說過一次，說他聞到花香會難受。」

沈槐注意地看了狄忠一眼：「哦，還有這種事情……」

狄忠又問：「那沈將軍，以後要給您擺花嗎？」

「不用了，其實我也不愛這些，多謝大總管了。」

兩人並肩走出廂房，沈槐問：「楊霖還在大人的書房嗎？」

「在呢，吃完飯老爺就把楊霖叫到書房攀談，可是親熱得不得了。」

沈槐也不由搖頭：「大人如此表現，還真是太少見了。別的倒沒什麼，我就擔心這楊霖來歷不明，如果有什麼特別的目的，恐怕會危及大人的安全……」

狄忠皺眉道：「誰說不是呢，沈將軍，這可就得麻煩您多加小心了。不過我看這個楊霖手無縛雞之力的樣子，要說他自己應該是沒什麼特別的能耐。」

沈槐點了點頭，看看已經走出了東跨院，便對狄忠道：「我去大人的書房看看，大總管，你就忙去吧。」

狄忠狡黠一笑：「行啊，老爺的茶我過會兒派人送到書房門口，還請您給他老人家端進去。」

從東跨院穿過一條草木扶疏的小徑，就來到了狄仁傑書房的後牆下。夜晚的狄府，重重深院掩在晴光脈脈的月色之下，不再像白天那樣給人肅穆和莊嚴的感受，反而顯得清幽寂寥。鵝卵石鋪就的小徑上，青草從縫隙間鑽出來，踩在腳底下彷彿有彈性，沈槐常年習武的腳步輕捷平穩，一路行來悄然無聲。已是芳菲四月，即便入夜之後空氣中仍有寒意，狄仁傑還是習慣虛掩窗扇，留出一條縫隙，讓春夜的徐徐清風帶著滿院子草木的清甜飄入書房，舒緩室內凝重的氣氛，也讓艱澀的心緒隨之平靜下來。

沈槐靜靜地站到窗邊，從縫隙中他可以清晰地聽到室內的談話，狄仁傑和楊霖分坐榻邊的側影也一目了然，楊霖坐在靠近窗邊的一側，形銷骨立的臉龐比白天還要顯得蒼白。隔著窗戶沈槐似乎都能聽到他緊張的心跳，沈槐皺了皺眉，這樣脆弱而膽怯的性格，此人可真是難堪重用。他悄悄換了個角度，仔細觀察著狄仁傑在燭火跳動後的臉，那臉上分明寫滿了慈愛和關切。沈槐暗自感歎，真是沒有想到，只不過是一個可能性，就可以讓狄仁傑投入如許深情，謝嵐，他對狄仁傑真的是太重要了吧？

屋內的談話在斷斷續續地進行著。就聽狄仁傑慈祥地問道：「這麼說，你是在蘭州長大的？你的父親叫楊仁……」

楊霖接口道：「先父楊仁禮在晚生很小的時候就因病過世了，我、我完全不記得他的樣子。母親一個人撫養我十分辛苦，四處給人幫傭、刺繡，顛沛流離，直到晚生十來歲的時候才算在蘭州附近安了家。」談話至今，因為狄仁傑一直十分親切，楊霖多少也不像剛開始那麼緊張了，但喉間仍然透出絲絲顫音。

狄仁傑沉默了一會兒，再度和顏悅色地開口了：「楊霖啊，你方才說你的母親是靠一手繡活將你拉拔長大，還送你攻讀詩書，真是很不容易。」

「是。」楊霖低下了頭，神色黯然。

若是在平時，狄仁傑一定會察覺到對方的異樣，但今天他明顯沉浸在自己的思緒之中，並未加以理會，而是繼續問道：「你剛才說，你們全家都是在你十歲以後才搬去的蘭州，那麼你可知父母原籍何處？」

楊霖茫然地搖搖頭：「狄大人，晚生也曾問過母親，可她從來都未正面回答過，只說過去的事情不想多提，所以後來晚生也就不再問了。」

「哦，是這樣……」狄仁傑凝神注視著楊霖，臉上淡淡的疑慮稍縱即逝。

沈槐在窗外聽得稍稍一怔，雖然事先曾經交代過楊霖，對狄仁傑關於身世的追問，必須要含糊其辭，但畢竟面對的是當世的第一神探，沈槐確實很擔心楊霖的對答是否會露出破綻。沒想到方才的這番談話楊霖應付得比想像中要好很多，既保持了神秘感，也讓狄仁傑無從判斷，最重要的是楊霖真誠自然的態度，讓人無法質疑。

楊霖的確說的是真話。從小到大，每每問起自己的身世，何淑貞就是這樣搪塞他的。而今天，在狄仁傑的面前，楊霖的實話實說大大地幫助了自己，他是沒有能力欺騙狄仁傑的，一旦說謊就會讓對方產生懷疑，可鬼使神差的，楊霖恰恰選擇了在這種情況下最合適的手段：講真話。

書房裡又陷入一片寂靜，沈槐在屋外思忖著，是否應該進去調節一下氣氛，讓楊霖從狄仁傑的盤問中暫時解脫出來，卻聽到狄仁傑又開口了：「楊霖，那首幽蘭詩是你自己作的嗎？」

沈槐的肌肉頓時繃緊了，他聚精會神地傾聽，裡面楊霖在期期艾艾地回答：「不、不是，是晚生從一把舊折扇上抄下來的。那首詩不是用來行卷的，只是晚生自己喜歡了抄來解悶，不知道、不知道怎麼就夾到卷軸裡去了。」

「哦，是這樣嗎？」狄仁傑深思熟慮的目光投向楊霖，楊霖趕緊垂下眼皮，籠在袖子裡的手捏成拳頭，手心裡已經汗濕成團。

沈槐的心也撲撲跳起來，他邁步悄聲走到書房門口，正猶豫著要不要推門而入，又聽到狄仁傑道：「楊霖，你說的這把折扇可曾帶在身邊？」

沈槐收回伸到一半的右手，屏息從門縫望進去。

楊霖愣了愣，探手入懷取出一把折扇，從榻上站起身來走到狄仁傑的面前，恭恭敬敬地用雙手將折扇遞了過去。沈槐的額頭冒出了汗珠，他目不轉睛地盯著榻上那莊重的身影，眼下便是計劃中至為關鍵的一個步驟了。

楊霖垂頭等了很久，書房裡毫無動靜，他平托的雙手不自覺地顫抖起來，他鼓起勇氣，抬起眼睛看了看面前的狄仁傑，這一看之下真是大為震驚！只見燭光的映襯下，狄仁傑滄桑的臉上兩行老淚是如此觸目驚心，楊霖的手哆嗦得更厲害了，他語無倫次地嘟囔著：「狄、狄大人，您……我……」一瞬間，他心中的悽惶超過了恐懼，自己的眼中也湧上了酸楚的淚水，酸甜苦辣難以盡述，楊霖啊楊霖，你這究竟是在做什麼呀？

狄仁傑卻彷彿什麼都沒有聽見看見，他的眼裡只有楊霖手中的那柄折扇，事隔三十多年，他仍然可以一眼就認出它來，深褐色的玳瑁扇骨，色澤彌久愈鮮，在燭光下隱隱閃動，好像她的眼睛，如月夜下的幽潭一樣深邃，又像初生的嬰兒那樣純粹。狄仁傑並沒發覺自己已經淚流滿面，他只是遲疑著不敢去觸碰那柄折扇，似乎只要輕輕一碰，往事灰暗的面紗就會脫落，他不知道要怎樣去承受真相盡顯的一刻，更不知道自己這顆風中殘燭般的心，是否還能夠承受得住？

就在這千鈞一髮之際，沈槐的身後響起了腳步聲，沈槐猛一轉身，原來是僕人送上茶盞。沈槐接過茶盤，在門上輕輕敲擊兩下，狄仁傑全身一怔，定了定神叫道：「進來。」一邊攏起袖子拭淚，一邊伸手取過折扇輕輕納入懷中。

沈槐走進書房，若無其事地叫了聲：「大人。」將茶盞置於几上，又道：「大人，天色不早了，您看卑職是不是先帶楊霖先生熟悉下他的居所，來日方長，有話大人今後盡可慢慢說。」

狄仁傑此時已心力交瘁，擺擺手道：「嗯，這樣也好。沈槐啊，那就麻煩你了。」

「那卑職就先告退了。」沈槐抱拳施禮，楊霖也慌亂地向狄仁傑作了個揖，狄仁傑對他和藹地微笑：「楊霖啊，你那柄折扇今日就先借於老夫賞玩，可否？」

「當然，當然。」楊霖邊說邊退，幾乎是逃出了狄仁傑的書房。

沈槐帶著楊霖匆匆來到東跨院，月光清亮，樹影婆娑，狄忠離開時很周到地在廂房中點亮一盞紗燈，暗紅色的燈光帶來絲絲暖意，讓楊霖有種恍惚到家的感覺。一進屋，楊霖便精疲力盡地癱在椅子上，一邊頻頻拭汗。

沈槐鄙夷地看著他，哼道：「真沒想到，你還挺會騙人。這世上能把狄仁傑大人騙得團團轉的，我倒還真是很少見到。」

楊霖耷拉著腦袋，有氣無力地辯解了一句：「還、還不是你交代的……」

沈槐聲色俱厲地斥道：「你說什麼？這一切和我有什麼關係！我告訴你楊霖，該說的話我都對你說清楚了，不想再重複！要想取回你的東西，就看你做得如何，當然，如果表現得好，榮華富貴就在眼前。今天你都看見了，該相信了吧！」

楊霖沒有說話，只死死瞪著桌上的一個包袱，這是他隨身攜帶的全部行李。

沈槐走了，楊霖四下打量著這套素雅潔淨的屋子，看了半天才選定臥室裡的床榻，打開包裹，取出紫金剪刀和那封信，小心翼翼地塞到了褥子的最裡頭。

沙陀磧的春天出奇的短暫，只不過才四月的天氣，除了早晚氣溫驟降以後，仍能令人感到刺骨的寒凍，其餘時間裡，火辣辣的太陽毫無遮擋地照在茫茫無際的沙地上，被黃色沙土反射後的陽光成倍地刺眼，只一會兒就能曬得人頭暈眼花。而沙漠上春天的風暴更盛，沙塵漫捲鋪天蓋地，如黃巾遮空，又似迷霧築籠，人身上的水分就此飛速地流失，沒多久就會變得口乾舌燥、精神萎靡。但即使這樣，這段時間也已經算是沙陀磧中通行的最佳時機了，再過一個多月，整個沙陀磧就會變成火輪灼烤下炙熱的熔爐，到那時候就連最堅韌的瀚海之舟——駱駝，也會對這片莽莽沙海望而卻步的。

然而駐紮在伊柏泰的人們別無選擇，從冬到夏，這沙漠最深處的監牢就是他們無法逃離的煉獄，在這裡待久了，生活的目的變得簡單而純粹，那就是：無論如何，也要活下去！

這天傍晚，趁著日頭西落所帶來的片刻涼爽，潘大忠步履匆匆，朝武遜的營房走去。自袁從英他們離開以後，武遜就搬去了原來呂嘉的大營房居住。潘大忠來到營房門前，守衛朝他抱拳招呼：「潘火長。」

潘大忠心不在焉地點點頭，舉步就要往裡走，守衛攔道：「潘火長，武校尉正在休息，他吩咐過，任何人不得入內。」

潘大忠把眼一橫：「屁話！下午操練的時候，是武校尉自己約我過來商討軍務，怎麼突然就不得入內了？」

守衛為難地道：「這……可武校尉的確是這樣關照屬下的，我……要不我進去給您通報一聲？」

潘大忠臉色鐵青地點了點頭。

守衛剛進營房就又轉了回來，滿臉困惑地道：「潘火長，武校尉不在裡面。」

「什麼？」潘大忠死盯著守衛，把那守衛看得額頭上汗珠直冒，支支吾吾地道：「原來在裡面的，怎麼突然就……」

潘大忠捏了捏拳頭，厲聲道：「讓我進去看看！」

守衛也急了，搶身攔在門口：「武校尉嚴令他人不得入內，屬下萬不敢違令。潘火長，反正武校尉也不在裡頭，您、您還是在這裡等等吧，否則武校尉回來若是看見了，你我都不好交代。」

潘大忠把牙咬得吱咯亂響，整個伊柏泰唯有呂嘉的這個營房有前後兩扇門，從後門出去就是一左一右兩個地下監獄的入口，此刻潘大忠心中惶恐萬狀，生怕武遜是偷偷地去了地下監獄。這段時間來潘大忠遵武遜之命又陪他下去過幾次，每次都拿著自己繪製的圖紙，一路小心引導，有把握不讓武遜發現任何可疑之處，但如果他自己一個人拿著圖紙下去察看，結果就很難說了。而更要命的是，假如武遜這麼做，就說明他對老潘失去了信任。

潘大忠想了想，剛打算繞到左右兩個入口去詢問，隱隱約約地就覺得營房後面有條人影一閃而過，他大喝一聲「什麼人」，便往武遜的營房內直衝進去，那守衛還想阻擋，潘大忠一邊喊著「有刺客」，一邊奮力推開守衛。衝進門內，偌大的營房冷清清的，空無一人。潘大忠徑直走到後門前，門沒有關牢，地上亂七八糟的沙土中幾個清晰可辨的腳印，潘大忠皺眉細看，腳印通往營房右邊的一排櫃子，於是他獰笑著朝櫃子走去。

守衛也跟著潘大忠跑進來，正急得抓耳撓腮、無所適從，突然前門大開，就見武遜邁著大步衝進來，滿臉怒氣地大喝：「你們在幹什麼？」

潘大忠嚇得一跳，趕緊指著櫃子道：「武校尉，剛才、剛才我看見有人從後門進了您的營房，似乎躲在這裡。」

武遜緊鎖雙眉，瞪了眼老潘，疾步走到櫃子前，劈手拉開櫃門瞧了瞧，喊道：「娘的！屁都沒有，老潘你搞什麼鬼？」說著，他把櫃門甩攏，橫眉立目地擋在老潘面前。

「這、這，我剛才明明看見……」潘大忠十分尷尬，武遜又瞪著那守衛：「還有你，怎麼隨隨便便就放人進來！」

潘大忠明知武遜是針對自己，搪塞不過去，便解釋道：「武校尉息怒，咳，剛才是我奉您的命令來找您談事，他不讓我進我就在門口等著，結果恰好看到似乎有人溜進您營房的後門，情急之下才闖了進來。呵呵，如今看來是卑職眼花了，還請武校尉見諒、見諒！」

武遜哼了一聲，餘怒未消地一屁股坐到榻上，朝潘大忠和守衛擺擺手，兩人點頭哈腰地往外退，才到門口，武遜又悶悶地叫了聲：「老潘，你留一下。」

潘大忠恭敬地重回武遜面前，就見武遜滿臉掛霜，沉吟了半天，才道：「老潘啊，我心情不好，你別在意。咳，剛才也是氣悶得不行才到外面走了一圈，真是鬧心啊！」

潘大忠殷勤地湊上前：「武校尉，您這是怎麼了？誰惹您老人家這麼不痛快？」

武遜愣了愣，猛地一拍桌子，低聲吼道：「還有誰，還不是那個錢刺史！」

「啊？錢刺史又怎麼了？」

武遜冷笑：「錢刺史回覆我上次那封軍報，袁校尉一行離開伊柏泰，到今天也有十多天了吧？」

潘大忠轉了轉眼珠：「嗯，算起來差不多。」

武遜又道：「那你說錢大人要是昭告了過往商隊，現在又是商路上最繁忙的時候，這些天沙陀磧上也應該有些動靜了吧？」

「嗯，這倒也是。」潘大忠連連點頭。

「可是，他媽的！」武遜又狠狠地一拍桌子，「這沙陀磧仍然像死了一樣，別說商隊，我看連鳥都懶得從這裡過，你說這是他媽的怎麼回事啊？別不是錢歸南又把咱們給耍了吧？」

「這個……」潘大忠想了想，「武校尉，也可能時間還未到吧，您再耐心等幾天？」

「我有耐心，可這沙漠沒耐心啊，再過上半個月二十天，沙陀磧就要熱死人了，我們還剩個屁匪，就等著曬人乾吧！」

武遜越說越來氣，最後怒沖沖地瞪著潘大忠，吼道：「我告訴你老潘，再過幾天要是還沒動靜，你就給我回庭州去，我就派你去找你家主人理論！」

潘大忠諾諾連聲，滿臉苦相地退了出去。

等潘大忠的腳步聲遠了，武遜從榻上一躍而起，躥到櫃前，一把拉開櫃門，急促地道：「你這小子怎麼來了，出什麼事了？」

裡面之人跨出櫃門緊緊攥住武遜的手，叫了聲「武校尉」，便聲淚俱下。

也就在差不多的時候，袁從英長途奔徙了整整兩夜兩日，剛剛到達阿蘇古爾河畔的小屋。從庭州到這裡，通常情況下需要至少四五天，但袁從英一路上幾乎不眠不休，把他騎的那匹馬累到半死，才趕在這天的傍晚到了阿蘇古爾河畔。

一到河床邊的小屋，他就從茅屋中的井裡打出清水來飲馬，這馬痛痛快快地喝夠了水，又吃了幾口袁從英搬來的草料，便呼呼大睡起來。袁從英安頓好馬匹，才算鬆了口氣，回到小屋中找到蠟燭點起來，坐在大樹樁的桌旁，他也累得連動一動的力氣都沒有了。

身體雖然疲乏至極，但他的頭腦依然清醒而活躍，在來的一路上，他已經考慮清楚全部的行動步驟，現在只要按計劃有條不紊地實施。借著微弱的燭光，袁從英靜靜地掃視著室內，臉上露出淺淺的笑意，有人來過了，桌上不僅添置了蠟燭、火折等必需物品，那人還很細心地留下了些新鮮的食物，包括一小罈子酒，一大包乾餅和醃肉。

袁從英隨手打開那罈酒，就著醃肉連喝了幾大口，酒勁嗆人，胸中燃起烈火，他感覺恢復了精力，就走到土炕前蹲下身，探手進去細細地摸索。很快從裡面抽出一個小竹筒，震一震，一個小紙卷從竹筒裡掉出。袁從英沒有急著看，而是打起火折，點著了炕洞。這是他們事先做好的約定，如果有人誤闖此地，只要點起火炕就會把傳遞的訊息燒毀，而不會發現其中的秘密。

就著炕洞裡的火光，袁從英匆匆看完了紙條上的內容，凝神思索片刻，抄起桌上的弓箭，在炕洞裡引燃箭端，走到屋外朝空中連放了三支火箭。隔了一會兒，他再放三支，這樣一共重複三遍。放完火箭，他遙望靜默的黛藍色蒼穹，火箭流星般的光束落到遠端的沙丘暗影中，那後面就是伊柏泰了。

現在必須要等待了，袁從英知道，至少也要等一個晚上，最早明天上午才會有人來這裡和他見面。那麼這個夜晚用來做什麼呢？雖然累極了，暫時還不能休息，有一件很重要的事情他現在必須要做，錯過今夜，以後不知道什麼時候還會再來。袁從英在小屋門前向外望去，阿蘇古爾河的河床依然如故，平坦乾澀，絲毫沒有蓄水的痕跡。他沿著河床走了走，連上次來到這裡時所見，積雪融化而成的小水塘都乾枯了，一片死寂中透出荒漠絕地的森嚴。袁從英想起茅屋中的那口水井，剛才給馬匹打水時似乎發現水位又下降了一些，這到底是怎麼回事呢？

袁從英回到小土屋，深夜的大漠依然寒冷如冬，他自斟自飲又喝了點酒，漸漸全身上下都感覺熱呼呼的，就左手攏起盤捲的長繩，右手舉著火折，緩緩來到茅屋裡面。馬匹在草垛上睡得很香甜。袁從英在茅屋牆上找了個破洞插入火折，將長繩一頭繫在茅屋的立柱上，一頭繫在腰間，點燃隨身帶來的小蠟燭，橫咬在嘴裡，挪開黑色的鑄鐵井蓋，一步步小心翼翼地爬下去。

這口井本來就很深，第一次他們來這裡的時候，袁從英為了找水又下挖了不少，雖然記不清楚確切的深度，但他估計著至少到了二十多丈以下。此刻再爬一次，果然比他當時模糊意識中感覺到的還要深。井壁起初還是乾燥的硬土，但越往下爬越陰森寒冷，還有股淡淡的臭氣從井底的深處而來。這回和前次急著挖掘取水時的心情不同，袁從英可以有暇仔細觀察，這才發現這口井的井壁各處粗糙不一，井內大小也是時寬時窄，心中暗自推測，這井似乎更像是天然形成的一處地縫，有人只是稍加挖掘而成。

袁從英繼續下探，在井壁上已經能看到上回自己挖掘的痕跡，朝下看看，水面離得不太遠了，但是很明顯比上次要低。袁從英心中暗歎，如果上次水位就這麼低，當時自己恐怕很難堅持到挖出水的一刻，這麼看起來，他們的運氣還真不錯。他很清楚地記得，上回就在井底湧出水的時候，他彷彿在井壁上摸到過有鬆動的地方，只是當時自己已經脫力到幾乎昏厥，沒辦法細查了，但他心裡始終惦記著這件事情。今天再度下井，就是想看個究竟。

果然，沒再下探多少距離，袁從英就在井壁上找到了那塊鬆動的岩石，朝下看看，上回自己拚命挖出的水就在腳底下突突地湧動著，離岩石還有一小段距離。他試著推了推岩石，居然推開了。拿起蠟燭往前照了照，看到一段大約可容人躬身前行的狹道，再往前又是一片漆黑了。

袁從英飛快地解開縛在腰間的繩索，便彎腰鑽入了暗道。暗道時寬時窄、忽上忽下，摸一摸四壁，堅硬的土質十分乾燥，袁從英亦步亦趨，漸漸地前面出現了隱約的亮光，臉上也感覺到了微風的吹拂，那股腥臭的氣味更重了。他振奮起精神，加快腳步，沿著越來越寬的地道向前，幾乎跑起來，這樣又走了幾十步，暗道到了頭。袁從英發現，自己面前驟然出現個巨大的地下岩洞，而暗道的出口就在岩壁之上。

岩洞深不可測，但在一眼望不到頭的深處又有晦暗的光線，和徐徐而來的微風，可見前頭應該有出口。岩洞的底部傳來流水潺潺的聲音，離開袁從英所站的暗道口大概有丈餘的距離。袁從英舉起手中的蠟燭朝外探頭，從幽深的水面上反射出輕微搖曳的紅光，他明白了，這下面就是神秘流淌的地下暗河，不知從何處而來，亦不知通往何處。

濃重的臭氣撲來，袁從英被熏得頭腦一陣暈眩，他蹲下來靠在巖壁邊。手中的蠟燭快要燃盡了，袁從英點起一根新蠟燭，順手將燃剩下的蠟燭頭扔下暗河，誰知，那帶著火苗的蠟燭在空中劃過一條紅色的弧線，剛觸到漆黑的暗河水，水面上竟然冒出火紅的光焰來。袁從英瞪大眼睛注視著黝黑深處那一條細微妖異的紅線，頓時愣住了。

楊霖住進狄府已經三天了，一切倒是風平浪靜，狄仁傑自第一晚夜談之後再也沒有召見過楊霖，似乎在忙些別的事情。而楊霖則老老實實地待在他那個舒適的小跨院裡溫習功課，僕人們在狄忠的吩咐之下，好菜好飯地伺候著，楊霖身上的衣服也煥然一新，臉色都開始紅潤，叫沈槐看著頗有些啼笑皆非的感覺。狄仁傑這個老狐狸到底是怎麼想的，他打算怎麼處置那柄折扇？更重要的是，他相信了楊霖的說辭和楊霖這個人了嗎？沈槐憑直覺認為，答案是否定的。但顯然狄仁傑不願意放棄任何一絲與謝嵐有關的線索，在這裡情感的因素佔了上風。

自從上次花朝同遊天覺寺，沈槐已經有一段時間沒見到過周靖媛了。這天他剛外出回到狄府，正按例趕往狄仁傑的書房去見他。狄仁傑的書房在偏院，與正堂、二堂之間隔了個小花園，要的就是這個清幽素雅的環境。沈槐一路穿行於花園中的石徑上，身邊小橋流水、楊柳翠竹，春日的庭園裡鳥語花香，他卻沒有心情賞春。剛走上小橋，迎面一聲嬌滴滴的呼喚：「沈將軍，別來無恙啊。」

沈槐一抬頭，周靖媛站在小石橋的頂端，嫵媚的春光襯托出雪肌烏髮，在一片綠柳的掩映之下，粉紅襦裙和月白色的透明披紗，讓這青春靚麗的女子越發顯得明眸皓齒、嬌豔欲滴。沈槐止步橋前，不覺有些看呆了。周靖媛等著沈槐回答，卻見對方只是癡癡地盯著自己，一時又羞又臊，低下緋紅的雙頰，再次輕喚：「沈將軍。」語音中帶著微嗔。

沈槐猛回過神來，連忙奔上橋頭，笑著對周靖媛抱拳：「周小姐，今天怎麼有空光顧狄府？」

周靖媛黑寶石般的眼眸閃著喜悅的光，櫻唇卻嬌俏地噘起，故意輕哼道：「怎麼？聽沈將軍的口氣，好像不太歡迎我呀。」

沈槐淡然道：「周小姐誤會了，沈槐不是這個意思。」

「那你是什麼意思？」

「沒什麼意思。」

「你！」

周靖媛一個回合就敗下陣來，偏偏又對沈槐這不冷不熱的態度無可奈何，心中不免有些委屈，她一邊咬著嘴唇，一邊撕扯著手裡的絲帕，連沈槐經過自己走下橋都沒注意。

沈槐走到橋底，又回過身來道：「周小姐，你要隨我一起去見大人嗎？」

「狄大人？」周靖媛囁嚅著，隨即惡狠狠地道：「我不去，我就待在這兒，沈將軍不用理我，忙你的去吧！」

沈槐微笑著搖頭，再度輕捷地跑上橋頂，站到周靖媛的跟前，低聲道：「周小姐，這裡是狄府的後花園，外人在此流連必須要有人陪伴，小姐一個人四處走動實屬不妥，沈槐沒看見也就罷了，現在看到了就不能不管，否則就是我這個宰相侍衛長的失職了。」

一番話下來，周靖媛氣得臉色發白，又無言以對。

沈槐朝她伸手示意：「周小姐，走吧。」

「你要我去哪裡？」

「去大人那裡啊，難道你不是來找大人的？」

「我……」周靖媛徹底認輸，只好乖乖地坦白：「沈將軍，今天是我爹爹來拜訪狄大人，我跟著一起來看望狄大人的。剛才已經見過狄大人，爹爹在書房中和狄大人說話，我……我無聊就到花園來走走。」說著，她抬起漆黑的長睫，微紅著臉問：「沈將軍，你要是不急著去見狄大人，就陪我在這花園逛逛，好不好？」

沈槐聽出周靖媛語氣中的期待，那張明媚的臉龐半仰著，說不出的嬌羞動人，他心中也是微微一動，不忍再拒絕，便笑道：「倒是沒什麼急事，不過……我一個武夫，沒什麼閒情逸致，讓我陪小姐散步，恐怕會拂了小姐的雅興。」

周靖媛急了：「那你想怎樣？找個老媽子來陪我嗎？」

沈槐搖頭微笑：「真服了你了，行啊，你要是不在意，我就陪一陪吧。」

周靖媛頓時笑靨如花，滿園春色彷彿在一剎那飛上了她的面孔，沈槐定了定神，舉手示意，兩人肩並肩走下石橋。

沈槐隨意地問：「周大人最近可好？」

周靖媛的眼波閃了閃：「唔，挺好的。本來因為去年年底的案件，爹爹的精神一直不太好，不過開春以來，我看他的心情好了很多。」

沈槐點頭：「那就好。唔，周大人今日過來有什麼特別的事情嗎？」

周靖媛隨意地道：「我也不太清楚，就是想來看望下狄大人吧。剛才我從書房出來時，似乎聽他們在談本次制科考試的事情。」

「嗯，最近來府裡找大人的，十之八九都是談這個考試，大人如今也是一心在這上頭，旁的事情倒不大顧及了。」

周靖媛聽著，眼珠一轉，突然問：「對了沈將軍，我記得去年過年時天覺寺有個和尚跌死了，好像狄大人也關心過那回事呢，你可聽到有什麼說法？」

沈槐一愣，想了想道：「沒有，很久沒聽大人提這個案子了，怎麼，周小姐……」

「哦，隨便問問。」周靖媛一扭脖子，徑直走向前面的花叢。

沈槐緊跟其後，站在她的身側，就聽到她在輕輕低語著：「月季、丁香、連翹、碧桃、紫荊……咦，怎麼沒有牡丹？」

沈槐正自沉吟，感覺周靖媛輕扯了下自己的衣袖，低聲道：「我在問你呢，狄府的花圃裡怎麼沒有牡丹？」

沈槐苦了苦臉：「周小姐，你這可真是問對人了，沈某對花草一無所知。」

周靖媛「噗哧」笑出了聲，咬牙切齒地低聲道：「總算也有你應付不了的時候。」

沈槐也笑著搖了搖頭，道：「剛才已經說了，在下一介武夫，確實不懂這些事情。不過，大人還是很有情致的，府裡為什麼沒有牡丹，周小姐可以去向他老人家討教。」

周靖媛眨了眨眼睛：「啊，我知道了，狄大人喜歡蘭花。我見到他的書房裡都擺著寒蘭！」

沈槐微笑不語，少頃，就聽周靖媛又問：「沈珺姐姐一定很會侍弄花草吧，我看她挺能幹的樣子。」

沈槐微微擰眉道：「阿珺常年生活在偏僻的鄉野，哪裡懂這些。」

周靖媛緊接著道：「可她現在來了洛陽，多少也該學學神都人的做派嘛。」

沈槐眉頭鎖得更緊了，十分不悅地回答：「這就不必了，學也學不像。」

「不會的，我覺得阿珺姐姐很聰明。如果沈將軍願意，我可以常去看望阿珺姐姐，順便教教她神都淑女的禮儀打扮，洗洗她身上的土氣！」

沈槐臉色大變，忍了忍才道：「多謝周小姐的美意，還是不麻煩了。周小姐，花園您逛夠了吧，沈槐還有公務，咱們現在就去大人的書房吧。」說著，他也不等周靖媛的回答，領頭就朝書房的方向疾步而去。

周靖媛咬了咬嘴唇，緊跟上沈槐，兩人不再多話，沉默著一路來到狄仁傑的書房。進門向二位大人見過禮，周梁昆的視線在女兒和沈槐之間來回好幾次，又向狄仁傑點點頭，神色間頗有深意。

狄仁傑見到沈槐，便吩咐道：「沈槐啊，你來得正好。周大人對我說起，想借閱本次制科考試的考生名單，我想名單在吏部選院，你這就去跑一趟，把名單送到周大人府上。」

「是。」周梁昆微笑著站起身來，「麻煩沈將軍了。狄大人，如此本官就先告辭了。」

「好，沈槐，你替本官送一送周大人、周小姐。」

沈槐陪著周梁昆和周靖媛慢慢朝府門走去，他冷眼旁觀周梁昆，雖然精神還矍鑠，但那雙蒼老的眼睛中分明寫滿了恐懼，對這種恐懼現在沈槐已經心知肚明，於是他輕輕咳嗽一聲，問：「周大人，卑職有一事不明……」

周梁昆止住腳步：「沈將軍？」

「請問周大人要看考生的名單做什麼？」

周梁昆回答：「啊，倒也不是什麼大事。本官有位朋友的兒子來趕考，我受人之託來看看他是否把名報上了，如此而已。」

「原來如此。」

是日午後，沈槐果然親自把吏部選院的考生名單送到了周府，當然這是份抄錄的名單，上面沒有楊霖的名字。

第二天何淑貞又被招到了周府，據說是周大人見了她的繡工大為讚賞，特意請她到家裡再繡幾幅掛像。仍然是在後花園東側的小耳房裡，周梁昆再度與她會面。

周梁昆首先告訴何淑貞一個壞消息，在制科考試的考生名單上，並沒有楊霖。何淑貞聞聽萬分失望，臉色頓時變得灰暗，又有些難以置信，不停地喃喃著：「不會啊，不會啊……霖兒，他怎麼沒有報上名？」想了想，她又不甘心地問：「周、周大人，會不會您看的名單還不全？」

周梁昆歎口氣道：「淑貞啊，本次制科考試報名已經截止了，我是徵得了主考官狄閣老的特許，去吏部選院調來的最終名單，絕不會有遺漏。」

何淑貞還是不願相信：「可為什麼霖兒沒有來報名？他、他一定來趕考了呀，怎麼會這樣，啊！」她突然恐懼地瞪大了雙眼，「他、他不會是出了什麼事吧？」

周梁昆連忙安慰：「淑貞！楊霖也有三十多歲了，又不是個小孩子，應該能夠照顧好自己。讀書人講究的是讀萬卷書、行萬里路，他出外遊歷、謀取前程，是一個男子該有的作為。這次沒報上名，我想必有他自己的道理，淑貞啊，你就不要太多操心了。」

何淑貞低頭不語，心中卻是驚濤駭浪，周梁昆事不關己當然可以輕描淡寫，但假如他知道了楊霖的真實身分，還能像現在這樣鎮靜嗎？

周梁昆見何淑貞一臉愁容，便繼續寬慰道：「淑貞，這樣吧，我再去託一託京兆府，讓他們幫忙在洛陽各處館驛尋找叫楊霖的人，你看如何？」

何淑貞勉強擠出個笑容：「真是太麻煩周大人了。」

周梁昆搖搖頭，又壓低聲音道：「淑貞，我上回跟你說的事情，你想好了嗎？這件事關乎我的身家性命，淑貞啊，你可一定要幫我！」

何淑貞愣了愣，訥訥地回答：「我、我當然願意幫你，可畢竟是三十多年前的事情，我回去仔細想了想那毯子的編織方法，已經記不太清楚了。」

周梁昆焦急地一把握住了何淑貞的手：「淑貞，你一定要把毯子的織法回想起來，我了解你，除了你，這世上再沒其他人做得成這件事情。再說就是有，我也不敢相信啊。」

何淑貞只覺得無言以對，太多的秘密埋藏在她的心中，此時此刻卻難述其一，她能夠深切地體會到周梁昆的絕望和掙扎，這個時候她又怎麼敢告訴他真相？

周梁昆見她沉默，就權當她都答應了，便緊追不捨道：「淑貞，明天晚上我就派人把鴻臚寺的那幅地毯送到你的住處，你小心點兒，千萬不要讓其他人看見。我記得三十多年前你就是對著那幅地毯，破解出了其中的奧妙，如今再來一次，我想一定比三十多年前要容易許多！」

「好吧。」何淑貞答應著，聲音無力又無奈。

春天的葉河波光粼粼，周圍綠林繁茂、山花爛漫，大周兵部最偏遠的驛站——葉河驛，就躲在這深山之中的葉河畔。葉河的南側密林森森，北側緊鄰沙陀磧，往西則是西域更加遼闊而紛亂的地區。大周的羈縻式管理在此已十分薄弱，西突厥各部、昭吾、突騎施，各種勢力輪番登場，爭奪著每一片肥美的水草和通衢要道，居民更是種族繁多混雜，大大小小的戰役時有發生，因而武皇在此地建立驛站也就不足為奇了。

葉河驛是在大周垂拱年間，由武皇親自授意建立的驛站，用以表徵大周對於西北疆域最遠端的統治，所以是名副其實的武朝產物。可惜偉大的女皇對於邊疆管理實在有些外行，她並不知道這麼一個孤零零設立在深山之中的驛站，前不著村後不著店，位置實在太偏僻，往來使者沿途經過各處守捉[2]，自葉河守捉可以直接進入庭州轄內的清海鎮和烏宰守捉，完全不必繞路來這處深山老林中的葉河驛，因此這處驛站設立了十多年，基本上處於無人問津的狀態。

葉河驛雖說幽靜偏僻，景致倒還是不錯的。這天一大早，驛站年輕的驛丁馬彪就開始忙碌，給驛站裡那區區四匹驛馬飼餵草料，這些馬匹實在不怎麼樣，但也得小心照管著，怎麼說也是大周皇帝的驛馬嘛。馬彪早習慣了葉河驛艱苦而平靜的生活，卻萬萬料不到這樣的生活居然就在今天到了頭。

馬彪尚在哼著小曲忙碌，就聽到一陣急促的馬蹄聲響，帶著撲面而來的緊張和危險的氣息，打破了葉河驛長達多年的平靜。馬彪扔下草料，跑進驛站，其實也就是一座土壘的小平房，屋子沒有窗戶，光線很差，只能模糊看見驛站的郭驛長正與一個陌生人交談著。

就聽郭驛長帶著為難的口氣道：「這……你真的要送三百里加急的飛驛？」

「是的，怎麼？我的官憑和大周宰相的密令你都看過了，還有什麼問題？」陌生人的聲音低沉沙啞，但卻十分有力，聽得馬彪不由自主就繃緊了全身的肌肉。

郭驛長慌忙解釋：「啊，不，當然沒問題。不過我這驛站從來沒送過加急軍報，驛丁和馬匹都、都不行……」

馬彪心想，哪裡是沒送過加急軍報，是從來就沒送過軍報！他感到熱血沸騰，衝動地邁步上前，大聲道：「郭驛長，我來跑一趟吧。咱這葉河驛，早晚也得開張不是！」

那陌生人聞聲猛然回頭朝馬彪看去，凌厲的目光竟刺得馬彪激靈靈打個冷顫。旁邊郭驛長一聲歎息：「也罷，馬彪，那你就跑一趟，把驛站最好的那匹黑混兒騎上，馬不停蹄，只要把軍報

❷ 唐朝在邊地的駐軍機構。

送到下一驛的清海鎮就行了。」

「不行！」

「啊？」郭驛長和馬彪一起瞪向那突然發話的陌生人，那人卻不慌不忙，向郭驛長伸出手，「把驛使乘驛的路線圖拿出來。」

「哦。」郭驛長趕緊取出地圖，攤在桌上，三個腦袋湊在一起。

陌生人指點著路線圖上的庭州區域，道：「從圖上看驛使從葉河驛出發後，下一站就進入庭州，沿途從清海鎮開始一直到龍泉鎮，從那裡離開庭州進入西州。」

郭驛長接口道：「對啊，按理就是這麼走的。而且庭州沿途的驛站驛丁馬匹眾多——」

那陌生人打斷他的話：「但是我希望驛使不要入庭州，避開沿途驛站直接到西州。」

郭驛長和馬彪大驚，兩人面面相覷，最後還是郭驛長答話：「這個恐怕不行。暫且不說您這樣要求是否算居心不良。您知道，咱大周對驛使的管理非常嚴格，乘驛的距離和路線都必須按規矩辦，否則一旦被上報兵部，是要嚴加責罰的，我們這小小的葉河驛可吃罪不起，所以萬萬不可，萬萬不可。」

那陌生人陰沉著臉不說話，屋中氣氛壓抑森嚴，馬彪只覺得順著脊梁骨冒寒氣，額頭上卻汗珠滾滾。

良久，那人長吁了口氣，低聲道：「也罷，你們按例辦事是沒錯。這樣吧，我只有一個要求，因為所傳遞的軍報非常機密，不可經多人轉手，就由這位驛使一路送達洛陽，他可以按路線乘驛，沿途換馬不換人，這樣做不違反乘驛的規矩，反而更符合緊急軍報的馳驛慣例，你們說如何？」

「這……」郭驛長還在沉吟，馬彪卻已按捺不住，他實在太激動了，活了二十歲的年紀，今天終於有機會做一件了不起的大事，而且還能一路東行去洛陽。他躍躍欲試地高聲道：「郭驛長，我能行的，就讓我去吧！」

郭驛長終於沉著臉下了命令。陌生人取出密封的軍報，馬彪小心地接過，放入懷中。陌生人隨即告辭離開，郭驛長看他騎馬走遠了，這才從屋後的草垛底下挖出個密封的罐子，往地上一砸，取出四塊銅質傳符，揀了其中一塊刻有青龍圖案的，鄭重其事地交到馬彪手中，囑咐道：「小彪子，這傳符可是乘驛最重要的憑證，皇帝親發的，咱葉河驛的傳符還從來沒有啟用過，今天你是頭一遭。」

馬彪接過傳符，直咽唾沫，聽到郭驛長還在說：「這東西可比性命還珍貴，你要保管好它。把它和乘驛的路線圖、緊急軍報一起收好，任何情況下都不能離身。」

「知道了！」

馬彪騎馬沿著葉河狂奔，他太興奮了，完全沒有注意到身後的樹叢中，另有兩騎也在緊緊相隨。葉河在前面拐了個彎，馬彪正準備撥轉馬頭，突然聽到一聲奇怪的呼哨，胯下的黑混兒慘叫著栽倒，馬彪摔出去好遠，暈頭轉向地剛想爬起來，腦後遭到重重一擊，他悶聲不吭地就昏迷過去。

袁從英跳下馬，從地上抱起馬彪，解下他捆在身上的題袋，從裡面取出軍報、地圖和傳符，旁邊的另一人也趕過來，蹲在袁從英的身邊。袁從英向他示意手中的這三樣東西，那人驚喜地叫道：「袁校尉，我們終於拿到傳符和地圖了！」

「嗯。」袁從英點點頭，動手去脫馬彪的衣服，一邊道：「你把他的衣服換上，帶上這幾樣東西就可以一路暢通無阻，直下洛陽。」

「好！」那人趕緊換上驛使的服裝，在腰間捆牢繡著「葉河驛」字樣的題袋，跳上馬背。

袁從英站在馬側，低聲囑咐道：「看清楚路線，避開庭州轄內所有驛站，到西州後再換驛馬。」

那人連連點頭：「袁校尉，你就放心吧。」

袁從英又道：「到洛陽後就立即去狄府，這份軍報必須交到狄大人手中，切記！」

「嗯，屬下一定親自面交狄大人……他，怎麼辦？」他指了指蜷縮成一團的馬彪，袁從英皺眉道：「我不願濫殺無辜，但也絕不能放他，少不得帶著他走了。」

那人策馬飛馳向南，袁從英回過身來，利索地把馬彪捆了個結實，扔上馬背，自己也飛身上馬，朝庭州方向疾馳而去。

梅迎春一回到庭州，就住進了大巴扎旁的乾門邸店。庭州有很多這樣的邸店，專供來往的行商居住，人以類聚，邸店也分為波斯店、突厥店、大食店等種種，另外還有檔次和規模的區分，而這家乾門邸店則是其中最大最豪華的了。

梅迎春對庭州十分熟悉，過去二十多年遊歷中原，庭州基本上就是他往西的最後一站，從這裡他瞭望故國的都城碎葉，將滿腔的思念、仇恨和抱負深深埋藏在心底。庭州是個好地方，中外交融、海納百川，只要遵守一定的秩序，什麼樣的人物在此地都可以生活得很滋潤，大周政權寬鬆而友好地庇護著來自天南海北的人們，給予他們充分的自由。因此梅迎春經常在庭州和周邊地帶滯留，也一直和這裡的官府保持著良好的關係。

梅迎春住進乾門邸店以後，首先就派阿威去刺史府送上名帖，他很早就與錢歸南相識，雖不算親近，但也彼此尊重，長期以來相安無事。梅迎春每到庭州，都要拜訪一下錢刺史，這次當然也不例外。果然，當天下午，錢歸南就派了王遷來邸店回訪。

梅迎春和王遷一番寒暄，梅迎春看到王遷滿臉疲憊，便沒話找話：「王將軍最近是否很忙碌啊？怎得看上去如此疲累？」

王遷歎了口氣：「咳，誰說不是呢，都快累死了。咱們刺史大人也是，連日來四處奔波，日子不好過啊。」

「哦，最近庭州發生了什麼事情嗎？」梅迎春問得十分隨意。

王遷又歎了口氣，並不回答梅迎春的問題，隔了一會兒才道：「哦，刺史大人說了，最近這段時間太忙，可能無法與王子殿下歡聚，還望見諒。」

「豈敢。刺史大人自當以公事為重，怎可比梅迎春這輩閒人，慚愧，慚愧。」

王遷嘿嘿笑著，又道：「對了，錢大人還讓我轉告，他要謝謝蒙丹公主在伊柏泰出手相助，幫忙解決了呂嘉這個獨霸伊柏泰的禍害。」

梅迎春連連搖頭：「哪裡，為這件事我還正想向刺史大人致歉呢。蒙丹這丫頭，做事不知道分寸，居然干涉瀚海軍的內務，不管結果如何都實屬不該。我回來後一聽說這件事情，就對她嚴加訓斥，如今已命她待在邸店裡不得隨便外出，絕不許她再多管閒事了。」

王遷哈哈一樂：「蒙丹公主也是路見不平，拔刀相助，堪稱女中豪傑啊。不過……」他突然欲言又止，梅迎春不動聲色地問：「王將軍不過什麼？」

王遷探過頭，神神秘秘地道：「王子殿下，刺史大人說，因您是老朋友，特意關照一下，最近如果沒有要事，還請盡快離開庭州，不要在此地多徘徊，恐怕對王子殿下不利。」

「哦？」梅迎春微皺起眉頭，王遷又道：「還有那個……袁從英和狄景暉一行，來歷十分複雜，蒙丹公主最好不要與他們走得太近，以免惹禍上身。」

梅迎春納悶地問：「袁從英，狄景暉？他們是什麼人？」

王遷笑道：「咳，這您問問公主就知道了。事關者大，王遷言盡於此，總之庭州很快就要成為是非之地。錢大人說了，王子殿下一向明哲保身，這回也千萬別捲入不必要的麻煩中。」

剛送走王遷，鐵赫爾又在門口探頭探腦。自從在金城關外被梅迎春抓住賭博的把柄之後，他對梅迎春就是這副既諂媚又忌諱的嘴臉，梅迎春知道，雖然表面上恭敬有加，實際上鐵赫爾從來沒有間斷過對自己的監視，也一直在向叔父敕鐸可汗密報自己的全部行蹤。今天，梅迎春覺得自己從來沒有像現在這樣憎恨此人，簡直從心裡盼望能夠把他除之而後快，但時機未到，梅迎春告誡自己還要隱忍。

清了清嗓子，梅迎春招呼一聲：「鐵赫爾，有什麼事嗎？」

「是，王子殿下！」鐵赫爾趕緊答應，鞠躬行禮後才道：「屬下剛剛收到可汗的旨意，要屬下即刻啟程返回碎葉。」

「哦？」梅迎春的臉上波瀾不興，隔了一會兒才問：「可汗是讓你一個人回去呢？還是讓你帶著你的手下一起走？」

「可汗讓屬下率部下一起回去。」

「是這樣……」

梅迎春平靜的目光在鐵赫爾的臉上停了很久，鐵赫爾的頭皮直發麻，他最怕梅迎春的這種樣子，一片寧定中蘊含著雷霆萬鈞的力量，叫人不寒而慄。梅迎春總算又開口了，很悠然的語氣：「你是可汗的人，可汗要派你來要調你走，並不需要經過我，你自便就是了。」

鐵赫爾汗如雨下，支吾道：「鐵赫爾是可汗的人，當然也是王子、王子殿下的人……」

「嗯，這是你自己的想法呢？還是可汗的授意？」

鐵赫爾一時竟不知如何回答，張口結舌地傻站著，梅迎春未容他喘息，緊接著又問：「可汗為何突然讓你返回碎葉？」

「這個，屬下不知道。可汗的旨意裡沒有提。」鐵赫爾說著抹了把汗。起初他只是因為有把柄捏在對方手中，才對梅迎春有所忌憚，但幾個月相處下來，他對這位烏質勒王子的畏懼越來越強烈，甚至已經超過了對殺人如麻的敕鐸可汗的恐懼。

梅迎春揮了揮手：「去吧，祝你一路平安！」

鐵赫爾倒退著出了門，一溜煙跑得無影無蹤。梅迎春望著門外，長長地吁出一口惡氣，整個身心都無比舒暢。長久以來，他第一次有了神清氣爽的感覺，沒想到這一天到來得比他預料的還要早。想到這裡，梅迎春不覺又皺起了眉頭，敕鐸那裡肯定出了什麼不同尋常的變故，否則絕不會如此輕易地放棄對自己的監控，究竟是為什麼呢……

正在思忖，阿威滿臉興奮地撞進來，張嘴剛要喊，看見梅迎春臉色一沉，立即斂氣噤聲，湊到梅迎春的跟前，才低聲道：「殿下，公主要我來告訴您，她接到袁先生了，現在已經和袁先生、狄先生一起前往營地，請您也速速過去。」

「太好了！」梅迎春情不自禁地猛拍大腿，阿威驚奇地發現，當真正的喜悅點燃陰沉的眉目時，那張臉其實也是親切生動，充滿溫情的。

連續奔波了十多天的袁從英，剛剛回到巴扎後的小院外，就被蒙丹逮了個正著，於是只好連馬都不下，便隨著蒙丹前往庭州城外草原上的營地，狄景暉和韓斌自然隨行。他們剛到營地後不久，梅迎春也迫不及待地趕來。闊別四個多月，金城關外沈宅，那個滋味萬千的漫長除夕夜似乎還在眼前，今天他們再度碰面，卻已經是西域邊城，天高雲闊的草原春色了。

實在是有太多的話要說，但也只能一樁一件慢慢交代，更來不及多道離情別緒，話題就切入撲朔迷離的現實。他們越聊心情越沉重，越談感覺越緊張，連飲入口中的葡萄美酒也變得苦澀，難以下咽。

蒙丹首先告訴袁從英一件叫人悲憤難平的事情：她和狄景暉根據袁從英的囑咐，在他走後第二天就去了永平巷後的土山，一方面收殮高長福的屍體，另一方面探查被袁從英結果的瀚海軍殺手們的痕跡。然而，當他們到達現場的時候，發現已有人搶先一步，把殺手們的屍體悉數運走了。這些人行動得似乎很匆忙，竟然沒有找到被袁從英藏在近旁樹叢之下高長福的屍身。

蒙丹和狄景暉又沿著山坡繼續搜索，很快在離開高長福被殺地點不遠的地方，找到了一個同樣全身血跡早已氣絕身亡的老婦人，從她的樣貌打扮，還有掉落在身邊裝著少許金銀細軟的包袱看，這老婦人一定就是高長福的家眷。與高長福一樣，也被殘忍地殺害了。

聽著二人的敘述，袁從英因為疲勞過度而蒼白至極的臉色更添晦暗，他冷笑著道：「那些轉移殺手屍體的人不是沒時間找到高長福的屍身，而是根本就無意去找，他們不怕高長福夫婦的屍體被人發現，或者說正想以此作為一個信號，警告想挑戰他們的人，如果再不識相，那麼必將與高長福夫婦同一個下場！」

狄景暉咬牙切齒地道：「咳，我們可是全聽了你的吩咐，沒有報官啊。」

「報也報不出絲毫名堂的。」

「可死了兩個人，官府難道連個說法都不給？」

袁從英再度冷笑：「被過路匪人謀財害命算不算說法？要想搪塞你還不容易！」

狄景暉不肯罷休：「金銀細軟都沒有取走，怎麼能說是謀財害命？」

袁從英揉了揉額頭不再說話，蒙丹看看他的樣子，扯了扯狄景暉的衣袖，低聲道：「行了行了，就你愛扯廢話。」隨後又對袁從英道：「我們把高伯夫婦的屍身都收殮好了，現暫存在城內的濟業寺，只說是家中老人故去，那座寺院很隱蔽，停放一段時間應該沒問題。」

袁從英點了點頭，歎息道：「等高伯的子嗣來給他們入土為安吧。」

聽到此處，一直沉默的梅迎春突然開口了：「從英，我聽下來，這個高伯是瀚海軍沙陀團的老人吧，又是被自稱為瀚海軍的歹人所害，因此我推想你走的這十來天，是不是去調查瀚海軍沙陀團的動向了？」

袁從英的目光一凜，思忖片刻方道：「梅兄，事關大周邊境軍務，恕從英不能和盤托出。」

梅迎春有些尷尬，隨即又表示理解地乾笑道：「這是自然，呵呵，我不過是想助你一臂之力罷了，並不為其他。」

袁從英也抱歉地朝他舉了舉酒杯，兩人各自將杯中之酒一飲而盡，目光交錯間，袁從英突然眼睛一亮：「梅兄，你剛才談到在洛陽發生的事件中，你收下了一名東突厥默啜可汗派出的奸細？」

「對，原鴻臚寺的突厥語譯者，名叫烏克多哈，怎麼？」

袁從英點了點頭：「嗯，梅兄，你覺得有沒有可能命他重新潛入東突厥石國，去為我們打探默啜可汗的動向？」

「這……」梅迎春大感意外，皺眉思索著道：「遣他重入東突厥，恐怕他不會願意吧？不過這倒還好辦，就怕默啜那裡他過不了關，說不定一回去就掉了腦袋……」

袁從英急了：「梅兄，庭州這裡所發生的一系列事件，看起來和東突厥風馬牛不相及，實際上卻有暗中的線索牽絆。如今一切雖還若隱若現、難以捉摸，但我這次的探查卻已看到危機四伏，我能感覺到，大周很快就要面對一個異常凶險的局面，而我現在能做的卻太有限！你剛才問我此次是否去探查了瀚海軍沙陀團的動向，梅兄，假如從英將實情相告，你能想辦法啟用烏克多哈，幫我這個忙嗎？」

梅迎春正色道：「從英此話差矣！即使你什麼都不對我說，我也仍然會幫你。在洛陽時我已對狄閣老說過，你與狄公子是我梅迎春一生的莫逆之交，大周與突騎施永結盟好，更是烏質勒將要為之奮鬥的目標，於公於私，我都沒有理由拒絕你。」

袁從英感激地朝他重重點了點頭，梅迎春笑道：「你放心吧，烏克多哈就交給我來辦。他的嬰兒在我的手裡，哼，雖說用這樣的手段有些殘忍，但事關重大，也只好硬一硬心腸，就用他的孩子脅迫他返回東突厥。」

蒙丹在旁邊聽得心驚膽戰，嘟囔道：「你們這些男人，真是……太可怕了。」

袁從英想了想，又問：「可是梅兄，烏克多哈辦砸了與二張談判的事情，他如何再能取得默啜的信任呢？」

梅迎春冷笑道：「這就是他自己的事情了。我們不必操這個心，他要麼想辦法為他自己和孩子求一條生路，要麼就一起死，我想他定會窮盡一切手段的。」

蒙丹聽不下去了，氣呼呼地站起身走出營帳，狄景暉趕緊尾隨。梅迎春望著他們的背影，悻悻然吐出一句：「婦人之仁！」又回頭對袁從英苦笑道：「這世上總有些人是沒有選擇的，比如你我。」

袁從英輕聲歎息：「梅兄，不要傷害那個孩子。」

梅迎春連連搖頭：「我怎麼會？咳，至多嚇嚇烏克多哈而已。」

一時間，兩人心中都感觸良多，只顧悶頭飲酒。

突然，蒙丹又劈頭走進營房，「噹啷」一聲，朝桌上扔下一支箭簇，梅迎春皺了皺眉，輕聲問：「蒙丹，你幹什麼？」

蒙丹噘了噘小嘴，指著箭鏃道：「我好不容易才找出來的，沙陀磧裡三次土匪劫殺商隊的現場，就找到這麼一個遺留在被殺商人身上的箭鏃。我當時也沒在意，後來聽你們談起打造兵刃等等的事情，才翻天覆地找了一番，這不，昨晚上才剛找著。」

梅迎春道：「這麼重要的東西你居然隨便……」才說了一半，見蒙丹臉色難看就住了口，這個小妹妹是烏質勒最疼愛的姊妹，從來不捨得責備。

說話間，袁從英已經拿起箭鏃來仔細端詳，半晌才輕吁口氣，對狄景暉道：「噯，你也過來看看，眼熟不眼熟？」

狄景暉瞪大眼睛看著，納悶道：「眼熟？我又不射箭，怎麼會對這東西眼熟？」

袁從英衝他搖頭：「你還真是好了傷疤忘了疼，當初讓這種帶倒鉤的箭射得痛極，差點兒發昏，現在已經想不起來了？」

狄景暉「啊呀」一聲，忙撿起那箭鏃：「還真是！帶三個倒鉤，那會兒呂嘉射我就用的這種箭！怎麼，沙陀磧裡的土匪也用的是同樣的箭？」

蒙丹和袁從英相互看了看，蒙丹點頭道：「嗯，我檢查過了，就是完全一樣的箭鏃，最重要的是，這種純鋼打製帶三個倒鉤的箭鏃，我在別的地方都從來沒有見到過。」

袁從英亦隨之道：「大周軍隊的常規配備裡也沒有這種箭鏃。」

大家都沉默了，答案已經不言而喻，只是沒人願意說出口。良久，還是袁從英沉悶地道：「從這些天我們發現的情況，再加今天這個箭鏃所引出的線索，我認為基本上可以斷定，在呂嘉控制期間，伊柏泰就是為沙陀磧土匪提供營地和兵刃的基地。只有這樣才可以解釋，為什麼土匪在整個沙陀磧自由出沒卻找不到他們的營地；同樣也可以解釋為什麼他們每次行凶之後，都要把現場清理得乾乾淨淨；最後，還可以解釋為什麼武遜接管伊柏泰以後，沙陀磧裡的土匪就消失得無影無蹤。」

狄景暉冷笑道：「這些我們都明白，不過我倒想問，會不會呂嘉的伊柏泰編外隊根本就是土匪？假如他們不是土匪，那麼土匪來自何方，又怎麼會和呂嘉混到一起？」

袁從英剛想說話，狄景暉一按他的肩膀：「我還沒說完。最後一個問題，這些情況庭州官府知不知道，那個把你和武遜派去剿匪的錢刺史知不知道？」他看了看袁從英，笑道：「噯，我說完了，你說吧。」

袁從英垂下眼簾，悶悶地道：「都讓你說光了，我還說什麼。」

「嗨！」狄景暉瞪著袁從英，又拍拍他的肩，「我看你還是先睡一覺吧，再這麼累下去人都變傻了！」

袁從英擺了擺手，振作精神道：「我沒事。你剛才說的前兩個問題，因為呂嘉已死，唯有從其他途徑才能查出端倪，我已經在安排，不日必有答案。至於最後一個問題嘛，反倒容易推斷。你是否還記得并州石炭販子張成聲稱，沙陀磧旁有瀚海軍存放石炭的倉房？這次我在沙陀磧旁確實找到了他說的倉房，裡面雖已搬空，但我還是發現了些遺留下的石炭痕跡，證明張成所言非虛。我想，瀚海軍在庭州這樣長達數年組織嚴密的行動，呂嘉大概沒能力指揮吧？因此即使錢歸南不是親自參與，那也應該派了他身邊最信任的人去。」

蒙丹眨了眨一雙碧眼：「錢歸南和他最信任的人，也不會把真相告訴我們呀？」

梅迎春舉起酒杯：「唔，既然暫時沒有良策，多想無益，還不如先放下！來，喝酒喝酒，我與景暉、從英你們二位這麼久未見，一見面卻連片刻輕鬆都沒有，談的淨是什麼土匪、伊柏泰、錢歸南，實在無趣，不談了，不談了，喝酒！」

大家乾了一杯，梅迎春笑道：「你看看，我把狄大人託付我的要緊事情都給忘了，真是該死。」說著，他從身邊取來一個包袱，放在桌上打開，「二位，這可是狄大人千里迢迢託我給你們帶來的。喏，快收下吧。」

袁從英和狄景暉瞅著那一包袱銀子發愣，繼而面面相覷，狄景暉嘀咕道：「我這老爹還真想得周到，帶這麼些錢來。」

梅迎春道：「嗳，老人家的一片心意嘛。不過錢的事情你們一點兒不用操心，全包在我的身上。這包袱銀子你們就擱在身邊應急。哦，狄大人吩咐的，讓從英保管。」

他把包袱往袁從英的面前推，袁從英又給推了出去：「還是景暉兄保管吧，放在我這裡，不知道哪一天就和我一起不見了。」

狄景暉皺了皺眉，還是收下了包袱。又飲了幾杯酒，袁從英問：「梅兄，你可認識庭州城裡的薩滿巫師？」

梅迎春眼珠一轉：「認識啊。我素來熱衷神鬼之事，庭州城裡各教各派的人物我都認識。庭州百姓篤信薩滿，巫師的地位很高，不過，其中最厲害的可是個女巫。」

袁從英道：「我知道，她叫裴素雲。梅兄與她可有交往？」

梅迎春深為納罕地看了眼袁從英：「倒是見過她幾次，怎麼，從英你是想……」

「我想請梅兄幫忙聯絡，我要見裴素雲。」

第九章　剖心

梅迎春派阿威去庭州約見裴素雲，他與袁從英一邊等回音，一邊詳細討論洛陽默啜與二張談判案件、沙陀磧匪患以及最近發生在庭州的一系列異常事件，試圖理出埋藏在深處的脈絡。最後，梅迎春讓人叫來了烏克多哈，蒙丹和狄景暉迴避出了營房，只留下梅迎春、袁從英和烏克多哈在帳內短兵相接，軟硬兼施地說服這個東突厥奸細重回石國。

營帳外，微風吹拂下的草原碧波蕩漾，藍天中幾縷雪白的雲絲輕輕飄浮，遠處天山巍峨雄渾如屏障起伏，眼前的綠草中牛羊、駝馬或站或臥，星羅點綴，一切都是那樣安詳、寧定，正好像隨風飄來的牧歌，悠遠深沉的曲調中帶著亙古不變的情愫，傾訴的是對愛與生命永恆的嚮往。

狄景暉悄悄來到蒙丹的身旁，關切地問：「紅豔，怎麼了？愁眉不展的，誰惹你不開心了？」

蒙丹星眸低垂，噘著小嘴輕聲嘟囔：「我哥哥呀，還有袁從英，平常看起來那麼文雅溫和的人，怎麼幹得出這樣心狠手辣的事情？」

狄景暉一笑：「哦，你是為了這個啊。咳，你又不是沒見過袁從英殺人。」

「可那不一樣！」

「有什麼不一樣？」

「那時候是人家逼上來要殺我們，我們當然要自衛要還擊，可現在呢，那個烏克多哈手無寸鐵，這不明擺著是要他去送死，還要利用吃奶的嬰兒來脅迫……」蒙丹說到這裡，恨恨地跺了跺腳，「我覺得，我覺得他們兩個人真的很可怕！」

狄景暉蹙起眉頭，默默地端詳蒙丹，許久才將視線移開，極目眺望著浮雲遠山，輕輕歎道：「紅豔，你這樣說話可不太公平。」

蒙丹一愣：「怎麼不公平？」

狄景暉微笑：「對你哥哥我當然沒有你了解，不過對於袁從英，我能肯定他不是一個可怕的人。尤其是，如果沒有他，我狄景暉早就死了十七八遭，灰飛煙滅了，就憑這一點，在任何情況下，我也不會說他半點不是。」

「啊！」蒙丹氣鼓鼓地道，「你不分青紅皂白，你袒護他！」

狄景暉搖頭歎息：「袒護？我可沒能耐袒護袁從英。只不過，我這個人雖然說不上有多高尚、多明理，但至少還知道做人要講良心。」

蒙丹餘怒未消地瞪了狄景暉一會兒，才又撇撇嘴：「哼，平常就見你和他鬥嘴了，我怎麼沒看出來你多有良心啊？」

狄景暉哈哈大笑起來：「咳，你不懂，我那是在教導他。袁從英這傢伙，你別看他平時一副精明樣子，又冷又傲，看著怵人，其實他挺天真的，我得時刻提醒著他，讓這傢伙不要上當、不要鑽牛角尖。」

蒙丹嗤之以鼻：「你教導他？你得了吧！」

「不相信就算了。」

蒙丹想了想，好奇地問：「真的，往常我總看你們倆吵吵鬧鬧、彆彆扭扭的。今天你這麼說話，我才知道你很喜歡袁從英？」

狄景暉朝她擺擺手：「我們男人的生死之交，你一個小姑娘當然不會懂。」

蒙丹頓時火冒三丈：「你瞎說，你看不起人！」她捏起拳頭就要捶打狄景暉，卻被狄景暉一把抓住，在她耳邊柔聲說：「懂，懂，你當然懂！你和我也是生死之交嘛，對不對？」

蒙丹的臉一下漲得通紅，輕輕掙了掙，手還是給狄景暉握得緊緊的，她軟下來，碧綠的雙眸中泛起點點漣漪，輕聲說：「其實，你說的這些我都明白，我愛我的哥哥，我也很喜歡袁從英，他的眼神很乾淨，笑容特別溫暖。可是，可是，我總覺得在他們的身上，有些很沉重很壓抑的東西，只要靠得近了，就會感到陰森、恐懼。今天的事情特別讓我難受。」

狄景暉輕輕歎息：「我知道，你說的是殺氣。不過，我倒覺得在殺氣之外，還有更多的無奈和悲涼，你能體會嗎？」

蒙丹似懂非懂地搖了搖頭，又道：「可是，你的身上就沒有這些讓人難受的東西，你總讓我快樂和輕鬆。」說著，她仰起臉，對狄景暉綻放出一個無比親切而甜美的微笑。

狄景暉情不自禁地還給她一個同樣的微笑，把蒙丹的手攥得更緊了。蒙丹有點兒醺醺然的，繼續傾訴著：「突騎施的男人們以殺人為勇，從小我就看著我的爹爹、叔父，還有兄長們四處拚殺，滿手血腥，到最後又自相殘殺，直到一個個都……我原本以為烏質勒哥哥可以帶著我遠離這樣的生活，可是沒想到還要陷入同樣的處境。」她蹙起眉尖，困惑又哀怨地問：「你說，為什麼會這樣？難道只有我一個人才盼望過平靜、安寧，沒有殘殺的生活嗎？」

「當然不是。」狄景暉認真地答道，「紅豔，我相信每一個人都渴望幸福，無一例外。但很多人求之而不得，還有不少人會在尋尋覓覓的過程中，誤入歧途，甚至走到萬劫不復的境地。我就曾經非常靠近那樣的境地。但是我很幸運，有人伸出援手，幫我逃離了黑暗，於是我才有了今天。紅豔，你說我和你哥哥，還有袁從英不一樣，你知道，我和他們最大的區別是什麼嗎？」

「是什麼？」

狄景暉輕輕攬住蒙丹的肩膀，溫柔地說：「過去每當我成功的時候，我總會認為是我自己有過人的才能，我很了不起。但是當我經歷了生離死別、愛恨情殤，現在我明白了，我比其他人優越的只有一點：我很幸運，我比他們的命好。」看蒙丹衝他眨眼睛，狄景暉微笑，「這麼說吧，就因為我比袁從英命好，你比你哥哥命好，所以如今他們倆在營帳中幹著威逼利誘的勾當，還要被人指責殘酷，而你和我，卻可以站在這裡欣賞著春日草原的美景，一邊傾心相談，互訴衷腸。」

蒙丹垂下長長的睫毛，輕聲道：「我好像有點兒明白你的話了。」

狄景暉把她摟得更緊了一些：「你很聰明，也很善良，你當然能明白我說的話。紅豔，正因為我們更幸運一些，所以才要心存感激。最重要的是，我們一定要過得好，只有這樣才能對得起我們自己，也才對得起他們。」

蒙丹的眼睛有些模糊了，她也不知道為什麼，心中既有柔情萬種，又覺苦澀難抑。

狄景暉的嘴唇輕輕印上蒙丹的秀髮，耳語著：「紅豔，讓我來給你一個平靜、安寧，沒有殘殺的生活。我曾經沒有做到的，所有的遺憾，我都要補償在你的身上。相信我，我會竭盡全力。」

「景暉……」蒙丹顫抖著雙睫仰起臉，唇上頓時感覺到他火熱的激情，她微微閉起眼睛，任憑自己的身體無力地融化在他的懷中，瞬間的窒息後，愛的甜蜜鋪天蓋地向她襲來。

第二天午後，裴素雲依約來到乾門邸店。她和梅迎春算有數面之緣，梅迎春一貫就以喜歡結識各種神異人士聞名，過去錢歸南與梅迎春幾次飲宴，都曾帶上裴素雲作陪，半是炫耀半是拉攏，不知道為什麼，錢歸南對這位突騎施的流亡王子還挺器重的。

梅迎春這回單獨約見裴素雲，本來有些於禮不合，但王遷此前的拜訪倒給了梅迎春藉口，既然錢刺史大人太忙，梅迎春與庭州最厲害的薩滿伊都干見見面，聊聊薩滿神教，談談庭州風土，也算是件風雅之舉。女巫是地位很特殊的女性，可以與不同階層和身分的男性交往而不受到指摘，但裴素雲因為錢歸南的關係，幾乎從不接受任何男性的邀約，偏偏這次梅迎春不理這一套，倒讓錢歸南和裴素雲覺得有些深意。前一天晚上接到邀請後，錢裴二人略略商議了一番，估計著梅迎春在這個時候約見裴素雲，多半是想從她這裡探聽些庭州和錢歸南的動向，當然，裴素雲也可以趁此機會多多了解突騎施王子的情況，反正大家都是虛虛實實，就姑且一行吧。

梅迎春派阿威用馬車接來了裴素雲，待人一到邸店就親自出迎，將裴素雲請進三層雅間。梅迎春一來就包下了邸店的整個三層，所以樓下店堂裡雖然熱鬧，上到三層就變得鴉雀無聲。梅迎春請裴素雲進屋坐下後就藉故離開，她一人坐在桌邊等了片刻，看著午後的豔陽透過木格窗櫺斜斜投在地上，無處不在的沙塵在光線中落寞地舞動。周圍一片寂靜，裴素雲聽到木樓板隨著腳步微微作響的聲音，她的心隨之一蕩，沒有抬頭就看見一個修長的身影遮住眼前的半尺陽光，她立即知道，是他來了。

袁從英回手關上房門，看見裴素雲抬頭朝自己微笑，便在門邊停了停，略帶戲謔地問：「這回又是笑什麼？我走了十多天，不會又認不出來了？」

裴素雲上下打量著他，眼神中充滿喜悅，微微點頭道：「我原以為你再不想見到我了。」

袁從英並不答話，來到裴素雲的對面坐下，裴素雲看著他的臉色不覺皺了皺眉，輕聲道：「看樣子我給你作的法都白費了。」

袁從英仍然沒有回答她的話，只是溫和地注視著她，隔了一會兒才問：「你還好嗎？」

裴素雲的神色黯淡下來，極低聲地說：「他回來了……」

「我知道。」

屋子裡沉寂片刻，他們彷彿能聽到彼此心跳的聲音。許久，袁從英才又開口問：「錢歸南什麼時候回來的？」

「三天前。」

「唔，所以你就不讓斌兒再去你那裡了？」

裴素雲抬起頭，朝他淒然一笑：「錢歸南說不定什麼時候就會去我那裡，要是見到了斌兒一定會追問他的來歷，很難解釋。斌兒是我見過的最可愛的小孩兒，我不願意讓他面臨任何危險，更不願意因此把你牽扯出來。」

袁從英點了點頭：「是，斌兒告訴我他和小安兒已經成了最好的朋友，你不讓他再去你家，他很傷心。」

「安兒也很難過，這兩天每天都在哭鬧，他、他還從來沒有過小朋友。」裴素雲說著，不覺有些哽咽，這些天她天天都在遺憾，遺憾什麼連她自己都想不清楚，或者說不敢想清楚吧。

袁從英一言不發地看著她，半晌裴素雲稍稍恢復平靜，衝他勉強微笑了一下，輕聲道：「斌兒不是你的親弟弟。」

袁從英略感意外地挑起眉尖，低聲嘟囔：「這個小傢伙，平常嘴很緊的啊……」

裴素雲忙道：「你可千萬別怪他，都是我問他的。」

「你問他，他就都說了？」

「嗯，他把你們之間發生的一切都告訴我了。」

袁從英輕吁口氣，微笑道：「真沒辦法，到底是女巫，蠱惑人心的本領誰都抵擋不住。」

裴素雲忍不住辯白：「才不是蠱惑人心呢。我、我只不過是想多了解你……」

「現在了解了嗎？」

「了解了……一些。」

「那麼，為了公平起見，是不是也該讓我了解你一些？」

裴素雲情不自禁地笑起來，袁從英目不轉睛地盯著裴素雲，看得她臉孔微微發熱，慌亂中垂下眼簾，囁嚅道：「你想知道什麼就問吧，你問什麼，我就答什麼。」

袁從英倒有些意外，自言自語道：「這個，我倒要想想。」他按了按額頭，自嘲地笑道：「問題太多了，我都不知道從何問起了。」

「那就從最簡單的問起吧。」

「好。」袁從英凝眉思索了好一會兒，彷彿下定了決心，字斟句酌地問：「你為什麼會成為薩滿教的女巫？」

裴素雲愣了愣，眸中瑩澤躍動：「這個問題可一點兒都不簡單。」

「啊，確實。」袁從英無奈地歎了口氣，搖頭道：「對不起，我比較笨，換個人來問，也許會好些。」

裴素雲嘟囔：「換個人來問？你當是在審犯人啊。」

袁從英並不在意，只含笑注視著她，靜靜地等待，裴素雲被他看得心越來越軟，又像有一團亂麻在裡面打結，她強令自己鎮定下來，眼睛瞧著屋角，悠悠地長歎一聲：「我的家族是河東聞喜裴氏，袁先生或許聽說過這個姓氏。」

「河東聞喜裴氏家族？」袁從英微微吃了一驚，喃喃道：「我確實聽說過，河東裴氏自古以來就是三晉的名門望族，據我所知，前隋朝的宰相，名臣裴矩就出自這個家族。」

「嗯，裴矩就是我的族祖父。」

「裴矩是你的族祖父？」袁從英這回是真的大吃一驚，不由自主地再次上下打量裴素雲。

裴素雲對他的反應毫不意外，繼續悠悠地道：「實際上，我的父親裴夢鶴，就是裴矩的親兄弟裴冠的孫子，因此我算是裴矩的第四代侄孫女。」

「原來是這樣。」袁從英思忖著問，「我知道裴矩在前隋朝期間就奉大隋文皇帝之命前赴張掖，掌管中原與西域的交往，並著有一本《西域圖記》，你的曾祖父也是從那時起到的西域嗎？」

裴素雲溫柔的目光在他的臉上輕輕掠過：「袁先生，你也知道《西域圖記》？」

「嗯，不僅知道，而且我還讀過。」

這下輪到裴素雲吃驚了：「你讀過《西域圖記》？可是民間找不到這本書的，你……」

袁從英微笑：「機緣巧合，我恰好得到了這本書，而且就是從那本書上第一次得知薩滿教的。」

裴素雲自言自語：「真是太湊巧了，這樣就更容易解釋了。」她低頭稍微思索了一下，抬起眼睛道：「袁先生，《西域圖記》這本書雖名為裴矩所著，但他作為一國重臣，身負各種政務，在張掖時又要管理大隋和西域各國的貿易商事，因此書中所有關於西域的風土人情、地圖，以及中原和西域間來往的商路記載，這些具體的內容都是由裴冠，也就是我的曾祖父負責完成的。」

「你的曾祖父，他對西域很了解？」

「何止是了解。」裴素雲說到這裡，不由長歎一聲，眼神恍惚起來，「據我父親對我講，我的這位曾祖父，是個才華橫溢的奇人。我們裴家世襲勘探、繪圖的學問，各代都有一些族人特別擅長此中之道，而我的這位曾祖父是其中尤其出類拔萃的。當年，他跟隨兄長來到西域，立時就被這裡千奇百怪的風物和神秘莫測的地理所吸引，這裡的雪山、沙漠、高原、草地都是中原不可一見的奇景，裴冠對這一切可說是心醉神迷，於是他便將全部身心俱都交付給了西域，四處採風、勘查，記錄和繪製下他的所見所聞，這便構成了《西域圖記》的大部分內容。後來，裴矩奉命回朝，我的曾祖父卻再不願離開西域，而是繼續在西域各地遊蕩，直到有一天他來到了庭州，便在此地定居了下來。」

袁從英好奇地問：「為什麼還在庭州定居？」

裴素雲微笑反問：「庭州不好嗎？」

袁從英也笑了：「好，當然好。我也很喜歡庭州。只是你的曾祖父，那樣喜歡探索和獵奇的人物，要讓他安定下來，我料想必然會有什麼特殊的原因。」

裴素雲看了袁從英一眼，低聲嘟囔：「還說自己笨，鬼才相信你。」

「先別管鬼了，快往下說吧，伊都干。」

「嗯。」裴素雲無可奈何地點點頭，用愈加溫柔的眼神瞟了下袁從英，輕蹙秀眉道：「原因有兩個，一是他在這裡找到了心愛的女人，決心要娶妻生子；另一個原因則是他在庭州城外的沙陀磧中，發現了一個重大的秘密。正是為了徹底解開這個秘密，他才決定永居庭州。」說到這裡，裴素雲住了口，默默地注視著袁從英，似乎在等待他繼續發問。

袁從英卻沉浸在自己的思緒中渾然無覺，半晌才猛醒過來，對裴素雲抱歉地笑了笑，道：「沙陀磧裡的秘密，我大概沒有資格知道。」

裴素雲搖頭歎息：「你真的非常非常聰明。是的，裴冠在庭州成家立業以後，還一直在繼續探查沙陀磧的秘密，但是直到他去世，都沒有徹底破解。於是，曾祖父在臨死之前立下遺願，要求子孫後代均不得離開庭州，需將沙陀磧的秘密一代代堅守，並破解下去，直至全部掌握。而這個秘密除非裴氏族中之人，不得向任何外人透露，這是素雲必須嚴守的祖訓。」

袁從英點頭道：「唔，這我完全可以理解。可是，我們談了半天，你好像還是沒有回答我的問題？」

「哦。」裴素雲點了點頭，深吸口氣接著往下說，但她的聲音卻突然變得淒涼，話語也開始斷斷續續，彷彿吐出每一個字都無比地艱難，「秘密傳到我父親裴夢鶴時，已經歷時三代，於是我父親發誓一定要在他的手中將一切徹底搞清楚，而恰在此時，他遇到了一個薩滿巫師，名叫藺天機。」

「藺天機？」袁從英皺起眉頭回憶著，「我聽人提起過這個名字，他，是你的師父？」

裴素雲的臉色已經變得慘白，她顫抖著嘴唇輕輕重複了一遍：「藺天機……他不僅是我的師父，也曾經是我的丈夫。」

袁從英頓時恍然大悟。

沉默良久，裴素雲才能鼓起勇氣繼續：「藺天機，是個聰明絕頂的人物，他的來歷即使對我也始終是個謎。我們不知道他從何而來，亦不知道他自哪裡學來那麼一套薩滿通靈的異術，總之他的法術無邊、能力非凡。他來到庭州以後不久，首先就用神水和祭祀為庭州百姓破除了多年來的瘟疫之害，贏得了眾人的愛戴。隨後，他又不知如何了解到我們裴家幾代所維護的秘密，便開始千方百計地接近我父親，取得了他的信任。彼時，我父親也正處於破解秘密的最緊要關頭，正苦於無人幫助，僅憑一己之力實在難有突破，於是便與藺天機一拍即合，決定在藺天機的協助下共同完成使命。又因為藺天機非裴氏族人，不能向他公開我們的秘密，所以，所以……」

「所以你父親便把你嫁給了藺天機，使他成為了你家族的一員。」袁從英話音甫落，裴素雲抬起眼睛，飽含著無限的淒苦道：「那時候我才剛滿十四歲，雖然從心底裡對藺天機感到恐懼，卻也無力違抗自己的爹爹，就這樣被迫成了藺天機的妻子兼徒弟。」

「那麼，你父親在藺天機的幫助下，終於破解了裴冠留下的秘密，是嗎？」

「是的。」裴素雲輕輕頷首，眼神更加迷離，「但是不久以後，我爹爹就突發惡疾而死，從此這秘密就變成只有藺天機一人掌握。」她突然加快了語調，語氣也變得充滿了怨恨，「我從一開始就憎惡藺天機，雖然完全是憑直覺，但我就是認定他根本不懷好意，他所做的一切都是精心設計的陰謀，目的只是為了把我們裴家的秘密佔為己有，甚至連我爹爹的暴卒也是被他所害。為了查清這一切，我不得不忍耐，繼續在藺天機的身邊生活，向他學習巫術，服侍他，對他強顏歡笑討他歡心，裝出對什麼都茫然無知的樣子，就這樣有一天我終於找到機會，使用巫術亂了他的心智，親耳聽到他對我吐露了害死我爹爹的真相！」

裴素雲住了口，激動地喘息著。袁從英倒了一杯茶遞到她手邊，裴素雲端起來一氣喝乾，袁從英輕聲道：「你要是不想說就——」

裴素雲猛抬起頭：「不，我要說。」她的雙眼亮而乾澀，彷彿有一團烈火在其中熊熊燃燒，「從那以後，我就下定決心要復仇。爹爹不能就這樣被人白白害死，裴家的秘密也絕不能從此落入一個惡人之手。可我一個才十幾歲的女孩子，我能怎麼復仇？因此就連藺天機也未對我多加防範，他不相信我能奈他幾何，可是這一次，他錯了……」突然，裴素雲又停下來，看了眼袁從英，淒楚地笑著搖了搖頭，「我今天是怎麼了，一下說了這麼多話……」

袁從英平靜地道：「既然想說就說吧。其實，還是應該怪我的問題提得太糟糕。」

裴素雲一愣：「你的問題？唔，我都忘記你問的是什麼問題了……」

「沒關係，你回答得很好。」

兩人都沉默了，過了好一會兒，裴素雲才輕聲道：「開始時你說，有許多問題的，還問嗎？」

袁從英皺了皺眉：「還是不問了吧，我不喜歡看到你現在這個樣子。」

裴素雲咬了咬牙，冷笑著道：「問吧，長痛不如短痛。我都不在乎，你怕什麼？」

「我不是怕。」

「那是什麼？」

袁從英的眉頭蹙得更緊了，低頭沉默著，裴素雲看著他的側臉，柔聲道：「袁先生，請你問吧，今天之後，也不知道還能不能再見面。我願意說給你聽，也希望讓你了解我。」

袁從英淡淡地道：「唔，有人了解你嗎？」

裴素雲一愣，她沒有想到袁從英會這樣問，認真想了想，方道：「似乎沒有人……真的了解。」

「是嗎，連錢歸南也不了解你嗎？」他問得若無其事，裴素雲聽在耳裡卻是字字千鈞，刺得心上一陣陣銳痛，用痙攣的手指抓緊衣襟，她冷笑著回答：「他也只了解一些。」

「哦？」袁從英突然抬起眼睛盯住裴素雲，步步緊逼地問：「那麼你了解錢歸南嗎，是也了解一些，還是很多？你究竟知不知道他都在幹什麼，又知道多少？」

「我……」裴素雲好像被兜頭澆了一桶冰水，森嚴的寒氣頃刻便浸透她的身心，她閉了閉眼睛，良久才無力地回答：「袁先生，你要了解的是我，沒有必要提錢歸南，他是他，我是我，我不會回答任何關於錢歸南的問題。假如你一定要問，那我就只好走了。」

袁從英沉默地看著她，少頃，他站起身走到窗前，輕聲道：「屋子裡有些悶，我開下窗，好不好？」

窗扇開啟，新風入戶，樓下巴扎上的喧鬧之聲猛然湧進室內。溫暖的春日午後，乾燥香甜的空氣醺然醉人，卻與他們的心境迥異而隔絕。袁從英坐回桌邊，抱歉地說：「對不起，我不應該像剛才那樣對你……有時候我也會控制不住自己。」見裴素雲不理睬，他又小心翼翼地問：「你，不急著回去吧？」

暖風輕輕吹拂在臉上，裴素雲的心重又軟下來，這才抬眼看了看他：「嗯，現在還早……還有些時間。」

袁從英明顯地鬆了口氣：「那就好，要不我們還是談些別的吧？其實我一開始就想問你，既然是梅迎春約你來，為什麼你見到我的時候卻絲毫都不意外？」

「因為我早聽說過你在伊柏泰做的事情，我也知道蒙丹是梅迎春的妹妹。所以梅迎春會與你相識，並不奇怪。」

袁從英點點頭，猶豫了一下又問：「有關伊柏泰的問題，我可以問嗎？」

裴素雲十分鎮定地回答：「應該不可以吧。」她端詳著袁從英，微笑著反問：「你這麼聰明，難道不能從中猜出些什麼？」

袁從英垂下眼簾：「大概可以猜出來，裴家在沙陀磧裡守護的秘密，應該和伊柏泰有關係。」

裴素雲雙眸閃爍，面頰重新紅潤起來：「你猜得很對，而且還有一點可以告訴你，伊柏泰就是由我的曾祖父裴冠設計並開始建造，而最終由我的父親裴夢鶴和藺天機一起督造完成的。」

袁從英大吃一驚，不覺瞪著裴素雲喃喃自語：「竟然是這樣。難怪我在伊柏泰的水井蓋上看見了薩滿的神符。」

裴素雲輕吁口氣：「所有這些飾有薩滿神符的水井，都是當初由先祖父裴冠主持勘測沙陀磧和周邊的地下暗河後挖掘出來的。」

袁從英情不自禁地感歎：「真沒想到，裴冠竟然在庭州留下了這麼多神秘的印跡，而你和伊柏泰、沙陀磧也有如此深的淵源。」

裴素雲再次悠悠地歎了口氣，低聲應道：「我把這當作宿命，今生今世都難以擺脫了。可悲的是，這樣的命運只能由我一人來承擔，再無人可以依託。」

她探手從懷裡掏出個小小的絹包，從裡面抽出張疊得整整齊齊的紙，抬頭看了看袁從英，把紙推到他的面前：「喏，上回你忘記拿了，還給你。」

袁從英展開一看，原來是自己畫了神符的紙，那天他深夜去找裴素雲，就是想取回這張紙，結果卻給忘了。他這麼想著，不覺納悶地問：「你事先並不知道今天能碰上我，怎麼還隨身帶著？」

裴素雲避開他詢問的目光，不答話。望著她嫻靜柔美的側影，袁從英心有所悟，一時竟不知說什麼是好，連忙定神去看那紙，這才發現，原先自己在紙上只畫了兩個神符，裴素雲又給添了兩個，一共成了四個。神符的下邊，她還注了一首五言律詩。

伏羲演八卦，文王還未生。
澤中覓淨水，雷動火龍驚；
風起雲方滅，鑽山復出塵。
逡巡脫困路，背後有乾坤。

袁從英看著這張內容豐富了不少的紙，皺起眉頭苦笑：「我這人最不會猜謎。」

裴素雲溫言撫慰：「別急，一點兒都不難懂，我說給你聽。薩滿崇拜天地萬物，信奉很多神靈，你看過《西域圖記》，應該知道這一點。這神符中央的四個不同的紋理，分別代表水、火、風、地，是從薩滿眾神中刻意選取的，並且和這首絕句中間的兩聯對應。而圍繞在它們外面的這個五芒星，卻是藺天機從西方的巫學裡吸取過來自創的神符，因此不見於任何神學典籍。」

「哦，那麼藺天機這樣做的目的是……」

裴素雲長長地歎息了一聲：「他搞出這麼些匪夷所思的東西，不過是為了掩蓋伊柏泰和沙陀磧裡面埋藏的真相，同時又給自己人留下記號，必要時可以按圖索驥。」

袁從英笑了笑：「這個五芒星，我總覺得有些像個人背著身站立。」

裴素雲的眼中光華驟閃：「天，你這麼聰明，還真要讓你猜猜謎才是。」她指了指五言絕句的最後一聯，「這聯說的就是背後的意思，不過到底是什麼含義，你得自己想。」

「行啊，反正我晚上老是睡不著，就想想這個吧，說不定能安神。」

裴素雲被逗笑了，濕潤的目光輕輕拂過袁從英的面龐：「其實水符你已經知道含義了，而你在阿蘇古爾河畔看到的那個則是風符。斌兒告訴了我你在阿蘇古爾河畔挖井找水的事情，唉，其實風符代表的不是水井，你真是太不容易了。」

袁從英的下顎繃緊了，沉聲道：「我現在已經知道了，那只是通往地下暗河的入口，或者說是風道。而且暗河中的水有股臭味，水面上竟然還能燃起火來，不知有什麼古怪，我想那水斷斷是喝不得的。」

裴素雲愣了愣，才道：「沙陀磧地下的暗河有兩種，一種由地面的河川之水注入地下縫隙而成，因在地底下所以能歷秋冬而不乾涸，到第二年春夏的雨季，地面河川暴漲又有源源不斷的清水補充進去。薩滿水井挖取的就是這些水，一般都離地面不深。至於有風符的井道所通往的地下暗河，則在地下很深處，縱橫交錯在整個沙陀磧和庭州地區，河水很深河道很廣，就是有一個問題……」

「什麼問題？」

「那暗河的水上浮有一層石脂，味臭可燃，你剛才說得很對，被石脂所污的水人畜是不能飲用的。」

袁從英聽得頻頻點頭：「我明白了。這麼說那天我沿著風井拚命下挖，應該是挖到了由阿蘇古爾河蓄在地下的水，還真是夠僥倖的，哼，也夠魯莽的。」

「怎麼能這麼說，你又不知道。」裴素雲情不自禁地嘟囔，「再說，都沒有人幫你，全靠你一個人。」

袁從英微笑：「如今你不就在幫我？」

裴素雲的臉上再度泛起紅暈，輕聲道：「火神和地神的符號是伊柏泰裡專有的，我就不能再告訴你它們的含義了。你只記住，水神和火神相對照；風神和地神相對照。水和風在地上；火和地在地下。唔，我就只能幫你這些了。」

「沒關係，你已經幫得夠多了。」袁從英將紙疊好，正要揣入懷中，又拿到鼻子前聞了聞，奇道：「唔？怎麼有股香味？」

裴素雲「呀」了一聲，臉頓時緋紅，輕聲嘟囔：「在我身上放久了……」

袁從英會意，又聞了一遍，方才笑道：「這是什麼香？真好聞，我平常最不愛聞香氣，可是這個味道很好，還有點兒苦味。」

裴素雲鬆了口氣：「哦，這是檀香裡加了產自天竺的苦岑和藿香，是我自己育著玩的。唔，這香有個特別，一沾上好多天褪不去。如果你不喜歡，我這就按樣再給你畫一張，你把這張扔了吧。」

「我喜歡。」

袁從英將紙收好，有些欲言又止，裴素雲見了微微嘲諷地笑起來：「袁先生，我知道你想問什麼。不，錢歸南對神符的詳情並不清楚，因為他雖然和我在一起已經有十年，我們還有了安兒這可憐的孩子，但是他畢竟算不上真正的裴氏族人，我也不會把伊柏泰的秘密全都透露給他。當然，為了報答他為我做的一切，也為了讓他能夠更好地保護伊柏泰的秘密，我也、也幫他在伊柏泰做了一些事情。」她的聲音低到幾不可聞，袁從英卻聽得握緊雙拳，為什麼真相總是這樣讓人無法忍受。

裴素雲還在說著：「當初曾祖父慫恿裴矩，去大隋煬皇帝那裡請求建造伊柏泰，就是為了保守沙陀磧裡的秘密，可是他把伊柏泰設計得太複雜了，一直到他去世也沒有能夠建造完成，後來戰亂迭起隋朝覆亡，伊柏泰的建造也被迫停了下來。而我父親決心要將伊柏泰建成，他請來藺天機幫忙。由於藺天機幫助庭州消除了瘟疫，庭州官府投桃報李，才派人繼續動工。但是，可憐我爹爹在伊柏泰完工之前就被藺天機害死，因此沒能親眼看見伊柏泰的最終落成，而藺天機自己於伊柏泰建成後不久，也在沙陀磧裡失蹤了。」

「這是什麼時候的事情？」

「十年前。」

「哦，你也是在十年前與錢歸南走到一起的？」

裴素雲默默地點了點頭。十年前，她曾那樣期待過幫助，她得到了；但為什麼十年以後的今天，她卻因此感到椎心刺骨的痛楚和遺憾：驀然回首，原來人生就這樣覆水難收了。

不知不覺，這個春日的下午已過去大半，時間在他們的身邊悄悄流逝，隨著豔陽一寸一寸偏西，融融暖意也在無奈中褪去，清冷的黃昏日暈落下來，窗格之上半明半暗的光影流轉，微風習習，帶上了寒意。

袁從英看到裴素雲有些微瑟縮，就起身去關窗，剛伸手搆到窗格，卻聽她在耳邊輕聲道：「先別關。」

袁從英一扭頭，見裴素雲已悄悄站到身邊，目光迷離地眺望著遠處，他也隨之望去，極目的天際，又是那天山之巔的冰雪正在變幻出無限的光彩。

「多麼美啊，卻又那麼遠、那麼冷。」裴素雲再一次在心中哀哀地歎息著，耳邊「吱嘎」聲響，袁從英把窗關上了。喧鬧市聲和落日晚霞一起被阻隔在了薄薄的木板之外，他們相對而立，呼吸急促交融，幾乎難分彼此。

袁從英又開口了，嗓音不同尋常的喑啞：「你剛才說，今天之後，還不知道能不能再見面。所以有些話，即使你不願意聽，我還是必須說出來。」

裴素雲抬起眼睛，這一刻他們坦誠對視，沒有時間再逃避了。

「我可以不問你關於錢歸南的問題，但我現在卻想告訴你一些我所知道的，和錢歸南有關的事情。」

裴素雲張了張嘴，被袁從英嚴厲的眼神制止，這次他沒容她打岔，而是堅決沉著地說下去：「錢歸南日前離開庭州，據說是帶著瀚海軍的沙陀團換防輪台，他是庭州刺史兼瀚海軍軍使，這本也在他的職權範圍之內。但是幾天前我剛好去了趟輪台，據我查訪的結果，瀚海軍沙陀團壓根就沒有到輪台，而是去了大周與東突厥邊境的另一個地方！」

裴素雲目瞪口呆地看著袁從英，不知所措地連連搖頭：「我只聽他說帶沙陀團去了輪台，還有天山團，也被王遷帶去了輪台——」

「沒有。」袁從英打斷她的話，「根本沒有任何一支瀚海軍去了輪台，相反現在他們都被困在邊境的一個秘密地點，處境十分危急。」

裴素雲臉色慘白地盯著袁從英，她是個絕頂聰明的女人，當然懂得這個情況意味著什麼。

袁從英仍然一字一句地說著：「目前還有些疑問尚待查清，但我應該很快就能弄清楚錢歸南的真實意圖。」他冰冷的目光劃過裴素雲的臉，「即使你不向我透露任何錢歸南的情況，也沒關係，我想做的就一定能做到。」

裴素雲的嘴唇不可遏制地顫抖起來，傻乎乎地發問：「你、你會殺他嗎？」

袁從英一怔，繼而冷笑：「坦白對你說，我現在就很想殺了他！不過除非他逼人太甚，我不會殺他，因為我畢竟不是劊子手。假如錢歸南真的有罪，自會有合適的人來處置他這位朝廷大吏。」頓了頓，他又輕哼一聲，「再說，一直以來恐怕都是他想殺我吧，自從我來到庭州，他已經幾次把我置於生死一線的境地，而我似乎並沒有得罪過他。」

「錢歸南怕你，從你來到庭州的第一天起，他就怕你。」裴素雲說著，有些恍恍惚惚的，「那時候我還不明白為什麼，現在我知道了，他怕得真的很有道理。可是，」她突然抬頭朝袁從英粲然一笑，「可是他沒有成功。因此他現在一定更加怕你了。」

「要我死可不是那麼容易的。」袁從英也淡淡地笑了，「除非能讓我心甘情願地受擺布。」

「你會受人擺布？我才不相信。」

「我會，只要有那個能夠擺布我的人。」說到這裡，袁從英的語氣突然變得悵然若失，彷彿沉入莫名的思緒。隨著他的話語，有什麼在裴素雲的心中輕輕崩塌。屋子裡越來越暗，在兩人的眼裡，對方的臉都黑乎乎的，卻又比任何時候都更分明，帶著攝人心魄的魅力。就在此時，隆隆的暮鼓聲自窗外傳來，裴素雲不禁打了個寒顫，離別的時候快到了。

裴素雲咬了咬牙，不看袁從英，用盡可能平靜的語氣道：「十年前，當我一心期盼著有人能夠幫助我復仇，救我擺脫藺天機的魔掌，帶我離開深淵時，是錢歸南向我伸出援手。當然，我知道他做這些都是有條件的，但他畢竟做到了，我感激他，我們在一起整整十年，他還是安兒的親爹爹，因此，現在這個時候，我必須守在他的身邊。」

她停下來，等待片刻，聽到他用喑啞的聲音說：「我明白你的意思，但我必須提醒你，這次也許是錢歸南要把你帶入深淵。」

裴素雲向他仰起臉：「我沒關係，已經認命了。只是安兒，如果遇到危險，你會救他嗎？」

袁從英的回答異常冷淡：「安兒，他有爹爹。」

裴素雲的臉色頓時煞白，胸口好像堵上塊巨石，彷彿是體會到了她的絕望，袁從英抬起手臂輕輕攏住她的肩膀，低聲道：「難得你能這樣相信我，好，只要你需要，我一定會救安兒。而且我知道，安兒不能沒有娘，所以我不會只救他一個。」

裴素雲含著眼淚微笑：「有你這句話就足夠了。」

「可這不是一句話，這是一個承諾。」袁從英的語氣讓裴素雲不覺一震，她詢問地看著袁從英，聽到他淡淡地說：「意味著我會為了你們不顧一切的。」他的聲音太平靜了，平靜到令裴素雲心如刀割，她太清楚自己在要求什麼，又得到了什麼，忍了很久的淚流下來，裴素雲全身脫力，再也無法支撐，終於軟弱地靠到他的肩頭，任憑他將自己緊緊地摟在懷中。

暮鼓聲停歇，巴扎也散了，周圍陷入最深沉的寂靜，裴素雲閉起眼睛盡情感受那溫暖有力的懷抱，還有讓她陶醉的男性氣息，也不知道過了多久，她深吸口氣道：「我該走了。」

袁從英輕輕放開裴素雲，她卻握住他的手：「等一下，我再給你診診脈。」

袁從英愣了愣：「你不是不會診脈嗎？」

裴素雲衝他嫣然一笑：「騙你的。」

「可你為什麼要騙我這個？」

「就想知道你容不容易騙。」一邊說著，裴素雲將袁從英拉回桌邊重新坐下，纖指輕輕搭上他的手腕，袁從英呆呆地看著她，苦笑著問：「我很容易騙吧？」

裴素雲搖頭示意他不要說話，凝神診起脈來，片刻後放開袁從英的手腕，輕輕地歎了口氣，剛拿起桌上的紙筆，袁從英已經一聲不響地點燃了桌上的蠟燭。

燭光輕輕搖曳著，裴素雲寫完了，將紙遞過去：「仔細收好了，方子裡有不少西域藥材，中原不常有，但庭州藥市上都能找到。對自己好些吧，要不哪天真病倒了，誰來伺候你。」

她正想縮回手去，卻被袁從英一把攥住，她掙了掙，怎麼能掙脫？裴素雲有些慌亂地抬頭，震驚地看到他眼中閃動的點點波光，她又驚又懼動彈不得，愣愣地等著他說話，他卻只是一言不發，許久，才低下頭放開了她的手。

屋外，夕陽收束起最後一抹光輝，黑夜降臨了。

庭州的藥市並不在巴扎裡面，而是與巴扎隔了一條街，在一大片沿街搭起的涼棚下齊齊聚集了來自西域各地的藥商。和巴扎中大多數的商品不同的是，這裡交易的藥品並不局限於某個特定的國家或者地區，比如賣馬就以突厥的為主，賣編織品就是波斯人的天下，而香料又是天竺的特產。西域有很多不同的國家都產出具有奇效的、為中原所罕見的藥物，比如大食、波斯、天竺等，因此這些國家的藥商們往往不遠萬里來到中土，將他們手中的藥物高價販出，回去時又運上中原的草藥，這樣一來一去，收益是極其豐厚的。

在所有各國的藥商中，又以大食藥商的藥材最為昂貴和稀有，大食和中原的距離比其他西域國家更加遙遠，黑衣大食人的外形和風俗也更加奇異神秘，因此大食藥商在普通人看來，簡直與巫師相差無幾，當然實際上，他們仍然只是些逐利的商人罷了。在遠離故國萬里之遙的異邦做生意是件風險頗大的事情，為了互相協助，商人們都有自己的組織，黑衣大食的藥商組織算得上是其中最嚴格的之一了。

巧得很，大食藥商聚集的邸店正是乾門，這天晚飯過後，全庭州的大食藥商們在乾門邸店後院一間寬大客房中，正在為他們的前途激烈討論著。離開眾人遠遠的一張地毯上，盤腿坐著一人，黑色頭巾遮住大半張臉，手中長長的水煙筒散發出既乾澀又甜膩的氣味，這人始終沉默著沒有參加討論，此刻他抬起手，拉長了聲音道：「我們得回去。」

滿屋嘰嘰喳喳的話音驟然停歇，所有的腦袋一齊扭向說話的人。那人吸了口水煙，不慌不忙地又說了一遍：「我們得回去。」

人堆裡掀起小小的波動，終於一個老者半跪在地毯上，恭恭敬敬地對那人說：「薩哈奇，大家手中都有一多半的藥材還沒賣出去，這一回去，損失就太大了呀。」

薩哈奇皺了皺眉，低聲道：「我不是都說過了，沒有賣掉的就趕緊找主顧賤價收去，這些藥材帶回去就不值什麼錢了，一路上駝馬保鏢，反而得不償失。」

「咳，可這樣我們就虧得太大了，這、這……」人堆中再度激起一陣波瀾。

「虧，總比送命好吧！」薩哈奇厲聲喝道，頭巾下射出兩道鷹隼般的寒光。他從地毯上站起來，在屋子裡面來回踱起步，一邊狠狠地說：「你們損失大，誰的損失都不會比我更大吧！可是庭州危急，人家把這樣絕密的消息透露給我們，就是為了給大夥一條生路。好了，再多商討也是浪費時間。我來做決定，三日以後商隊就離開庭州踏上回程，剩下的藥材能夠賣的就賣，不能賣的就在郊外找僻靜無人的地方或埋或燒，銷毀了事！」

那幫藥商無奈地哀號著，齊齊跪倒在地毯上，嚅動著嘴唇開始祈禱。薩哈奇陰沉著臉也來到他們前面，帶頭朝西方跪拜磕頭，默誦經文。正在此時，房門打開，邸店的伙計躡手躡腳走進來，也先朝著西方雙手合十祈禱了幾句，才溜到薩哈奇的身邊，湊在他的耳邊低語了幾句。薩哈奇臉色一變，轉身朝向眾人，宣布道：「有人要來買我們的藥。」

各色頭巾下覆著的腦袋興奮地轉動起來，其中一人小心翼翼地聲稱：「是的，薩哈奇，今天下午有人來藥市問了幾種藥品，有安息香、阿魏、給勃羅，正好都是我們大食商隊的貨，而且看樣子是個懂行的，所以我才約他晚上過來詳談。」

「既然是懂行的，你和他談個價嘛，要得多就乾脆一塊兒批給他算了，幹什麼還叫到我這裡來？」

那大食人轉動著眼珠，低聲道：「他還說要買，底也迦和吉萊阿德……」

「哦？」薩哈奇皺起眉頭，思忖著對那伙計吩咐了幾句，隨後便朝眾人擺擺手。這些大食藥商們即刻散開，在屋子四周的地毯上盤腿坐下，薩哈奇孤單一人坐在正前方的位置，端起水煙壺繼續「吧嗒吧嗒」抽著。

等不多久，伙計果然引進來一個身穿灰布袍服的漢人，一進門，滿屋的大食藥商齊齊向他注目，此人倒也不慌不忙，跨前兩步對薩哈奇躬身作了個揖，笑道：「喲，怎麼一下子叨擾了這麼多人，其實在下不過是想買些藥而已。」

薩哈奇滿腹狐疑地上下打量此人，看他的穿著實在寒酸，絕不像個有錢的商人，但舉止神態又這樣瀟灑老練，立即就認準了自己是主事的，看樣子是見過大世面的，薩哈奇決定再探探對方的虛實，於是含笑招呼：「我們大食人對客人一向都是最周到的。這位客官請坐。」

待對方也在地毯上盤腿坐好，薩哈奇笑容可掬地問：「請問客官貴姓？要買什麼藥？」

「在下姓狄，要買的藥已經和在座的那位先生說過，他想必也都告訴您了吧。」

「是，藥我們這裡都有，只是這些藥可都不便宜，先生您……」

狄景暉朗聲大笑起來：「行了行了，大家都是這行裡面的人，何必吞吞吐吐，沒得浪費時間。告訴你吧，狄某經營藥材多年，尤其對西域的藥物十分精通，但這回買藥不是為了做生意，只因狄某有一位好朋友身體不適，幫他治病而已。」

「原來是這樣。」薩哈奇大失所望，立刻沉下臉道：「狄先生，要買治病的藥和我的手下談就行了，請吧。」

狄景暉坐著不動，饒有興致地看著薩哈奇道：「小生意也是生意嘛。再說了，你怎麼就知道我不會看到東西好，價錢合適就突然動了心，決定和你做一回大買賣？」

「這……」薩哈奇心裡直犯嘀咕，這人讓他摸不著門路，但大食藥商們的時間緊迫，現在能拉到一個主顧就是一個。薩哈奇決定還是要試一試，於是他重新換上殷勤的嘴臉，吩咐一個藥商去取貨樣來給狄先生驗看，一邊試探著問：「狄先生，既然您是個懂行的，咱們就免了平常那一套，您看過貨樣以後就給我們出個價，如何？」

狄景暉瞧著薩哈奇的水煙筒：「噯，這玩意兒很不錯嘛，是黃銅的嗎？」

薩哈奇忙把水煙筒遞過去：「怎麼樣？狄先生嚐嚐我們大食人的水煙？」

狄景暉接過來，瞇著眼睛猛吸一口，咳了幾聲才道：「呵呵，比波斯的水煙味道淡些，還行吧。」

「那就再吸一口？」

這兩人正忙著虛與委蛇，貨樣送來了，狄景暉凝神細看藥物，憑經驗就知道都是最好的，但臉上絲毫不露聲色，又端起水煙筒，慢悠悠地抽了兩口，才道：「我看還是你們先報個價吧，我覺著行就行，不行就算了，乾脆！」

薩哈奇已經看出對方極其老練，便拿過紙筆，在上面塗了幾下，遞到狄景暉面前。狄景暉隨意一看，即刻笑道：「啊，好啊，這麼著，每樣我要一斤，現貨啊。」說著，他就作勢要從懷裡掏銀子，薩哈奇攔道：「哎，狄先生，您不是說要做大買賣的嗎？」

「唔，可你這個價錢還作甚大買賣，算啦，我還是給我那朋友買點兒治病的吧，多了沒用，總不能讓他當飯吃。」

狄景暉就要起身，薩哈奇急了，一把拉住他問：「狄先生，假如我的價格足夠好，您能要多少？」

狄景暉逼問：「足夠好是多好？」

薩哈奇操起筆在紙上又塗抹一番，道：「您要是能把貨包圓，在這個價上再讓八成！」

狄景暉心中暗驚，他很清楚薩哈奇第一次出價就明顯低於平常的價格，談到現在幾乎就等於白送了，難道這些大食人就如此急著出貨嗎？他想了想，不緊不慢地道：「嗯，我就喜歡這麼做生意，這才痛快嘛。哦，還有底也迦和吉萊阿德，要是也能按這麼賣，我就都包了！」

「那可不行！」薩哈奇脫口而出。

「為什麼不行？」

「這……」薩哈奇轉動著眼珠，終於下決心道：「這兩樣藥是有特別用處的，我們、我們絕不賤賣。」

狄景暉長歎一聲：「唉，那就算了。好吧，那就還是按原來的說法，每樣一斤……」

他已經走到門口，薩哈奇又大叫一聲：「狄先生，您再想想？就另外那些藥也夠便宜的了，那底也迦和吉萊阿德，說實話我是不可以賣給您的，是看在您真識貨，它們都是大食國最珍貴的藥物，您就按原價買去也可以掙大錢的。」

狄景暉站在門口道：「我知道它們很珍貴，你就把它們放著慢慢賣嘛，急什麼？」

正在僵持，門突然被撞開，一個大食人揪著個男孩闖進來，狄景暉一驚，那拚命掙扎的孩子正是韓斌。薩哈奇喝問：「怎麼回事？」

「啊，我剛從外面回來，就看見這個小漢人趴在門外偷聽。」

狄景暉忙道：「誤會，誤會，這是我的小侄子。貪玩罷了，我這就帶他走。」

「放開我！」韓斌叫嚷著從大食人的手中掙脫出來，狄景暉過去就給了他一個耳刮子，喝道：「就知道搗亂，快跟我回去！」

「慢著！」薩哈奇一聲大吼，把滿屋子的人都嚇了一大跳，韓斌和狄景暉大眼瞪小眼，也不明白怎麼了。就見這薩哈奇快步走到韓斌面前，直勾勾地盯著孩子的前胸。映著滿屋蠟燭的紅光，韓斌剛才撕扯中散開的衣襟裡面，一條赤金的項鍊下碧綠色的掛墜閃出奪目的光芒。

薩哈奇死死盯著這條項鍊，臉色青白不定，似乎魂魄都出了竅，韓斌給他的樣子嚇得往狄景暉身邊縮去，狄景暉皺了皺眉，低聲道：「各位，沒事我們就告辭了。」

「請留步。」薩哈奇又是一聲大喝，狄景暉不耐煩了：「你想幹什麼？」

「請問，這條項鍊從何得來的？」薩哈奇突然和顏悅色地問。

韓斌回答：「哦，這是我哥哥，啊，不，是嫣然姐姐，啊，不是，是大人爺爺——」

狄景暉把他往身後一扯：「對不住，這是我們的私事，不便奉告。告辭！」

「狄先生！」

「你到底想幹什麼？」

薩哈奇上前一步，對狄景暉深施一禮，鄭重其事地道：「狄先生，我想和您做個交易，用我手上所有的藥材，噢，包括底也迦和吉萊阿德，換這孩子的項鍊。」

狄景暉大驚，他狐疑地端詳著薩哈奇，又看看韓斌。韓斌連連眨動著睫毛，突然抬頭問狄景暉：「這些藥是給我哥哥治病的，對嗎？」

「呃，是……用得上。」

韓斌點點頭，伸手從脖子上取下了項鍊，毫不猶豫地遞過去：「喏，給你吧。你要把藥都給我們！」

「是，是！」薩哈奇雙手捧過項鍊，眼中放出狂喜的光芒。好不容易鎮靜了一下，他從腰裡摸出一把鑰匙，呈給狄景暉，「狄先生，我們商隊全部藥材都存放在邸店後院二樓的一間屋子裡，這就是鑰匙。您現在可以去驗看，所有最好的藥材，不是我誇口，您在整個大周都再找不到了。」

狄景暉接過鑰匙，薩哈奇又問：「狄先生，能請教大名嗎？」

「哦，在下狄景暉。」

「這孩子呢？」

「我叫韓斌。」

「好，好，敝人名喚薩哈奇。」薩哈奇說著，眼睛輪流在狄景暉和韓斌的臉上轉悠，「我們一定會再見面的。」

待狄景暉和韓斌走出房間，薩哈奇對滿屋子目瞪口呆的大食藥商道：「諸位現在就回去準備吧，兩個時辰後在邸店門外會合，我們連夜離開庭州！」

「啊，為什麼這麼著急？」

「廢話，藥材都已處置了，再多耽擱有什麼意思。再說，」薩哈奇滿臉放光地看著手中的項鍊，「有了這樣東西，我現在恨不得立即飛回大食國！」

是夜，沒有月光，在濃黑的夜幕掩蓋下，一隊大食藥商悄無聲息地離開庭州城，向著西方逡巡而去。

夜已到了最深沉的時刻，連空氣彷彿都凝滯不動，黑暗像千鈞重擔一般壓下來，壓得裴素雲喘不過氣來。安兒從下午就開始哭鬧，她和阿月兒使盡了渾身解數都無法讓孩子安靜，最後因為錢歸南馬上要到，而他最不能忍受安兒的折騰，於是裴素雲只好給孩子用了效力最強的安神香，他才算睡熟了，臉上淚痕斑駁，看得裴素雲心碎。

錢歸南來了，他們一塊兒吃了晚飯，但卻各懷心事，都沒說上幾句話。飯後錢歸南喝著茶，仔細端詳著裴素雲的臉色，歎口氣道：「素雲，你看你真是越來越憔悴了。這安兒是怎麼回事，我聽阿月兒說這兩天鬧得越發不像話了？」

裴素雲低著頭，喃喃道：「都是我的罪過，我造的孽……」

錢歸南皺起眉頭：「前一陣子好像還行啊，怎麼突然就……」他注視著裴素雲，慢悠悠地問：「今天吃飯時阿月兒好像提到一句安兒在想小朋友，什麼小朋友？」

裴素雲愣了愣，眼望著別處道：「哪有什麼小朋友，你又不是不知道，安兒從不懂與人相處，阿月兒是著急亂說話罷了。」

「哦。」錢歸南若有所思地點點頭，繼續盯著裴素雲，「素雲，這次我回來，發現你與以前有些不一樣，安兒也是。」頓了頓，他意味深長地問：「素雲，我離開這些天裡，沒有發生什麼事情吧？」

裴素雲心中一緊，看了看錢歸南，冷笑道：「能有什麼事情？你的人不是天天在外面看著嗎？要是有什麼事情，他們早該向你報告了吧。」

「這，」錢歸南頗為尷尬，搪塞道：「我也是為了你的安全，我不在的時候，怕你們母子遇上什麼麻煩，你知道，局面越來越緊張了。」

裴素雲緊接著問：「歸南，你能不能告訴我，到底是什麼緊張局面？你究竟在做什麼？」

錢歸南把臉一沉：「素雲，我不告訴你是為了你好，這些事情與你無關。」

裴素雲的聲音不自覺地抬高了：「怎麼會與我無關？你不讓我發放神水，庭州有陷入瘟疫的可能，這就和我有關；你和王遷把瀚海軍不知道調動到哪裡去，庭州防務空虛，我身為庭州的百姓，當然也和我有關。更不要說伊柏泰和沙陀磧。況且……況且你還說要牽扯到安兒。」

錢歸南的眉頭越皺越緊，低聲喝道：「素雲，你不要胡思亂想。你放心，我做的一切都是為了榮華富貴，為了成就大業，為了我們的將來！」

「可我為什麼會這樣恐懼？有時候我甚至覺得好像又回到了十年前，眼前沒有光明只有黑暗。」

「你太緊張了，素雲，你……」錢歸南還欲安撫，院外突然傳來門環敲擊之聲。

裴素雲激靈靈打了個冷顫，錢歸南側耳聽了聽，低聲道：「是王遷，素雲，你迴避一下。」

阿月兒跑出去打開院門，引著王遷進了屋。王遷向錢歸南施禮，錢歸南擺擺手：「坐吧，不必虛禮，說正事要緊。」

「是。」王遷坐得筆直，道：「錢大人，大食藥商已經離開庭州城了。本來說還要待幾天，今天晚上突然送信來說要連夜出城，卑職想您吩咐過讓他們盡早離開，所以卑職就去給他們開了城門，看著他們走的。」

「嗯，」錢歸南點頭，「這樣就好，如此神水就再沒有著落了。」

「只是……高達還是沒有找到。」王遷有些鬱悶地道，錢歸南擰眉道：「這件事情有些麻煩，我原以為他會去找武遜，但是老潘送信過來說也沒見到，這就怪了。」

王遷附和道：「是啊，萬一讓這小子把沙陀團他們的情況送出去，恐怕……」

錢歸南陰慘慘地一笑：「倒也無妨，時間已經來不及了，再說他能向誰去報告，誰又會聽他的。對此我們大可不必過慮，現在倒是要想想，還有什麼遺漏的環節沒有，越是到了最緊要的關頭，越是要注意細枝末節，以防功虧一簣啊。」

「錢大人說的是，不過在卑職看來，一切已經布置得十分周到了，應該沒有疏漏……」

錢歸南微微頷首，突然，他的臉色一變，盯著王遷道：「不對，我們忘記了他！」

「啊，誰？」

錢歸南一字一句地道：「袁從英。」

王遷愣了愣：「袁從英？卑職已經按您的吩咐把他安排去管理巴扎了，這些天都沒什麼動靜，不像有問題啊？」

錢歸南搖頭：「不，這個人在伊柏泰的表現證明他很不簡單，我們絕不可忽視。還有狄景暉，是狄仁傑的三公子，在接下去要發生的事件中，他會是個很有分量的籌碼。王遷，你要盡速去布置，把這兩個人監控起來，以備不測。」

「是，卑職明天一早就去辦。」

「哦，吩咐手下小心點，我暫且還不想驚動他們。」

內室裡，裴素雲屏息傾聽著屋外的談話，袁從英這三個字讓她的心揪成一團，此時此刻，她無比清晰地感受到了息息相關的切膚之痛，不為別人，只為了他。

漆黑的洞窟中，一團若明若暗的紅光照著岩壁上的佛像，「她的容貌多麼端麗，她的神情又是多麼的聖潔……真是不枉費了我整整二十年的光陰啊。」佛像前站著的人手持燈盞，幾乎是貼在石壁上細細地觀賞著。紅光也同樣映在他的臉上，這張臉上密布皺紋，和洞窟外那常年皸裂乾枯的地面一般無二，沒有人能夠在這樣的不毛之地上生存下來，除非他們，這一群心懷最赤誠的信念，以苦行僧的修行方式來完成神聖使命的人。戈壁荒漠上的懸崖峭壁，如墓穴般幽深連綿的洞窟中，就在他們的手下，變幻出無窮無盡、華彩多姿的人間瑰寶。

剛剛經過了幾天幾夜不眠不休的描畫，普慧和尚給他最愛的這尊菩薩像，重新繪製了五彩飄逸的衣帶。到這個時候，他的眼睛已幾乎看不清什麼了，站在用畢生心血所繪製的一幅幅絢麗奪目、栩栩如生的佛像前，普慧不是用眼睛而是在用心感受著那宛然如生的華美，只有最虔誠的心靈才能體會到的狂喜，為他衰弱的身軀注入了無窮的力量，他就這樣入定似的站著，享受著，如癡如醉、似癲且狂。

「師父，師父！」一個小和尚跌跌撞撞地一路跑來，把普慧從幻境中喊醒。

「幹什麼，慌慌張張的！」普慧暴戾地呵斥，他最痛恨別人在這種時刻打攪自己，破壞他與神佛溝通的脫俗境界。

小和尚嚇得結結巴巴，一邊哆嗦著朝洞外指去：「那裡，鳴沙山後，來、來了好多人，還有馬！」

「又在信口雌黃了！」普慧幾乎氣結，他在此地三十餘年，什麼時候曾經見過好多人和馬？必是這小和尚挨不得寂寞，又在無端幻想了吧。不過也是，在這樣的地方生活久了，假使沒有最堅韌的意志和最虔誠的信仰，恐怕真的是會發瘋的。

「不是！」小和尚急得連連跺腳，不由分說過來扯著普慧的僧袍就把他往外拉，「師父，你聽，你聽這聲音！」

普慧有些吃驚了，他確實聽到洞窟外傳來不甚清晰的「隆隆」聲。他側耳仔細聽著，鳴沙山在朔風之下所發出的鳴聲他聽了三十多年，現在這聲音顯然不同。更為詭異的是，連腳下的大地也在輕輕顫動，他抬頭看去，菩薩柔美動人的眉目間似乎現出隱隱的憂慮。

普慧帶著小和尚穿越長長的洞穴，三步併作兩步來到洞口。在黑暗中待得太久，猛然見到晴空豔陽，萬里赤地的戈壁灘上猶如火焰在灼燒，普慧的眼睛禁不住流出淚來，但是他沒來得及閉一閉眼睛，即使模模糊糊的，他仍然詫異萬分地看到，就在正前方的鳴沙山下，旌旗飄揚，煙塵滾滾，隆隆的馬蹄聲後是更加整齊沉重的腳步聲，鎧甲和刀劍折射出的光束穿越飛揚瀰漫的沙土，正如悶雷中的閃電，淒厲肅殺。

這一大隊人馬向普慧他們的方向奔來，又自他們面前整肅而過，目不斜視，軍威浩蕩。普慧呆呆地望著那似乎連綿不絕的人馬，頭腦中一片空白，連恐懼都消失了。他只看到隊伍之中黑色的戰旗迎風招展，瑟瑟有聲，那旗上鮮紅的狼頭猙獰凶惡，狀若死神。

砰砰砰，幾聲號炮，鳴沙山緊跟著發出陣陣轟鳴，地動山搖一般的喊殺聲四起，整個曠野都在顫抖！小和尚嚇得撲進普慧的懷裡，普慧將他緊緊摟住，向那殺聲震天的地方望去，從這裡是看不見沙州城牆的，但城頭上的狼煙分明已沖天而起，瞬間就遮蔽了紅日。

同一個清晨，肅州城外，正對著洞庭山的嘉峪關上，大周的哨兵像往常一樣巡視著。他的身後，關隘重重，一個個墩台逶迤而下，順著山勢起伏綿延，直伸向目力不及的盡頭。太陽還剛剛升起不久，山間的重重夜霧猶未散盡，周圍寂靜無聲，和往日沒有絲毫分別。

哨兵在城關上踱著步子，不知道為什麼，他今晨的心情十分緊張，雖然周遭毫無異樣，但直覺卻分明在提醒他，有什麼不同尋常的事情就要發生。突然，對面的山坳間「嘩啦啦」飛出兩隻山雀，哨兵一驚，他手搭涼棚望去，卻見密密匝匝的樹叢中隱約有什麼在晃動，哨兵的腦袋嗡的一聲響，他剛剛想要轉身喊人，樹叢中飛出一支利箭，正中咽喉。

他並沒有馬上就咽氣，透過眼前的血色，這奄奄一息的哨兵還是看見，幾乎是在一剎那間，樹叢中無聲無息地散出許多全身黑衣輕甲的士兵，猶如水銀瀉地般輕捷迅速地攀上一個個墩台，毫無防備的大周守兵大多根本沒來得及抵抗，就被這些突擊手迅速結果了性命。

攻擊在鴉雀無聲中進行著，堅決而有效，當日頭終於升到高空時，一切已經結束。轉眼間，所有墩台上的大周旗幟一齊落下，綴著狼頭的黑旗在罡風中唰唰舞動起來，關隘外的群山峻嶺中，頃刻人喊馬嘶驚天動地，烽火在墩台之上熊熊燃燒。

就在這個黎明，從沙州到瓜州，再到肅州，中原腹地通往西域商路的咽喉要道上，戰事驟起。

然而此刻的庭州依然是平靜的，至少在表面上如此。一大早袁從英就匆忙趕去乾門邸店。昨晚狄景暉說去乾門邸店向大食人買藥，竟然徹夜不歸，連韓斌都不見了蹤影。還好阿威及時送信過來，說他們辦事很順利，梅迎春留二人在邸店歇宿，袁從英才算鬆了口氣。

心裡的事情太多，只胡亂睡了一小會兒，袁從英就再也睡不著了。此時還未到五更，正是黎明前最黑暗的時候，他立即就發現了小院外的變化。哼，錢歸南總算想起來了，袁從英不覺冷笑，同時心中又是一記隱痛，會不會錢歸南察覺了什麼，自己倒不怕，只是那可悲可憐的女巫，還有她的孩子。不，暫時應該還不會有太大的問題，袁從英安慰著自己，現在他要顧及的人和事實在太多，有時候恨不得將自己劈成多半。然而這時候最重要的就是不能慌亂，他想了想，決定先去乾門邸店，絕不能讓狄景暉和韓斌再回這裡來了，要搶先截住他們。

袁從英一到乾門邸店的三層，就聽到狄景暉在屋子裡高談闊論。袁從英納罕地朝外看了看，確實還是半明不暗的黎明，東方才微微泛白，卯時還未到，這傢伙怎麼就已經起了？

他一腳踏入屋中，梅迎春和狄景暉二人促膝榻上聊得正歡，看見袁從英，兩人同時問：「咦，你怎麼這麼早就過來了？」

袁從英皺眉：「我還想問你們呢，怎麼這麼早就起來聊天了？」

梅迎春趕緊招呼：「從英，過來坐。咳，不是早起聊天，是你這景暉兄不肯好好睡覺，四更不到就把我叫起來，一直聊到現在！」

「哦，什麼事這麼有興致？」

狄景暉哈哈一笑：「是昨晚上買藥買出來的想法，不說出來憋得慌。」

袁從英看著他興致勃勃的樣子，也有點好笑，便問：「藥買好了？」

「買好了！而且買了一大屋子，呵呵，夠你吃到六十歲了！」

袁從英往榻上一靠，搖頭道：「狄景暉，你不用這麼和我過不去吧？」

梅迎春大笑起來，狄景暉直瞪眼：「什麼話！我告訴你，這些藥我還捨不得給你吃呢，全都可以拿來掙大錢。」

袁從英長吁口氣：「我還真是挺佩服你的，現在這個時候還想得到掙大錢。」

梅迎春笑道：「景暉，你把昨晚上的事情給從英說說吧，咱們正好商議商議。」

狄景暉這才把向大食藥商買藥的經過講了一遍，只略去了韓斌用項鍊換藥的環節，這是他倆商量好向袁從英隱瞞的。講完，狄景暉變戲法似的從懷裡掏出個小盒子，塞到袁從英的手中，一邊道：「這是你上次隨手扔下的，拿回去吧。」

袁從英一看，原來是狄仁傑給的御賜小藥盒，便問：「傷藥都用光了，要這盒子幹什麼？」

狄景暉沒好氣地道：「還真有你的，我爹給的好東西，又是皇帝賜的，全大周也沒幾件，任誰都要供起來，你居然說扔就扔，打開看看吧。」

袁從英依言打開藥盒，只見裡面裝了滿滿一盒黃豆大小的藥丸，大多黑色，也有些白色的。梅迎春好奇，從他手裡拿過藥盒裡裡外外地看，也嘖嘖讚歎，果然是少有的寶物。

狄景暉道：「藥盒是好，如今裝的這些藥也是寶貝。這黑色的是底也迦，白的是吉萊阿德，我昨晚上剛從大食藥商那裡買來的。」

袁從英納悶地問：「裴素雲開的方子裡有這兩種藥嗎？」

狄景暉嘲諷地笑：「心裡頭就只有你那女巫了啊。沒有，她沒開這些，這是我特意給你弄來的。吉萊阿德是解毒的，底也迦則是鎮痛最好的藥，哦，我當初在并州藍玉觀就是想搞這種藥出來，結果給弄砸了。」說著，他又輕輕拍了拍袁從英的肩膀，「底也迦是好藥，不會出藍玉觀那種問題，但也不能多吃，呵呵，吃多了愛犯睏。」

袁從英笑了笑，也不道謝就揣起藥盒，梅迎春接口道：「從英，我和景暉都覺得那些大食藥商如此急迫地要離開，顯得非常蹊蹺。」

袁從英點頭，沉吟著道：「莫非他們得到了什麼風聲？」

梅迎春和狄景暉一起道：「很有可能。」

「嗯，」袁從英想了想，「這樣吧，我今天在巴扎上再特別留意一下，看看有沒有其他什麼商隊也在撤離。哼，看樣子庭州真的要發生大變故了。」

三人都沉默了，半晌，袁從英問：「你們兩個聊得那麼起勁，不是就為了這個吧？」

狄景暉擺擺手：「哎，簡短節說吧。昨晚上的事情讓我想起，庭州這麼大的巴扎，如此多的客商，其實全都是行商。也就是說，這些商隊都是從一地運貨過來，在這裡賣了貨以後再去購入其他貨物，返回原地再沽出，用這個方法來掙錢。但這就有一個問題，假如他們的貨品賣不出去，或者像昨晚的大食藥商那樣，來不及賣完就要走，他們的貨品一般就只能丟棄，因為商隊回去要載新的貨物，不可能再把貨物原路運回的。」

梅迎春接著道：「所以景暉就對我說，假如有人能夠把這些貨品收起來，歸攏在一處，再讓中原各地的商人過來採買，絕對就可以轉手掙一大筆錢。因為行商處理剩貨根本就是賤價，差不多算無本萬利的買賣。」

狄景暉插嘴道：「也不是無本，買下剩餘貨品還是需要些本錢，此外找地方存放還要花錢……」

袁從英終於聽得不耐煩，歎氣道：「景暉兄，你的主意非常好，只恐怕當前我們顧及不上這個。」

狄景暉低頭不語，袁從英沉聲道：「今天我一早趕過來，就是因為發現小院外已有人在監視。景暉兄，你和斌兒，你們不能再回去了，太危險，恐怕要和梅兄商量個妥當的辦法出來。」

梅迎春道：「這沒問題，就讓蒙丹把景暉和斌兒送去草原上哈斯勒爾的營地，那裡絕對安全，我可以保證。」

剛說到這裡，屋外阿威輕輕敲了敲門，就疾步走進來，對著梅迎春一躬身：「殿下，烏克多哈有急信過來！」

榻上三人一齊坐直身子：「這麼快？」

第十章　硝煙

甘涼大漠上，一匹驛馬正在向涼州城方向狂奔。馬匹的嘴角已經泛出白沫，但驛卒仍然在拚命鞭策，涼州城的城牆就在眼前了，城門卻正在徐徐關閉，西斜的紅日淒豔似血，遠遠地懸掛在大漠盡頭，被這瘋狂奔跑的一人一馬甩在身後。

「八百里戰報！八百里戰報！」驛丁奪命狂吼，其實他的嗓子早已嘶啞，守城兵卒根本聽不到他在叫什麼，但那人渾身上下的恐慌和殺氣卻是這樣分明。於是那扇剛剛關了一半的門，被他嚇得往兩旁閃去，驛馬仰天長嘯躍入城門，向前翻倒在地，將那驛丁甩落在泥地裡，他立即騰身而起，夾著身上的題袋向前狂奔，奔出去百來步，終於不支倒地。

守城兵卒圍攏來，就見這驛卒汗出如漿，眼白翻起，嘴裡兀自喃喃著：「快，快，戰報……瓜州、肅州陷落；沙州危、危急！」話音未落，他便昏倒在一名兵卒的懷中。

人群中一個領頭模樣的大聲嚷道：「你們趕緊救治他，我來把戰報送到刺史府！」他揣起題袋翻身上馬，一邊向涼州刺史府飛奔，一邊心中還在疑惑著，大概三天前已有一個飛驛途經涼州，但那驛丁沒有停留，只是換過驛馬就又向洛陽方向而去了。從那驛丁腰間的題袋可以看到，他是自遙遠的庭州葉河驛而來，從庭州到涼州，中間必須要經過沙州、瓜州和肅州，看樣子當時沿途還沒有發生戰事，沒想到僅僅過了三天，風雲突變！

從涼州到洛陽，即使用最快的飛驛，仍然需要至少三天的時間。因此，當涼州刺史崔興得到西北戰事的最新消息時，高達，也就是高長福之子，瀚海軍沙陀團的一名旅正，此刻剛剛帶著袁從英送出的緊急軍報，奔入洛陽城。他的目的地是城南尚賢坊的狄仁傑宰相府。

洛陽城內的牡丹已盡數盛開，在武則天長居的上陽宮內，更是赤霞凝紫、緞白粉潤，滿眼的國色天香如華麗的織錦鋪開，只是那將它們移栽此地的女皇，似乎已沒有精力來垂賞它們的姿容，那「明朝遊上苑，火急報春知，花須連夜發，莫待曉風吹」的豪情也成過去，武則天老病垂垂、時好時壞的健康狀況在這個春季又一次走了下坡路，她臥床日久，滿朝官員已經有月餘未見她的真容了。

寢宮內，武則天服過丹藥，正臥在龍榻之上閉目養神。最近這段時間，她每每入夢，總會恍惚回到自己尚為少女的時代。那時候她作為武才人隨侍太宗皇帝的身邊，這自小就頗有膽量的女孩子，即使天可汗的威嚴也不能令她畏縮，反倒激勵著她的進取心。

當時，這個名叫武媚娘的十四歲少女，最感振奮的就是聽到偉大的天可汗征服新疆域的戰況，其實她甚至都不知道伊吾、高昌、龜茲究竟在什麼地方，也並不太明白西突厥、東突厥、吐蕃、高麗都代表著什麼。武媚娘只知道，大唐的鐵騎所到之處，戰無不勝、攻無不克，她充滿崇敬地看到，太宗皇帝有力的手臂在描畫著大唐疆土的地圖上揮舞，聽到他喜悅的話語：「西突厥已降，商旅可行矣！」於是在武媚娘的想像中，那條「參天可汗道」於遼闊無垠的大地上不斷地向西向北延伸……

今天，當初的武媚娘已經活得比太宗、高宗皇帝都要長壽，她成了開天闢地第一位女皇帝，正是這兩個令她從心底仰慕愛戀的男人，將整個國度交到了她的手中。當武媚娘要到另一個世界去面對他們的時候，她不知道自己是否可以問心無愧，是否可以為所做出的努力而感到欣慰。大周，即使是換了國號，其實仍然是李家的一份家業啊，她要守住它，為了這兩個男人和他們的子孫後代，好好地守住它。

「陛下。」聽到武則天輕哼的聲音，一直守在龍榻前的張昌宗趕緊湊過來，低低呼喚著。病重的武皇任誰都不見，唯有這五郎、六郎是相伴左右、不可或缺的。

「陛下，您覺得怎麼樣？想要什麼？」張昌宗依然壓低聲音，體貼地詢問。

武則天緩緩睜開眼睛，示意張昌宗將她扶起。她悠悠地舒了口氣，抬手撫摸著張昌宗的腦袋，歎道：「朕好多了，六郎啊，這些天可把你悶壞了。成天待在這寢宮裡，哪兒都不能去。」

張昌宗撇了撇嘴：「六郎哪裡都不要去，六郎只要和陛下在一起。」

「你這話說得可太言不由衷啦。」武則天微笑著，拍拍張昌宗俊秀的面龐，「莫辜負了，這大好春光。」

張昌宗樂了：「陛下，看來那洪州道士胡超獻的丹藥挺有效的，您的精神好多了呀。」

兩人正親親熱熱地說著話，張易之姍姍然從宮外走進來，見到這副情景也是喜上眉梢，來到龍榻前湊趣道：「陛下，微臣剛才一路行來，咱上陽宮的牡丹都開到極盛了，我想著必有喜事，果然應驗在陛下的身上！」

武則天滿意地頷首，繼而又微微皺眉：「這些天朕昏昏沉沉的，都沒有過問國事，沒什麼大事吧？」

張易之一擺手：「沒事，陛下的大周天下，太平著呢。」

武則天長歎一聲，喃喃著：「大周的天下、大周的天下……這些天迷迷糊糊的，朕老是夢見當初的太宗皇帝，還有高宗皇帝，他們看去都面露憂色，似乎在擔心什麼，令得朕也心神不定，總覺得要出什麼事情。」

張易之側身坐到龍榻上，微笑道：「能出什麼大事，陛下過慮了，這好不容易龍體爽利些，咱們聊聊如何踏青賞花多好，您剛不是說，莫辜負了春光嗎？」

恰在此時，一名緋衣女官閃身入殿，垂頭稟報：「陛下，殿外狄大人求見，說有萬分緊急的事情。」

女官話音剛落，張易之勃然變色：「胡鬧！聖上龍體欠安誰都不見，你難道不知道嗎？怎麼不把人打發走，為什麼還來稟報？」

「五郎！」武則天抬手按按他的肩膀，低聲道：「是朕吩咐的，狄國老求見，必須要報給朕。」

張易之眼神游移慌亂，嘴裡還嘟囔著：「這個狄國老，難道為了個科考還要攪擾聖上休養，也太不懂體恤上情了。」

武則天微嗔：「易之，狄仁傑可是非常懂得體恤上情的臣子，否則朕也不會對他如此倚重。他這種時候緊急求見，絕不會是僅僅為了科考。」

張易之和張昌宗相互看了一眼，都噘起嘴低頭不語。

武則天左右看看，眼中充溢寵溺之色，輕歎道：「唉，朕的身子剛剛才覺好轉些，實在不想太過勞神。這樣吧，五郎，還是你去代朕面見狄國老，問問他有什麼緊急的事情，除非有關國家安危的，其他的就不必報給朕，你們自去安排吧。」

張易之緩步走到殿外，一眼就看到殿下那個老邁卻仍然偉岸挺拔的身軀，他不覺咽了口唾沫，想藉此扼制胸中翻騰的懼怕和怨恨，自從上次在長廊中的談話後，張易之始終沒有勇氣與狄仁傑直面相對，此刻他強自鎮定，虛張聲勢地大踏步來到狄仁傑身旁。

「狄國老。」張易之打了聲招呼，狄仁傑慢慢轉過身，淡淡地應道：「是你啊。」

張易之咬牙擠出個笑容：「聖上讓我來問問，國老為何事求見，聖上的意思如果不關國家安危，就不必報給她老人家知道了，她的身子還很虛弱，需要靜養。」

狄仁傑仍然是淡淡的表情和語氣：「本官什麼都不會對你說的。」

「你！」張易之再也克制不住了，額上青筋根根暴起，咬牙切齒地道：「狄仁傑，你可不要敬酒不吃吃罰酒，別以為我們兄弟收拾不了你！」

狄仁傑並不搭理他，只是轉向寢殿的方向，喟然長歎一聲，低低道：「陛下，這次真的是關乎國家安危的大事情，您萬不可掉以輕心啊。」轉過身來，他又正對張易之，一字一句地道：「有些話本官上次已經說過，不想再多說。現在只重複一句，覆巢之下安有完卵。大周的天下安危，對聖上至關重要，對百姓至關重要，對你、你們也一樣至關重要！千萬不要把這一切當作兒戲，否則必將自食惡果。」

張易之的臉上一陣青一陣白，跺腳道：「狄仁傑，你這麼不陰不陽的到底想說什麼？」

狄仁傑緊盯著他的眼睛：「本官有關乎國家存亡的要事稟報聖上，煩你去向聖上回明！」

張易之鼻子裡出氣：「哼，狄國老莫不是為了面見聖上而危言聳聽吧？關乎國家存亡的要事，什麼樣的要事？可有軍報？可有敵情？狄閣老，總不能您嘴皮子一翻咱們就信吧？只要您能拿出憑據來，我立刻就去向聖上稟報！」

狄仁傑往前猛跨一步，籠在袖中的右手裡緊緊捏著那份發自庭州的軍報，一瞬間他的心中翻江倒海，許久才緩緩道出一句：「有人在拋頭顱灑熱血、孤身犯險，有人卻在居心叵測、暗自藏奸，真是可悲可歎。」他抬起頭，冷笑著對張易之道：「本官就是有憑據也不會交給你。你今天不稟報聖上，本官就明天再來，你明天不稟報聖上，本官就後天再來！本官敢肯定，不出三日，聖上必會召見我。」

張易之手一揚：「那麼，狄國老就先請回吧。」看著狄仁傑的身影消失在重重宮牆之後，他才踱回寢宮，趴在武則天的床榻前喜笑顏開，「陛下，狄國老說沒啥事，只是惦記著您的身體，特來探望。」

武則天注意地端詳著他的神情，少頃歎道：「唉，聽說狄國老的身體也不太好，五郎啊，過幾日讓御醫去狄府也給狄國老看看病，開開方子。」

「是。」

伊柏泰裡的日子一天比一天難過了。對於沙漠來說，四月下旬已是春末，正午的毒日毫無遮擋地射在綿厚的沙子上，宛若一個天然的大暖窠，吸足熱量的沙子即使到了夜間也保持著滾燙的溫度。在大漠上肆虐了整個冬春的朔風似乎突然間被神奇地抽走了，連空氣都因此凝結在了一起，以至於人們的每次呼吸都需要費很大的力氣。如今的伊柏泰，全部生命都維繫在營盤中間的那些水井上，憑著它們從地下暗河中汲取源源不斷的甘泉，伊柏泰編外隊大約百來號人和地下監獄裡的幾百名囚犯，才得以在這個環境裡艱難地活下去。

可最近這些天武遜和老潘煩惱多多，其中之一就是關於這些水井的。進入春天以來沙陀磧周圍比往年更加乾旱，水井裡的水位下降得很快，雖然老潘在伊柏泰裡已經待了七年，但今年這種狀況他也還是頭一回見到，所以反而比懵然無知的武遜更加緊張，天天來找武校尉商量對策。老潘甚至建議武校尉將一部分編外隊成員遣回庭州，按老潘的說法，馬上就要進入夏季，沙陀磧上不論土匪還是商隊肯定都會絕跡，地下牢獄裡的犯人不熱死已是萬幸，也絕不會選在這個季節往大漠上逃跑，那無疑就是去送死，因此少點人駐守伊柏泰問題也不大。

但是武遜校尉又犯了倔脾氣，說什麼也不肯就此對剿匪的事情善罷甘休。他和老潘僵持著，就要看這幾天沙陀磧上商隊的情況，如果再沒動靜，三天後就派老潘回庭州找錢刺史理論。老潘給逼得團團轉，上火上大了。正在無計可施之時，伊柏泰沒有迎來商隊或土匪，倒是迎來了一位老朋友：蒙丹公主帶著她的騎兵隊來了。

大漠上火辣辣的日曬並未損害蒙丹的美貌，當這天清晨她出現在武遜、老潘面前時，兩個在伊柏泰待得鬱悶至極的男人，只覺得天空都變得靚麗了不少。因為白天太熱，蒙丹和騎兵隊已經改成晚上行進，她到伊柏泰只是來和武遜校尉打個招呼，春季快要過去，她要帶著騎兵隊回碎葉城了。伊柏泰位於沙陀磧的正中，騎兵隊在此暫歇一天，待日落西山，還要繼續上路。

正午，武遜招待蒙丹和哈斯勒爾一起粗茶淡飯，大家聊起剿匪的異況，武遜忍不住發問：「蒙丹公主，你在庭州這些天，可曾聽說過官府昭告四方商旅，沙陀磧上商路已暢通無阻？」

蒙丹俏臉一沉，嘟起小嘴道：「哪有啊，官府什麼告示都沒有，而且這些天不知道為什麼，有些商隊連貨品都沒賣完，就陸續離開，全都走的是南線和北線，偏偏不打沙陀磧過。」

「娘的！」武遜掄起拳頭，把桌子拍得山響，臉膛漆黑地吼著，「這個錢歸南，果然把老子給要了！他奶奶的，袁從英出的什麼餿主意，狗屁！」

蒙丹不愛聽了，撇撇嘴道：「錢歸南不是東西，您罵袁從英幹啥呀。」

武遜還是暴突著兩眼亂罵：「我怎麼不能罵他了？要不是他出主意寫什麼軍報，我早就自己去庭州找錢歸南理論了，結果白白浪費了這麼多時間！」

蒙丹哼道：「武校尉，你自己去找錢歸南就會有用？他還不是照樣虛晃一槍就把你打發了。」

老潘趕緊插嘴：「對，對，蒙丹公主說得有道理，武校尉，其實您把我派回庭州，也不會有什麼結果的。反正都快夏天了，這剿匪的事情就先擱一擱——」

「擱你娘個頭！」武遜勃然大怒，指著潘大忠的鼻子吼道：「我告訴你老潘，要不是為了剿匪我武遜就不會來伊柏泰這種鬼地方，這匪我還非剿不可，剿定了！今天既然說到這了，老潘，你今晚上就出發回庭州，和蒙丹公主他們一樣走夜路，我派兩個人三頭駱駝給你，你不從錢歸南那裡要到個說法，也就甭回伊柏泰來了！」

潘大忠噤若寒蟬地低下頭，沒有人聽見他把牙咬得吱咯亂響，也沒有人注意到他眼中困獸般的凶光。

夜晚遲遲才降臨沙陀磧，周遭總算變得涼爽一些了。蒙丹和哈斯勒爾不願多耽擱，太陽偏西就帶著騎兵隊開拔了。老潘仍然在那裡磨磨蹭蹭，武遜也不理他，反正他就算磨蹭到半夜，今晚上也必須要帶著人離開。夜漸深沉，伊柏泰陷入沉寂，因為狼群又開始肆虐，營盤邊的篝火再度沖天燃起，於是好不容易陰涼下來的伊柏泰，又陷入煙熏火燎的無邊熱焰中，令人心煩意亂又絕望無奈。沙與火的巨大牢籠，就這樣把伊柏泰的全部生機死死地圍困其間。

伊柏泰內鴉雀無聲，武遜居住的最大營房中，燈火最後一個熄滅。悄悄地，潘大忠帶著兩名手下從自己的營房中走出來，但並沒有往營盤後面去牽駱駝，反而迅疾無聲地挪動到武遜營房的後門旁。地下監獄左右兩個出口的小營房前站著值夜的守衛，對老潘三人的行動視而不見，顯然是心中有數的。

老潘在後門邊聽了聽動靜，營房裡武遜鼾聲震天，他分別向左右兩個小營房前的守衛做了個手勢，兩守衛會意，轉身朝向內低低喚了幾聲，只等待了一小會兒，從這兩個小營房中就悄無聲息地魚貫而出一個又一個身佩利刃的士兵，在武遜的營房後整齊列隊。中間一隊跟上老潘三人，將武遜的營房團團圍住，兩守衛則帶著其餘人等在伊柏泰內徐徐散開，而整個伊柏泰的各個營房中，此時也靜靜走出同樣持械的兵卒，與兩隊匯合在一起。

老潘就著篝火的光輝，把這一切看得清清楚楚。他滿意地點點頭，回身伸出短刃，在武遜營房的後門上諳熟地搗鼓兩下，門鎖輕輕落下，老潘三人躡足而入。

從窗洞中透入的火光把營房內映得半明半暗，牆根下的泥炕上，武遜四仰八叉睡得正香。老潘來到炕前站定，臉上慢慢浮起獰笑，終於他俯下身去輕輕喚道：「武校尉，武校尉，醒來！」

「啊？」武遜猛然從夢中驚醒，剛一個挺身而起，就覺脖子上冰涼，他頓時嚇得睡意全無，定睛望去卻是老潘那張油光鋥亮的圓臉，在搖動的火光之下扭曲變形。武遜大喊起來：「老潘，你瘋了嗎？你想幹什麼？」

「武校尉，我沒有瘋，倒是你，恐怕快要完蛋了！」老潘得意洋洋地撤回短刃，武遜剛想下炕，又被老潘的兩名手下惡狠狠地撲上來牢牢摁住，武遜這才意識到情況大為不妙，一邊掙扎一邊吼道：「老潘！難道你想造反嗎？」

老潘退後幾步，架起胳膊欣賞著武遜的窘態，笑著反問：「造反？武校尉，看起來你還真以為自己是伊柏泰的長官了？嘖嘖，可悲啊，連自己末日就要來到都懵然無知，兀自做著春秋大夢！」

武遜目眥俱裂地瞪著老潘：「潘大忠，你把話說清楚！我不是伊柏泰的長官，難道還是你不成？你、你可不要亂來……」

老潘滿臉堆笑：「呵呵，武校尉，如果沒有我潘大忠相助，你早就餵了野狼，你不說對我感激涕零，卻一味指手畫腳，擺長官的威風，我早就受夠了，今天你落到這步田地，完全是咎由自取！」

武遜徹底蒙了，他停止掙扎，想了想才道：「老潘，你知道我武遜脾氣不好，如果平日裡有所得罪，武遜今天就給你賠個不是，咱們都是瀚海軍的好兄弟，你也確實搭救過我，武遜心裡是清楚的，咱們有話好說，不行嗎？」

「哈哈哈哈，」潘大忠仰天大笑，邊笑邊道：「難怪都說你是個有勇無謀的匹夫！你以為我老潘就是這麼小肚雞腸嗎？我可以連殺弟之仇都隱忍下來，在呂嘉身邊熬了整整七年，才將他結果。說實話，今天若不是你逼得太緊，本來我也不會如此急於起事！」

武遜忙道：「咳，就為了讓你回庭州啊？哎呀，何至於此，你要是不願意回去，咱們再商量嘛。」

潘大忠臉一沉：「再商量就不必了！哼，本來那個袁從英在的時候，我還有所顧忌，他一走，你在此地就完全是胡鬧，根本不足為懼。你也不想想，伊柏泰是獨立王國，你一個校尉官銜能頂屁用，這整個伊柏泰，可有你的一兵一卒、半個手下？過去編外隊都是呂嘉的人，呂嘉一死，就剩我老潘和他們相處時間最久，你說他們是聽我的還是聽你的？若不是我老潘臣服於你，武遜啊，你在這裡一天都待不下去！此刻你朝營房外面看看就可以知道，我的人把整個伊柏泰都控制住了，你已經徹底完蛋了！」

武遜喊起來：「老潘，你如此犯上作亂如何向瀚海軍部交代，如何向庭州官府交代？再說，我所做的一切也都是為了剿匪，難道你不想剿滅匪患立下大功嗎？」

「哈哈哈哈！」老潘笑得前仰後合，連連搖頭道：「武遜啊，武遜！你實在是太天真了，剿匪？剿什麼匪？我們總不能自己剿自己吧？」

這回連抓著武遜的兩名兵卒也跟著傻笑起來，武遜完全糊塗了，大張著嘴問：「什麼意思，什麼自己剿自己？」

潘大忠止住笑聲，咬著牙道：「好吧，老子今天就讓你做個明白鬼。武校尉，多的我也不解釋了，而今就只告訴你一句，沙陀磧裡從來就沒什麼土匪，就算是有，那也是咱們伊柏泰編外隊的人馬。簡而言之，過去幾年來肆虐沙陀磧的，一直就是呂嘉率下的這幫弟兄們！」

武遜的黑臉膛頓時變得煞白，半晌才從牙縫裡擠出一句：「原來真的是這樣。」

老潘一笑：「現在懂了吧，可惜為時太晚了。」

武遜昂起頭問：「那麼編外隊，哦，不，是土匪所用的兵刃又是從何而來？今天你也可以給我解釋清楚吧？」

「這個嘛，」老潘瞧瞧自己手中那柄精鋼短刃，「當然也都是在伊柏泰這裡打造的。呵呵，不瞞你說，在你和袁從英來到此地之前，地下牢獄裡的囚犯，每天都在編外隊的監督下，從早到晚地鍛造兵刃，否則咱們憑什麼在此地花大力氣拘押這些犯人，乾脆把他們殺光不是更省事嗎？想必你還記得，我帶你和袁從英去木牆之內時所見到的那四座磚石堡壘吧？」

武遜大驚：「難道那就是鍛造兵刃的所在？」

老潘洋洋得意地道：「正是！當時差點就讓袁從英那傢伙看出破綻來，萬幸最後還是讓我蒙混過關了。」

武遜咬牙點頭：「我明白了，想必錢刺史大人對這一切是瞭如指掌的，否則呂嘉絕不可能在此地做下這麼大的買賣。」

「嗯，果然快死的人多少會變得聰明些。沒錯，這一切都是在錢大人的授意之下進行的。當初你嚷嚷著要剿匪，錢大人把你打發到這裡來，就是想借呂嘉之手把你給收拾了，呵呵，沒想到袁從英和蒙丹摻和在裡面，使局面一度變得複雜，而我老潘急中生智，又反借你們之手報了呂嘉的殺弟之仇，結果你這莽夫對我深信不疑，卻把袁從英擠走，這便徹底落入我的彀中。」

「那，你為什麼不乾脆把我殺了？還要委曲求全等到現在？」

「這個嘛，一來長官沒有命令，我不好輕舉妄動。再說你已完全在我的股掌裡，多留你幾天性命問題也不大。」

武遜接著又問：「可我還是不明白，錢大人身為朝廷的四品命官，在伊柏泰秘密鍛造兵刃，又假冒土匪打劫商隊，究竟是為了什麼，難道僅僅就是要搶奪來往商隊的貨物嗎？」

老潘不耐煩了：「武校尉，你平時不像是喜歡尋根究底的人嘛，怎麼突然變得如此好奇？長官的心思我可不懂，也不敢懂，你就更沒必要懂了。你只需要知道，自己馬上就要死了，就足夠了！」

語罷，老潘作勢直取武遜的脖頸而來，武遜厲聲怒吼：「慢著！」

潘大忠和兩名手下冷不丁給他吼得一愣神，卻不料就在這一眨眼的工夫，那武遜突發蠻力，竟猛地甩開摁住他的兩人，變戲法似的從被褥底下突然抽出隨身的長刀，左右開弓劈倒那兩名兵卒，翻身跳下土炕，老潘還未及反應就被武遜踢倒在地，武遜左腳踏住老潘的後背，右手舉刀刺向他的後腦。老潘殺豬似的狂喊起來：「武遜！你敢殺我！編外隊的弟兄們立時就會把你剁成肉泥的……快來人哪！」

武遜冷笑：「潘大忠，你以為編外隊的弟兄們還會來救你嗎？那好，就讓你看看外面的情形吧！」他一手就把老潘像拎小雞似的拎了起來，推搡著來到營房門口，抬腿踢開房門，撲入眼中的是整個伊柏泰的營盤，被篝火照得亮如白晝一般。

老潘驚慌失措地四下張望，這才發現除了通常所燃的篝火之外，還有數排黑衣士兵高舉火把，難怪今天的夜色更比往日輝煌。可是不對，他又震驚萬端地看到，這些士兵個個寬額隆鼻，居然都是突厥人，而站在他們前面威風凜凜的一男一女，正是哈斯勒爾和蒙丹。再往旁邊看，編外隊的其餘三個火長，俱弓腰屈背地被突騎施騎兵押在隊前，而剛才在他的指揮下集結起來的心腹隊伍，也不知何時全被繳了械，圍困在營盤正中的空地上。

這究竟是怎麼回事？老潘的腦子瘋狂亂轉，怎麼是蒙丹的人馬？她和哈斯勒爾不是已經離開了？還有武遜這塊囊中之肉分明都到了嘴邊，怎麼又生生地掉了出去？這邊老潘理不出個頭緒，那邊蒙丹向武遜點頭致意：「武校尉，你沒事吧？」

「我沒事！」武遜把老潘推倒在地，聲音竟哽咽起來，「袁校尉說得果然沒錯，果然沒錯啊！」

揪住老潘的脖領子，武遜紅著眼眶，一字一句地道：「潘大忠，沒想到吧，你這麼個奸詐狡猾的人，今天也會中我武遜的甕中捉鱉之計！」

老潘剛要張嘴，武遜揮拳把他打了個滿臉開花，隨後他扔下老潘，一個人跑上營盤前的高台仰天大笑：「哈哈哈，我武遜終於剿匪了，終於剿匪成功了，哈哈哈！」他笑著叫著，苦澀的淚水在黝黑的臉上肆意縱橫。

望著武遜幾近狂亂的模樣，蒙丹的一雙碧眸中不覺聚起微瀾，她的身後慢慢走出一個高大威武的身影，蒙丹輕喚：「哥哥……」

梅迎春伸開臂膀，容她靠在自己的肩頭。他們的面前，突騎施騎兵隊的人馬整齊無聲地肅立在火光之下，暗黑無邊的夜沙漠中，伊柏泰一片火紅，真如傳說之中的煉獄。

此時的庭州城，卻是分外靜謐和安詳。白天熱鬧非凡的巴扎裡現在空無一人，寂寥落寞中帶著些許的詭異和神秘，曲曲彎彎時窄時寬的街道兩旁，鱗次櫛比的商鋪或空或遮。散落在地上未及清理的碎紙布屑，隨著一陣微風吹過，飄飄蕩蕩地捲入半空，又浮沉無依地落下，數日前還鋪滿雪白梨花花瓣、如詩如畫般的小徑上，如今只餘下這些骯髒破敗的垃圾，點綴出滿目的無奈和悽惶。

袁從英孤身一人在這深夜的巴扎上徘徊，二更之後他就從小院後門溜出來，輕而易舉地避開周圍監視的耳目，來到這裡漫無目的地遊走，已走了有足足一個多時辰。三天前他和梅迎春、蒙丹以及他們的騎兵隊在草原營帳前告別，計算時間，一切就應該發生在今夜的伊柏泰。袁從英深知，自己正在展開一場豪賭，他已傾盡所有，卻還是難卜吉凶，這些天來他夜夜都無法入睡，精神倒是好得驚人，就連一直以來折磨著他的傷痛也感覺不到了，全部身心都在孤注一擲的決絕中燃燒。

回想在伊柏泰度過的那些日夜，武遜這魯莽又實誠的傢伙，要他尋求沙陀磧匪患背後所掩蓋的真相，也就是要他懷疑瀚海軍和庭州官府、乃至錢刺史大人才是陰謀的元凶，真是太不容易了。雖然他多少可以認同老潘有鬼的說法，也承認伊柏泰裡埋藏著種種可疑，但袁從英這個外來者，費盡了口舌也始終無法徹底說服武遜，萬般無奈之下，最後袁從英才爭取到與武遜達成共識，由他們兩個共同來執行一個誘敵現身的計策，讓事實來驗證一切。

計劃是這樣的：首先，武遜在老潘面前刻意表現出對袁從英的不滿和猜忌，並藉故將袁從英趕離伊柏泰，這樣老潘便會對武遜失去戒心，越來越多地暴露出他的真實意圖，而武遜可以更方便地探查伊柏泰地下監獄和木牆內的秘密。同時，袁從英回到庭州繼續調查，因為他堅持認為，事件的大部分真相必須在庭州才能找到答案。他倆約好以阿蘇古爾河畔的小屋傳遞情報，知道那個地方的人寥寥無幾，它又位於庭州到伊柏泰的中間位置，對雙方都比較方便。

果然很快袁從英就在庭州查出了眉目，而武遜也從老潘的行止中察覺到更多的蛛絲馬跡，並漸漸熟悉了地下監獄和堡壘的構造，他將一部分情況整理出來，送到了河畔小屋的炕洞中。恰在此時，對手加快了動作，沙陀團被困成了他們計劃之外的突發事件。高長福的兒子高達逃離圍困來到庭州，與父親商議之下決定投奔伊柏泰，將情況報告給他們唯一信任的沙陀團老團長武遜。高長福本已帶著老伴連夜離開庭州，卻又折回來給袁從英通風報信，不慎被王遷的手下發現，兩位老人慘遭毒手。但慘劇的發生也讓袁從英決定立即進入沙陀磧與武遜聯絡。

高達逃至伊柏泰，武遜很機智地立即將他保護起來，沒有讓老潘看出問題。而高達的敘述也終於讓武遜痛定思痛，決定將完全的信任交託給袁從英。正好當天夜裡他看到了袁從英發自河畔的火箭信號，知道雙方的行動已經協調一致，於是高達便肩負著沙陀團的危信來到河畔與袁從英會合，並在袁的安排下，飛速前往洛陽向狄仁傑傳遞軍報。在軍報中，袁從英把他在庭州所了解到的一切悉數陳述，他知道從庭州到洛陽最快需要多長時間，他也知道自己多半來不及等到洛陽的回信，他更知道，這私相勾連的行為犯了朝廷大忌，狄仁傑如果在朝堂上拿出這份軍報，要承擔多大的風險。但是這些都沒有關係，只要能夠提前給狄仁傑警告就可以了，他信賴狄仁傑的智慧和膽識，知道自己的苦心和努力絕不會白費。

危機接踵而至，連喘口氣的縫隙都不肯留給他。剛剛送走高達，烏克多哈在返回石國的途中傳來的急信，又揭示出另一個驚人的陰謀。原來烏克多哈憑藉他在東突厥的多方關係，竟然打探到，默啜可汗決心要對覬覦多年的大周商路下手。默啜的計劃是同時在商路的東段和西段開展襲擊。當時，發生在沙州、瓜州和肅州一線戰事的消息還未傳到庭州，烏克多哈的密信中只談到默啜已以其子匐俱領為小可汗，別號拓西可汗，將集中兵力於奪取商路的東段。

而針對商路西段的計劃，則是以位於商路必經之道的——庭州和沙陀磧為中心展開的。由於默啜騰不出手來東西兼顧，所以在西線他採取了與人聯合的戰術，烏克多哈在密信中報告，默啜所聯合的正是西突厥別部——突騎施的敕鐸可汗！

當時，就是這樣一份密報放在袁從英和梅迎春的面前，兩人的臉色都很難看，許久，梅迎春才咬牙切齒地歎道：「難怪，連鐵赫爾都給召回去了，原來叔父要有如此大的動作！」

袁從英保持著沉默，他確實無話可說。但與此同時，他心中所掀起的驚濤駭浪，那蘊含其中的巨大力量，令他自己也感到震驚。假如這時候梅迎春留意一下，一定會發現袁從英捏緊的拳頭上，每個指關節都因用力過度變得煞白透明，但他的面容平靜如常，神色絲毫無異。這是經歷過無數次生死抉擇後練就的定力，袁從英等待著，對方下注的那一刻，而他早已在內心遍歷自己的全部所有，準備好了押上一切。這一切中包括了：狄景暉和韓斌的安危、武遜的生命、伊柏泰全部編外隊以及囚犯的生死，甚至狄仁傑的一世清名，排在最後的才是他袁從英自己的名譽和性命，和其他的賭注相比，倒顯得太微不足道，幾乎可以忽略不計了。

那麼這樣做究竟值得嗎？袁從英知道值得。因為他要爭取的，是沙陀磧、庭州、商路，乃至大周西域邊境的安全，他要為遠在洛陽的那位老者贏得最寶貴的時間，即使相隔千山萬水，只要想到這位老者，他仍然可以感受到深植心底的信任，並從中汲取到源源不斷的勇氣。當然，這份豪賭的激情本就融匯在他的熱血之中，今天不過是在這至為關鍵的時刻，拿來一用罷了。

對面，梅迎春也已盤算停當，指了指密信，他問：「從英，你怎麼看默啜的這個計策？」

袁從英從容應答：「他不會成功的。」

「哦，為什麼？」

「因為他打算做的一切，都是自不量力、以卵擊石。」

「嗯。」梅迎春滿意地點頭，又問：「那麼敕鐸可汗呢？他又會怎樣？據我看來，默啜一定許諾敕鐸，事成之後幫助他謀取西突厥的領袖地位，否則敕鐸也斷不會傾力相助。」

袁從英略微沉吟了一下，答道：「也許你應該去勸說他懸崖勒馬，畢竟突騎施是你的部族，敕鐸是你的親人。」

梅迎春勃然變色，思忖片刻，他才冷笑著從牙縫中擠出一句話：「突騎施確實是我的部族，但敕鐸並非我的親人，而是我的仇人！」

兩對視線電光石火般地碰撞，是敵還是友，不需要再多作解釋，自梅迎春決定立場的一剎那起，他們兩人便將共進退同生死，以命換命，將心賭心。

袁從英慢慢鬆開握緊的雙拳，他能夠清楚地感覺到胸口一團腥鹹湧動，於是運氣凝神，緩緩地鬆弛幾近崩裂的神經，將翻騰的烈焰生生壓下去。實際上，梅迎春的選擇並不出乎他所料，畢竟這是梅迎春奪取突騎施權力最佳的機會，恐怕也是最後的機會了。一旦敕鐸與默啜的聯盟形成，並攜手奪取了西域商路的控制權，到時候敕鐸將再不是偏安一隅的西突厥別部首領，而會在默啜的支持下迅速壯大成為真正的西突厥霸主，從此梅迎春將再無可能與他抗衡，只能束手等待對方來消滅自己了。

難道這麼多年來一直臥薪嘗膽又胸懷天下的烏質勒王子，會眼睜睜地看著這一切發生？與大周聯合，擊潰敕鐸和默啜，藉機徹底粉碎敕鐸在突騎施的勢力並取而代之，這是梅迎春所能做出的最明智的，也是破釜沉舟的選擇，同樣，對赤手空拳卻要以一己之力對抗大周內外全部強敵的袁從英來說，梅迎春是他目前唯一可以借助的力量。

這樣的賭局，又怎麼能夠不瘋狂？

梅迎春和袁從英很快就根據手頭的所有信息做出判斷，沙陀磧是從突騎施前往庭州的必經之道，雖然目前還沒有確鑿的證據表明錢歸南已經投靠東突厥默啜，但根據種種跡象看，他讓老潘開放伊柏泰，引狼入室幫助敕鐸穿越沙陀磧的可能性還是很高的。因此當務之急就是要佔領伊柏泰。兩人立即擬定了行動計劃，梅迎春在草原營地集結騎兵隊的全部人馬，同時袁從英在草原深處尋找到一戶牧民人家，把狄景暉和韓斌暫時安置在那裡。牧民不要銀錢，卻對狄景暉搞來的藥物很感興趣，欣然留下了二人。梅迎春把馬夫蘇拓和他的婆娘，還有兩個嬰兒也一併託在牧民家中。草原上的牧民行蹤不定，從無戶籍紀錄，錢歸南就算想破了腦袋，也萬難找到這裡來。

事不宜遲，梅迎春命令蒙丹和哈斯勒爾連夜奔襲伊柏泰，必須要在敵人下一步行動之前奪取伊柏泰，才能保住武遜的性命，也才能佔據伊柏泰的有利地勢，排兵布陣，準備好應對來自西方的強敵。騎兵隊的人馬雖然不多但個個強悍非常，一旦順利奪取伊柏泰，武遜手上還有編外隊的百來號人，實在不行甚至可以啟用地下監獄中的囚犯。好在伊柏泰有足夠多的精良兵械，居沙陀磧正中的位置更是能攻能守，最最要緊的，是伊柏泰裡數口深井所提供的水源，那才是在沙漠中持久作戰的制勝關鍵。

就在三天前的傍晚，蒙丹和哈斯勒爾故意大張旗鼓地率領騎兵隊向西而去，宣稱踏上了返鄉之途。梅迎春帶著阿威悄然跟隨，為了不引起錢歸南的疑心，袁從英必須時時在巴扎周圍出現，不能消失得太久，因此他只潛入乾門邸店與梅迎春匆匆作別。兩人互道珍重，抱拳致意，就在臨出門前，梅迎春突然停下腳步，回首正視袁從英，微笑道：「都到了這個節骨眼上再談條件，若讓景暉知道，一定要罵我不懂做生意。然烏質勒不是在與從英談生意，只有一個心願，如鯁在喉許久了，想在此刻表明，也好不留遺憾。」

袁從英點頭微笑：「王子殿下請說。」從他們相識至今，這還是他頭一次尊稱梅迎春為王子殿下。

梅迎春不動聲色，繼續意味深長地說著：「烏質勒此去便要公然與敕鐸為敵，鬥一個你死我活。敗則一死萬事休，若勝，烏質勒必將如狄閣老曾囑託的那樣，矢志帶領突騎施與大周永結盟好，共赴昌盛！」頓了頓，他眼含炙熱的光輝，望定袁從英，一字一句地道：「到那時候，烏質勒願能得到從英的鼎力支持，不知從英意下如何？」

「王子殿下過於抬愛了。」袁從英淡淡地回答，梅迎春仍然目不轉睛地盯著對方，胸有成竹地等待著，他知道此刻對方已沒有退路。果然，袁從英再無絲毫的猶豫，隨即鄭重地抱拳道：「王子殿下的赤誠之心令從英至為感佩。從英願為王子殿下的偉業效犬馬之勞，肝腦塗地、死而後已。」

「好！那就一言為定了，袁將軍！」梅迎春再難抑制澎湃的激情，將對方伸出的雙手緊緊握住，所有的許諾都已做出，接下去便該捨命一搏了。

三天後的這個深夜，在寂靜無人的巴扎上，袁從英一邊牽掛著伊柏泰的戰況，一邊回顧自踏上庭州土地後所發生的一切，自己的每一個行動，每一次抉擇。他再次考量全局，仍然無法確定自己是不是做得完全正確。假如有可能，他真的很希望向狄仁傑徵求意見，像過去十年已經習慣了的那樣。但是，今夜袁從英也比任何時候都更加清楚，根本沒有人可以依賴可以求助，十年之後，他再次孑然一身站到懸崖邊緣，在終於做出選擇的那刻，他能感到自己的心，還是像十年前，或者更早前一樣，堅強、赤誠、無所畏懼。那麼，做自己認為該做的事情就夠了，不求無過，但求無悔。

同樣是在這個夜晚，狄仁傑坐在洛陽狄府的書房內，心潮湧動無法平靜。屋子裡面燈火輝煌，寬大的書案上，端端正正地擺放著來自庭州的軍報。這份軍報，狄仁傑翻來覆去地不知道閱讀了多少遍，都可以倒背如流了。雖然事實還有些零散，脈絡也不完整，但庭州，乃至西域危急的信號明白無疑。聯繫到前段時間發生在洛陽的二張談判陰謀，狄仁傑的內心充斥巨大的不安，他知道這份軍報的千鈞重量，更可以想像他最最關心的孩子們，此刻置身於風暴的中心有多麼危險和艱難。然而他這個大周宰相，朝堂的擎天之柱，還是要小心翼翼地走出每一步，因為自己的一招不慎就會給邊境的百姓們，給大周，乃至他最鍾愛的孩子，帶來滅頂之災。狄仁傑，不得不在垂暮之年，鼓起生命中的全部勇氣，來面對這番連筋帶骨的可怕考驗。

從收到軍報的第二天起，狄仁傑已經連續吃了武皇兩天的閉門羹，明天一早他還是會去上陽宮求見，雖然二張勢必繼續阻撓，但是狄仁傑了解武則天，憑著他與女皇這麼多年所建立起來的信任，他知道最遲明天，武皇必定會召見自己。也只有在武皇的面前，狄仁傑才會呈上這份軍報，他已準備好面對女皇任何可能的反應，即使是雷霆大怒也不足懼。最重要的是，要讓她親自做出判斷，而絕對不能透過那兩個惺惺作態的奸佞小人，否則袁從英必獲重罪，而這一次，狄仁傑下定決心要保護好他。

「大人。」沈槐不知何時已侍立在狄仁傑的身旁，輕輕一聲呼喚，將老人從萬千思慮中召回。

狄仁傑怔了怔，才應道：「哦，是沈槐啊。」這幾天來他全副身心於邊境的危局，幾乎已經把沈槐給忘掉了。

沈槐在書案上擱下茶盤，有意無意地瞥了眼軍報，狄仁傑不在沈槐面前藏匿它，但也未向他作過絲毫解釋。沈槐並不過問，只是低聲道：「大人，您這兩天幾乎不眠不休，如此操勞身體會受不了的。」頓了頓，他誠懇地道：「大人，沈槐願與您分憂。」

狄仁傑伸出去端茶盞的手不由自主地輕輕一顫，少許茶水潑濺出來，手指被燙得微痛，他抬起頭，對沈槐歉意一笑：「沈槐啊，你來讀一讀這份軍報吧。」

「這……」沈槐尚在猶豫。

「噯，」狄仁傑溫言道：「沒事，你看吧，這是從英從庭州發來的。你看了，我也多個人商議。」

沈槐啟封閱信，只匆匆讀了一遍，就覺得頭頂上炸開一個驚雷，他完全明白了這兩天來狄仁傑徹夜難眠、焦慮萬端的原因。放下軍報，沈槐抬眼看著狄仁傑疲憊滄桑的面容，一時間心裡很不是滋味，無論多麼睿智，他畢竟是個古稀老人了啊，卻還要承擔這樣巨大的壓力，他還能應付得了嗎？

狄仁傑似乎沒有看到沈槐臉上複雜多變的表情，只輕輕歎息著問：「沈槐啊，從庭州到洛陽，日夜兼程需要多長時間？」

「唔，二十日左右吧。」

「這份軍報是四月初八從庭州發出，一路走了十七天，三天前到達洛陽，而今天已是四月二十八日，也就是說，軍報自發出至今整整二十天了。」

狄仁傑手扶桌案站起來，慢慢踱到書房門口，翹首眺望，如墨的夜空中一輪新月正在穿雲破霧，背對著沈槐，他彷彿在自言自語：「二十天，二十天裡可以發生多少事情啊，明天，明天，聖上啊，老臣就怕等不及明天了。」

話音剛落，二堂外傳來急促的腳步聲，狄忠一頭撞進小花園的月洞門：「老爺，老爺！宮中來人傳話，要老爺即刻入宮面聖！」

狄仁傑猛轉過身，一字一頓道：「果然還是來不及了，怪我，都怪我啊！」他低一低頭，又昂然挺起，厲聲喝道：「沈槐，隨我進宮！」

上陽宮最高大壯美、綺麗恢宏的觀風殿，已經沉寂了數月，在今夜突然間大放光華。高聳的殿宇之上，新月的皎皎清輝不停流轉，玉宇瓊光交相輝映，將夜色渲染得更加瑰麗深邃。遍插四周的紅燭在寂靜無聲中燃盡所有，灼熱的光焰投射在每個人的臉上，整座殿堂內沒有半點陰影，連最細微的暗塵都暴露無遺。

這是個沒有一絲風的春夜，空氣凝滯沉重，蠟燭燃燒時散發的異香令人昏沉。但是此刻，觀風殿中的每一個人都清醒得猶如黎明方起，個個挺身肅立、斂息屏氣，正聚精會神地傾聽著兵部尚書姚崇，用嘶啞的聲音朗讀剛剛從前線傳來的塘報❸。

聖曆三年四月十五日晨，東突厥默啜之子匐俱領和其兄左廂察咄悉匐，各率二萬人馬進犯我大周隴右道之重鎮瓜州和肅州。肅州刺史秦克永登上城樓英勇抗敵，不料默啜賊子匐俱領提早在城內布下奸細，放火燒毀糧倉和軍營，城中大亂，肅州城內外交困，終於不敵強攻，一日便遭淪陷，秦克永跳下城樓殉國，肅州守城官兵悉數被殺。與此同時，瓜州刺史閻穆之卻大開城門，納敵以入，咄悉匐不戰自勝，瓜州再陷。同日，默啜親率三萬賊兵，突襲沙州地界，沙州刺史邱敬宏率部拚死守城，默啜屢攻不下，轉而圍城僵持，目前戰況不明。

姚崇唸完了，空曠的大殿中暗啞的回音不絕於耳，持續地擊打著每個人的頭腦。

高高矗立在正北位置的龍椅上，武則天頭戴冠冕，白玉冕旒垂下，遮掩著她滿是皺紋的額頭和斑駁的白髮，上玄下朱的冕服套在這垂暮老太的身上，怎麼看都顯得過於寬大了，觸目皆是人

❸ 即軍報。

不勝衣的淒涼。但即便如此，站在玉階之下的那些個男人，仍然沒有一個敢於抬起頭來，武則天銳利的目光在所有人的頭頂掠過，他們都習慣彎腰屈背了吧，這些廢物！

回音停止了，還是沒有人開口，武則天不覺發出一聲冷笑：「諸位愛卿，你們不是一直吵吵著說要見朕、要見朕嗎？怎麼今天見到了，卻一個都不說話？」

「陛下，這默啜屢屢進犯我大周邊境，前有河北道向州、定州遭劫，數州百姓生靈塗炭，今又有隴右道一線被襲，默啜賊子實在是、實在是該千刀萬剮啊！」說話的是武三思，滿臉的義憤填膺、怒不可遏。

頓了頓，武三思又道：「陛下，默啜此次所進犯的全部是西域商路沿線重鎮，其狼子野心昭然若揭，就是要劫斷我大周與西域經商之通途。陛下，這一次咱們絕對不能饒了默啜這突厥賊，定要打他個落花流水！」

「哦，可現在似乎是人家把我們打得落花流水吧？倒不知道梁王有什麼克敵良策？」張易之不陰不陽地來了一句。

武三思一愣，剛想反唇相譏，緊接著從龍椅上射來的凌厲目光讓他後脖領子直發涼，武三思的心咯登翻了個，馬上轉向姚崇質問：「面對如此重大的敵情，兵部有何應對之策？」

姚崇不理會武三思，卻跨前一步，面對武則天深躬到地：「陛下，肅州和瓜州均為大周隴右道上重鎮，竟都在一日之間被突厥攻破，兵部難辭其咎，姚崇身為兵部尚書，甘願領罪。」說罷，姚崇撩起袍服跪倒在玉階之前。

武則天沉默著，大殿上鴉雀無聲，就連燭芯偶然的爆裂聲都似乎能把人心擊碎。良久，龍椅上傳來一名老婦人的聲音，悲涼而空蕩：「如果朕沒有記錯，隴右道上有我大周最精幹的邊境駐軍：豆盧軍、墨離軍、玉門軍、伊吾軍……光肅州和瓜州的駐軍就不下五萬人，怎麼會、怎麼會這樣不堪一擊？」說到最後幾個字，話音中竟彷彿帶出悲泣。

「陛下，兵部失職，令陛下憂心，令大周蒙恥，姚崇罪該萬死，請陛下責罰！」姚崇高聲稟奏，匍匐於地「咚咚咚」連磕三個響頭，眼中已是熱淚充盈。

正在此時，自進殿後始終未發一言的狄仁傑緩步出班，沉著地一聲輕喚：「陛下。」所有人的目光便齊刷刷匯集在他的身上。就連那龍椅上的身影也微微前傾，這時候她從內心深處覺得自己是如此虛弱無助，比任何時候都更需要玉階前這位年已老邁卻依然偉岸忠直的老臣。情不自禁地，武則天低聲應道：「狄國老。」

狄仁傑不慌不忙、朗聲回稟：「啟奏陛下，據老臣所知，姚尚書是聖曆三年二月才升遷為兵部尚書的，任職至今不過旬月，因此老臣認為，隴右道上兵敗之責不能算在姚尚書的頭上。而今邊境危急，正是該兵部大展身手、抗擊敵寇之時，姚尚書作為兵部首腦，切不可虛言責罰，反應勇擔重任，平賊收地，為大周盡職，為陛下分憂！」

擲地有聲的話語令龍椅上的老婦精神為之一振，掩在冕旒後的犀利目光投在狄仁傑的臉上，竟也帶上少有的親切。旬月不見，他似乎又老了很多。可自己不也是一樣？她再度環視階下眾人：太子、皇嗣、王爺、宰相，這濟濟一堂的大周社稷頂梁支柱中，竟只有那一個人能夠讓自己感到心安、感到踏實。武則天緩緩抬起手，慢聲道：「國老所言甚得朕心啊。姚崇，你先起來，朕要聽你代表兵部，說說對戰事的看法，至於如何治你的罪，也要等收復失地、誅殺突厥賊寇以後再做定奪。」

姚崇口誦「遵旨」，向狄仁傑投去充滿敬意的目光。再度正對武則天站得筆直，姚崇並沒有絲毫畏縮，胸有成竹地朗聲道：「陛下聖明，正如陛下方才所說，隴右道是我大周駐軍最多、兵力最強大的州道，且沿途均為通商重鎮，各州富庶程度遠甚其他各道，不論戰力、物力都強突厥數倍，此番默啜能夠一日之內攻陷肅州和瓜州，只不過是陰謀用奸，並佔了突襲的先機，絕非其軍隊實力優於隴右駐軍；而突厥賊寇之所以在沙州難以速勝，也是因為駐守沙州的豆盧軍處於玉門關隘要害，歷來戒備程度為邊境之最，戒備程度比別處更高，故而突厥賊寇遇此強敵即難速勝。」

說到這裡，姚崇頓了頓，不易察覺地掃視周圍聽得聚精會神的眾人，抬高聲音繼續道：「而今隴右道上戰局危急，肅州、瓜州已陷，默啜若集結兵力共戰沙州，沙州只怕也凶多吉少。所以兵部以為，此刻斷不可再從中原長途調兵，而應該有效利用隴右道上本身的軍力，才能做到不延誤戰機。檢閱隴右一線，從肅州向關內至涼州，依次有建康軍、大斗軍和赤水軍，集合兵力已超過十萬之眾。兵部奏議，以建康軍和大斗軍為先鋒馳襲肅州，首先將肅州奪回；赤水軍斷後鎮守涼州，面朝西北屏障甘涼地區，使突厥游兵無法進一步突破侵入關內。我軍一旦收復肅州，定當乘勝追擊、速戰速決再奪瓜州，而默啜賊兵向來不擅久戰，遭遇強敵必然回退關外，則沙州之圍可不解自潰！」

姚崇昂揚的話語再度在殿內激起陣陣回音，聽在眾人耳中卻與方才有著天壤之別。武則天的雙眼也不禁放出振奮的光彩，她強抑著激動問：「諸位愛卿，你們覺得姚尚書的奏議如何？」

眾人面面相覷，還是狄仁傑躬身奏道：「陛下，老臣以為兵部的奏議順應天時地利，是上佳之策。」

「好！」武則天輕拍膝頭，朗聲道：「姚崇，朕也認為你的奏議非常好。那麼，對於領兵的將帥人選，兵部又有什麼建議呢？」

這次姚崇回答得越發自信了：「陛下，涼州刺史崔興，耿正忠直、諳熟兵法，臣以為陛下可授命他率先鋒隊伍首戰肅州，同時命赤水軍軍使豹韜衛大將軍褚飛雄鎮守甘涼地區，確保突厥賊寇難以趁亂入侵關內。」

「嗯，」武則天聽得頻頻點頭，「姚尚書之薦甚得朕心。即刻傳旨，朕授崔興為隴右道前軍總管，率建康軍和大斗軍共六萬兵馬往擊肅州和瓜州；褚飛雄為隴右道後軍總管，統四萬赤水軍鎮守甘涼。」

眾人齊誦：「遵旨。」

姚崇接著又奏：「此番敵情猖獗，邊境布局雖定，朝廷仍然應派欽命大軍前往隴右道，以顯我天朝威儀、後援前線戰事，更兼安撫隴右道一線受擾百姓。請陛下明鑑。」

武則天頷首：「嗯，朕也是這樣想的。這樣吧姚崇，就由兵部負責盡速從河北道、關內道和山南道調集十萬兵馬，你們兵部再舉薦一位領軍大將軍，朕來定欽差大臣和安撫使的人選。」

姚崇略一思索，便道：「聖上，右武威衛大將軍林錚英勇善戰，且出生於壽昌，對沙州、瓜州一線及其熟悉，是領兵的最佳人選。」

「很好，就由林錚來做這個行軍大總管，三日之內率軍出征！」

「至於欽差和安撫使的人選嘛……」武則天沉吟起來，她的目光再度掃過眾人，一張張臉上總算露出了些許欣慰之色，大殿裡的氣氛也略有鬆弛。不對，武則天凝眸在狄仁傑的臉上，心中泛起疑惑，為什麼他不像別人那樣面呈喜悅，反而顯得比剛開始時還要嚴肅憂慮，她輕喚了一聲：「國老……」

狄仁傑猛然一悚，掩在袖籠中的右手顫抖得幾乎捏不住那份軍報，他閉了閉眼睛，終於跨前半步，躬身道：「老臣在。」

武則天和顏悅色地道：「國老，關於欽差和安撫使的人選，朕想聽聽你的意見。」

狄仁傑點頭，用平穩而有力的聲音道：「陛下，老臣認為姚尚書方才的排兵布陣還缺失了一個關鍵的環節，只有填補上這個環節，我們才能商討其他事項。」

「你說什麼？」武則天驚得幾乎從龍椅上騰身而起，「關鍵環節？怎麼，我們還遺漏了什麼關鍵環節？」

姚崇也不覺面露驚懼，直盯著狄仁傑。狄仁傑苦笑了一下，緩緩地從袖中褪出軍報，雙手平端過頂：「陛下，老臣這裡還有一份發自二十天之前的軍報，請陛下御覽。」

內侍接過軍報上呈武則天，大殿內又一次陷入最沉悶的寂靜之中。眾人之中有的在悄然觀察武則天的表情；有的反覆打量狄仁傑，似乎在猜測著什麼；還有的只顧低頭屏息。狄仁傑直視前方，他曾經反覆設想過多次武則天看到軍報後的反應，和自己該如何應對，但此刻他的腦海中只有一片空白。

武則天緩緩擱下軍報，臉色鐵青地抬起頭來，彷彿是從牙縫裡發出的聲音：「國老，這份軍報朕都看明白了，現在朕要聽你說說，所謂的遺漏環節是什麼？你又有什麼應對之策？」

「陛下聖明，」狄仁傑深施一禮，現在他反而沒有了顧慮，在滿殿狐疑的目光中從容應答：「隴右道上自沙州以西北依次為伊州和庭州，此兩州北鄰東突厥，西接西突厥，可謂是隴右道上大周的最後一道防線。而今默啜率先攻下瓜州和肅州，包圍沙州，我大周軍隊從涼州出發自東向西挺進，確是良策一條，但請陛下試想，假如此時伊州、庭州出現狀況，沙州必將腹背受敵，一旦我軍無法快速收復瓜州和肅州，沙州絕難獨立支撐。而如果庭州、伊州、沙州盡落賊人之手，我軍即使收復瓜州和肅州，西域商路也已然被截成兩段，默啜的陰謀也就得逞了。」

狄仁傑的話就像晴天霹靂在觀風殿上炸開，一時間眾人什麼表情都有，驚慌失措的、難以置信的、嗤之以鼻的……

姚崇忍不住了，跨前一步道：「陛下，狄大人，這份軍報到底說的什麼？何人所發，為何未經兵部？又怎麼會令狄大人擔憂到伊州和庭州？據我所知，伊州和庭州的防務一向固若金湯，況且默啜的人馬盡在東段，與我大周軍兵鏖戰，又怎麼可能騰出手去到沙州以西的伊州和庭州作戰？這、這實在令人不解啊。」

沒有人回答姚崇的問題。狄仁傑和武則天都沉默著，許久，武則天才長歎一聲，沉悶地道：「既然國老指出了疏漏之處，那麼就請再談談補救之策吧。」

深重的悲戚驟然間斂住了狄仁傑的心神，他強自鎮定，再度開口：「陛下，老臣以為軍報上面所述之事關乎朝廷重臣，況且還有很多疑點，因此伊州和庭州的狀況必須要有一名欽差前去調查清楚。既然隴右戰事本來就需要一名欽差領兵前往，老臣建議，就讓這名欽差和林錚將軍分兵兩路：林將軍帶兵支援肅州和瓜州；欽差則借道吐蕃迂迴到玉門關和陽關西側，從那裡向北直上伊州，一則釐清伊州和庭州的疑雲，二則與從東部平寇的大周軍隊形成合圍之勢，如此安排，不怕默啜之患不除！」說到這裡，他猛然抬起頭，直視冕旒後皺紋密布中的那雙眼睛，鏗鏘有力地道：「陛下，老臣願親赴隴右道，為大周掃除默啜賊寇！」

武則天沒有答話，兩對歷經滄桑的目光無言交會，不知道過了多久，才聽武則天輕輕問了一句：「狄愛卿，你的三公子是在庭州服流刑吧？」

「是。」狄仁傑低下頭，不經意間眼前有些許的模糊。

武則天垂目深思，階下突然走出張易之，他此前一直在全神貫注地觀察著發生的一切，這時候拿定了主意，出班奏道：「陛下，臣有一事不明。」張易之說話的聲音頗為清朗動聽，與所有在場的人都不同，他邊說邊抬頭直視著武則天，眼珠還緩緩轉動，臉上帶著又輕浮又討巧的微笑，果然讓武則天陰沉的臉上露出些微暖意，她輕歎著問：「易之啊，你又有什麼事？」

張易之抬手指了指姚崇，語調輕鬆地道：「倒也不是別的什麼，只是聽方才姚尚書的話，似乎狄國老上呈之軍報並未到過兵部，姚尚書對此一無所知。同樣，閣部各位顯然也從未見過這份軍報。這樣易之可就不懂了，難道軍報不該是走先報兵部再達閣部，最後才上呈陛下這樣的次序嗎？既然狄大人手中的這份軍報沒有走正規的途徑，那麼是不是該如姚尚書方才所問的那樣，讓大家知道軍報是何人所發，怎麼會到狄大人的手中，究竟寫了什麼內容，否則我等恐怕很難給陛下出主意。」

狄仁傑差點就想對著那張光滑的俊臉唾去，如此輕慢不恭的言辭、公然挑戰的姿態，如果換作別人，恐怕武則天早就勃然大怒了，但偏偏是他張易之。果然龍椅上的老婦只是無奈地輕哼一聲：「易之，你先退下。大家都先退下吧。哦，國老、姚尚書，你們兩個留下。」

眾人魚貫而出，張易之特意從狄仁傑的面前經過，跺跺腳冷笑出聲，隨後才揚長而去。狄仁傑視若無睹，他已經沒有精力也沒有心情再去顧及這等小人。他深知武則天沒有在大庭廣眾之下揭開軍報的來歷，是對自己的莫大信任和保護，但是她也沒有接受自己充任欽差的請命，這就意味著吉凶仍然難卜。

眾人全部退出，偌大的殿宇上只留下他和姚崇挺立階前，姚崇看了眼狄仁傑，老人花白的鬍鬚隨著沉重的呼吸微微顫動，姚崇朝上拱手，輕聲道：「陛下，國老年事已高，是不是可以賜個座？」

「啊，是朕疏忽了。」武則天連忙招呼，「來人，快給國老賜座。」

狄仁傑忙道：「陛下。」話音未落，青衣內侍已搬來椅子，武則天溫言勸道：「狄愛卿，快坐下吧。」

「謝陛下。」狄仁傑緩緩落座，整理好袍服，長長地吁出一口氣。

武則天再次長歎一聲：「狄愛卿啊，你知道從神都去伊州和庭州路途有多麼遙遠，如借道吐蕃，那還要翻越祁連山，沿崑崙山麓前行，你的身體能吃得消嗎？」

狄仁傑淡然一笑：「要履行為臣子者的責任，即便是粉身碎骨也不足道。走點兒遠路、翻幾座高山算不了什麼。」

武則天微微頷首：「你的忠心朕是清楚的。對你，朕深信不疑。不過，」她突然面露微笑，道：「別告訴朕你這次請命全是出於公心，那樣，朕可就不能盡信了。」

狄仁傑低下頭苦笑：「陛下聖明。臣老了，過去倒也不知道，人老以後竟會如此牽掛自己的孩子們，特別是離家遠行的孩子，心裡面真是時時刻刻都放不下。」他的聲音低沉下去，武則天直聽得心中酸澀難抑，她的眼前瞬息掠過那些個面龐：顯、旦、弘、賢，他們都是、曾經是她的孩子們。

武則天舉起軍報：「姚崇啊，你拿去看吧。」

姚崇雙手接過軍報，匆匆瀏覽，恍然大悟的同時不覺全身冰冷，他注意到，軍報居中的部分布滿水漬，字跡已經模糊，他猛然意識到，這應該是狄仁傑長時間緊握軍報，手心中的汗水所致。頓時，姚崇心中陣陣痛楚，這位老人該是經歷了怎樣的煎熬啊。

武則天發問了：「姚崇，現在你都明白了吧。對國老的忠心朕不會有絲毫質疑，但假若朕准了國老的請命，是不是就會留下個大把柄，令世人可以據此詬病國老？」

姚崇深躬到地：「聖上所言極是。官員之間私相勾連是我朝大罪，上可達謀逆之罪株連九族，國老絕不能與這樣的罪責牽連在一起。況且，假如陛下任命國老為欽差，查察軍報所述之案情，鑑於國老與送發軍報的袁從英之間淵源頗深，不僅難以服眾，還會令天下官員從此無視串聯之罪，亂了國法綱常，後果將不堪設想。」

狄仁傑的耳朵嗡嗡作響，理智讓他明白姚崇的一片苦心，但洶湧的情感卻令他難以自持，難道這一次自己還是不能保護好袁從英？早知如此，早知如此……狄仁傑想不下去了。

「那麼姚尚書有什麼更好的建議嗎？」武則天問。

姚崇飛快地思考一番，鄭重回稟：「陛下，從軍報上看伊州和庭州的局勢也已十分緊張，臣以為與其自洛陽派出欽差到伊州，倒不如還是就近任命合適人選，徹查瀚海軍相關案情。同時，陛下仍可委派狄國老為隴右道安撫使，在戰事略定之後沿隴右道招撫百姓，黜陟❹各州政務。」

「嗯，這倒是個好主意。」武則天連連點頭，又問：「那麼欽差的人選？」

姚崇看了眼狄仁傑，狠一狠心道：「鄯州位於肅州以南吐蕃以東，誠乃近水樓台。臣以為現任鄯州刺史、高平郡王武重規可擔此欽差一職。」

武則天微瞇起眼睛，注視著狄仁傑問：「國老以為呢？」

「臣，附議。」

從觀風殿沿著長廊走到上陽宮門口，昨日夜半被叫入宮，到現在已是明麗的清晨。長廊兩側繁花似錦，卻無法吸引狄仁傑和姚崇的目光。狄仁傑步履匆匆，始終不肯和姚崇說上一個字。姚崇默默跟在他的身後，直到上陽宮門前，才鼓起勇氣輕喚了一聲：「狄國老，我……」

狄仁傑的身子晃了晃，沒有回頭，只淡淡地道了句：「姚尚書，老夫感激你。」姚崇呆立宮門前，看著沈槐將狄仁傑攙扶上馬車，馬車啟動了。春陽嬌豔，映在馬車的亮銅車頂上，炫開點點光輝，落入姚崇的眼底，兵部尚書的眼圈紅了。

❹考察官吏政績，予以升遷或降職。

沙海疑雲

大唐懸疑錄

作者 唐隱
總編輯 莊宜勳
主編 孟繁珍
出版者 春天出版國際文化有限公司
地址 台北市信義路四段458號3樓
電話 02-7718-0898
傳真 02-7718-2388
E-mail frank.spring@msa.hinet.net
網址 http://www.bookspring.com.tw
部落格 http://blog.pixnet.net/bookspring
郵政帳號 19705538
戶名 春天出版國際文化有限公司
法律顧問 蕭顯忠律師事務所
出版日期 二〇一八年十月初版
定價 360元

本書中文繁體版由四川一覽文化傳播廣告有限公司代理，
經上海紫焰文化傳媒有限公司授權出版

總經銷 楨德圖書事業有限公司
地址 新北市新店區寶興路45巷6弄6號5樓
電話 02-8919-3186
傳真 02-8914-5524
香港總代理 一代匯集
地址 九龍旺角塘尾道64號 龍駒企業大廈10 B&D室
電話 852-2783-8102
傳真 852-2396-0050

ISBN 978-957-9609-92-0 Printed in Taiwan

國家圖書館出版品預行編目(CIP)資料

沙海疑雲 / 唐隱著. -- 初版. -- 臺北市 : 春天出版國際, 2018.10
面； 公分. -- (唐隱作品 ; 7)
ISBN 978-957-9609-92-0(平裝)

857.81 107017602